大唐惊闻录

九方神龙

萧盛◎著

天津出版传媒集团
天津人民出版社

图书在版编目（CIP）数据

大唐惊闻录．九方神龙 / 萧盛著．-- 天津：天津人民出版社，2019.9

ISBN 978-7-201-14671-3

Ⅰ．①大… Ⅱ．①萧… Ⅲ．①长篇历史小说 - 中国 - 当代 Ⅳ．① I247.5

中国版本图书馆 CIP 数据核字 (2019) 第 179159 号

大唐惊闻录．九方神龙

DATANG JINGWENLU . JIUFANG SHENLONG

萧盛 著

出　　版　天津人民出版社
出 版 人　刘　庆
地　　址　天津市和平区西康路 35 号康岳大厦
邮政编码　300051
邮购电话　（022）23332469
网　　址　http://www.tjrmcbs.com
电子信箱　reader@tjrmcbs.com

责任编辑　章　赪
封面设计　王　鑫

制版印刷　河北祥浩印刷有限公司
经　　销　新华书店
开　　本　787 × 1092 毫米　1/16
印　　张　22
字　　数　243 千字
版次印次　2019 年 9 月第 1 版　2019 年 9 月第 1 次印刷
定　　价　59.00 元

自序

真与假

从来没有在书里写过自序，写这篇文章的目的，是想纪念我的转型。

从《大秦宣太后：芈氏传奇》开始至今，陆陆续续写了几本相对较为写实的历史小说或历史人物传记，无论细节如何变化，人物性格以及历史走向都不可能乱写乱改，这是正统历史小说的原则。

为何要转型，转向哪个方向呢？

还是从我的写作说起吧。从2013年创作《大秦宣太后：芈氏传奇》始，到《大明手术师：袁崇焕》，再到相对比较严肃的历史随笔《大明梦华：明朝生活实录》为止，的确这些书都比较真实，至少没有胡编乱造，却总觉得少了些什么。

少了些什么呢？

我细细地看着它们，宛如看着自己的孩子，忽然间我想明白了，他们太真实了，少了些必要的"假的"东西。

关于历史小说作品，从《大秦宣太后：芈氏传奇》始，到《大明手术师：

袁崇焕》，类似于人物传记，这些作品要求我必须尽可能地去还原历史、还原人物，以及人物所处的历史环境，最后追求的无非一个字——真。

历史小说追求历史的真实，无可厚非，然而他们都是大人物，在历史上都赫赫有名，他们的生活与我相差太远。而我要做的，只能是从浩瀚的历史资料中去熟悉他们，然后再通过自己的理解重新诠释。而这对我自己来说，恰恰是不真实的。

每一个人都有自己想表达的东西，普通人找朋友倾诉，而作者则是通过文字，向读者表达。那些太真实的作品，无法提供给我这样的空间。于是我便写了这本你们手里所捧的"假的"历史小说，来表达自我。

说它是假的，是因为我只是借了一个特定的历史背景，来虚构我的故事。然而它又是我所有的小说里面最为真实的，因为他表达的是自我。

在这本书中，我极力地编织故事，试图让它变得更加地精彩、刺激，到处设置包袱，甚至想方设法把悬念留到了最后，不读到最后一个章节，很难猜到谜底。但是这只是表面的，我只是想用这些来吸引大家而已，它真正承载的是人性。

探讨人性是个很复杂的命题，会随着环境、物质、欲望等变化而变化，所以每个人对身边各色人等，都会有不同的看法和理解。我想告诉大家的是，我理解的人性是在面对各种欲望时表现出来的最原始的一面。

"原始"是一个相对中性的词语，其实它背后隐藏的可能是残酷无情、茹毛饮血等血淋淋的现实。随着人类文明的推进，人开始变得文明，至少在没有利益冲突之下，每个人都可以是文质彬彬、温文尔雅、十分文明的。但是在有利益冲突的情况下呢，或者是在巨大的欲望面前呢，人类会变得如何?

这就是我要在这个"假的"故事里，与大家探讨"真的"问题。有时候在虚构的故事环境下，更容易表达一些真实的东西，比如本书的主题——夺宝，这个宝物是否合理，是否真的在历史上存在过，并不重要，重要的是把人安置在那样的环境下，用巨大的利益去引诱他们时，他们的欲望会达到一个怎样的程度，人性最真实、最原始的一面，会在文明外衣的包裹下，以怎样的方式暴露出来。

书中曾借一位人物之口，诠释了所谓的阴魔，“从大处来讲，便是业力，自业自得果，众生皆如是，说的是因果；从小处说，便是五十阴魔，由五蕴所生……”魔由心生，就是所谓的心魔。而心魔的大小，一边是由世上的诱惑所决定，一边则是由人类的控制欲而定，即所谓的人性。

人性比任何东西都要来得真实，也比任何东西都要来得复杂，这就是所谓的真假。人可以有真的一面，也可以有假的一面。一个人的好坏，取决于是真的多还是假的多。

也许我说的并不全面，没关系，随我一起去看看这个“假的”故事，会否让你真的有所触动。

·目 录·

序章

马嵬驿

贵山之南夜郎城，
柯洛倮姆隐神龙。
八面九方盛一时，
九九归元寂九山。

此一首诗，隐喻了一个遥远的传说，汉时曾有一国，名曰夜郎，盛极一时，不知何故，倏然消失，归于沉寂，再无消息，甚至于史书上亦鲜有记载。

然正史上虽没有记录夜郎国的文字，民间之逸闻却是不胜枚举，其中最为著名的便是神龙令的传说。

所谓“九方山，神龙令，令出时天下归元”，说的便是夜郎国最为神秘也最是诱惑人的神龙令。此令一出，天下一统，四海归服，万世承平。

然而传说毕竟是传说，历来开元立国，建不世之雄风，凭的是文韬武略，靠的是不世出之奇人，唯独未曾听说凭一纸一令，开创锦绣江山。再者，那传说分明也有纰漏，倘若那神龙令果然有此神威，夜郎国岂能在一夜之间消失？

大千世界，无奇不有，亦是无人不有，有人传便有人信，当今大唐皇帝李隆基就对此深信不疑。

天宝十五年正月初一，安禄山在洛阳登基，国号大燕，改元圣武。六月，叛军攻下潼关，长安岌岌可危。李隆基萌生遁意，问策于卫国公、右丞相杨国忠。

那杨国忠何许人也？乃是个放荡无德、嗜酒好赌、胸无点墨之徒，凭借族妹杨玉环平步青云，一意只求荣华富贵，何来家国天下之胸襟？听闻安禄山气势如虹，长驱直入，早就想逃离这是非战乱之地。听得李隆基问起，急忙附和道："陛下，叛军猖獗，不可与之硬敌，避其锋芒，方为上策。"

李隆基听了此话，正中下怀。然正值战乱，皇帝出逃，便是置国家宗器于不顾，即便要走，亦须有个冠冕堂皇的理由，当下问道："此话怎讲？"

杨国忠甚能揣度圣意，认真地道："臣于日前，去浑天监让五官灵台郎观天象、察吉凶，他说天现凶象，宜避之西南，可逢凶化吉。"

李隆基又问道："何以避之西南可逢凶化吉？"

杨国忠道："西南蜀地，天府之都，可助生息，而贵山之南，隐藏神龙，届时龙行天下，拨乱反正，陛下自然便能重返长安。"

李隆基到底是老了，早没了年轻时的雄心和锐气，只求太太平平，安享天年，听了杨国忠之言，遁意即定，于天宝十五年乙未日（六月十三日）黎明，携贵妃杨玉环、太子李亨及一干重臣近侍，从延秋门秘密出长安，赴蜀避难。

李隆基可能并不知道，此番一走，他的命运将从此改变，而大唐江山亦会改换面貌。

安禄山很快攻克长安，在大明宫接受群臣朝拜，俨然天下之主。朝拜结束后，招拜火教现任教主奎尼入紫宸殿，称要面授机宜。

安禄山信奉拜火教，且自称是光明之神的化身，吸引了一干教众，为其誓死效忠。那奎尼之父，便是追随安禄山的一员大将，在打陈留郡时战死，故而奎尼虽年方二十，便接替了拜火教主。

奎尼入了殿内，纳头便拜。安禄山哈哈一笑，支起肥胖的身体，亲自走上去，将他扶起来，说道："起来，无须多礼。今日朕唤你来，乃有要事商议。"

待入了座，安禄山道："我大燕虽道是势如破竹，打得唐军落花流水，然李唐王朝毕竟是百足之虫，死而不僵，要想坐稳这江山，非是易事。为使我大燕天祚绵延，长治久安，须有奇策。"

奎尼人虽年轻，却甚聪慧，道："陛下有事，只管下旨便是。"

安禄山问道："你可知道神龙令之说？"

"倒是听父亲提及过。"奎尼浓浓的眉毛一挑，"记得有如此一句谚语，说是'九方山，神龙令，令出时天下归元'，只是不知九方山位于何处。"

"无妨。"安禄山一副胸有成竹的样子，微哂道，"你知道李隆基何以会心安理得地弃了这大明宫，逃出长安城吗？"

奎尼茫然地摇摇头，表示不知。安禄山得意地哈哈笑道："据细作来报，李隆基应是知道神龙令的大概方位，期望着日后凭借此令，重整河山。"

奎尼神色一振："陛下在李隆基出行的队伍里安插了细作？"

"他原是唐宫里的人，唤作李骆谷。"安禄山道，"你出长安后，追踪李隆基西去的队伍，找到李骆谷，他身上有一枚圣火令，可做信物。届时你便按照他提供的信息，先李隆基一步，拿回神龙令。"

奎尼一则年少气盛，二则甫胜任拜火教教主，急欲建功立业，做出一番丰功伟绩来，霍地起身，大声道："臣定不负圣命！"

奎尼出去后，从殿左侧的小门走出来一人，四十开外，须发灰白，面相清癯，一副书生模样，然而不知为何，这位表面上看起来若书生一般的人，总是给人一种阴森的不可亲近之感，此人正是安禄山最信赖的谋士严庄。

"陛下果然相信传说中的神龙令吗？"

"这世上之事，宁可信其有，不可信其无。"安禄山身子微微一侧，把那陷在肥肉里的眼睛往严庄身上瞟了一眼，"你不相信吗？"

严庄微微一躬身，道："恕臣直言，不敢尽信。陛下能得天下，乃民心所向，大势所趋；李唐江山会有今日之果，乃是李隆基昏聩愚昧，与臣民离心离德。这些因果，岂是一道敕令所能力挽狂澜的？”

安禄山那细小的眼睛精光一闪，说：“倘若那神龙令并非是一道敕令呢？”

严庄微微一愣，这倒是他不曾想到的，然倘若神龙令并非敕令，会是何等样的物体？安禄山得意地咧嘴一笑，道：“人活于世，在于未知，一切未知的，往往都是美好的。凡事要往好处想，恰如咱们揭竿起事，当初又何曾想过，在短短的半年之内，能够君临天下，并顺利地攻克长安？”

严庄捏须微哂：“陛下所言极是，臣之胸襟、眼光，难及陛下之万一也！”

安禄山“哈哈”一声大笑，拉着严庄的手道：“今日朕高兴，一起喝酒去！”

李亨作为太子，对李隆基近年来的举止早就心存不满，此番弃长安而奔蜀，这种不满之情绪，达到了顶峰。区区一个反叛的胖子（指安禄山），何以让帝王离宫，弃江山黎民于不顾？

自打张九龄离任后，从开元二十四年至今，李隆基连续任用了李林甫、杨国忠两个庸人为相，致使朝中乌烟瘴气不说，连李亨的性命都险些不保。天宝五年，李林甫联合杨国忠，诬告太子妃韦氏一家，并想以此打击太子，让李隆基考虑重新立储。

时李亨被逼无奈，痛下决心与韦妃解除婚姻，使得韦妃削发为尼，韦氏一族受株连者逾百……

杨国忠上台后，凭着李隆基对杨玉环的宠爱，简直是为所欲为，无法无天，与李亨的矛盾亦是日益突出。为了生存，他只得夹起尾巴做人，好似当今大唐之天下，并非是姓李的，他如同寄生于人家的屋檐下，苟且偷生。

李亨曾想，似这般的日子何时是个头呢？

然而这一路上，高适似乎十分地平静，他的脸色看上去就好像这一趟出来，是出来游玩的，无波无澜。

高适何许人也！乃当世稀有的真正的文人，秉性耿直，能文善赋，说话向来直来直去。莫非他对当今天子离长安之举，无丝毫不满之意？

高适的反常表现，引起了李亨极大的兴趣。丙申日（六月十四日）薄暮时分，銮舆行至陕西兴平县境外，因李亨负责殿后，差人去探銮驾到了何处，不消多时，探子回报说，皇上已入驻马嵬驿。

李亨勒住马头，下令飞龙军（唐宫禁军）在马嵬驿外围设哨布岗，安排妥善后，瞟了高适一眼，道："先生借一步说话。"

七月的夜风，无比清凉，高适身着一袭圆领袍衫，戴一顶黑色的软脚幞头，虽是五十有二，依然精神奕奕，夜色撩起他灰白的须发，脸上波澜不惊，衬托出他的自信。

"阿郎有何疑惑？"高适迎着风，微哂着看向李亨。

"先生莫要与我打哑谜了。"李亨蹙着眉头，直截了当地道，"莫非先生对眼下的形势没有看法吗？"

"眼下之形势，阿郎该比区区在下看得更真切、透彻才是。"高适抬起手捏着他那缕花白的胡须，依然是一副讳莫如深的样子。

李亨看着他的眼睛，他的眼里精光灼灼，脸色微微发红，在其文静儒雅下的外表下，似有一股激情在涌动。看着他的这副神情，李亨似乎看明白了："先生的意思是……"

"阿郎虽名为太子，却像一个贼。"一旦打开话匣子，高适的真性情便表露无遗，"将来这大唐的锦绣江山是属于你的，可偏偏你却卑微得不如那姓杨的妃子。整日战战兢兢，生恐教人抓着把柄，将你捉了，打入大理寺。这不应是阿郎该有的样子，你如今这卑微的生活因那女人而起，便应从那女人而结束。"

高适终于把话说透了。李亨看着他，非但不曾动怒，且不由自主地激动起来。是啊，这样卑微的生活应该结束了！然而想到真的要对自己的父皇下手，他又犹豫了，无论如何，那也是血浓于水的割不断的亲情，怎能为了权力和利益反目成仇？

"先生觉得……"李亨犹豫了一下，似乎连他自己也不太敢相信接下来要说的话，"神龙令是否真的存在？"

高适微微叹息一声，他明白李亨在犹豫什么。如果说神龙令是真的，那么也就是意味着，此番御驾出行，不会伤及国本；只要拿到那神龙令，这天下依然是李唐天下，父子之间也就没必要兵戈相见了。

“阿郎，区区在下不过一介书生，倘若执意撺掇你与父结仇，罪过便大了。”高适认真地道，“不过在下既食君之禄，就须为君分忧，恕在下直言，那所谓的神龙令不过是个传说，即便真的存在，它真有扭转乾坤、力挽狂澜之能力吗？眼下奸臣当道，祸乱国家，阿郎作为储君，岂能眼睁睁地看着家国生乱，烽火连城，却将希望寄托于那不切实际的传说中的神龙令？”

李亨听完这番至情至性之言，只觉冷汗涔涔而下：“多谢先生教诲，我知道该如何做了。”

“此事你无须出面，只控制局面即可。”高适脸色一沉，十分镇定，表现出了谋士应的风范，“让龙武大将军陈玄礼去。”

杨国忠祸国，杨玉环惑主，这一对兄妹之行径，人人恨之入骨，在长安时拿他们没法子，可到了外面，想杀他们的人数不胜数，让禁军统领去做这件事，那是再好不过了。李亨微微一点头，唤了东宫的太监李辅国过来，交代他如此这般行事。

那李辅国是宫里的老公公了，自打服侍太子以来，对李亨忠心不二，听了他的交代，并没觉得丝毫意外，郑重地道：“阿郎放心，老奴这就去。”

进入马嵬驿的李隆基并没感觉到异样，他老了，锐气、进取心自然也就淡了，余下的岁月，有美人在侧，不求其他，只愿平平安安，无风无浪。至于江山，便寄托于那神龙令罢了。这天下终究是李唐天下，哪个也夺不去。

晚年的李隆基越发迷信，他唤来浑天监的五官灵台郎，问询神龙令所在的具体位置。说到底，五官灵台郎不过是察看天象的术士，即便是他有寻龙定穴之能事，亦不能断千里之外的风水，然见陛下问起，只能是凭着传言应付了事，说：“贵山之南便是贵阳，古时之夜郎必在那里，只要找到夜郎遗址，那么神龙令也就唾手可得了。”

李隆基对此深信不疑，问侍候在侧的太监高力士道：“哪个可以胜任去寻找神龙令一事？”

高力士业已年迈，比之李隆基还老，已七十有二了，他从武则天时便深受信赖，到了李隆基这一朝，更得宠信。李隆基曾言：“力士当上，我寝则稳。”他们是主仆，然更像知己。高力士深知受李家隆恩，当以死为报，由此一直兢兢业业、忠心耿耿。

是时，烽烟再起，家国飘零，高力士也怀疑那所谓的神龙令能否力挽歌狂澜，拯救李唐江山。然只要李隆基信，那么他就要毫不犹豫地支持主子。

“大家，有个叫李骆谷的，善卜能算，懂寻龙定穴，可差他去。不过，那神龙令既有如此神力，想来藏神龙令之所，定非寻常的去处，故让李骆谷一人前去，恐难胜任。”

李隆基点头道：“此言甚是，那便差龙武大将军陈玄礼一道去。传陈玄礼、李骆谷来见。”

高力士瞟了眼李隆基，这些天以来，他又消瘦了，亦越发的见老了，一头的灰发，在灯下闪着光，很是扎眼。大家啊！你为这个国家操心了一辈子，愿那神龙令果真有定乾坤之神力，能教你少费些心。当下暗叹一声，转身出去传唤了。

李隆基和高力士并不知道，陈玄礼在接到李亨的指示后，已经准备要开始动手了。

陈玄礼虽忠于皇室，忠于当今皇上，但他更加明白，皇上老了，甚至是老糊涂了，对人心和天下的形势估算不足，宠幸奸佞，致使天下大乱。在当前形势下，无论是为了江山社稷，还是个人前程，站在皇太子那边总是没有错的。但是，皇上尚在，公然支持太子，是有危险的，最大的危险来自李隆基的第十六子永王李璘。

御驾进入马嵬驿后，禁军分作两拨，一拨以陈玄礼为首，由李隆基第十六子永王李璘节制，护卫于马嵬驿周围，用于警戒，约两千人马；另一拨则由李亨直接调度，距离马嵬驿一里开外，负责殿后以及打探敌情，约三千人。两位皇子一前一后，拱卫御驾，眼下陈玄礼虽有太子口谕，然想要杀入马嵬驿去，无论如何也绕不开李璘，如何是好？

是直接杀将进去，还是跟李璘摊牌，取得他的支持？随即陈玄礼便被自己的想法逗笑了，太子想要闹兵变，那是因为他是太子，你却是何人？去跟永王摊牌，说我要与太子一起造反，岂非自寻死路吗？

陈玄礼很快做了决断，煽动士兵，速战速决！

士兵是有怨言的，且撇开这一路上来风餐露宿不说，皇上因了宠幸一个女人，任用其族兄杨国忠为一国之相，那浑蛋东西不学无术，搞得朝野内外怨声四起，这才有了今日之结果，害得大伙儿一道吃苦。听得陈玄礼说要杀了那浑蛋东西，为民除害，且有太子支持，在他们背后撑着，那还怕什么？众将士无不响应，操起兵器，跟了陈玄礼往驿站闯将过去。

无论神龙令是否存在，大唐天下都将发生翻天覆地的变化。只是谁也没有想到，那即将到来的变化，会是那样的巨大。

陈玄礼领兵闯向驿站的时候，无意间一扭头，发现南面的山下闪动着一缕蓝色的火，很是诡异。天下之火，皆为红色，那蓝色的火却是什么东西散发出来的？

几乎与此同时，李亨也发现了南面山脚下那缕蓝幽幽的火光了，它的火苗不大，形如火把，但它实在太扎眼，而且它出现的时机更是令人浮想联翩，偏偏在他们要发动兵变时闪现，是巧合吗？还是某种不可预知的暗示或天机？

李亨扭头看向旁边的高适，高适的脸色也异常凝重，奈何他只是一介书生，纵然熟读各类书籍，亦无法解释此等离奇之现象。

忽然，夜色里人影一闪，只见一条黑影兔起鹘落，朝那缕鬼火纵跃而去。高适的脸蓦然抖了一下，转头看向李亨。李亨不傻，很快会意，低喝声："杜啸林！"

不远处有人应喝了一声，跑过来一条高大的身影，身着甲胄，腰佩大刀，一身古铜色的肌肤，长得颇是结实，跑到李亨面前站定，浓眉一扬，道："殿下有何吩咐？"

李亨瞟了眼山脚下的那缕怪火，手一指，指向夜色下奔跑的那人，道："去看个究竟。"

杜啸林转头一看，未作迟疑，急奔了上去。他是例竟门统领，大内一等一的高手，天生一副豪胆，且心狠手辣，外界人称鬼见愁。

所谓例竟门，乃是武则天时期设于丽景门内的制狱，有传言云，凡入丽景门者，百不全一，通俗些说，就是人一旦入了此门，便不可能是完人了。后有人称其为例竟门，寓意是“入此门者，例皆竟也”，竟者了结，用在人身上，代表了死亡。杜啸林掌管例竟门，人称鬼见愁，委实不为过。

闲话表过，且说在马嵬驿的南面，有一座山，此山并不高，山脚下是一座墓葬地，兴平县的老百姓故去后，都往那儿埋，因此平时鲜有人涉足。

是时，墓地之中，闪着缕蓝色火光，在夜风里摇曳，未见明灭之状，火苗颇是稳定，形如传说中的鬼火。

杜啸林的身法很快，但他并没急于追上前面那人的意思，只悄悄地跟着，保持了一定的距离。前面那人中等身材，是个四十开外的长须中年人，穿了身宽袖齐膝红袍，下套件宽脚裤，裤管束扎在膝部，利于行动，他浑没料到有人跟踪，兀自疾速地往墓地方向跑。待近了那缕鬼火，那人往四周看了下，见无异状，压低着声音喊道：“光明圣火！”

喊声落时，墓地中人影一闪，闪出一人来。乃是个身子矮小的中年人，穿了身黑色的圆领粗布衫，若猴子一般，行动极为快速，其声若鸭嗓，怪声怪气应了声：“照耀神州！”

杜啸林趴在一道土丘后面，听了他们奇怪的对话后，便知使用的乃是暗语，而且此暗语出自拜火教，心想：拜火教活动于漠北，潜入南方，所为何事？

中等身材的长须中年人闻言，微微一笑，拱手道：“在下李骆谷，敢问尊驾怎生称呼？”

杜啸林听他自称李骆谷，嘴角掠过一抹冷笑，大内居然潜藏着拜火教的人，此番现身，教我逮着，就休想活命了！

“我乃本教光明使者葛青辉是也。”那矮小中年人摸着一缕发黄的短须，操着鸭嗓子尖声道，“奉教主之令，特来接迎！”

杜啸林闻言，暗吃一惊，拜火教主极少现身江湖，突然出现于此，必是有重要之事。因想到皇上就在山下落脚，心头怦怦直跳，倘若拜火教是为刺杀皇上而来，就麻烦了！

思忖间，只听李骆谷道："烦请使者引见。"

那光明使者葛青辉却不着急，眼里精光一闪，忽问道："听说你懂堪舆，精寻龙定穴之能事，可是真的？"

李骆谷微微一笑，谦逊道："使者过奖了，略通皮毛。"

葛青辉闻言，高兴至极，上前抓了李骆谷的手，道："可否教我？"

李骆谷一怔，再看他的脸时，并无嬉笑之情，急忙道："雕虫小技耳，难入方家之法眼，使者若真要学此法门，须另寻名家。"

不想葛青辉竟忽然跪下，口称"师父"，道："你若不教，我便不起！"

李骆谷没想到这光明使者之行为竟若孩童，行事完全凭一时之兴趣，说拜师就拜师，端的把李骆谷搞得难堪至极，手足无措。正不知怎生应付时，倏听得一声低喝，夜色里精芒一闪，也不知是何暗器，打得葛青辉弹了起来，摸着瘦不拉叽的屁股直呼痛。

李骆谷一惊，抬头看时，坟墓间人影一闪，快若闪电，只眨眼工夫，便到了近前，一脚踢在葛青辉的屁股上，喝道："偌大的年纪了，还这般胡闹！"他这一脚动作极快，葛青辉想躲都来不及，被踢得捂着屁股嗷嗷直叫。

杜啸林猜到来者定是拜火教主无疑，凝目看去，月光下只见来者是个二十岁开外的年轻人，一副胡人的长相，深目高鼻，浓眉大眼，眼珠子在月下闪烁出褐色的光，脸上略带了股稚气，虎头虎脑的，分明涉世未深。杜啸林见状，心下暗自诧异不已，没想到威名显赫的拜火教主竟是个乳臭未干的稚儿！

李骆谷心下虽讶异，但早已下跪参见："属下李骆谷参见教主！"

"你起来。"奎尼的话不多，说话亦是干净利落，"可曾探得神龙令所在？"

杜啸林听了这话，暗松了口气，原来他们并非为刺杀皇上而来。但同时越发的竖起耳朵听了起来，神龙令的传说他也曾听说过，拜火教主亲自出马，莫非神龙令果真存在吗？

李骆谷称谢起身，说道："听五官灵台郎说，神龙令就是贵阳古夜郎国所在地。至于古夜郎国究竟在哪里，尚须到了贵阳后再行找寻。”

奎尼点点头：“只要知道了具体地点，这便好说了，相信凭你的寻龙定穴之术，不难找到夜郎国所在。”

李骆谷刚想谦虚两句，山下忽传来嘈杂之声。陈玄礼动手了！

奎尼浓眉一挑，问道：“马嵬驿发生了何事？”

李骆谷见驿站有些乱，不时传来呼喝之声，一时也猜不透发生了什么，摇头道：“我也不知。”

奎尼恐生什么变故，叫李骆谷先行探听消息，待明日傍晚，再来会合。李骆谷称好，转身下山。杜啸林一声冷笑：你此行回去，还能活生生地回来吗？待李骆谷走远后，起身跟了上去。

陈玄礼率兵抵达驿站正门的时候，恰逢魏方进出来，此人乃是杨国忠夫人那边的亲戚，托了杨国忠兄妹之福，官至御史大夫。本也是个无所事事、斗鸡走狗的浪荡子弟，更无学问，封了官职，与杨国忠一个德行，不问国事，贪得无厌，见着人便摆官威。此时他看到禁军聚众闹事，以为与往常一样，仗着官威可以压制下去，喝道：“好大的胆子，竟敢在御前闹事，不要命了吗？”

陈玄礼心想，既是你先出来，那就从你这儿开刀罢了，喝一声：“大胆反贼，看刀！”右手往腰际一探，“锵”的一声龙吟，佩刀应声而出，在火光下闪过一道匹练，那魏方进的人头便落了地。

血腥味随着夜色弥漫开来的时候，周围的氛围立时就变得不一样了。原先参与闹事的将士，至少有一小半人尚存了侥幸的心理，只要皇上能妥协，废了杨国忠和杨玉环，此事便算是过去了。现在见了血，杀了朝中大臣，就注定了无法善了，更无退路，只能硬着头皮一条道走到底。

驿站内的宫女、太监见之大哗，也惊动了永王李璘，大步走将出来。

那李璘虽是皇子，却是李隆基所有的儿子里面最为丑陋的，嘴唇厚厚的往外翻卷，肤色粗糙，脖子与常人大异，天生偏向右侧，不能以正面视人，看陈玄礼时，微微往左侧着身。只是他的眼光很犀利，看向陈玄礼时，一手按着腰间的刀柄，目射寒光，不怒自威。

陈玄礼受李璘节制，本应是听命于他，但如今刀头见血，已顾不上许多了，目光一转，看向跟在李璘身后的那人，正是当朝宰相杨国忠，手臂一振，喝道："殿下让开，且容臣斩了那厮！"

杨国忠见状，吓得魂不附体，喊道："殿下救命！"

李璘手臂一扬，抽出刀来，厉声道："陈玄礼，你想造反吗？"看着李璘的样子，陈玄礼不由得迟疑了一下。

"十六郎。"双方剑拔弩张之时，李亨适时出现了，目光一瞟，落在李璘身上，"十六郎，莫非你不知道谋反之人乃是奸贼杨国忠吗？"

"阿兄……"李璘见到李亨时，气势顿时便没了。他幼小丧母，乃是兄长李亨一手养大，所谓长兄若父，在李璘眼里，兄长端的与父亲无异，甚至比之李隆基还要亲切些。况且他丑虽长得丑了些，但自小聪慧，很快便明白了李亨的意思，愣了一下，似乎在权衡利弊，而后身子微微一侧，幅度并不大，然明眼人都看得出来，他是在让步。

陈玄礼眼明手快，快步上去，大刀凌空一挥，杨国忠的人头应声而落，随即身子"砰"的一声，倒在地上。

"逆贼杨国忠伏诛！"陈玄礼情知斩杀当朝相国，非同小可，一手提起他头颅，振臂一声疾呼，先声夺人。这一声大喊落后，也就意味着他的举动是合法、合理、合情的。

将士们跟着欢呼，大喊："逆贼杨国忠伏诛！"然而，杨国忠虽亡，却还有一个更为重要的问题，既然杨国忠是逆贼，那么其妹杨玉环呢？

陈玄礼心里比谁都明白，如果不能趁此机会杀了杨玉环，日后可能会是场灾难。

李隆基闻讯，在高力士的搀扶下出来，看到眼前的场景，再看李亨、李璘等俱在场，便明白了是怎么回事。没错，他是深爱着杨玉环，甚至爱屋及乌把杨国忠等一干人亦提拔了起来，从某种程度上来说，的确是自私的。但是，安禄山造反就真的是杨氏兄妹之过吗？

李隆基不想承认，可他同时也知道，一个落难的皇帝，所处的环境比任何时候都要复杂，如果不承认的话，局面可能会不堪收拾。

"哼！"李隆基笑了，苦笑，从鼻孔里发出一声低哼，然后收拾起无奈、悲痛之心情，面向众将士，道："你们听着，任杨国忠为相，实为朕之失策。此人胸无点墨，自私自利，杀之，权当是为国除害了，朕不怪罪你们。天色已晚，将士们都下去吧！”

李隆基说完后，回身要走，事实上他也害怕禁军还会提出其他要求来。然而怕什么来什么，只听后面有人叫道：“陛下！”

李隆基身子抖了一下，没有回头，生硬地问道：“何事？”

陈玄礼跪倒于地，大声道：“杨国忠为谋逆之贼，杨贵妃不宜留。”此话一落，众将士一起跪下，齐声道：“杨贵妃不宜留！”

李隆基兀自没有回头，脸上明显挂着一抹恐慌。高力士看着他的脸，凄楚地叹息一声。当今皇上之于大唐天下，也算得上是兢兢业业，劳苦功高，虽非圣主，更无法与高祖、太宗相提并论，但他绝对称得上是个好皇帝，不曾想临了，连自己的爱妃都无法保护。

李隆基在驿站门前停留了会儿，脚步一抬，走了进去，他不想去面对，亦无法接受。如果你们还想闹，那就继续闹罢了！

“陛下！”陈玄礼跪着往上爬将过去，及至驿站内的木阶前，不断磕头，把木板撞得“咚咚”直响，“望陛下以江山为重，莫让私情羁绊，今日若留下杨贵妃，他日必生祸事，望陛下三思！”

李隆基霍地回头，夜风撩起他苍白的头发，额头被一层一层若丘壑般的皱纹覆盖着，目光一动，落向李亨，似乎是在质问，又像是在求助。李亨若泥雕木塑般的一动未动，脸色铁青，只有颌下的一缕短须随风飘动着，火光下显得异常刚硬、坚韧。

看到李亨的神色，李隆基明白了，这并非是一场普通的兵变，而是有预谋的，现在驿站内外都是听命于太子的人，他被孤立了，成了真正的孤家寡人！

“哈哈哈……”李隆基仰首一声笑，笑声里充满了诸多的凄凉和无奈，随着夜风荡漾开去，沧桑无比。纵然身为帝王，曾经叱咤风云，开创了大唐盛世，又如何呢？人如万物一般，盛极必衰，在衰弱年老之际，便没了任何威严，甚至连最后一丝的敬畏亦失去了，即便是身边人亦无法护她周全！

走到驿站里面的时候，灯火下跪着一位年轻女子，她体态丰腴，秀发如丝，肤如凝脂，房内满室都是散发自她身上的那种令人着迷的体香。她螓首微垂，一缕发丝垂落在她雪白的颈项上，越发衬托出她的柔美和娇媚。

外面是士兵“杨贵妃不宜留”的山呼海啸般的喊声，里面则跪着这位静若处子般的美妇，一动一静，一刚一柔，烘托出的是迥然不同的情境，映射到李隆基内心的却是无比的酸楚。他“扑通”一声跪在杨玉环的前面，一把搂住她柔软的娇躯，像个孩子般的泣不成声。

高力士见状，亦抽泣起来，抬起袖子抹了两把老泪，跪在李隆基身后：“大家……倘若可行，老奴甘愿替贵妃去死……可惜啊……老奴不过一副贱躯，难及贵妃分毫……”他这番话发自肺腑，情真意切，泪珠儿一颗颗往下滴。

“三郎。”杨玉环抬起螓首，目光一转，柔媚无限，亦凄艳无匹，“遇得三郎，妾之幸事，本望与郎白头，奈何妾命薄，难堪与郎终老。倘若妾之性命，能换得大唐安宁，换得三郎平安，妾纵死无憾。”

李隆基乃是多情之人，听了此话，越发悲伤，倒在杨玉环的怀里，放声痛哭。

高力士要的就是杨玉环这句话，对他而言，只要主子平安，那便是上上大吉，劝道：“大家，安胖子已入了长安城，占了大明宫，这里不能再乱了，须速作决断。”

此时，重臣近侍纷纷赶过来，高力士示意他们跪下苦求，以便李隆基快刀斩乱麻，早下决心。众重臣近侍会意，俱皆跪下，磕头苦求。

“朕之一生，并无亏欠谁，唯独爱妃的情无法偿还。”李隆基搂住杨玉环，搂得很紧，把头埋在她的香肩上，贪婪地吸着她身上的味道，“朕自登基，拨乱反正，开元治国，开创了一个繁华盛唐。百姓安居乐业了，朕却是高高在上，高处不胜寒，看似得到了一切，实际上什么也没有，连百姓生活中最为常见的人伦之乐、男女之欢，亦求之不得。直至遇见了你，方知人间尚有欢愉，尚有令朕留恋之处。原以为后半生便与你长相厮守、白首偕老，奈何朕是一国之君王，欲求多了便是祸国殃民。爱妃且听仔细，大唐生乱，非你之过，都云红颜祸水，其实真正祸国的乃是君王，与卿无干。”

杨玉环低声啜泣，点头道：“三郎之情，妾永铭于心，愿有来生，再伴君侧。”

不久后，杨玉环的尸首被抬了出来，陈玄礼亲自上前检验，验明无误后，这才让人抬出去安葬。驿站内传出李隆基的哀号，声声悲切，一代佳人，就此香消玉殒，这正是：明眸皓齿今何在，血污游魂归不得。清渭东流剑阁深，去住彼此无消息。

两天后，御驾继往西南而行，李亨因了马嵬驿之变，不便再与父皇同行，转而北上。

杜啸林便是在北上的时候，把李骆谷带到了李亨面前，道：“殿下，李骆谷是拜火教众，叛贼安禄山的人。”

李亨闻言，端的是吃惊不小，安禄山居然把眼线安插到了皇上身边，越想越是后怕，问道：“拜火教出现于此，究是何事？”

“乃是为了神龙令。”杜啸林道，“拜火教现任教主奎尼，亲自出山，欲联同李骆谷，寻找神龙令。”

李亨闻罢，没有发话，头一偏看向高适，意思是说，神龙令果然存在吗？高适看了眼李骆谷，道：“谁也没有真正见过神龙令，更不知道神龙令是何物，有多大的作用。不过在下以为，江湖上的事，宁可信其有，不可信其无，况且此物涉及天下安危。殿下若不放心，不妨让李骆谷带路，派人去查访一番。”

李亨称善，遂命令杜啸林带着李骆谷，前去贵阳。他自己兀自率众北上，抵达朔方军大本营灵武（今宁夏回族自治区灵武市），于同年七月十二日，在灵武南门城楼举行了简单的登基仪式，改当年为至德元载，遥遵李隆基为太上皇，并派使者往四川报讯，称：儿继皇帝位，非为权力，今居朔方，抵御叛军，儿将砥砺前行，把失去的江山一寸不落地夺回来。

自此，李隆基、李亨、安禄山短暂的三方鼎立之势成立，谁都想坐稳江山，主掌国家。在兵马频繁接触的同时，那传说中的神龙令亦成了三方追逐的对象。

第一章

老王山

远别离，古有皇英之二女，
乃在洞庭之南，潇湘之浦。
海水直下万里深，谁人不言此离苦。
日惨惨兮云冥冥，猩猩啼烟兮鬼啸雨。
我纵言之将何补，皇穹窃恐不照余之忠诚。
云凭凭兮欲吼怒，尧舜当之亦禅禹。
君失臣兮龙为鱼，权归臣兮鼠变虎。
或言尧幽囚，舜野死，
九疑联绵皆相似，重瞳孤坟竟何是。
帝子泣兮绿云间，随风波兮去无还。
恸哭兮远望，见苍梧之深山。
苍梧山崩湘水绝，竹上之泪乃可灭。

此一首《远别离》乃是诗人李白所书，写于安禄山之乱前，估计在写这一首诗的时候，李白也不曾想到，竟会一语成谶，李隆基、杨玉环这对令世人羡煞的情人，终成了阴阳两隔的苦命鸳鸯。

至德元载（至德是唐肃宗李亨的年号，由于此时唐玄宗李隆基尚在，其帝王也未让李隆基承认，因此至德年间不称年，为载），也就是天宝十五年秋，李白从山西庐山一路而来，进入贵州贵阳地界时，惊闻安禄山称帝，李隆基逃离长安，向四川避难，太子李亨亦于灵武继位，遥遵李隆基为太上皇，大好江山烽烟四起，四分五裂，不禁喟然长叹。

他一生固然放浪不羁，藐视权贵，曾在金銮殿上公然让高力士替他脱靴，但这并不代表他无视国家，恰恰是这些所谓的放肆之行为，表达了他爱国之情操，诚所谓爱之深，恨之切，但凡那些达官贵人，少一些谋私之心，多一份为公之情，好端端的一个大唐盛世，岂会落得如此境地？

争奈如今他已五十有六，早已是白发苍苍，即便是有心为国，只怕亦无力回天了！

李白向着苍天，一声长叹，秋风从他的身体吹过，吹起他的皓发，在满天的落叶衬托下，尽显沧桑。

柯乐这座小县城，彝文叫作柯洛倮姆，意为中央大城，太史公的《史记》里称之为柯乐，传说中的夜郎国都城，便是在这一带。

此地属于黔西高原的峡谷地带，山峻水密，丘陵起伏，沟壑纵横，是个游览大好河山的极佳去处。李白喜静，一路游山玩水，到了老王山时，不知不觉天色将暮，瞭望四周，并无人家，遥见山腰下有一座庙宇，便登山而上，向庙里借宿。

那是座武神庙，供奉的是三国时期与刘备结义的关云长。估计是多年无人打理，早已败落，门窗散于地，四处皆覆盖了层厚厚的积灰。李白行入内，在庙宇的西南角整理出一块地来，又生了堆火，打算先吃些干粮。瞥眼间，见角落有个圆溜溜的东西，表面光滑，在火光的照耀下闪闪发光，走过去拾起来看，不由得怔了一下。

确切地说，这是个雕刻得极为精美逼真的石雕，只不过它雕的并非是什么艺术品，而是女性的阴户，且栩栩如生，异常真实。

李白怔怔地看着手里的这东西，又惊又奇，哪个如此无聊透顶，雕了个如此龌龊物什，还将之放在庙宇之中？慢说雕刻如此形状的东西，本身就有心术不正之嫌，将它放于庙中，更是对先辈神灵之亵渎。越想越觉得手里的这物什，并非什么好东西，便想将它扔了。

未及动步，倏闻得外面传来个脚步声，声音细碎，步履轻盈，应是个女的。李白越发奇怪，是时夜色已浓，荒山野庙，怎会有女子出现？再看看手里这个女性的阴户，心想莫非这里面有什么古怪？

不多时，庙门外人影一闪，果然出现了个姑娘。二八年华，披着一肩秀发，穿一袭直领对襟的浅翠衫，外罩了件轻纱绿帔子，酥胸半露，肌肤胜雪，下穿了件石榴裙，亭亭玉立，打扮得干净利落，手提了柄长剑，脆生生地站在门边，委实让李白眼前一亮，下意识地把手里的那物什藏于背后。

那姑娘明眸一动，显然注意到了李白的动作，因没看清楚究竟是何物，也没去在意，嘴角一撇，微哂道："老伯，可否借此一席地，留宿一晚？"她说话时略有些忸怩之态，想来是初涉江湖，入世未深。

李白见是个涉世不深的小姑娘，笑道："此庙也不是我的，姑娘只管进来便是。"

那姑娘告声谢，走到李白对面的那个角落下，打扫干净后，便要坐下休息。游目间，见李白偷偷摸摸地走出庙门去，神色古怪，不由得留了个心眼儿。临出门时，师父有交代，江湖凶险，人心更是险恶，凡事不能大意。当下摸到门边，探出头去窥视，刚好看到李白往山林里扔了个东西，因夜色太黑，看不清是何物。

怪事也就在此时发生了。李白刚把那东西扔出去，便见林中人影一闪，快若电闪，如山魅一般伸手一抄，将李白扔出去的东西抄入手中。那一席动作在夜色里一气呵成，把李白和那姑娘看得目瞪口呆。

那条人影接了东西后，右腿一弹，在一棵树上稍借了下力，再度跃起，往庙门而来。

李白早年师从神剑帮帮主裴旻，虽比不得武林高手，但在剑道上亦算是登堂入室了，所谓一技在身胆气壮，喝道："来者何人！"

那条人影落在庙门外时，没去理会李白，摊开掌心，凝视刚才接到的物体，看明白是何物时，忍不住发出"咦"的一声，神色十分诧异。

李白转身看去，在火光的影射下，只见那是条四十开外的精壮汉子，穿一袭普通的深色圆领襕袍，戴一顶黑色幞头，腰佩大刀，在其一身古铜色皮肤的映衬下，显得十分的健硕威武，正是大唐禁宫例竟门统领杜啸林。他看了眼手中的东西后，抬头道："出来！"

话音刚落，林子里人影一闪，又出来一个人。那人也是四十开外的样子，身材中等，瘦脸长须，眼睛很圆，滴溜溜地转动时，给人以一种狡猾、不可靠之感。身穿宽袖齐膝红袍，下套件宽脚裤，行走时两脚呈外八字，十分古怪。此人正是强行被杜啸林带来的拜火教徒李骆谷。

李骆谷极其不愿地走到杜啸林身前，瞟了眼那东西，那对圆眼顿时一亮。杜啸林留意着他的表情变化，问道："此乃何物？"

李骆谷回头看了看李白，问道："你从何处得来的？"

李白指了指庙内，道："打扫时，无意发现的。"

李骆谷又问道："又何以要将它扔了？"

李白道："这等污秽之物，留于庙中，亵渎神灵。"

李骆谷问完，神秘兮兮地把杜啸林拉到一边，小声道："此物唤作山阴石，又叫女娲石，相传乃是上古时期留下来的神物，后不知所踪。不过……"

杜啸林脸色一沉："不过什么？"

李骆谷捏着那缕长须，徐徐地道："据说在汉朝时，落入了夜郎国，由于夜郎国有女性崇拜之风俗，便被当作神物供奉着。照此看来，我们应已进入夜郎国遗址范围之内。我奇怪的是，夜郎国供奉的神物，何以会出现在这座武神庙内？"

杜啸林眼睛一亮，道："你的意思是说，此乃夜郎国的图腾？"

李骆谷摇头道："恕在下才疏学浅，对古夜郎之风俗只是一知半解，故不敢断定这便是夜郎之图腾。"

李骆谷以为将杜啸林拉到一边，断然不会让李白听到，但他没想到的是，庙门内还藏着一人，他与杜啸林的这番对话，早就一字不落地落入了那姑娘的耳朵里。她凝目一看，见杜啸林手里握着的，分明是女性的隐私部位，羞得娇靥绯红，急又缩回头，不去窥视，却又被勾起了好起心，竖起耳朵听着。

只听那李骆谷又道："看来那老头儿不知这是何物，不妨先行离开，找个地方瞧瞧周围的风水，或有收获。"

杜啸林表示认同，使了个眼色，刚要走，陡闻一阵银铃般的笑声从林子里传来，"师兄，你看那其壮如牛的家伙羞是不羞，拿了人家的东西就想据为己有。"

在庙前其壮如牛的唯杜啸林，他知道来者不善，便朝林子的方向喝道："什么人？"

"按道理说，牛是不贪的，猪才贪。"林子里又传来个男人的声音，"咦！你这丫头，猪牛不分，那分明是只健壮的野猪。"

杜啸林乃例竟门的统领，何时受过这般羞辱，怒道："休得躲着装神弄鬼，有本事现身出来！"

话音刚落，便听到林子里树叶一阵沙沙声响，两条人影一闪，到了庙门前。

连续出现三拨人，着实让李白又惊又奇，心想：本是要来这里躲个清静，消解疲乏，现在倒好，睡都无法睡了。转目间，只见来的是一男一女，都不过二十来岁，那男的剑眉朗目，身材修长，是个十足的翩翩美少年。只是眉宇间隐着一副什么也不在乎的样子，把一柄长剑斜斜地搭在肩上，吊儿郎当的，分明是个浪子。不过那少年的脾性倒十分合李白的胃口，不由得朝他浅浅一笑。那少女穿一袭粉衫，模样倒是清秀可爱，只是举止间透着股刁钻，显然是从小娇生惯养的大户人家的小姐。

杜啸林瞧了眼他俩，见不过是两个刚出道的雏儿，冷笑道："这是哪家的小儿没看管好，竟跑出来胡闹！"

那少女咯咯笑道："猪都能跑出来撒野，还不许小孩儿出来玩玩吗？"

那少女牙尖嘴利，论嘴上功夫，杜啸林难及其万一，遂喝一声："无礼的丫头，找死！"挥拳就要打。那少女伸手拦着他道："莫急，莫急！打架是要耗力气的，本姑娘不能白陪你打。要不这样可好，陪你玩十招，十招之内，你若是输了，便把手里的东西给我，如何？"

杜啸林闻言，以为自己听错了，这小丫头片子一副娇滴滴的样子，禁不住捏更禁不住打，居然扬言说要在十招之内把他放倒，端的是初生牛犊不畏虎，好大的口气！

那少女两眼放着光，鄙夷地道："怕了吗？怕了的话就乖乖地把那东西交出来，然后再亲切地喊本姑娘一声'姑姑'。"

杜啸林情知斗嘴斗不过她，也不说话，喝声："看招！"铁臂一挥，"呼"的一声朝那少女袭将过去。他是大内高手，在长安城内，鲜逢敌手，故未动兵器，欲探探对方的底。

那少女娇笑一声："师兄，看我怎生擒下这只野猪，给你下酒！"小蛮腰一拧，身若蝴蝶，翩然而动，同时"锵"的一声龙吟，剑气如虹，挥剑就刺。所谓行家一出手就知有没有，杜啸林一看便知此剑法出自名门，因不及防备，急退了开去。

"第一招！"那少女的神色好似真的在玩打架游戏，欢叫一声，第二招便递了出去。只见她纤臂一振，剑身嗡嗡作响，化作三点寒星，虚实难辨，指向对手要害。

杜啸林看不出她哪道剑光是实招，只得又退。那少女似乎料到了他会避走，莲足一点，娇躯一转，手中的长剑随着身体由上而下划了个漂亮的弧线，而且这一席动作一气呵成，丝毫不拖泥带水。杜啸林知道这小丫头师出名门，不敢再大意，抽出佩刀来，迎风一挡，"叮"的一声响，火星四溅。

李白看着那少女的剑法怔怔出神，而后又看向那少年人，只见他转身往一块石头上落座，一手将剑支在地上，一手解下腰间挂着的酒壶，举头就饮，潇洒从容，似乎料定了那少女必能取胜。

"第八招了！"那少女又是一声欢叫，剑风飒然，又是打出一招。杜啸林自取了兵器在手，丝毫未落下风，而且以他的经验和功夫，时间一久，那少女必败无疑。然奇怪的是，那少女夸下海口，要以十招取胜，眼见得第九招已出，丝毫不见取胜的迹象，她何以还打得如此欢乐？

那少女的行为不仅让李白百思不得其解，杜啸林亦是捉摸不透，这小丫头片子古灵精怪，究竟打的是什么鬼主意？唯独那少年人，依然是一脸的自信，仰头饮下一口酒，喊道："小师妹，师兄的酒已喝去大半，野猪肉何在？”

那少女“咯咯”一声娇笑：“野猪肉来了！”长剑倏地一收，持剑而立。

杜啸林见她忽然收回剑去，不禁蒙了，这玩的是哪一出？心念未已，陡见那少女左手一动，一道寒星自其手心而出，快若电光石火，慢说是杜啸林没准备，即便是提前警觉，近距离下亦不能避得开去。只觉右腰下像被蚂蚁咬了口似的微微一疼，半边身子就麻了，手中的山阴石脱手掉下。那少女眼敏手快，伸手一抄，抄在手中，得意地朝杜啸林吐了吐舌头。

杜啸林在武学造诣上好歹算得上是一代宗师，不想竟在阴沟里翻了船，又气又怒，奈何麻劲儿未曾过去，只有干着急的份儿。

那少年接过山阴石，捏在手里把玩了一下，手中剑倏地一指，落在李骆谷的脖子上，笑嘻嘻地道：“想活着吗？”

李骆谷只不过会些风水八卦、堪舆之术，论武功却只算得上是三脚猫的功夫罢了，吓得脸色发白，点头道：“想活！”

“想活就乖乖地跟我走。”那少年收起剑，料定了李骆谷不敢不从，转身就走。李骆谷本来就是让杜啸林胁迫来的，对他来说跟谁走都一样，果然跟着那少年人而去。

李白虽不知道山阴石与夜郎国有关，更不知道夜郎国有神龙令，但他也看出来了，无论是庙里的那姑娘，还是杜啸林等人，都不是简单的过路之行人，乃是怀着某种目的而来。他无心江湖事，更不关心他们来此的目的，于是想去庙里拿了包袱，离开这是非之地。

进入庙内时，那姑娘依然躲在门后，李白取了包袱向她拱拱手，算是告辞，出了门后，紧跟着前面那一男一女及李骆谷三人而去。

庙内的那姑娘旋即出了门，杜啸林见庙里又冒出来个人，又惊又奇，心想：看来各路人马都来了这老王山，想要拿到神龙令，这比之前预想的要麻烦多了。

李白追上那三人，道：“少侠，请慢走！”

那少年人回过头来，因目睹了他扔掉山阴石的举动，料知不是敌人，便笑笑问道：“老伯是叫我吗？”

李白走到他身前，问道：“裴旻是少侠的什么人？”

那少年人一怔，立时提高了警惕：“敢问老伯又是何人？”

“我乃李太白是也，早年师从裴老前辈。”李白苦笑道，“争奈生性懒散，受不了师门的约束，学了些三脚猫的功夫就出来了。”

那少年人脸色一变，忽然跪倒在地，“阿爹在上，受儿一拜！”

这下轮到李白吃惊了：“你是……”

“阿爹果然把我忘了吗？”那少年人抬起头，眼里带着丝怨意，“你可还记得山东曹州（菏泽）的鲁娇娘？”

李白慢慢地蹲下身子，仔仔细细地看着眼前的少年人，一时心潮澎湃，眼泛泪光：“你是颇黎吗？”

那少年人点点头，眼圈一红，泫然欲泣。李白抱住他，仰天大笑：“苍天有眼，让我在垂暮之年，与我家二郎重逢，苍天有眼啊！”

原来，二十年前，李白游历至曹州，偶逢鲁娇娘，一见钟情。一年后，离开曹州时，鲁娇娘已怀有身孕，他曾对她说，一定会回来找她。奈何他生性放浪不羁，天生是个浪子的习性，喜欢周游四海，及至再回曹州，已是六年后。然就是这六年光阴，早已物是人非，当年那位娇滴滴的人儿病逝，那孩子亦不知去向。

据四邻讲，起先他们都觉得那孩子挺可怜的，大伙儿都愿意施舍些饭菜，有一日忽然不知所踪。李白懊恼不已，曾四处打听寻找，遍寻不得，没想到是让一代剑宗、神剑帮的帮主裴旻领了去，收入门下，也算是因祸得福了。

父子俩又说了会儿闲话，那少女催促道：“莫在此叙离情别绪了，再叙下去，等那野猪拱上来，可不是好玩的事！”

李颇黎抹了把眼泪，他同李白一样，是个豪爽洒脱的性子，笑道：“小师妹说得是！”又向李白介绍，“此乃裴旻小女，名叫裴小小。”李白见她聪敏伶俐，颇是喜欢。当下继又启程，往前走去。

途中，听李颇黎介绍，此番他们是奉了师命，来寻访传说中的夜郎国神龙令，免得落入宵小之手，乱了大唐。

李白不曾关注过这些传闻，听那神龙令有如此神奇的作用，不觉冷笑道："国家强盛，须明主治国，贤臣辅助，却是从不曾听说一道子虚乌有的神龙令，能主掌国家兴衰。"

"我知道你的才华。"李骆谷发话道，"但世间之事，无奇不有，莫因了不知而否决。"

李白从李颇黎那里讨了酒来喝，道："此话倒是在理。只是不知你将如何去寻找神龙令？"

李骆谷停下脚步，望向天心，是时明月在天，天空像撒了件巨大的轻纱，罩向人间，周围的群山在月下呈现出黑色的参差不齐的剪影。李骆谷选了个制高点，爬上去一看，周围之山川形势尽收眼底，九座山峰虽高低不一，却若莲花的花瓣一般，耸立四周，而中间那道突出的山坪，一如莲芯，正好矗立于九山之间。

所谓九方，指的是四面八方之外，中央的位置，传说中的"九方山，神龙令，令出时天下归元"，说的应该就是这老王山的那道山坪！

李骆谷发现了这个秘密后，留了个心眼儿，他是拜火教徒，在教主现身之前，自是不能引狼入室，把神剑帮的人带过去，让他们得了便宜，因此编了个谎，说是据他观察，夜郎古城的遗址应就在这群山环绕中的某个峡谷里，只有到了下面，方能测算具体位置。

"你可别骗我们啊！"裴小小显然信不过他，吓唬道，"若让本姑娘发现有诈，就把你的胡须一根一根拔下来，再把你这张臭嘴缝上。"

李骆谷讪笑道："姑娘冰雪聪明，借我个胆儿也不敢哪！"

裴小小得意地笑笑，"那就快些带路！"李骆谷迭连称是，率先向前走去。

后面不远处，跟着那位着浅翠衫的姑娘，她从庙内出来后，一路相随。别看她年纪小，内力之修为却是极高，施展轻功身法，捷若狸猫，连李颇黎亦未曾察觉。

约过了一炷香的工夫，翠衫姑娘发现前面似乎有些异常，一缕幽蓝的火光，于林间晃动，形如鬼火，十分诡异。当下便留了个心眼儿，凝目往那边一看，只见有个体形矮小之人，若猴子一般，举着缕蓝火晃动着。

翠衫姑娘虽初涉江湖，资历尚浅，但江湖上的事，却是听说了不少，心想：那里莫非是拜火教的人？果若如此的话，今晚端的是棘手了！

李骆谷也看到了那缕火光，情知奎尼和光明使者葛青辉就在附近，心想：得把神剑帮的人甩掉，以便拜火教能顺利取得神龙令。正想着法子怎生摆脱李颇黎等人，那道山坪上忽然出现了异象，无论从哪个方向看，都十分醒目，似乎就是想要吸引人过去……哦不，好像是要震慑众人，莫要接近那道山坪。

朦胧的月光下，一道青烟自那山坪腾地而起，袅袅往上升，青烟之中，一条巨大的人影随着烟雾而起。确切地说，那是道似有若无的有些类似于人形的东西，与青烟融作一处，朦朦胧胧，似虚若实，仿若神灵或山魈驾云飞天，及至三四丈的高空时，停了下来，俯瞰着下面的山林。是时，他的形状开始发生变化，体形逐渐膨胀，越来越巨大，就好像是传说中的巨灵神，右手捏着铜锤，左手握拳，口一张，大若盆，一道黑烟自嘴里喷出，下面的树林沙沙作响，犹如狂风突袭，树影摇曳不止。

李骆谷虽懂堪舆之术，信鬼神之说，但见了这等奇异景象，不由得神色大变。裴小小吓得娇靥失色，身子不断地往李颇黎的怀里缩："师兄，那是什么怪物？"

李颇黎艺高人胆大，倒也不惧，只是奇怪莫非这世上端的有神灵吗？回头去看李骆谷时，见他也是不知所措，便把目光一转，看向李白。李白喝着酒，注意到李颇黎的目光时，说道："我不知道那是什么，但在我看来，诡异的不只是其形状，还有他出现的时间。为何我等到了此地，他便出现，是巧合还是刻意的安排？是震慑还是引诱我们过去？他是善意的还是别有图谋，有无危险？这些我们都一无所知，倘若真要去闯一闯，须做好心理准备。"

李颇黎耸耸肩，把搭在肩头的长剑拿下来，往地上一插："师父说，神龙令关系大唐国运，既然到了此间，绝无退回去的道理，不管他是龙潭还是虎穴，我都闯定了！阿爹和小师妹替我在外面接应，待我先去探探再说。"

李白知道这小子是怕出什么意外，这才将老弱留下来，裴小小却是不依了，嘟着小嘴道："怕我连累你吗？哼，就知道你一直小瞧我，连我爹都说我可以出来历练了，你凭什么不让我去？”

正说话时，树林里忽然掠过一道人影，身形娇小，行动极快，正是那位穿翠衫的姑娘，李白恐失先机，道：“一起下去再说，这座山里来了不少高手，即便是真有危险，料也无妨。”

李颇黎一想也是，眼下各路高手云集，皆是为神龙令而来，真发生了什么危险，谁也逃不了，只能是联起手来同舟共济。既然有这么多人在场，怕他作甚？一行人沿着山路，往那山坪而去。

接近山坪时，那道青烟以及烟雾中的巨人陡然消失，像是被某种强大的力量吸入了山体里面去，无影无踪。

最先抵达山坪的是那翠衫姑娘，她在那里摸了一圈，见李白等人过来，道：“到了此处，大家也无须打哑谜了，此地非同寻常，在见到神龙令之前，彼此还是精诚合作为好。”

“说得是，说得是啊！”话音落时，月光下掠起一道人影，只一闪，便到了众人身后，身子矮小，如猴子一般，长得尖嘴猴腮的，穿一件黑色的圆领粗布衫，声如鸭嗓，正是拜火教的光明使者葛青辉。他看了眼李骆谷，欢喜之极，上来就又想要拜师：“师父，你就收了徒儿吧，带我入玄门！”

李骆谷没想到他还没忘了这茬儿，急忙去扶，葛青辉的双膝就像在地上生了根似的，任凭李骆谷怎么拉，都拉不起来。裴小小见他好玩，笑道：“你如此缺师父管教吗？拜本姑娘便是！”

葛青辉把眼一瞪，操着鸭嗓道：“你个丫头片子，怎地不知自己几斤几两？”兀自抱着李骆谷的双腿不放手，亏的是奎尼及时出现，葛青辉还是惧怕教主的，见到他那张冷峻的脸时，收起那副死皮赖脸的样子，乖乖地起了身。

奎尼虽年少，人却沉稳，看了眼那翠衫姑娘，拱手道：“姑娘说得是，此大凶之地，若不合作，危险至极。在下拜火教主奎尼，敢问姑娘芳名？”他似乎对那翠衫姑娘有些好感，然毕竟是情窦初开的少年，虽鼓起勇气打听对方的名字，眼睛却不敢直视，只瞟了几眼，便移了开去。

“梅花卫肖如梅便是。”那翠衫姑娘肖如梅极少行走江湖，更是不曾与陌生男子有过接触，轻轻地说了一句。

肖如梅的话音刚落，便见杜啸林从林子里出来，想来被暗器伤得不重，已行动自如，冷冷地看了眼肖如梅，又道："梅花卫也重出江湖了！看来太上皇并不甘心在四川安享晚年啊！"

肖如梅江湖经验虽浅，但生性聪慧，见杜啸林一副冷面无常的样子，没好气地道："李亨派了你来此，看来他在灵武擅自登基，也是战战兢兢，如履薄冰。"

是时，安禄山在长安，李亨在灵武，李隆基在成都，三方势力对峙，谁都想主掌天下，然谁都知道，天下大乱，根基不稳，一个不慎便有可能性命不保，故皆欲夺神龙令，以安天下。

那梅花卫乃是武则天所创建的宫内秘密组织，又称梅花内卫，与金吾卫、骁骑卫、鹰扬卫、例竟门等同属禁苑内卫，只是梅花卫在武则天宾天后就消失了。李隆基把这个秘密组织挖出来，一则是身边无高手可用，二则只怕是动用了高力士的关系，那老太监深得武则天信赖，估计对梅花卫了解颇深，相信凭借梅花卫的力量，足可与各路高手对抗，顺利拿到神龙令。

相比于这三方势力，李颀黎等人倒显得单纯许多，他的背后没有主人，不过是顾及社稷安危，方才插足其间。因此，在听到李颀黎自报家门后，无论是杜啸林，还是肖如梅、奎尼，看他的眼光都发生了改变，如果能拉拢神剑帮，为其所用，此行的胜算无疑就大大增加了。

李颀黎表面上一副吊儿郎当的样子，心里却若明镜似的，只是装作没看穿，笑道："难得大家达成了共识，此处非是闲聊之所，不如就开始行动吧。"

肖如梅道："我刚才在这里转了一圈，发现并没什么特别之处，只有西北角有一个山洞，且洞口几乎为草木掩盖，显然鲜有人来此。"

"哦？"杜啸林讶然道，"那么刚才飘浮于青烟之中的，又是何物？"说话间，头一转看向李骆谷，似乎想从他那里得到答案。

李骆谷一脸茫然，眼神之中隐含着一抹恐惧："那东西是什么，眼下谁也不敢断言。不过在下以为，这里应该就是古夜郎国的遗址所在。

一会儿进入山洞后，大家须万分小心，最好是能尽快查清楚，浮于青烟之上的究竟是什么东西，不然的话，敌暗我明，只怕会十分危险。”

“先进去再说。”奎尼说了一声，率同葛青辉当先开路，李骆谷随后，负责观察，肖如梅和神剑帮的李颇黎、裴小小、李白居中，杜啸林断后，一行人陆续往山洞而去。在进入山洞前，李白从包袱里取出了许久未用的剑，以做防身之用。

甫入洞中，便觉有一股阴寒之气扑面而来，再往里走，便听得“呼啦啦”一阵响，未及众人回神，便见大片蝙蝠乌压压地从里面飞出来，腥臭之味随之浓烈。裴小小和肖如梅俱皆惊呼一声，随着大家弯下腰身，躲过蝙蝠。

蝙蝠飞出洞去后，洞内除了众人粗重的呼吸声外，便再无其他声响。在前面带路的奎尼，右手迎风一晃，点燃了支幽蓝的火把，那燃料也不知是何物所制，竟不畏风，火势稳定，一时洞内大亮。一顿饭工夫后，前面豁然开朗，在火光的照耀下，呈现出一个巨大的天然溶洞，洞顶和地面的石头参差不齐，犬牙交错，好似进入了某种巨兽的嘴巴里，让人感到阴森、压抑。

葛青辉又晃燃了支幽蓝的火，往前面走了几十步，忽然“咦”的一声，道：“前面好像是道门。”众人走上去看时，果然是道门户，左右两道石门足足有三丈之高，门的顶端连火光都难以照到。门面很粗糙，并无精心打造的痕迹，倒是门扉上的两个铺首（门环）很是特别，暗黄色的，表面有一层薄薄的铜锈，应是铜制，衔环的兽面突目长眉，额头突兀地往前凸出，敞着嘴，有八齿，长鼻大耳，面目狰狞。

李骆谷在大门前转了两圈，又摸了摸左右两个铺首，回头看向大家时，目中精光闪闪，显得有些兴奋。

葛青辉走上去，恭恭敬敬地道：“此门有甚讲究？”说话间眼睛发光，看来他对这方面的事情端的极是好奇。

李骆谷看了他一眼，道：“这两个门环叫坐鎏金异兽，象征延年益寿，乃是汉朝之物。”

肖如梅显然没听明白，“分明是对奇怪之异兽，且看上去狰狞可怖，与延年益寿何干？”

李骆谷捏着长须，显然想在姑娘面前表现一番，解释道：“异者益也，兽者寿也，越是权贵大户人家，越喜欢铸异兽为辅首。”

肖如梅常年隐居，对这些一窍不通，听完这解释后，不觉吐了吐舌头。她的这个动作落在奎尼眼里，只觉她俏皮可爱，越发的娇美不可方物，趁着大家都在注意着石门，多看了她几眼，不觉面红耳赤，呼吸亦粗重起来。

李啸林直接问道：“此门能打开吗？”

众人都把目光聚焦在李骆谷身上，打开此门，也就意味着进入了古夜郎国的核心地带了。唯独李白透着股疑虑，如果说夜郎的都城就在此地，为何会建在山体下面？古往今来，从没一个皇城是建在地下的。

李颇黎看了眼李白，似乎从他的面色里看出了些端倪，对葛青辉说：“借火一用。”说着从他手里接过火，顺着门仔细地看了一遍，发现地面与石门的衔接处颜色不一致，弯下腰身一看，不由得脸色微微一变。

李骆谷见他表情不对，也凑上去看，同样脸色一变，伸手在那里蹭了下，往鼻尖闻了闻，“是血迹！”

众人闻言，大吃一惊，纷纷赶上去看，诚如李骆谷所说，从门缝渗出来的是血，且是大量的！

门里面究竟是怎样的一番情景，发生过什么？

李颇黎伸手一攥门环：“打开它！”

众人大惊，急忙退将开去。如果门内有机关，同样的惨剧将再次发生！

李颇黎看了眼神色惶惶退开的众人，又伸出一只手推开李白：“阿爹，你也退开。”

“师兄……”站在不远处的裴小小害怕地叫了一声。李颇黎给了她一个微笑。裴小小见到这个笑容，娇躯一抖，她太熟悉这样的笑容了，当所有的同门师兄弟嘲笑或欺负他是个捡来的孤儿时，当他受到极大的委屈，被人排挤时，他都会露出这样的微笑，看似洒脱，什么都不在乎，然在这笑容里面，隐藏了太多的无奈和辛酸。一如现在，当他要打开这道石门的时候，所有人都不约而同地选择了退开，他又被孤立了，尽管这样的行为，在这些不同背景、带着不同目的之人面前，是自然地、下意识地，却把李颇黎带入了熟悉的不堪的情境之中。

李颇黎一用力，想来是石门太重，没有打开。人群中娇影一闪，一人走上去，在李颇黎的对面用手撑住辅首，顺着李颇黎的方向推。

轰然一声大响，门在两人合力之下推开了，从门内涌出来一股浓烈的尸臭和血腥味，而涌上李颇黎心头的却是一股浓浓的暖意。他终于被理解了，或者说终于有人读懂他的内心了！

李颇黎看了眼对面的肖如梅，笑了，虽然他料定了机关被触动过之后，不太可能再有危险，但他依然感激肖如梅。在场的都是江湖上一等一的高手，他们不可能不明白机关被触发之后，便不会再有危险了这个道理，然而他们都身负重任，身上寄托着各自的主人的厚望，为此他们不想冒任何危险，即便概率再低，也要保证自己的安全和利益。

这就是人心。反倒是这个纯真的涉世未深的姑娘，由于她的单纯，反而有了更大的勇气。而她可能并不知道，她的这份小小的勇气，在李颇黎的心里点亮了一盏明灯，照亮了他的人生，亦温暖了他的心。

随着石门被打开，令人惊恐的一幕便也展露在了众人面前。

石门的后面，是一条长长的甬道，里面横七竖八、密密麻麻地躺满了尸体，放眼望去，这条甬道就像是地狱的入口，在那黑暗的甬道尽头，隐藏着无数的魔鬼，等着外面的人进去，堕入地狱！

在场之人，都是身怀绝技、艺高胆大的武林人士，更是见惯了各种各样的杀戮，可是目睹这般场景时，依然是触目惊心。

这里究竟发生了什么，那些躺在甬道里的又是什么人？

杜啸林一步一步地踏入里面，在拜火教的火光下，他又发现了一个令他惊恐的、难以接受的事实——躺在甬道里面的尸体，并非普通人，无一例外皆为唐宫里的禁卫，清一色的都是金吾卫！

尸体几乎都是完整的，并非经过打斗或遭遇暗器，几百名一等一的金吾卫高手，就这样莫名其妙地死在了这里！

从尸体的腐烂程度来看，这些人应死于三个月前，换句话说，三个月前宫里就有人知道了这个地方，并派遣禁军试图拿到神龙令。

这个念头袭上杜啸林心头时，比之见到这满地的尸体，更加的令他惊诧和恐惧。原来在他们行动之前，已然有人捷足先登了，那么传说中的神龙令如今还在吗？

杜啸林目光一动，落向了那位娇滴滴的肖如梅，这位看上去单纯，甚至说得上可爱的姑娘，莫非并不如表面上看起来的那么简单吗？

当今世上，能够调得动金吾卫的唯有皇上，半年之前李隆基居大明宫，君临天下，毫无疑问，死在这里的金吾卫，定然是他派出来的。可问题是，半年前他既然已经派人来过，何以今日又调动梅花卫的人来此？除非……

杜啸林的目光从肖如梅身上移开，又落向甬道上里满地的尸体，除非当时他们来的时候，遭遇了什么极为恐怖的事件，所有参与的金吾卫全部离奇死亡，神龙令亦没有被拿走。或者……

这本身就是个陷阱！

李隆基得到神龙令后，在反击之前，要先铲除各方势力中的高手，于是便利用神龙令的诱惑，再次把他们吸引到这里来，让所有人与这些金吾卫一般，离奇地死在此地！

若果真如此的话，那就太可怕了。

杜啸林再次把目光落向肖如梅，霍地手一扬，幽蓝的火光下精光一闪，刀架在肖如梅的肩头：“说！太上皇让你来做什么？”

其余人都被杜啸林的举动吓了一跳，但很快明白了他的意图。奎尼身子一动，出于对肖如梅的一丝好感，本能地想帮她解围，然想到当前身处的环境，利益战胜了所谓的情感，又生生忍住了。

肖如梅俏脸一变：“你要做什么？”她涉世未深，没杜啸林想得那么深远，眼眸里露出来的惊讶和慌张并不像是装出来的。

可杜啸林依然不信，在例竟门的眼里，每个人的内心都藏着秘密，为此，每个人都是肮脏的，他看着肖如梅那张清纯的脸，冷冷一笑：“只有皇上才能调得动金吾卫。李隆基在数月之前既已派人来过，何以要再派你出来，说说吧，肖姑娘，出来之前李隆基跟你交代了什么。”

在这帮人之中，虽说彼此都带着目的和功利，但唯独李颇黎的目的最为单纯，他只是奉了师命，为了大唐江山的安危，前来打探神龙令的下落。所谓旁观者清，尽管他尚未能看清楚肖如梅的内心，看出了更多的玄机。

“杜统领如此行事，未免有些欺负人了！”李颇黎摇摇晃晃地走上去，及至他俩中间时，“当”的一声，剑鞘拄地，笑吟吟地看着杜啸林，说道，“你怎么就认定了是太上皇，不是当时的太子、当今的皇上李亨呢？”

杜啸林脸皮一动，露出一抹狰狞的笑意：“尊下此话何意？”

“在下的意思是，李亨早就有了篡位之心。不然到了灵武后，何以未经李隆基同意，便匆匆地登基，要迫不及待地坐上皇位呢？”李颇黎道，“他既有上位之心，谁能保证他没有动过获取神龙令的念头。在下倒是想问，临行之前，李亨对杜统领交代了什么？”

这一问倒真是将杜啸林问住了。确切地说，在他临行之前，李亨对神龙令之说是存在疑惑的，像是并不相信神龙令真的存在。直到他抓了李骆谷，获知李隆基和安禄山都想抢夺神龙令之后，这才派他前来。换句话说，李亨是抱着一种宁可信其有，不可信其无之心，让他来走这一趟的。照此分析，李亨不太可能在半年前就秘密派人出来，找寻他并不相信的神龙令。

然而，杜啸林作为例竟门这种特务机构的头目，出于职业的习惯，依然对李亨的动机，产生了联想，从心理上分析，有些人越是在意某些东西时，表面上越会装出一副满不在意的样子，诚如他去灵武之前，哪个会料到他会背着李隆基陡然登基？哪个又能说得准，马嵬驿兵变，不是李亨提前策划的登基前的一次暴动？从这个线索顺着往下推理的话，谁敢打保票，这些死于非命的金吾卫，不是李亨派出来的？联想起在马嵬驿时，金吾卫统领、龙武大将军陈玄礼的表现，完全是有这种可能的。可问题是，如果真是李亨所为，此番派他出来，又是为甚？是金吾卫并没拿到神龙令吗？还是……杜啸林的内心莫名地产生了一丝慌乱，拿刀的手慢慢地松弛了。

李颇黎出去帮肖如梅解了围后，奎尼出于对肖如梅的好感，亦想上前表现一下，说道："李少侠的话是有道理的。按我说，这种地方本就凶险得紧，倘若大家再不坦诚相待，最后都不会有好下场。"

李白在甬道前来回徘徊，叹道："世道人心啊！"

"拜火教主，"杜啸林把刀从肖梅如的肩头放下来，"你以为你就能脱得了干系吗？"

葛青辉见他把矛头忽然指向奎尼，尖着嗓子道："例竟门果然名不虚传啊！泼脏水的功夫天下第一！怪不得人说入此门者，例皆竟也，诚不欺我！"

"嘿嘿！"杜啸林一声怪笑，"在马嵬驿的时候，你在乱坟岗点燃光明圣火，其实不是要吸引李骆谷，是想引起我们的注意吧？"

"杜统领，在下很是佩服你的推理能力。"奎尼虽然年轻，但毕竟是见过世面的，在被杜啸林质疑时，并没慌张，只是浅浅一笑，"莫非你是想说，这些金吾卫是安禄山所派？"

"当然不是。"杜啸林从不放过任何疑点，并且十分自信，多年的办案经验告诉他，很多时候谜底就是在各种猜测和恫吓之中揭开的，"你早就知道了有人来过，只是并不确定是哪方得到了神龙令，或者说依然在疑惑神龙令有没有面世，于是便通过李骆谷，把神龙令的消息散布出来，看看各方的反应。"

"哈哈……"葛青辉一阵尖笑，因其笑声十分古怪刺耳，在甬道内阵阵回荡，"杜统领，照你的推断，那就真相大白了，如今各方都派了人前来，说明神龙令并未出世，那么我们就可以放心地进去寻找了。"

"还有一种可能。"杜啸林看着奎尼，"其中一方已经拿到了神龙令。"

"我的杜大统领！"葛青辉像是听到了世上最好笑的笑话，捂着嘴笑个不止，"如果有人已经拿到了神龙令，还要派人出来走这一趟，那不是脱裤子放屁，多此一举吗？"

"或许这一趟本身就是个陷阱。"杜啸林却一点儿也不觉得好笑，"又或者说，拿到了神龙令的那一方，在酝酿一个更大的阴谋。"

此话一落，洞内所有人都沉默了。实事求是地说，杜啸林的推论有一定道理，如果说此行本身就是个陷阱，或是一个暂时无法揣测的更大的阴谋，那就太可怕了。

“这些人是中毒死的。”在所有人都在彼此怀疑的时候，李白蹲在尸体前，仔细检查了一遍，“他们的尸体虽已腐烂，但从骨头的颜色来看，是种很厉害的毒。这个甬道应没什么机关了。”

裴小小嘴巴虽厉害，胆子却不大，看着地上密密麻麻的尸首，明显有些害怕，道：“你们如此相互猜忌，有甚意思？要么快些往前走，要么快些出去，莫要在死人堆里讨论了可好？”

李颇黎笑了一下，当先往甬道里走：“走吧，只有揭开了这里的谜，你们内心隐藏的谜底，才会暴露出来。”

肖如梅紧跟其后，走到李颇黎身边时，低低地道了声谢。李颇黎回头看了她一眼，她看上去的确单纯，完全是一位未经世事的小姑娘，当下浅浅一笑，算是回应她的道谢。

“师兄等等我！”裴小小踮起脚尖，踏着尸体间的空隙，小心地追上去。

李骆谷招呼了下奎尼和葛青辉，随后往前走去。漆黑的甬道在光明圣火幽蓝的光线照耀下，虽可依稀辨得清前面的景物，然甬道的尽头依然是黑暗的，谁也不知道它通向何方，更不知道那个似神非神、似鬼非鬼的飘浮于青烟里的怪物会否再次出现。

一切都是未知的，自也无法知道这条道路是通向黑暗还是光明。

第二章

金吾卫

夜深了。

成都的深秋颇是潮湿阴冷。

一盏孤灯在冰冷的宫殿里闪烁着，时明时暗，恰如此时的时局，飘忽不定。

李隆基穿了身厚厚的棉衣，然而身体依然冻得蜷缩在卧榻上。昏黄的灯火照着他的脸，使他的脸看上去越发苍老，一根根的银发闪着光，强势地宣示着它的存在感，却恰恰衬托出了李隆基逝去的青春年华，以及岁月留给他的苍凉和无奈。

卧榻前站着李璘，身材算不上矮小，只因背有些驼，故看上去比一般人低了一头。是时他低着头，由于天生偏了脖子，灯火正好落在他那厚厚的嘴唇上，十分怪异。

李隆基半躺着，瞟了眼这个儿子，灰白的眉头一垂，嘴微启了下，像是在叹息，如今他身边能够支使的只有这个儿子了。

“十六郎啊！”李隆基叹道，“大唐自高祖、太宗以来，开创了个亘古未有之盛世，本可长治久安，到了我手里，却成了个四分五裂之局面，好端端的一个大唐江山，让我给毁了……”

旁边侍候着的高力士见李隆基越说越是伤心，半躺着的身子颤抖着，急忙走上去说：“大家，小心身子，躺下来吧。”

李隆基摇摇手道：“扶我起来。”

李隆基坐起来的时候，李璘忽然“扑通”跪下道：“阿爹，大唐的江山，依然是李家的。阿爹放心，失去的疆土，我一定会如数夺回来。”

李隆基见他有这般雄心，颇是欣慰，微微一笑道：“你有此心，甚慰吾怀。我让你去坐镇江南，节度南方，可愿意？”

李璘浓眉一扬，亢声道：“儿愿往！”

“江南富庶之地，天下税赋之根本，要稳固江山，控制江南，至关重要。”李隆基道，“我命你为山南东路、岭南、黔中、江南西路四道节度使，江陵郡大都督，坐镇江陵，伺机北上，收复让叛军夺去的疆土。事不宜迟，明日就走吧。”

“儿领命！”李璘领命起身，他现在已确定李隆基的心思了，他根本就不想一直蜷缩于蜀，当这个太上皇。“阿爹当珍重龙体，等儿凯旋。”

李隆基点点头，示意他出去，待李璘走后，又道：“梅花卫的人，到了何处？”

高力士答道：“梅花卫差了首席大弟子肖如梅前往，一路上都留了标记，现已进入贵阳，如果顺利的话，这个时候应已找到了夜郎国所在。”

李隆基道：“这便好，让他们都打起精神，盯紧些。”

话刚落，见小太监入内禀奏，说是龙武大将军陈玄礼求见。李隆基脸色一沉，气呼呼地道：“让他走，不见！”

“大家……”高力士忙道，“依老奴之见，还是宣他进来的好。”

“为何？”

“陈玄礼是忠心于大家的。”高力士道，“要不然他就不会在马嵬驿闹事，更加不会在闹了事之后，还跟着来成都。”

“那又如何！”想起马嵬驿事件，想到已与他阴阳相隔的杨玉环，李隆基更气。

“杀杨国忠是忠，杀杨玉环是形势所迫，逼不得已。”高力士跪在李隆基的床榻前，近乎哀求地道：“老奴本是侍候大家的一个奴才，不该干涉大家的事情，但老奴还是想劝大家一句，当前形势下，陈玄礼是可用之材，他不会反叛。”

李隆基愣了一下，安禄山叛了，连他的儿子李亨也叛他而登基，反倒是那个执着明晃晃的刀枪，杀了他爱妃之人，是忠心耿耿的！天下的人和事啊，端的荒唐透顶！

高力士见他沉默着，想来是默认了，便悄悄地朝那小太监使了个眼色。不消多时，陈玄礼大步入内，见到李隆基那副铁青的面孔时，心下一慌，双膝落地。

李隆基连看都没看他一眼：“何事啊！”

“臣有一事，搁在心里已有些日子了。”陈玄礼低着头道，“今晚斗胆前来询问。”

李隆基闻言，抬头看了他一眼：“何事？”

“在离开长安之时，臣发现金吾卫少了一队。”陈玄礼抬头道，“领队的乃是金孝昌，他与旗下的三百五十名金吾卫，俱皆消失。”

李隆基突然瞪大了眼睛：“查不到？”

陈玄礼道：“臣亲自去查了金吾卫的出行记录，没有查到。”

李隆基沉默了会儿，忽又问道：“是李亨所为吗？”

“臣……”陈玄礼犹豫了一下，他有过怀疑，然一则没有证据，二则宫里的事高深莫测，哪个也说不准是谁调出去的，故又道：“臣不知。”

高力士在一旁静静地听着，忽似想起了什么，道：“大家还记得今年夏初的那一日晚上吗？”

李隆基眉头一拢：“哪一日晚上？”

李亨在御书房里与高适对坐着，拿出张纸，放到高适面前。

高适拿起来看，上面写了三字：勿篡位。他不由得吃了一惊，问道：“从何而来？”

李亨道：“乃是离开马嵬驿时，陈玄礼给朕的。”

“他这……”高适似想到了什么，又收回了话头，“此乃另有所指吗？”

“在离开长安的途中，他与朕透露了一件事。”李亨道，“金孝昌及其旗下三百五十名金吾卫，查无去向，离奇失踪。”

“哦？”高适明白了，“他是怀疑陛下……”

“是的。他怀疑是朕私自调动了金吾卫。”李亨冷冷一笑，“当日在马嵬驿的举动，以及今日朕的登基，都佐证了朕最有可能去调动金吾卫。”

高适问道：“为了神龙令？”

李亨点头道：“为了神龙令！”

“今年夏天，长安城发生了一件怪事。”高适看着李亨道，“那晚戌时，大伙儿刚吃过晚饭不久，距离亥时的宵禁还有些时间，许多人都行至街上游玩散步。明月若银盘一般悬于空中，万里无云，墨蓝色的天空点缀着无数的星星，突然，东方涌现出一股火光，极为强烈，就好像是旭日即将东升，要冲破无边无际的黑夜，熠熠生辉。长安城所有的百姓，被那一幕奇诡无匹的异象，惊得瞠目结舌，夜色刚刚降下来没多久，何来东升的旭日？就在大家惊奇之际，东方的火光越来越强烈，一个金黄色的巨大的头颅慢慢地露出山头，是龙！”

说到这儿，高适故意停下来看了眼李亨，像是在提醒他，亘古未有之奇事即将发生。“那龙头硕大无朋，连那双眼睛也是金黄色的，犹如灯笼大小，眼珠子眨动时，祥光万丈，整个长安城都在那祥光的笼罩之中。这时候，只见龙嘴一张，东方的整座山脉在它的嘴下，形如一条小得可怜的长虫，只需将舌头轻轻一卷，便能裹入腹中。一声厉啸陡然响起，惊天动地，连山川都为之摇晃，随之整条龙身从山的那头蹿起，飞上天空，皎洁的月光变作了萤火一般，为之失色。这时候，整个长安城的百姓，伏地膜拜，顶礼祈祷。也就在这时，龙身倏忽一闪，落向西南，若一道金色的长虹，一闪而没。天空又恢复了原来的颜色，黑夜依旧，月色依旧。”

李亨自然也见到了当时那奇诡无匹的情景，因此脸色平静，直到高适话落，幽幽地叹了口气。后来有人说，当晚金龙现身，并非祥瑞，直到李隆基逃奔四川，似乎正好印证了金龙落向西南的暗示。然而更多的人以为，大唐的龙脉在西南，金龙的走向，乃是在预示，谁能得到传说中的神龙令，谁就能主掌江山。

“在马嵬驿的时候，陛下并不太相信世上有神龙令。”高适看着李亨，目光炯炯，“陛下是真的不信吗？”

看着高适的眼神，李亨笑了：“先生也在怀疑朕吗？”

高适起身，拱手道：“区区在下，不敢妄自揣度圣意，只是想提醒陛下，倘若那三百五十名金吾卫非是你派遣出去的，又会是谁？”

李隆基自然忘不了今年夏天的那件事，神龙现身，意指西南，其所指并不一定就是神龙令，但是作为凡夫俗子，除了怀疑可能暗指神龙令，却是再也猜不透更深的玄机了。但凡有些野心者，哪个不想称王称霸，君临天下？照此看来的话，也难怪安禄山要登基，那不学无术的胖子，估计做梦都想得到神龙令，坐稳这大大的江山。

那么，暗中调动金吾卫的究系何人？也许谁都有可能。

李隆基这一生，共生育了三十个皇子、二十九位公主，除去七个儿子早夭，至少还有二十三子想借此神龙令登上大宝吧？

“查！”李隆基眼睛一抬，指示陈玄礼道：“一查到底，一定要给我查出来，是哪个擅自派了金吾卫出去。”

高力士动了动嘴皮子，似乎想说话，却又忍了下来。

从眼下发生的事情来看，调动金吾卫暗探夜郎国的，十有八九就是当时的太子、如今的皇帝李亨，只有他如此做，才是合情合理，合乎法度的。一如他如今于灵武登基，也没人敢说他是篡位乱国。若换作另一位皇子，几乎是不大可能实现之事。但是高力士又不便当面说破，他非常清楚这位主子如今尴尬的心态，想公然指责李亨谋位篡国吧，那就等同于父子反目，可能会让国家陷入一个更加混乱的局面。何况他已老了，万一大乱，必会疲于应付；就此安安稳稳地当这个太上皇吧，又觉得心中惶然不安，派李璘出去节度江南，便是不安之心使然。权力面前无亲情，倘若李亨始终觉得这位太上皇是个隐患呢，将来会发生什么，谁又能想得到？

李隆基茫然了，于是便指示陈玄礼去查，反正是几个月前发生之事，查也查不出什么来，权当是给自己的心理安慰了。

高力士朝陈玄礼使了个眼色，陈玄礼会意，说道：“臣斗胆建议，不如等梅花卫的消息，看看除了我们之外，还有谁参与了，或许能从中看出些什么来。”

李隆基想了会儿，点点头算是答应了。“倘若几个月前，那支金吾卫去了夜郎国，神龙令今还在否？”他在说这句话的时候，语气里几乎没有疑问，更多的是凄凉。安禄山登基了，李亨也登基了，大唐四分五裂，神龙令在与不在，其结果或许都不足以令人惊诧了，毕竟该登基的、不该登基的，都坐上皇位君临天下了。

陈玄礼和高力士相互看了一看，均没去接那话茬儿，唯有在心中暗自祈福，愿大唐能有惊无险地度过此番的乱局。

甬道并不算长，估计是此地已深处老王山的山体之下，甬道尽头越发暗了，幽蓝的光明圣火已无法满足这里的照明，李骆谷从他随身携带的包袱里，取出支火把，此乃在闭塞环境下专用的，估计也只有如李骆谷这样的人才会随身备着，点亮之后，火光大盛，一时亮了许多。裴小小不由得舒了口气，道：“有这好东西，也不早些取出来！”

李骆谷笑道：“这种火把的燃料，乃是宫内秘制，十分珍贵，我随身带的不多，须省着些用。”

是时，大家已能看清，在他们的前面，是一座巨大的石壁，恰如富贵人家庭院前的照壁一般，挡住了前面的景物。在山洞之中，忽然出现这样一座石壁，分明十分突兀，更像是有人刻意让它立在这里挡风水的。

如果说，石壁的作用真是为了风水，那么石壁后面的情景，可能会出人意料。李骆谷深谙堪舆之术，看出了这一点之后，暗吸了口气，拿着火把一步步地往石壁右侧走，绕过石壁时，眼前所见，令他大吸了口凉气。

确切地说，眼前什么也看不见。那是一个巨大的空间，大到看不到边界。李骆谷的火把在这个空间里面，形如萤火，好像随时都会被这无边无际的黑色吞没。

什么都看不见才是最为可怕的。肖如梅见状，身子本能地往后一缩，不想正好撞入李颇黎的怀里，一股男人的气息吸入鼻端的时候，反倒是让她心安了些，转首看是李颇黎，不由得俏脸一红，刚想要挪开，旁边的裴小小先行出手了，一把将她推开：“莫要趁机撩拨我师兄！”被裴小小如此一说，肖如梅更是害羞，急忙离李颇黎远一些。

“呵呵……”一阵笑声陡然响起，声音很是怪异。

“谁？！”杜啸林低喝一声，同时朝身边的众人看过来，此时，他发现所有人都与他一样，又惊又慌，眼神之中透露着对未知和黑暗的恐惧。

笑声并非来自他们这些人之中！杜啸林倒吸了口凉气，心想：姥姥的，莫非这世上当真有鬼不成？手里的刀横于胸前，护住周身，以防不测。

“师……师兄……”裴小小的身体紧贴着李颇黎，由于极度恐惧，连声音都不自然了。

李颇黎跟着神剑帮帮主裴旻闯荡江湖，什么样的阵仗没见过，唯独不曾经历眼前这等诡异阴森的场面。在这无边无际的黑暗环境下，那怪异的笑像是无处不在，充斥在整个黑暗的空间里。不知敌人在哪里，甚至不知对方是人是鬼，饶是李颇黎艺高胆大，也不禁毛骨悚然。但为了安师妹的心，伸出手拍拍她的肩膀，示意有师哥在，只管放宽心。

微弱的火光下，只见人影一闪，奎尼身形一动，顺手打出三枚圣火追魂镖。这种飞镖与普通的镖迥异，镖身涂有类似磷粉的物质，遇风即会发出一种微小的光芒，只见三道飞镖带着微小的光亮，若萤火虫一般，分别朝三个方向飞射过去，其中一枚飞镖发出“叮”的一声响后落地，另两枚则一直往前飞，似乎那两个方向没有尽头一般，直至奎尼打出去的力道用尽，镖身往下落时，怪事发生了，他没听到落地的声音，更没有看到飞镖落地后发出的微光，它们让黑暗吞没，凭空消失了！

“那边是悬崖……”李骆谷的声音也有些变了，从他的语气中不难听出，飞镖消失的地方是无边无际、深不见底的深渊，如果刚才贸然走过去的话，极有可能会一脚踏空，堕入地狱！

怪笑依然在持续，笑得人头皮发麻，奎尼看了眼李骆谷，征询他的意见。李骆谷举着火把往前照了照，道：“这里太过古怪，应该是有不干净的东西。现在有两条路，一是趁着还没跟它发生冲突退出去，二是硬着头皮往前闯。”

退出去无疑是最安全的，但也失去了探寻神龙令的机会，这里的人都带着使命而来，只怕谁也接受不了空手而返的结果。杜啸林握紧了手里的刀，一步步往前走了过去。紧跟着杜啸林而去的居然是肖如梅，这位看上去清纯而未经世事的姑娘，尽管也怕得要命，对世事更是懵懂，然却是经过严格训练之人，在她的思想里，或许命令比性命更为重要。

李颇黎扭头看了眼李白：“阿爹……”本是想说“要不你先退出去”，不想李白是个好强之人，他连权力都不为所惧，这世上还有什么能令他退缩的呢？只见李白摇摇头道：“我们父子好不容易重聚，便一起并肩作战吧！”

李颇黎没说什么，在这样的环境下也容不得感情交流，便随着大家一同往前。奎尼估计是意识到了，这种时候大家必须同心协力，便命令李骆谷再取支火把出来，交给李白断后。

一行人形成一条直线，谁也不敢大意，瞪大了眼睛往前走，约走出百余步距离时，又碰到了一道石壁，刚才的那枚圣火追魂镖便是在这道石壁前落地的。此处是个死角，唯左侧有路可通，奎尼俯身拾起地上的那枚镖，起身时刚好看到前方离地三尺挂了个东西，由于火光尚照不到那边，看不清究竟是什么，但是那古怪瘆人的笑声依旧在黑暗中回荡。他下意识地低喝一声：“火！”一把从李骆谷手中将火把夺过来，向那边走出几步一照，不照还不打紧，一照之下端的吓出一身冷汗。

那离地三尺的是一个人，身着一袭戎装，腰挎大刀，分明是宫内禁军打扮，双臂若脱臼了一般，垂直地悬于身体两侧，脸色惨白，略带了丝青色，两眼无神，眼珠子往上翻，露出大块的眼白。照他的样子判断，乃是已故去的死人，然可怕的是他的嘴巴，居然夸张地咧着，那古怪诡异的笑声，就是他发出来的！

“金孝昌！”杜啸林惊叫了一声，他猜到了金孝昌及其旗下三百五十名金吾卫，定然全死在了这里，但怎么也不会想到，金孝昌居然会以这等诡异的姿态出现在他面前。

那具尸体兀自笑着，众人饶是艺高胆大，看着那尸体发笑的样子，亦不觉浑身发凉，头皮发麻。

“啊……”肖如梅忍不住尖叫一声，往后退了一步，裴小小也是惊呼着往李颇黎身边靠。李颇黎虽也心惊，好在不慌，持剑在手，随时准备应战。但他很快发现，那具尸体两只无神的眼睛，始终是看着杜啸林的，咧开的嘴里发出来的虽是笑声，更多的是恨意，像是要一口把杜啸林吞了。

看到这种情形，李颇黎已顾不上细想眼前所见是不是真的鬼魂了，不知为何，心中冒出一个念头：莫非金吾卫的死与杜啸林有关？如果真跟他有关……

心念未已，尸体倏地一动，抬起手就朝杜啸林扑：“还我命来！”

厉鬼索命，黑暗里阴风涌动，即便是在场人个个身怀绝技，也不敢与恶鬼直接过招，俱皆下意识地往后面退。杜啸林身为例竟门统领，那例竟门亦被外人称为人间炼狱，可是再残酷也是在人间，真正见了鬼，他也是恐惧的，边拿佩刀护身，边随着众人往后退。

然那尸体的速度极快，转瞬即至，杜啸林根本来不及躲，当下把钢牙一咬，一刀砍了上去。刀光闪动时，眼前的尸体倏忽不见，然而刀身一震，似乎是砍中了什么东西，借着火光凝目看时，不由得虎躯一震，冷汗涔涔而下。

杜啸林砍中的是一具发黑的尸体，刀身正中其头颅，那头颅的血肉早已腐烂风干，有些地方甚至露着白骨，在杜啸林那一刀之力下，头骨一歪，“啪”的一声滚落在地，尸体的骨骸亦随之散架。

如果说刚才的鬼魂乃是金孝昌，那么这具尸体定是金孝昌肉身无疑，只是奇怪的是，他既然现身想要索杜啸林的性命，何以在那一扑之后，突然没了踪影，使其肉身白白挨了一刀，终落得个死无全尸的结果？难不成鬼魂还怕杜啸林的刀？倘若这世上真有鬼魂，那么这一点似乎没法说得通。

洞内又静了下来，静得只剩下众人粗重而急促的喘息声。

“师……师兄……”裴小小的眼睛不安地往周围看着，生怕又会出现什么东西，“这……这里太诡异了，我们……是……是不是回去，从……

从长计议？”

李颇黎从李白的手里拿过酒壶，狠狠地喝了几口，这父子俩都是酒中神仙，可惜的是壶里的酒所剩无几，没喝几口便见了底。他把酒壶挂在腰上，想安慰师妹两句，只是这里实在太过古怪，又不知如何安慰，便朝大家看了一眼，道：“你们有何打算？”

大家都是有目的而来，身上背负的不仅仅是各自主人的命令，还有大唐的江山，以及坐拥江山后享不尽的荣华富贵，这里发生的事情确实可怕，确实匪夷所思，可回去后怎么交代，如何甘心？对这些人来说，眼下最重要的问题倒不是考虑原路返回，而是杜啸林此人。金孝昌为何会向他索命，那些金吾卫为何会死在这里？他身后的主人是当今的皇上李亨，如果说这些金吾卫是李亨派出来的，那么杜啸林在这儿出现，其背后可能隐藏的秘密就难免让人觉得不安了。

此前，杜啸林对肖如梅、奎尼提出怀疑，莫非是先声夺人，故布疑阵？

“这里一定有门，我们先离开此地再说。”奎尼冷静地下了命令，“李骆谷，带路。”

“是，教主。”李骆谷虽也有些怕，但他对奎尼唯命是从，毅然往前走去。

其余人几乎都没作犹豫，跟了上去。裴小小不敢挪步，可怜兮兮地看着李颇黎道：“师兄，要是前面还有鬼如何是好？”

李颇黎故作轻松地劝道：“小师妹莫怕，没有鬼。”

裴小小不太相信，“没有鬼？”眼睛“扑闪、扑闪”地看着李颇黎，似乎在问，那么刚才出现的是什么？

“或许是有人在装神弄鬼。”李白道，“想让我们相信真的有鬼。”

裴小小依然不太信，脚钉在原地不动。李颇黎笑着拉起她的手道：“师兄在，莫怕。”

一行人继又往前走，从金孝昌的尸体旁走过去时，裴小小整个身体几乎是挂在李颇黎身上的，李白见到他俩的亲密状，心中倒是颇感欣慰，转眼间儿子已长大成人，有了喜欢他、黏着他的姑娘了！

好在一路往前，再没出现怪异现象，不多时，出现了一道石门。那道门十分怪异，整个门户被雕刻了一层云纹，工艺虽说不上精致，却古朴厚重，透着股庄严感。门户的右侧雕了位双膝跪地的妇女，与整道门浑然一体。头朝里看不到面部，臀部朝外，由于将那臀部雕刻得很大，那向外翘起的浑圆的屁股十分扎眼，甚至露出了女性的隐私部位。她的双手高高举起，在其头顶的不远处，是一个裸体的婴儿，肥头大耳，憨厚可爱，大半个身子隐于云间，好似这位母亲要把她的孩子送上天，抑或在迎接从天而降的孩子。

“这应该是夜郎国的一种信仰。”李骆谷看着门户上的雕刻，道，“他们尊重女性，甚至将之神化了，认为女性是万物之源，是繁华人间的源头。”

葛青辉对李骆谷佩服不已：“按师父的话说，我们是来对了地方，是吗？”虽说李骆谷一直不敢认他这个徒弟，或者说不敢在奎尼面前托大，可葛青辉不管他认不认，执意以师父相称。

李骆谷瞟了眼奎尼，然后点了点头。葛青辉高兴不已：“只要没走错地方，我们这一趟就算是值了！”

李颇黎沿着门户走了一趟，本是想找开门的机关，却惊奇地发现门前有道清晰的弧线，由于此地鲜有人迹，地上铺了层厚厚的灰尘，使得那弧线十分明显。

“门被人打开过！”

众人上前一看，果然如此。

肖如梅道：“难道是金吾卫的人进去过？”

李颇黎道：“照目前的情形看，应是如此。”

奎尼瞟了眼杜啸林，然后朝李骆谷问道：“此门如何打开？”

李骆谷思量片晌，向李颇黎伸出只手，道：“麻烦李少侠将在武神庙捡到的那物件拿出来。”

李颇黎微微一愣，随即明白了他的意思，便从包袱里把那女性阴户状的东西取出来，交到李骆谷手上。李骆谷走到那呈跪状的妇女雕像面前，弯着腰在其臀部端详了下，然后伸出手，往那雕像的两腿之间摸索。

裴小小、肖如梅见此情形，俱皆脸色一热，忙把目光移了开去。说也奇怪，当李骆谷把那阴户状的东西，塞入雕像两腿间的一个孔里时，石门带着沉重的响声，徐徐打开。

随着大门的移动，一道强烈的光线照将进来，大家由于在黑暗中待得久了，眼睛一时无法适应如此强烈的光线，皆眯起了眼，又恐出现什么突发情况，俱以兵器护身，不敢有丝毫大意。

好在未发生任何意外，大门打开后，门外的情景不禁让众人又惊又喜。喜的是这道石门的背后，居然是座山谷，谷外群山环绕，山峦叠翠。经历了一夜的惊险，乍看到外面的世界，喜悦之情，不禁跃然心间；惊的是山谷里横七竖八地躺了许多尸体，足有二三百具之多，那些尸体跟甬道里的金吾卫一样，大多已腐烂，且由于是暴露于野外，已呈白骨，不过从残缺不全的服饰装扮以及散落的兵器完全能断定，这些人非是宫中的禁卫，而是江湖人士。

原来除了金吾卫外，还有其他闯入了此地！

这个发现端的是比见了鬼还让人吃惊。照眼前的情形看，传说中的夜郎国和神龙令，早已不是什么秘密，甚至是那神龙令到底还在不在这儿，亦是两说了。

走到山谷里面，站在横七竖八的尸体中间，大家尚未来得及享受新鲜空气带来的愉悦，便被另一股诡异的氛围笼罩，这些人的死状大致相同，骨头上有明显的齿痕，且分布密集，有些尸体的手脚是被直接咬断的。

如果这些人是被咬死的，那么情况就复杂了，复杂到超出了一般人的想象范围之外。要知道这些人都带了兵器，他们非是普通人，而且能被指派至此执行任务的，定然是高手无疑，两三百名身怀绝技的高手，倘若只是遇到普通的野兽，只有他们把野兽抓来打牙祭的份儿，不可能反而成为野兽嘴里的食物。

如果不是普通的野兽，又会是什么呢？最为关键的是，这些人是何身份，受谁的指使，怎么死的？

再往前面看，发现了更加让人惊奇且猜不透的事情，在众多白骨里面，间夹杂了几具尚未完全腐烂的尸体，明显是死亡时间比其他尸体要晚，那么问题来了，难不成有前后两批人先后到达？

一个个问题接踵而来，同时震慑着大家的心，一股强烈的危机感顿时占据了每个人的身体。

奎尼蓦地大喝一声，疯了一样地朝杜啸林扑将上去。杜啸林未曾想到他会突然袭击，狼狈地往后退，再看他此时的表情，棕褐色的眼里充满了愤怒，不由得大喊："你疯了吗？"

奎尼的确若疯了一般，一招没得手，右手在腰间一探，取出根火焰形的圣火杖，木棍样粗细，通体乌黑，一按杖柄的机栝，那圣火杖凭空伸长了一半，"呼"的一声，荡起道劲风，劈头盖脸地照着杜啸林的脑袋就打。

是时，杜啸林已有了防备，佩刀迎空一挡，只听"当"的一声大响，火星四溅，震得他虎口发麻，刀刃卷起了个口子。原来奎尼那根烧火棍一样的兵器，竟是精铁所铸，普通的兵器与之相碰，非折即断。

在这样的环境下，杜啸林无心与他缠斗，一跃跳开，厉喝道："你想作甚？"

奎尼拿圣火杖一指，寒声道："实说了吧，你究竟对我们隐瞒了什么？"

这也正是大家想要知道的，一时都向杜啸林看过去。杜啸林环视了眼众人，忽然冷笑一声："你们觉得我知道金吾卫和这些人到此的原因？"

"莫非不是吗？"奎尼也冷冷地道，"在甬道的时候，你还怀疑我和肖姑娘，是想故布疑阵，转移大家对你的注意力吧？"

杜啸林道："就因为金孝昌的鬼魂向我索命吗？"

葛青辉尖着嗓子冷笑道："这还不足以说明问题吗？"

"真正值得怀疑的就是金孝昌的鬼魂。"杜啸林毕竟出身于例竟门，明白了大家的意图后，立刻冷静下来，"如果真是厉鬼索命，你们觉得我还能活着出来吗？"

奎尼愣了一下，如果金孝昌的鬼魂真是来索命的，何以忽然就不见了，且后来再无动静？这的确不像是传说中厉鬼索命的样子。

"其实大家谁也别怀疑谁。"杜啸林冷静下来后，陡然展开了反击，他惯以审讯，在说话方式上极有技巧，"前有金吾卫，后有这些江湖中人，都死于非命，是谁派来的？安禄山、李隆基都有可能，何以单单怀疑当今皇上呢？而且我怀疑向我袭击的，根本不是什么鬼魂。”

肖如梅忍不住问道：“那是什么？”

“是幻术。”杜啸林瞟了眼肖如梅，又道，“这种幻术江湖上很多门派都会使，如果我没有记错的话，拜火教应该也会这门功夫吧？”

“姥姥的，你什么意思？”葛青辉操着鸭嗓骂了一句，伸手就想动手。

杜啸林无心跟他打斗，远远地躲开，说道：“我的意思是，你们明明会这种幻术，却假装没看出来，向我挑衅，是何居心？”

杜啸林不仅一下子把自己撇干净了，还将矛头成功指向拜火教。葛青辉忍无可忍，喝道：“找打！”伸手就是一拳打出去。他身法奇快，捷若猿猴，杜啸林来不及闪躲，只得被迫应战。

两人眨眼间过了三五招，激战中，陡见剑光一闪，李颇黎以极巧妙的角度，切入他俩中间，杜啸林只觉眼前青光一闪，“当”的一声，刀被挡了开去，不觉一震：“神剑帮的游龙剑法果然名不虚传！”

“杜统领。”李颇黎看了他一眼，还剑归鞘，“其实在下也看出来了是幻术，但有个问题却始终没想明白。”

“什么？”

李颇黎剑眉一挑：“使幻术那人，为何要跟你作对呢？”

“你……”杜啸林一时语塞。

“还有件事，只怕更为严重。”李颇黎的神色异常严肃，一字一字地道，“既然是有人使幻术，那么使幻术之人在哪儿？”

葛青辉指着杜啸林道：“除了他，还能是谁？”

李颇黎并没去理会葛青辉，兀自道：“这个人有可能就在我们中间，也有可能跟在后面，正默默地监视着我们。此人的目的很明显，想让我们相互猜忌，最终死在这儿，以便他自己独得神龙令。”

肖如梅很是赞同李颇黎，说道：“李少侠所言极是，为了大家的安全，此人必须揪出来。”

杜啸林道：“你想怎么做？”

“杜统领，你是例竟门的高手，这方面的事我们需要你的帮助。”李颇黎说话颇有技巧，让杜啸林听得很舒服，“不过在此之前，需要先排除你自己的嫌疑。”

杜啸林嘴角一扯，阴冷的脸上挤出抹笑意：“这里的每一路人，都代表了当今的一方势力，说白了，哪个都难逃嫌疑。”

“此话说得倒是在理。”李白看了眼满地被噬咬过的白骨，目光从在场众人身上一一扫过。他也偏向于方才洞中所见的恶鬼乃是幻术的想法，正因了如此，使得眼下的情况越发复杂。从武神庙内捡到那女性阴户状的东西，到山坪上看到那浮于青烟中的似鬼如神的怪神，再到刚才洞内的厉鬼索命，似乎一切都是安排好的，要把这里的人，一步一步引入阿鼻地狱。也许甬道里的金吾卫，和眼前的这些江湖中人，便是这么死的。何为鬼，人心也，心能地狱，心能天堂，心能凡夫，心能贤圣，诚可谓是一念天堂，一念地狱。

杜啸林在这种时候，急需要他人的认同，因此感激地看了眼李白，又道：“目前毫无证据，想要揪出那人，几乎是不可能的。我以为不妨先行在此休息一下，顺便向各自的主人送信，所传送之信须公开，并指定由某一人用长安密语传出去。待数日后，各自的主人回信，将这些信息汇总后加以分析，应不难从中找出线索。”

李颇黎闻言，不由得笑了：“杜统领不愧是此中高手，佩服！不知诸位敢吗？”

李颇黎说话间，将目光往众人扫了一遍，留意着他们的反应。杜啸林此计妙就妙在信息公开上面，只要大家把送信的内容公开，且只能由指定之人统一传送，便做不了手脚，更无法向他们背后的主人暗示什么，那么数日之后，他们主人的回信当是真实可信的，想要在从中找寻线索，甚至找出其中装神弄鬼的内鬼便不难了。

“在下更愿意相信内鬼并没在我们中间，而是隐藏在某个角落。”李颇黎环视着众人，又进一步道，“同意如此做的，烦请站到在下这边来。”

这几乎是一个没有退路的选择，如果不同意，也就意味着可能就是内鬼，在场的都是聪明人，几乎没做任何考虑，都站到了李颇黎的这边来。

“多谢！”李颇黎由于不属于任何一方势力，只作为神剑帮的江湖代表而来，自然而然成了大家公认的最可信任之人，为显示公平、公正，由他先写出要传出去的信息内容，从李白处拿来纸笔，如是写道：

师父，弟子已随例竟门杜啸林、梅花卫肖如梅、拜火教奎尼、葛青辉，以李骆谷为向导，进入夜郎国腹地，发现有人用幻术，不知哪方人所为，意图离间破坏，望协助彻查之。

李颇黎的信息是送给神剑帮帮主裴旻的，附带了随行进入的各方面人员名单，简单明了，亦无可疑的隐藏信息。随后肖如梅也写出要传出去的信息，她的幕后主人虽为李隆基，但却是听命于梅花卫主人的，故信息接收方乃是梅花卫：

宗主知悉，已入夜郎腹地，见金吾卫及一拨江湖人士，计五六百众死于此地，原因不明。李亨、安禄山以及神剑帮均有人加入，又有内鬼，疑为李亨方面所遣，务配合查明。

肖如梅将疑点直接写在了信息里面，这一方面是单纯之性格使然，另一方面或许潜藏了其他不为人知的秘密，不得而知。杜啸林见状，愠色道："姑娘就不怕误导了太上皇吗？"

"是吗？"肖如梅冷眼看着他，道，"我只是直接说出了疑虑罢了，你若心中无鬼，何须紧张？"

奎尼是直接听命于安禄山的，因写：

臣奎尼启奏，现处于夜郎国腹地，因另有李亨、李隆基及神剑帮之人参与，情况复杂，出现诸多怪异之现象，疑为幻术，蓄意破坏臣等之行动。望陛下差人重点调查李亨，臣静候佳音。

杜啸林见状，一声冷笑，也写下了自己的信息：

臣杜啸林启奏陛下，已寻到夜郎国所在，各方势力均有参与，形势多变，望陛下珍重，静候臣佳音。

奎尼见状，讶然道：“你不让李亨配合调查吗？”

杜啸林翻了个白眼，道：“尔等都将矛头指向陛下，他莫非不会有警觉吗？无须我说，他自会去把事情查清楚，是非黑白，终将见分晓。”

众人见他如是说，自也无可反驳。当下指定李白用长安密语，将各人所写之信息传送出去，之所以选他来操作，是因为他有可能是唯一的一位误闯进来的，背后没有主人或组织之人。

李白虽常年行走江湖，浪迹四海，然非是武林人士，并不懂长安密语，好在这长安密语操作传送，并不一定要精道此道之人，只要懂音律者即可。

所谓的长安密语，乃是当时各个机构传送重要信息的密码，其传送之法，是靠音律输送出去的。古之音律分多种，如工尺谱、琴谱、燕乐半字谱、弦索谱、管色谱、俗字谱、律吕字谱等，长安密语一般用律吕谱，即通常所说的十二律吕。

十二律吕分别为：黄钟、大吕、太簇、夹钟、姑洗、仲吕、蕤宾、林钟、夷则、南吕、无射、应钟十二种音律。莫要小看此十二律吕，慢说其指法纷繁复杂，若是演化到其他领域，那便风云变幻，神鬼莫测。比如，十二律可对应十二时辰、十二节气、十二生肖、十二地支、十二月份、十二季节（春夏秋冬每一季又分孟仲季），在此基础上，若是再往下细分，又可与十二辟卦、阴阳八卦、武学气功等联应上，为此，长安密语传出去的虽是十二律吕，却只有指定的接收者方能听得懂，外人想要破译，难如上青天。

便以十二律吕中的第四律夹钟为例，对应的是惊蛰、春分，为二月天，即卯月，其卦象又为“雷天大壮”……其复杂之程度难以想象，而各门各派，或是朝中的各个机构，破译密语的方法又是随时在变化的，有时候对应的是《周易》的某一页，或是好几页拼凑起来的几个字，抑或是一首诗、一句谚语、一本武学秘籍，等等。为此，外人想要破译几乎是不可能的。

在杜啸林、肖如梅、奎尼等各方势力的代表出行之时，其传送信息的相关人员，亦秘密行动了，且都是经过严格训练之人，他们会通过前面的人留下的特定标记，按图索骥，暗中跟随，并通过留下的标记、收集的信息以及收到的长安密语，向各自幕后的主人源源不断地传输信息，而且这种信息的传递方式，要比普通的驿站不知快上多少倍。

李白通过他们各自的要求，用随身携带的一支玉箫吹奏，箫声高亢嘹亮，在空旷的群山之中，远远传将出去。他们虽处古夜郎国腹地，与世隔绝，然而带着密码的这种神奇的语言，却能传出几里之外，丝毫不影响与外界交流。

随着一个又一个信息地传出，山外接收信息之人便忙碌了起来，而与此同时，亦惊动了本来蛰伏于此间的某种东西。箫音落下时，一阵奔雷似的声音骤然响起，连脚下的土地似乎也在震颤，众人往前方看时脸色瞬间就变了。

“这……这是幻术吗？”肖如梅望着前方，俏脸又惊又慌，却又带着一丝的怀疑，如果说连厉鬼都是幻术变化出来的话，那么眼前这幕惊心动魄、宛若灾难般的景象，便也有可能是幻术。

“只怕不像！”这句话出自杜啸林之口，他平时虽然沉着冷静，甚至冷酷狠辣，但是在见到眼前的这一幕时，依然不免声音发颤。

“快跑！”李颇黎大喊，“往山上跑！”

第三章

山南西道诡事

秋意已浓，树叶要么发黄，要么败落，把这个秋天点缀得一派萧条。

李隆基“呼呼”地喘着粗气，灰白的胡须一如秋天的草木，未见光泽，无力地随风摇曳。

秋风已颇有些凉意了，尽管太阳的光芒依然照耀着，却依然难驱浓浓的寒冷，李隆基不知是冷还是气的，干枯的身体簌簌发抖。

高力士在旁边微微弓着身子侍候着，见李隆基的脸色不对，忍不住张嘴道：“大家，此事尚无证据，有待查证，莫气坏了身子。”

“除了他还能有谁？”李隆基低吼了一声，眼睛望着远处的天际，忽然悲凉地笑了一声，“原来这一切都是安排好的，都是他的阴谋！还记得马嵬驿之事吗？以除祸国乱臣之名，发动兵变。当他们杀了杨国忠后，我还出去向他们道歉，赔不是，低声下气地安抚，可他们依然不肯罢休，进而逼死了我的爱妃，红颜祸水吗？哈哈哈……”李隆基仰首笑着，竟笑出泪来。

高力士见状，心中莫名一阵疼痛，“大家……”

“如今看来，他早有预谋。”李隆基转首看向同样白发苍苍的高力士，眼里涌上股愤怒，“你说我还要再忍吗？”

高力士看着他的眼睛，大吃一惊，但他不敢跟他交流如此重大之事，只是隐隐觉得，如果他们父子俩反目成仇，大唐江山还有救吗？

“来人！”李隆基蓦地大喊一声，似是下了个大大的决心，吩咐道，“传旨，命李璘北上，给李亨些颜色看看！”

“是！”下面有人退出去传旨了。

高力士脸色大变：“大家，你……”你真的要与李亨交战吗？这句话他没敢说出口，毕竟是皇位之争，关及国运，岂是他一个奴仆所能干涉的？只是李唐内部的战火一开，安禄山岂非要从梦里笑醒？

“你北上去一趟灵武，我想知道半年前，除了金吾卫，还有哪方面的江湖势力参与了此事，神龙令到底还在不在夜郎。”李隆基转首看向旁边一直默默站着的一位中年妇人。

那妇人乃是梅花卫的主人，名唤武月娘，是武则天时期的旧臣。李隆基登基后，梅花卫虽然退出政治舞台，但忠心未改，高力士找到她后，她毫不犹豫地出山，并派了大弟子肖如梅寻找古夜郎国所在。她已年逾四十，然却是徐娘半老，风韵犹存，穿一袭白纱绣梅衣裙，薄施粉黛，提一柄精致的长剑，英姿飒爽。听了李隆基的旨意，拱手道：“主上宽心，臣当尽力查明此事。”

当日，武月娘便离开了成都，北上灵武。对她来说，这或许是一次机会。当年武则天在位时，梅花卫的地位不输于金吾卫、例竟门，此后，武则天退位，梅花卫亦被裁撤，一下子从大名鼎鼎的大内禁卫变作平民，而且为了防止朝野内外之人痛打落水狗进行报复，不得已退隐江湖。

退出官场后，梅花卫这个组织一直没有解散，以江湖帮派的形式存在着，是东山再起之心未死吗？武月娘不知道，她是梅花卫退出朝堂后的第三任宗主，无法去揣测前辈的意图，但从她自己的角度来说，一直有复出江湖、重入朝堂的愿望。这些年她一直在等待机会，现在机会来了，她自然得好好把任务完成，再次站上政治的舞台。

沿嘉陵江而上，一路向北，数日后，进入山南西道（唐朝行政区域名，玄宗李隆基时期，将天下分为十五道，史称开元十五道，即京畿、都畿、关内、河南、河东、河北、陇右、山南东、山南西、剑南、淮南、江南东、江南西、黔中、岭南），抵达兴元府边境（即梁州，今天的陕西汉中），再往前便是长安城了。时长安已为安禄山所占。因天色已晚，武月娘恐生枝节，遂决定入城歇脚。

夕阳西下，塞北的黄昏在寒风的挟裹下，冷得刺骨，太阳的最后一丝光芒很快便失去了颜色。夜幕仓促降临，兴元府外周围绵延不绝的裸露的山体，在夜色里渐露出了狰狞的面目。

路上几乎没有行人了，武月娘欲急着入城，加快了脚步，行至一个叫风月坡的地方，便觉得周遭的氛围有些不对劲儿。

所谓的风月坡，并没如其名字一般的浪漫美丽，在当地人的眼里，恰是个阴森可怖的所在。传说在很久以前，有一位农家女喜欢上了个富家子弟，非他不嫁。可惜的是，姻缘从来都是需要门当户对的，即便是在大唐这样开放的时代，一意孤行也只会引起双方父母更加强烈的反对。那纯情的姑娘浑然没想到，一腔热情，一份真爱，换来的是众叛亲离，陡然对这个世间产生了绝望，毅然自刎谢世，香消玉殒。

据说那姑娘死后，冤魂不散，始终在人间徘徊，据说是想看看离开她后，那富家子弟会否伤心欲绝、日夜牵挂，哪里料到，她死后没多久，他便有了新欢。虽然是在父母撮合、媒妁之约下方才有的新欢，但她分明看到了他脸上笑容！

原来这世间竟是如此的冷漠无情！当所有的真相和残酷的现实真实地呈现在她面前时，最后一抹希望和温存亦破灭了，她化作了厉鬼，在风月坡一带作怪。传说几百年来，这里已无故死了许多人，而且死去的都是负心无情的男人。

武月娘到这个地方的时候，风声如咽，在山林之间穿梭，树林摇曳，若群魔乱舞，张牙舞爪，天上有一弯残月，时不时地隐藏在云端后面，使得夜里忽明忽暗。一般情况下，若无急事，慢说是女人，男人也不敢在此停留。可武月娘非是普通女人，她的武学造诣在当今天下是拔尖儿的，自不会畏惧黑暗和那些缥缈可笑的鬼神之说。

当那一轮弯月隐入云里时，右侧长长的蒿草里忽然人影一闪，一道白色的影子一闪而没。武月娘暗吃一惊，想要追过去看时，想到此行是带着任务来的，不可耽误，便按捺下好奇心，径直往兴元城方向走。

不多时，从右侧传出一阵“嗡嗡”的怪声，像是发自地下，沉闷而怪异，紧接着只见那头冒出一股青烟，袅袅烟雾之中，赫然飘着个长发女鬼，穿一袭白纱，一头乌黑的头发及腰，几乎盖住了整个面部，也正是这种遮掩的效果，使得女鬼的形象更为神秘可怖。

武月娘暗吸了口凉气，不觉把手里的剑抬起来，准备应战。而那长发女鬼似乎对她没有兴趣，身子一转，朝向另一边，突地厉叫一声，扑了上去，几乎同时，那边就传来一声惨叫。

武月娘对那长发女鬼的出现，虽然心中骇然，但毕竟是身怀绝技的高手，身子一跃，巧若灵燕，几个纵跃间，便进入了那片蒿草丛中。

夜风吹拂，蒿草犹如波浪，此起彼伏，“沙沙”之声不绝于耳。武月娘循着惨叫声过去时，那长发女鬼已然不见了，只留下一缕淡淡的青烟。一处凌乱的蒿草下，三人正躺在那儿，被人开膛剖腹，五脏六腑俱随着血流出来，手段之残忍，令人发指。

武月娘见状，情知遇上棘手的对手了，低斥道：“是谁在此装神弄鬼害人，有本事出来！”声音落去多时，并无人回应。武月娘蹲下身子查看那三位死者，从服饰上看，只是平民，但其中一人腰际挂了枚腰牌，取过来一看，居然是例竟门的，这个发现委实让武月娘大感意外。例竟门是李亨的人，受其直接节制，怎会出现于此地？莫非是来刺探安禄山动态的吗？

如果是的话，那么刚才装神弄鬼之人，应该就是安禄山方面派出来的高手了。想到此处，武月娘柳眉一动，暗恨自己赶过来慢了。不管怎样，李亨和李隆基都是李唐江山的主人，他们之间无论怎样抢夺皇位，那也是皇室内部之事。而安禄山则不一样了，那是彻彻底底地谋乱逆臣，岂能容他杀戮生事，祸乱江山？心念未已，随风从远处传来阵嘈杂之声，武月娘心神大震，莫非那长发女鬼又在杀人了吗？抽得长剑在手，脚下一点，往那边纵跃而去。

前方的一道山谷下，是一座军营，灯火下看得分明，那里不止一个长发女鬼，而是好几个。她们不停地在半空飞来荡去，军营里的将士何时见过这般诡异可怖的情景，都吓坏了，尖叫着到处乱窜，全无章法。底下有一个女鬼不知拿的是什么兵器，举手之间，或将人开膛剖腹，或摘人首级，手段极为毒辣。

武月娘相信那不是鬼，而是有人借鬼神之威行杀戮之实，当下提剑往山谷下的军营赶过去。及至军营外时，那里已是尸积如山，血流成河，阵阵血腥味随着风冲入鼻端，形同地狱。

武月娘柳眉一竖，娇躯往前移动时，手中剑倏地一抖，剑尖幻出六点寒星，往地面上正在屠杀的长发女鬼袭了过去。她这一招使是本门武功梅花剑法的“梅开六度”，六点寒星洒将出去，虚实难辨。

那长发女鬼冷哼一声，身子一转躲了开去。她身法奇快，转身之际，右手一挥，竟以空手入白刃的手法往武月娘的剑抓来。这一回武月娘看得分明，她手上戴了副奇异的铁手套，五指便是五柄锋利的匕首，血肉之躯被她抓着，便成了肉泥。

“找死！”武月娘厉喝一声，收回招式时，剑尖向上一挑，从一个极为刁钻的角度由下而上，落向其胸口。如果那女鬼不退的话，固然可以抓着武月娘的剑身，但胸口非挂彩不可。那长发女鬼没想到在这儿遇上高手，十分吃惊，不得已退了两步。也就是在这一退之时，只见她手一抖，一道精光呼啸而出。

原来她的铁手套是活动的，紧急时可以当作飞刀使，此乃武月娘万万没想到的。双方近身搏斗，距离较近，无论如何也躲不开去，飞刀射入胸口锁骨下，武月娘痛哼一声，右手的剑“叮”的一声落地。

“拿命来吧！”长发女鬼厉叫一声，铁手套往前一探，来摘武月娘的脑袋。

武月娘大惊，一步退开，怎奈对方身法极快，未及武月娘退开去，铁手套已然抓到。生死一线间，陡听得头顶风声飒然，一道灰影一闪，“砰”的一声响，眼前的精光消失。

武月娘情知捡了条命回来，游目一看，身边多了位中年人，但见他一脚踢出，快若电闪，落在那长发女鬼前胸，力道很大。那女鬼厉叫一声，喷了口鲜血出来，与此同时，在空中四处乱飘的众女鬼倏然消失了。

“哈哈！”那中年人大笑一声，“果然是装神弄鬼。这回老子就成全了你，把你送回地狱去！”说话间，往前踏出两步，“呼”的一掌拍将出去。那女鬼知道不是他的对手，身子一拧，飘了开去，纵身一跃，跃出军营。

“他娘的，雕虫小技也敢出来行凶，下次若再教老子撞见，非活剥了你不可！”那中年人骂了一句，回头来看武月娘。

此时，武月娘方才看清楚那中年人的长相，约四五十岁的样子，一头灰白的头发乱糟糟的，好似从不曾梳理过，脸色通红，未及近身，就能闻到股浓浓的酒气。手拿一柄古朴的长剑，腰挂只酒葫芦，敢情是平时极为爱惜，葫身光滑，整洁如新，比他身上的那一身装束，不知整洁了多少倍。

武月娘虽是上了岁数，可平时颇是注意保养，亦爱干净，见那人的模样，不觉皱了皱柳眉。那人似乎看得出她厌恶的眼神，嘻嘻一笑，道：“老子救了你一命，莫非你还嫌弃老子不成？”说话间蹲了下来，在武月娘的伤口看了看，然后拿鼻子嗅了嗅，又笑道：“没想到你这老娘儿们还挺香！”

武月娘闻言，勃然作怒：“你骂哪个……”她本想说你骂哪个是老娘儿们，终是没把那几个字说出口来。

“罢了罢了，看来女人都是凶蛮无理的。”那中年人摇头叹息，“不过看在你这老娘儿们长得还行的分儿上，老子就把你救了吧。”

武月娘越听越气，一手把他推开：“你滚，哪个让你救！”

那中年人愣了一下，心想：老子一番好意，算是喂了狗了。

“不是老子吓唬你，此刀有毒，过会儿你就晕了，人事不省。”

武月娘此时右臂已麻，知道他所言非虚。此时，军营中的一位将领走过来，见她的样子，问道：“有毒吗？”

“有药吗？”那中年人朝他翻了个白眼，然后又朝武月娘道，“你到底让不让老子救，痛快给句话，莫耽误了老子喝酒。”

“你滚！”武月娘性子倔，宁死也不肯服软，“死也不用你救！”

那中年人起身，朝那将领道："你看看，这便是女人，特别是老娘儿们，到了她这种年纪，就越发的不讲道理。老子与她素未谋面，出手救了她一命，可你看看她，把老子当成了仇人，你说说这是何道理？"

那将领尴尬地笑了笑，不知如何接这话茬儿。武月娘却被他气得两眼发黑，毒性发作得更快，身子晃了一晃，瘫软在地上。

"你看看！"那中年人又朝将领道，"都快死了，还嘴硬，这便是女人，以后你遇上女人可得十分小心才是。"

那将领道："前辈，你若是有办法，快些救救她吧。若非她相助，军中兄弟只怕死得更多。"

"此话说得倒是在理。"那中年人问道："你们是李亨的兵马吗？"

"正是。"

"那就快些拔营回去吧。"那中年人道，"此地已被人发现。即便是那装神弄鬼的不卷土重来，安禄山也饶不了你们。"

"是是是……我们今晚就走。"那将领道，"请前辈快些救她一命。"

"放心，这老娘儿们就交给老子了。"那中年人俯身拔下那匕首，拿酒给她冲洗伤口，边冲边摇头叹息，"陈年的汾酒啊，他娘的，老子平时喝都舍不得喝，却大把大把地往你这老娘儿们身上倒，老子上辈子定是欠了你酒钱，要这辈子来还你。"冲洗了伤口后，又从怀中掏出一只精致的小瓷瓶，拔出塞子，在武月娘的伤口倒了些白色粉末，然后在自己身上扯下块脏兮兮的衣角，替她包扎上了。料理完伤口后，又变戏法似的摸索出一只小瓷瓶，倒出颗黑色药丸，和着酒给她灌了下去。

那中年人站起来，说道："这老娘儿们的性命老子给她捡回来了，你们拔营回去时，带着她一起走吧。"

那将领愕然道："让我们带她走？"

那中年人道："莫非让老子带她走吗？"

那将领笑了笑："在下遵命便是，多谢前辈相助！"

那中年人摇摇手："举手之劳。那装神弄鬼的东西是谁，你可知道？"

那将领道："今晚乃是首次出现，不知是人是鬼，军中的兄弟都吓坏了。"

那中年人举起葫芦饮了口酒："莫非真是安禄山所差的人？回去叫你家主子小心些，近日只怕不会太平了。"

那将领没想到他关心李亨，问道："不知前辈如何称呼？"

"江湖一闲人也！"那中年人说完，边喝着酒，边摇摇晃晃地走出军营去。

次日，武月娘醒来时，已随着军队走上了官道，问是到了哪里时，士兵回答，已入凤州（今陕西凤县凤州镇）。武月娘知道他们是绕开了长安，直接往西北而行，这样的话可以避免直接与安禄山的冲突，顺利进入灵武。

武月娘这些年一直隐居，平时也喜欢独来独往，不喜与军队的这帮男人混作一处，便坚持与他们分别。那将领不放心，临别时送了她些干粮和水，叮嘱她伤势未愈，路上切要小心。

武月娘收下了干粮和水，告辞出来。恢复一人独行后，她的头脑亦逐渐清晰起来，昨晚那长发女鬼应是江湖上的某个门派，使的是幻术，倒与肖如梅传来的消息相符，这中间果然有幻术高手从中作梗。而且现在基本可以断定，古夜郎国出现的使幻术之人和昨晚所遇，应是同一拨人，目的是要破坏李唐的人拿到神龙令，打压当今的皇帝李亨。

莫非是安禄山所为？如果真是如此，那么与肖如梅同行的奎尼定然有问题！不对，若如此的话，死在夜郎的金吾卫又如何解释，难道是李亨与安禄山都去了那边？要是两拨人马先后到过夜郎，传说中的神龙令是否还在，真就两说了。

想到此处，武月娘的心头不免着急，神龙令涉及大唐安危，真已落入他人之手，那么今后会发生什么，端的难以预料了。

大家都拼命地往山上跑，更不敢回头，背后的东西虽没有厉鬼那么森然可怖，但可能比厉鬼更为致命，人类在它们面前几乎是没有反抗能力的。

是时，山谷盆地上跑来一群不知名的大型动物，约有十来只，光从外表上看，很难准确地说出那是什么，它们的头型像猫，或是有些像熊，但身体很长，足有丈余的脊背却像豹子，嘴巴很大，像狗一样咧着，吐着条猩红的舌头，前面的两颗獠牙若银钩似的，朝着嘴外夸张地伸出来。倒不算高，但四条腿很粗壮，脚掌与熊一般无二，宽大厚实，跑将起来，踏着厚脚掌，又快又稳，十来只怪兽汇成一股巨大的声浪，和着恐惧一同席卷过来。

事实上此乃熊类，名曰犬熊，是种古老的动物，极为罕见。可能是夜郎早期发展于深山老林，有着与动物群居的传统，立国后依旧有专业人士饲养各种动物，以至于王国败落，依旧让那些动物来守护这块神圣的土地。估计山谷里的那些江湖人士，便是被它们咬死，然后被当作食物吃了个干净。

奔跑中，裴小小摔了一跤，又急又怕，泪水直在眼眶内打转。李颇黎忙回身将她背起来，疯了一样往山上跑。

此山并不高，换句话说，即便跑到了山顶也躲不开犬熊的追击。及至山顶，回头见犬熊已越过山腰，众人大骇，一时不知该如何是好。李颇黎游目间，看到不远处有道山崖，喊道："上那里去，死守！"

上了山崖后，没有退路，相当是置于死地了。但眼看着危险将近，似乎也没更好的办法了，只得拼一把，看看是否能置之死地而后生。

上了山崖，大家都手持兵器，只等犬熊来袭。裴小小站在李颇黎背后，恐惧地道："我们有把握打退它们吗？"

是啊，有把握吗？山谷里几百号江湖人士，都没能逃得过它们的嘴，此地不过八人，怎生躲得了？

杜啸林迅速地扫了眼大家，留意了下他们的表情。他固然也怕怪兽，但他毕竟跟一般人有所不同，无论在何等情况下，都不会忘了观察。大家都表现出了极度的恐惧，在生死面前再胆大的人都无法伪装。裴小小、肖如梅的脸上，甚至有一种死亡来临时的绝望。倒是那个李骆谷，要比其他人镇定一些，在这种情况下还不忘观察周围的山川形胜，他是在寻出路，还是本身就来过此地，事前有所准备，故没有他人的那种极度的恐慌？

杜啸林迅速地打消了这个念头，论功夫李骆谷在这群人之中，只怕是最弱的，如果他事前来过这儿，是如何活着出去，又如何会有这么大勇气，再来经历一次生死之劫？

一阵腥风扑面而来，杜啸林回头去看时，一只犬熊跃起它庞大的身体扑了上来。李颇黎的剑一扬，砍在它的脑袋上，没想到那东西的头很硬，只把它砍出条血痕来，未伤及筋骨，打下去一只后，其余的蜂拥而上。

犬熊体形巨大，极具攻击力，且由于饥饿的缘故，疯狂地往上扑。一时腥风扑面，犬熊发出的凶残叫声不绝于耳。好在一来大家居高临下，二来都是会家子，姑且能抵抗一阵子，却也无法将它们击退，时间一久，必然成为它们的食物。

“怎么……”葛青辉是想说怎么办，可没等他把话说全，更加可怕的事情发生了。

山崖下面，不知何时爬上来一群蜥蜴，那可不是普通的蜥蜴，个头足有鳄鱼一般的大，吐着细细的长芯，发出种瘆人丝丝声响，把山崖顶围了个遍。

如此大的蜥蜴连男人看着都心慌，况姑娘乎，裴小小吓得面无人色，喊道：“师兄救我！”急向李颇黎求救。肖如梅也好不到哪儿去，只觉全身的汗毛都立起来了。奎尼本就对她有些好感，一时情急之下，取出教中圣火来，往那巨型蜥蜴和犬熊面前一送，没想到那些畜生竟怕火，呼地往后退。

奎尼大喜，弯腰就把地上的杂草点了，秋冬季草木枯朽，一点即燃，着火那头的畜生俱皆不敢扑上来。葛青辉如法炮制，在山崖边上点了一圈火。犬熊仰头低吼，嘴角流着哈喇子，却不敢靠近。众人获得了暂时的安全。

“你如何知道它们怕火？”李白看着奎尼问。但是这一问也引起了李颇黎的警觉，眼神一转，也往他看过去。

奎尼见他们怀疑，冷哼一声，道：“一时情急，歪打正着。”

“只要是鬼，早晚会现形的！”杜啸林冷冷地说了一句，转头朝李骆谷道，“可曾发现出路？”

李骆谷匆忙之中看了遍这里的地形，越看越是兴奋，像发现了宝贝一样，故而方才当大家都在战异兽时，他兀自沉浸在自己伟大的发现当中，浑然忘了所处之危险。

原来这座山谷四面八方俱为山，谷地四周为山本不足奇，然这个地方却与众不同，其东西南北矗立了四座山，每座形态各异，东边那座绵延数里，巍峨壮观，宛若青龙，西边那座上尖下宽，石体峻峭，形如一只蹲着的猛虎，南边那座，左右两端高高翘起，好似一只大鹏欲展翅高飞，恰如朱雀，北边那座，一道巨大的山梁横亘于山体之上，气象万千，便如一蛇一灵龟之结合，酷似玄武。

从风水之角度来说，脚下的这座谷地，那便是青龙、白虎、朱雀、玄武四大灵兽所护之宝境。然而，再往前处看，却有更大的惊喜。四座神山的背后，另有八座山头连成一片，这就是所谓的四面八方，而中央的盆地，那就是王者所在。

古语云：八方在则，九方居中，所谓九方，中央也。那么这里铁定就是传说中的夜郎国皇城所在！

“师父，发现了什么？”葛青辉见李骆谷面色异样，情知他有所发现，急问道，“我们被怪兽所困，须早寻出路，快说发现了什么？”

“这里就是夜郎国的皇城所在。”李骆谷喜道，“应该有入城的城门。”

“城门？”葛青辉望了眼周围，心想：这里除了山就是山，何来城门？

“快快！放火，逃出去！”李骆谷急着想印证自己的想法，顾不上尊卑，朝奎尼道，“只要逃出这道山崖，附近一定有城门。”

奎尼唯恐逃出去后找不到门，便会成为怪兽果腹的食，问道：“往哪个方向逃？”

“只要往正方即可。”李骆谷喊了一声，“快！”

奎尼的阅历尚浅，不明白为何往正方向便是正确的，但他相信李骆谷，此时风向西北，便将东南方向引燃了火，风一吹很快就往崖下漫延，底下的巨蜥蜴、犬熊望着嘴边的食物不能吃，边极不甘心地往后退，边发出怪声。

众人随着火势一点儿一点儿往下走，及至山崖下时，由于背后无火，露出空门，那些怪兽等的就是这个时机，再次发动攻势。李骆谷急喊声：

“大家跟着我跑！”脚下一蹬，急速地往正南方跑去，后面的人哪敢停留，各自施展轻功，跟着李骆谷跑。

空旷的山谷里，八个人拼命地往前奔跑，紧随其后的是豹子一般的犬熊，它们速度很快，脚下带风，沿途惊起一地的沙尘，再后面则是一大群巨型蜥蜴，硕大的身子几乎贴着地面，摇摆着长长的尾巴，那尾巴摆动时犹若扫帚似的，将地面上的土都搅了起来，沙尘漫天。这些大型的爬虫为了争口食物，行动也不慢，晃着屁股，并没落后犬熊多少。

亏得是李颇黎等人轻功都不弱，唯一掉队的是李白，由于常年喝酒的缘故，且上了年纪，年轻时也并没好生学武，差点儿让犬熊咬着屁股了。李颇黎生恐父亲出意外，交代裴小小莫要停下来，他自己则返回去，翻手搂了李白的腰就跑。

李白侧着眼看了下离别多年的儿子，见他挟着自己兀自脸不红气不喘，暗自高兴，心想：这小子并没遗传他爹的懒散性子，得了裴旻的不少真传。

正南方的山谷边缘，是一道垂直的山体，似乎并无门户。李骆谷微微一怔，如无特殊原因，皇城的城门必然是正方向的，不会有偏差，此地属山区，莫非建城时为了避开山体之走势，开到了西南或东南方向？

眼看着怪兽即将到来，李骆谷急了，那么是往西南还是东南呢？怪兽转瞬即至，如果跑错方向，万劫不复。后面的人更急，不停地催促李骆谷。葛青辉依然怀着一腔敬意，喊道：“师父，你一定要带弟子活着离开这里啊！”

李白到底还是要清醒一些，道：“会不会这里不是皇城？”

此话一出，众人大骇，如果不是李骆谷所说的九方皇城，也就意味着他们走错方向了，此时退无可退，必死无疑。

肖如梅骇然道：“那是什么地方？”

李白自然不知道究竟是什么地方，只是在进入甬道的时候，他便开始有些怀疑，皇城怎会在地下呢？到了山谷后，此疑虑便打消了，这里应该不是什么墓地。思忖间，抬眼看向李骆谷。

李骆谷经此一提醒，似也想到了什么，如果说九方山并非皇城所在，难不成是墓葬，抑或夜郎国藏宝所在？

想到这儿，李骆谷匆忙地再次察看山川走势，假设神龙令果然在此，那么是藏宝地的可能性更大一些，藏宝地与墓葬和皇城选址又有不同，他不需要讲究什么风水，只要隐秘即可，然这也正是寻宝人最大的难处所在，所有堪舆寻龙的手段统统失效，只能像没头苍蝇一样到处去撞碰运气。

可惜的是，他们已经没有时间去碰运气了，犬熊的奔跑声越来越近，已能闻到它们嘴里喷出来的腥味。

“没想到多方势力都卷入了神龙令的争抢之中。”李亨苦笑一声，同时感到身上的压力陡增，要是那神龙令真有翻转乾坤之能事，那么大唐江山今后何去何从，端的是两说了。“杜啸林提醒朕要小心，看来有人会对朕下手。”

“这是自然的。”李辅国微微躬着身站在李亨旁边，嘴角挂着抹不易觉察的冷笑。此人原叫作李静忠，乃是东宫宦官，专门伺候李亨的太监，因与太子十分亲近。马嵬驿事件后，李亨北上，决心对抗安禄山，此时李静忠极力劝说李亨登基，以安天下，李亨念他忠心，赐名“护国”。

皇帝亲自赐名“护国”，此等荣誉不异于赐爵。然李亨对他的喜爱并不止于此，登基后加封元帅府行军司马。所谓的行军司马本乃是主将麾下的参谋，只是唐朝多兴兵事，为便于作战方便，时行军司马亦掌有实际兵权，故宦官掌兵，自高祖以降，极为罕见。

李静忠相貌十分丑陋，阔嘴方脸，又长了双三角小眼。李璘与之相比，倒显得貌美了。便是知道外貌不及于人，故而做事十分努力，取得李亨信任后，觉得“护国”二字，不免托大，恐遭非议，遂在任行军司马时，又改名“辅国”。

是时，李辅国一边跟着李亨走出书房行至房外的回廊，一边说道：“夜郎那边前后死了两拨人，而陛下先是在马嵬驿策动兵变，及至灵武又骤然登基，前后两件事联想起来，哪个不认为陛下是早有预谋呢？”

“朕当如何应对？”李亨转过头看向李辅国，他显然对李辅国十分依赖。

“自是不能束手待毙，咱得反击。”李辅国脸色一沉，蓦然露出股凶狠之色，“今日山南西道传来消息，兴元府方面的军营让人给挑了，还把三军将士吓得魂飞魄散，说是有女鬼索命，真是岂有此理，此分明是有人挑衅！要想坐稳江山，就得比他们更狠，臣以为，不管是哪方面势力干的，揪他出来，一网打尽。”

“那就还是让例竟门去办此事吧。”

李辅国点头道：“希望例竟门莫再给陛下丢脸了，臣这就让他们用长安密语传出信去。”

武月娘新伤未愈，走得很慢，出了凤州城后，到这天傍晚，方才进入一个小镇。此地濒临渭水，乃是个水陆交汇的所在，地方虽小，商铺酒楼一应俱全，颇是繁华。

武月娘走进一家酒馆，定了间房后，要了两样清淡的菜，刚要入桌，便听得有人大声嚷嚷：“你娘的，老子再三跟你交代，把定军山（酒名）给老子灌满，你娘的耳朵让鬼咬过没了魂是不是？给老子打了壶秦川大曲来。老子说不要。你还给老子耍脾气，酒离了酒缸概不退换。他娘的，你以为老子没脾气是吗？”

一听这满嘴的粗言俗语，武月娘便猜到了是哪个，定睛看时，果然是那中年男人，正扬着他那只宝贝似的酒葫芦跟小二叫嚣。没多久，掌柜闻风而来，听明缘由，忙不迭跟他道歉，说是这秦川大曲就当是赠送给客官了，再另外给您去打一壶过来。

那中年人冷冷地“哼”了一声，道：“你以为老子是那么随便之人吗，你送了老子就得要？老子喝酒是有讲究的，不喜欢的宁愿喝尿也不喝那酒。你把酒葫芦里的秦川大曲倒了，把葫芦给老子冲洗干净，再灌上定军山，但凡要是冲了味了，跟你没完。”

那掌柜迭连应是：“官倌莫恼，葫芦我亲自去洗。”

武月娘觉得此人又脏又没礼数，不想与他照面，走到柜台，交代小二，把她所订的饭菜送到房间里去，交代完刚要走，偏教那冤家看见了，在那边大着嗓门儿喊，“老娘儿们，原来是你这老娘儿们，哈哈！我俩端的是有缘得紧，快来快来，陪老子喝一杯！”

被他如此一叫，酒馆里的人俱往她看来。武月娘只觉脸上火辣辣的，不想跟他说话，径直往客房走。那中年人赶了上来，在她耳边小声说道：“那晚打伤你的那长发女鬼，今晚会在此地出现，可有兴趣？”

武月娘愣了一下，瞬间想到当晚他忽然出现，救了自己，今天又在此偶遇，莫非都是巧合吗？抬头看了他一眼，道：“你如何知道？”

那中年颇有些得意地道：“老子是谁，那些魑魅魍魉岂能逃得过老子的法眼！”

武月娘果然问他道：“你是谁？”

那中年人刻意避开问题，不耐烦地道：“你这老娘儿们怎地如此多的问题，今晚到底去是不去？”

“你滚！”武月娘转身就走，她觉得此人定有问题。

“你属驴的吗，母驴啊！”那中年人气呼呼地道，“怎如此倔强！”

店内食客闻言，哄堂大笑，武月娘好歹是当今梅花卫的宗主，何时让人如此羞辱过？一时恼羞成怒，想要发作，可看到店内食客一副幸灾乐祸看热闹的样子，只得硬生生忍下，心想：莫非是出门前没看皇历，怎会遇上如此一个粗俗的无赖！扭身大步离开。

到了房间没多久，店家便将饭菜送了过来，因是被那中年人一气，食而无味，就随便吃了些，脑海中又浮出那中年人的形象来。他的武功不弱，在江湖上应是有名号的。我与他素昧平生，他不至于跟踪我，那么他当晚出现在军营却是为何？是巧合，还是他也在追查什么？

想到此处，武月娘心头一震。如果他也是在追查什么的话，那么他属于是哪方势力的？此地不大，如果说当晚那装神弄鬼的女鬼会在此出现的话，理应并不难找，我先去探探再说。心念即定，见天已擦黑，便出了客房来，往酒馆外走，好在并没遇上那中年人，心中委实暗松了口气。

是晚，明月如钩，风也不大，虽说北方寒意凛然，但裹紧了衣服，还是可以忍受的。镇里有一条河，沿着整个镇贯穿而过，而沿河一带，正是此镇最为繁华所在。河之两岸商铺林立，由于天尚不算晚，路上行人摩肩接踵，很是热闹。

武月娘随着人群沿河而行，一路观察着两岸的动静，走了一条街，亦未发现异常，心下暗暗奇怪。正不知该如何是好，身边忽走过十几个人，乃是宫中禁卫的打扮，腰际佩刀，步履匆忙。武月娘一看便知是例竟门的人，心想：这便是了，当晚有例竟门的人被那长发女鬼所杀，如今他们在此出现，敢情是来报仇的。

正要跟上去，忽觉肩头一沉，被人按住，武月娘大吃一惊，未及回身，便要抽剑动手。

“你这老娘儿们能否温柔一些？每次老子好心救你，却被你当作仇人。”

武月娘见又是此人，暗叹倒霉：“你时时跟着我，究是何意？”

“老子跟着你？”那中年人不可思议地看着她，好像面前站的是一个怪物，“你是长得貌美如花，还是像小姑娘一般的鲜嫩光滑，值得老子从兴元府千里迢迢紧紧相随？莫非你以为老子的脑袋让驴踢过不成？”

武月娘虽说常年隐居，鲜与外界接触，可这并不代表她如僧尼一般六根清净，不注意自己的容貌了。但凡是女人，除去年迈之老妪，都喜欢有人夸她貌美年轻，可武月娘遇上的这个冤家，估计是她上辈子扒过人家的祖坟，屡屡被他当众羞辱。她觉得若是不在这种人面前装回泼妇，简直是人神共愤。“你个老无赖、老流氓，不折不扣的老浑蛋。若说你的脑袋没让驴踢过，鬼都不信！我与你素不相识，更无一丝一无的瓜葛，你却纠缠不休，今晚你必须与我说清楚，到底有何企图？”

“企图？”那中年人仰首哈哈大笑，引来无数路人围观，可他却丝毫不在意，还朝路人问道：“各位父老乡亲，你们看看这老娘儿们，她说老子对她有企图，你们说老子能图她什么？”

旁边有人起哄：“这可难说，就图她是个女人！”

那中年人笑道：“只要有酒，仙女坐在怀里，老子也未必会正眼瞧她。”

又有人高喊：“那除非你是太监！”

那中年人看了眼武月娘，继续与围观之众取笑：“实话与你们说，这老娘儿们的味道还是挺好闻的，就像是酒，是老子喜欢的那种劲儿！”

武月娘又气又羞，论撒泼耍无赖，她难及那老浑蛋之万一，只得挤开人群，逃离这是非之地。那中年人道："各位，你们看也看了，给老子让出条道来，若是那老娘儿们想不开，那可是人命关天的大事！"在众人的哄笑中，那中年人挤出人群，追将上去。武月娘则避之若浼，快速地往前跑。

如此一逃一追，到了街角，终是被那中年人追上，武月娘欲哭无泪："你到底想怎样？"

那中年人道："此事没有你想得那么简单。"

"哪件事没那么简单？"

"你这老娘儿们脾气大不说，忘性也大。"那中年人道，"就是装神弄鬼的长发女鬼，杀害例竟门和士兵之事。"

"你滚！"武月娘怒道："此事简不简单，我自会查明，不劳你操心。"

那中年人急了："实话与你说，老子也在查此事，你若不带脑子闯过去，让人发现了，会坏了老子的好事。"

武月娘"哼"了一声，果然是印证了她的猜测，此人不简单。然而他们在查的虽然是同一件事，但决计不是同一路人，因道："老浑蛋，你听好了，你查你的，我查我的，我们互不相干，要是再敢跟在我后面，休怪我不客气。"

那中年人迭连叹气，好像在与一个傻子对话："你是否认为那长发女鬼是安胖子的人？"

"莫非不是吗？"

那中年人把头一仰，那一头乱发迎风乱飘："非也！"

武月娘冷笑："难不成是李亨脑袋让驴踢了，派出杀手杀自己人？"

"也不一定！"

武月娘愣了一下："你不会认为是太上皇吧？"

"并非无此可能。"

武月娘已经忍他很久了，李隆基在她眼里，那便是大唐无可替代的皇帝，李唐江山真正的执牛耳者，容不得他人对他有半分亵渎。太上皇指使邪派人物去对付自己的儿子，真是岂有此事！纤臂一扬，长剑出鞘，挽出六朵剑花，就往那中年人身上招呼。

那中年人持有柄古朴的长剑，自也是此中高手，只把手一抬，剑柄与对方的剑身相交，“叮”的一声，化解了武月娘这一招变化繁复的梅花剑法。

武月娘没想到本门剑法如此轻松就让人破了，好斗心大胜，摆开架式，要与他分个高下。那中年人连忙摇手道：“莫打了，再打下去就来不及了。且莫管老子说得对不对，一起过去看看，可见分晓。”

“一起去可以，但必须明示身份，又是如何知道那女鬼会在此地现身的？”

“我姓老名子，就叫老子。”那中年人道：“从兴元府一路打探至此。”

武月娘闻言，便知道他随口胡诌，天下有哪个父亲会给儿子取名叫老子？存心教他难堪，冷冷一笑，问道：“那你父亲叫什么？”

那中年人道：“先父姓老名祖宗！”

武月娘被他气得忍不住“扑哧”笑出声来。

那中年人道：“实话告诉你，女人莫要板着脸，还是笑起来比较好看，有个词叫‘笑靥如花’，便是此意。”

“要你管！”武月娘转身就走。那中年人跟上去给她带路，两人一道来到了镇郊的一座荒庙外。

此处荒草萋萋，鼠兔出没频繁，渺无人烟，那座庙亦早已败落，落院内杂草丛生，早成了鼠兔窝，在一轮弯月的照耀下，一如即将弥留的孤独的老者，异常的孤寂冷清。

两人在庙外的一棵大树前隐藏下来，却不见那十几个例竟门的人，想来已入庙去了，侧耳细听，并无声响，正觉得奇怪，忽听有人喊道：“快出来吧！”应是例竟门的人等得不耐烦了。

话音落时，便听得一阵尖笑，那笑声阴恻恻的如诉如泣，在这样的环境下听来，端的令人毛骨悚然。武月娘识得这个声音，一听便知是那长发女鬼到了，但见半空中忽多了条白色人影，月光下白纱裙袂飘飞，一头及腰长发宛若瀑布，任夜风怎生吹拂，亦看不到其面目。在她的身后，跟了六名戴着鬼面具的大汉，两边各三名，随着那长发女鬼踏月乘风而至。

武月娘道：“多了六个鬼面人，看来此番她也是有备而来。”那中年人“嘿嘿”一声怪笑，却没说话，拉了下武月娘的手，悄悄地接近庙门，往里窥视。

例竟门的人见状，纷纷抽出兵器，准备应战。

那长发女鬼阴恻恻地道：“可有能做主的人？”

例竟门的人里站出位三十余岁的中年人，道：“例竟门副统领魏长河在此，奉皇上旨意，缉拿杀我将士之凶手，你们究竟是什么人，报上名来吧！”

那长发女鬼厉声一笑：“我们是什么人，你家皇上心里可清楚得紧，却还装腔作势，让尔等来查询，端得可笑！”

魏长河闻言，心想：皇上怎么会知晓这等邪门歪道？定是她胡说。“放肆，皇上乃九五之尊，何等尊贵，岂能与尔等相识？”

那长发女鬼冷冷地“哼”了一声：“例竟门的统领是不是去了夜郎国探寻宝物？”

魏长河没想到她还知晓此事，因不知其所指，便答道：“是。”

那长发女鬼道：“莫非他没传来信息说，有一批金吾卫和幽冥教的人死在那里了吗？”

此话一落，不只魏长河吃惊不已，连在庙外窥视的武月娘及那中年人，亦是震惊不已：她是如何知道夜郎那边的情况，是他们中有人暗地里跟踪，还是……

魏长河惊道：“你如何知道？”

“我如何知道，嘿嘿！”那长发女鬼道，“我就是幽冥教的教主孟幽兰，此番就是为讨债而来！”说到“讨债”二字时，她咬牙切齿，充满了恨意。

魏长河越发吃惊，嘴上却兀自说道：“笑话，当今皇上难不成还能欠你的债吗？”

“血债！”夜风吹来，吹起她长长的头发，隐隐能看到她张惨白的脸，“在你家皇上还是太子的时候，调遣三百五十名金吾卫，联同我教八百教众，前往夜郎，誓取神龙令，号令天下。临行前，他向本教承诺，只要拿到神龙令，就许本教一个职位，让我们可以堂堂正正地行走于青天白日之下。我信了，我居然真信了，哈哈哈……”

孟幽兰迎着夜风一声厉笑，这笑声与先前有所不同，带了份凄惨以及愤恨，笑声戛然而止时，她说出来的话压得很低，是从喉咙底下发出来的，幽怨而凄厉：“知道李亨为何敢策动马嵬驿兵变，为何敢在灵武登基，遥尊李隆基为太上皇吗？”

听到此处时，武月娘的气息倏地急促起来，这个女鬼嘴里说出来的话，她几乎不敢相信，却又不得不接受这冷酷的现实。她无论如何也想不到，李亨为了得到皇位，居然会与江湖上的邪门歪道勾结，篡夺自家父亲的皇位！

思忖间，只得魏长河道：“为何？”显然话说到这份儿上，他心头也极为不安和恐惧，这是惊天的秘密，一旦传将出去，将掀起一股轩然大波。

“他得到了神龙令！”孟幽兰生硬地一字一字地道，“为了得到神龙令，我们付出了巨大的代价，那三百五十名金卫吾以及本教八百教众，伤亡过半，可恨的是，他们回来后……”说到此处，孟幽兰许是心情激动的缘故，语气顿了一顿，却着实让众人的心都提到了嗓子眼儿上：回来后怎么了？似乎大家已然能够猜到了，却又不敢去相信，特别是像武月娘、魏长河这样对李唐王朝忠心耿耿之人，他们多么希望能从那女鬼的嘴里说出另外一种结果来。

那中年人看了她一眼，眼神之中似乎有几分得意之色，意思是说：老子之前没有猜错吧？

“回来后，他们都被杀了。”孟幽兰大声道，“李亨不仅对前去寻找神龙令之人大开杀戒，还想对本教赶尽杀绝。他想成为一个万人敬仰的好皇帝，想建立一个没有血腥、没有污点的大唐王朝，便用鲜血和他人的生命铺路，他该死！”

孟幽兰说出来的结果没有意外，揭露出了一个血淋淋的残酷的现实。可是更让武月娘震惊的是，李亨居然早已拿到神龙令！如果这是真的，那么他为何还要派杜啸林去夜郎，这里面究竟还隐藏着怎样的玄机？

看来太上皇的顾虑和愤怒没有错，他趁乱窃取皇位，实是早有预谋。武月娘幽幽地叹息了一声。

第四章

阴阳白玉棺

犬熊已然扑近，它们张开了大嘴，随时准备撕咬前面的食物。

“师父，快想办法！”葛青辉急了，看着犬熊扑近，他甚至开始怀疑这位被自己崇拜的师父的能力，“再晚我们就真要被它们吃了！”

不对，不对！李骆谷的脑子急速地转动着，八方在侧，九方居中，从这里的风水来看，绝对是夜郎的都城所在，若只是一个藏宝地，完全没必要选如此一个风水绝佳之地，那么如果此地是皇城，城门在哪里呢？

犬熊率先冲到，厉嚎一声，朝着大家扑过来。“走啊！”葛青辉大喊一声，身体一纵，往旁边跳开去。其他人自是不敢怠慢，纷纷施展轻功，往旁边纵跃，李骆谷也顾不上思考了，跟着大伙儿跑。

那些犬熊跳跃能力也不差，只是冲过来时，劲儿使得太大，一时刹不住，跑在最前面的那只几“砰、砰、砰”撞在石壁上。犬熊体型巨大，冲击力足有千钧，撞上正南方的那道石壁上时，但听得一声怪响，石壁居然裂开一道大大的缝隙。

那道山体巨大，实际上是座千仞之悬崖，按道理说任凭犬熊的冲击力再大，也没有将悬崖下的石壁撞裂的道理。唯一能说得通的是，那里本来就有裂痕，或者说是道门户。

李骆谷见状，两眼发光，也顾不上危险，便冲了过去。奎尼大喊：“掩护他！”其余人会意，冲过去抵挡犬熊的袭击，保证李骆谷的周全。

李颀黎拔剑出鞘，他的游龙剑法已得裴旻真传，端的是剑若游龙，青龙闪烁之时，剑尖斜着从一只犬熊的腹部拉过，双方力量相抵时，犬熊的腹部豁然拉开，五脏六腑往地上掉，“砰”的一声落地身亡。是时，恰好后面的巨蜥蜴赶到，张开嘴就吃地上的脏腑。

李骆谷走近那道石缝时，发现果然是道门户，用力一拉，不曾动得分毫，李白也上来帮忙，两人合力一拉，石门“轧轧”响了两声，缝隙大了一些。李白回头见犬熊和蜥蜴不断地攻击，那些人抵挡不了多少时间，咬着牙道：“再来！”

李骆谷自也知道生死一线，当下使出吃奶的力气用力拉，两人合力下，门缝又大了些，李白见人已可挤进去，也顾不上有没有机关，沉肩缩臂往里钻。

“走！”李骆谷喊了一声，跟着李白钻了进去。

“让女人先走！”李颀黎推开了把裴小小，把脚下的那只巨蜥蜴踢飞时，跃到肖如梅身边，替她挡了眼前的犬熊，“走！”

肖如梅感激地看了他一眼，道：“小心！”翻身与裴小小一道钻入了门缝。杜啸林随着两个女人入了里面。

五人先后入内，余下的三人压力陡增，葛青辉骂道：“姥姥的，跑得倒是快！”

“你们先走！”李颀黎喊了一声，长剑往横里一划，划出一道长长的惊虹，那些犬熊和蜥蜴见状，一时不敢接近。

“多谢了！”奎尼告声谢，带着葛青辉就走。

李颀黎杀红了眼，他并非不想逃，只是师父从小教他，所谓“侠之大者为国为民”，只是学武者的一种境界，并非每人都有机会为国为民，为此，我们要时刻记得一条，那便是舍己为人，用你的一己之力，拯救了他人，这恐怕是习得这一身功夫最值得骄傲之处。李颀黎从小在这样一种思想的耳濡目染之下，“你们先走”几乎是他冲口而出的一句话，一如习惯，顺手而为。但他很快发现，面对这些饿得两眼通红的畜生，他委实有些托大了，它们的蛮劲儿，以及前仆后继地袭击，非是他的能力所能挡得了的。

回头见大家都已入了门缝，李颇黎一声虎啸，长剑“嗡”的一声，宛如龙吟，挑翻面前的一只犬熊，颀长的身体一纵，及至半空中，一个倒跃，准确地落在门户的顶端，顺势往里一滑，滑入了里面。

裴小小早在门旁边等着了，见李颇黎进来，担心地问道：“师兄，你没事吧？”

李颇黎道：“不碍事。”说话时，看了眼同样站在门边的肖如梅，见她也是一脸的担忧，便向她报以一笑。

这时，听得一声厉啸，两只犬熊已然把头探了进来，拼命地往里挤，而地上已有一只蜥蜴爬入里面。李颇黎眼敏手快，呼地一剑挥出，两只犬熊的头落地。剑尖顺势往下一挑，将蜥蜴削作两截。李白和李骆谷赶上来，他俩最先入得里面，摸清了门后有只很大的拉环，一拉门，将门关上了。

“我儿可好？”李白上上下下地打量了番李颇黎，生怕他受了伤。李颇黎忙道：“阿爹放心，那些畜生伤不了我。”

总算是逃过一劫，众人都松了口气，观察里面的情形时，发现此地又是一个长长的甬道，与外面的甬道不同，这里颇是干净，地上亦无灰尘。

李骆谷道：“我们走吧，这里有人进来过，却不见尸体，应无机关。”

杜啸林疑心重，问道：“何以见得？”

李骆谷道：“这座巨大的石门原是有机关的，但被人打开过，未曾全部合拢，这才让犬熊一撞给撞开了，不然的话，我等可能没这么容易进来。”

“怪不得！”肖如梅想起外面数百具尸骨，依然不寒而栗，“外面死了那么多人，原来是为了打开这道门。”

“不错。”李骆谷道，“若非有前人开道，我等难逃一死。”

想通了这一层，大家再无疑虑，依旧由李骆谷拿着火把开道，步步为营，往前走去。大家都知道，他们可能已经进入了夜郎国的腹地，无论前面是古皇城、墓地还是藏宝地，通过这条甬道，将有可能看到前所未见的景象。

甬道并不长，尽头处又有道门，但已经被打开了，此门并不大，只有普通的门户大小，李骆谷探头往里看了看，有风吹来，风中夹着股奇怪的味道。李骆谷心头一震，这味道有些熟悉，为了证实自己所想，慢慢地走入门里去。

里面是个普通的山洞，洞顶有一道天然的缝隙，有光透入，故并不见黑。四周洞壁山石嶙峋，犬牙交错，无人工打造之痕迹，也没有奇特之处。唯独在西南方，建造了一座平台，平台所处的位置很高，有石阶直通那里。

平台的中央，有一座祭台，布置得很简陋，只一张石桌，桌上有一副烛台，仅此而已。从祭台再往里看，似乎还有空间，但由于那边的光线不好，里端的景物看不真切。

李骆谷见无异状，便大胆走了进去，众人依次而入，见到里边的情景时，大失所望，漫说什么皇城，就算以墓地的规格而论，亦显得寒酸了。

裴小小道："这里就是藏神龙令的所在吗？"

杜啸林冷冷地道："只怕没如此简单。"

裴小小看向他："你如何知道？"

杜啸林也看了他一眼，似乎不屑于跟这小姑娘讨论，没再言语。葛青辉走上去，问道："师父，神龙令会藏在何处？"

李骆谷看着祭台，道："到上面去看看，大家小心些。"

众人拾阶而上，石阶不太长，约二三十阶，逐渐接近祭台时，其里端的情景亦渐渐清晰起来，那里面居然还有道门户，只不过有些矮，普通人需要弯腰方能通过。

大家走到平台上，环视一圈，并无异状，便打算往那道矮门走，而这时李骆谷反而停下了，两眼怔怔地盯着某个角落，仿似灵魂出了窍一般。

奎尼见状，暗吃一惊，朝他推了一把，问道："怎么了？"

李骆谷如梦初醒，道："可闻到了什么？"

奎尼嗅了嗅，褐色的瞳孔里闪出一股惊慌之色："是血腥味吗？"

李骆谷沉重地点了点头："进门的时候我便闻到了，只是此地未见尸体，故不敢断定。现在看来，这股腥味是来自里面。”

李颇黎上前走了两步，果然离那道矮门越近，腥臭味就越浓，也是吃惊不小，回过头来道：“里面会是什么？”

“不好说。”李骆谷道，“在这种地方什么事都有可能发生。”

肖如梅、裴小小两人不免又开始紧张起来，李颇黎朝她俩道：“你俩跟在我后面便是，无须害怕。”当下由李骆谷先行，李颇黎护着两个姑娘随后跟进，其他人殿后，往那道矮门走过去。

越是接近那里，血腥味越浓。大家都无法想象里面会是怎样的场景，心头怦怦直跳。

李骆谷率先弯腰通过，李颇黎怕有什么意外，握紧了剑，紧随而入。

矮门里面的情景超出了所有人的想象，此地乃一个巨大的天然溶洞，洞顶挂着上百盏天灯，也不知用的是何灯油，至今未灭，星星点点，宛若星辰。在溶洞的四周，放置了许多尊形态各异的神像，他们并非是寺庙中常见的神灵，更像是冥府的恶鬼，一个个面目狰狞，很是可怖。他们有的跪着，有的蹲着，有的站立着，但无论是何种姿势，其眼神或表情都带着股虔诚或尊敬。

在那些神像的中间，有一座很大的石台，东南西北四个方向设了四道台阶，周围有护栏，栏杆乃白玉石所砌，玉石之上雕有云纹和腾飞的龙形，在天灯下，玉石晶莹，灯火映着云纹，便有了一层淡淡的霞光，飞龙也越发有神韵了。

石台中间有一道长方形的凹槽，由于角度的关系，站在石台下的人尚看不到凹槽里面究竟是什么，只能隐隐看出似乎躺了个人。

石台周围，密密麻麻地躺满了尸体，他们的装扮如山谷里发现的那批尸骨一样，应是江湖中人，故可以断言，这些人的死亡时间应与山谷里的那些相差无几。然奇怪的是，洞内的这些尸体并没腐烂，像是在某种特定的环境下被烘干了似的，成了一具具干瘪的皮囊，暗灰色的皮依附于骨头之上，看上去很是瘆人。

肖如梅、裴小小第一次看到如此恐惧的场面，忙扭转头，不敢去看。葛青辉忍不住问道：“这是怎么回事？”

“这是怎么回事？”

葛青辉的话刚落时，不知是谁是又重复地问了一句，但那声音很奇怪，尖尖的有些含糊不清，在他们的这些人之中，似乎并没有这样的声音。葛青辉意识到这一点时，急忙朝众人看过去，问道：“刚才谁在说话？”

“刚才谁在说话？”

这一回葛青辉看得分明，他们之中谁也没有说话，一个个表情惊讶，震惊万分。

“谁！”葛青辉只觉头皮发麻，霍地回头朝石台下面那些密密麻麻的尸体看过去。

“谁！”又是一个尖尖的、含糊不清的怪声响起，声音正是来自尸体丛中，难不成这些尸体之中还有活人？葛青辉抬腿要往那边去看个究竟，李骆谷却一把将他拉住了，向他摇头示意：莫要鲁莽。

稳住葛青辉后，李骆谷转身朝大家打手语暗示，意思是说学声的可能不是人，大家须提高警惕。

“不是……”肖如梅本想说：不是人，那是什么？如果说先前遇到的厉鬼是有人使的幻术的话，那么眼前这不伦不类、阴阳怪气、学人说话的是什么，也是幻术吗？但当她吐出那两字时，便后悔了。

果然，那尖尖的含糊不清的声音再次响起，“不是……”只不过这次似乎是为了学女人的声音，变得清脆了些。

“放肆！”魏长河被孟幽兰激怒了，他不管对方说得是真是假，只要是敢污蔑皇上的，他都有责任去惩治，“你装神弄鬼倒也还罢了，居然敢满嘴胡言，向皇上泼脏水，受死吧！”佩刀一挥，率先发起攻击，其余例竟门的人亦不敢怠慢，纷纷挥刀而上。

孟幽兰“哈哈”一声厉笑：“又想杀人灭口吗？”身形一动，白纱飘舞间，铁手套往前一探，抓住其中一名禁卫，手臂一用力，将其抛上半空。后面的六个鬼面人各自挥着兵器，加了战团。

武月娘见例竟门想要杀人灭口，欲现身出去，却让那中年人拦下了，便急道：“拦我作甚？”

那中年人道："幽冥教也非是什么正道，让他们多死几个何妨？"

武月娘一愣，随即明白了那中年人的心思，反正双方都不是什么好东西，便让他们打个够，只要孟幽兰不死，届时抓了她问个明白即可。武月娘一想也对，这老浑蛋满脑子的邪心思用在那些邪派人物身上，倒是合适得很。

例竟门虽是大内禁卫，但他们的武功在江湖上也是排得上号的，加之十余人对阵七人，围攻之下，很快占了上风。孟幽兰作为幽冥教的教主，在来赴会之前岂能没想到这一点？见形势不妙，尖叫一声，咬破舌尖，身子滴溜溜一转，倏地跃上半空。就在她的身体旋转着腾空而起之时，空中霍地幻化出八个白色的人影来，那些白色人影本来就是孟幽兰的化身，个个都长得与她一模一样，在空中飘来荡去，难分虚实。

淡淡的清冷的月下，空中莫名地多出八个白衣长发的女鬼，那情景端的是奇诡无比。有两三个禁卫，一则是恐惧，二则是分不清虚实，俱死于孟幽兰的铁手套之下。

这下魏长河也不禁慌了，一声虎啸，纵身便往空中的一个女鬼砍过去，怎料是虚像，刀身砍落时，对方倏忽不见。落地时，右侧白影一晃，横刀便砍，谁曾想又是幻影。如此反复，全然无功，倒是自己的手下又有两人倒地，魏长河越战越惊，招式渐乱。

孟幽兰知道时机已到，痛下杀手，招招都指向魏长河要害。高手对招，除了武学高低外，更讲究心态心境。魏长河心思已乱，节节败退。

武月娘扭头朝那中年人看了一眼，意思是：救吗？

那中年人摇头叹息："真是没有想到，李亨居然养了群废物，养猪都比他们合算。"

"救吗？"武月娘忍不住问。

那中年人动了动灰白的眉头，神色间颇有些得意："你是在征询老子的意见吗？"

见到他那样子，武月娘怒火上涌："你觉得我身边还有别人吗？"

"倒也是。"那中年人捂着嘴笑了笑，"老子以为，单凭那装神弄鬼的女鬼一面之词，尚不足信。李亨养的虽是群废物，但好歹是些生命，死了可惜。”

“那就是救了！”武月娘霍地起身，“没想到你这老浑蛋碎嘴起来，比老太婆还教人心烦！”话犹未了，纵身而起，人尚在空中，大片的剑光便已洒了出去。

“老娘儿们越发无礼了，敢说老子碎嘴！”那中年人腾空而起，双足在庙墙上一点，再次跃起，快速地落在幽冥教的那些鬼面人中间。他手里虽捏了柄古朴的剑，但剑从不出鞘，只以剑鞘当作武器，只是其招式十分古怪，往往能从意想不到的角度，陡然出招，待对方意识到时，想躲已然晚了。不到二十招，那些鬼面人个个都被他打趴在地上，动弹不得。

魏长河见状，想要报复，厉喝一声，便往孟幽兰身上招呼。那中年人剑鞘往前一伸，挡了他的刀：“这里已经没你的事了，滚！”

魏长河一时蒙了，方才他还帮他们打了幽冥教的人，何以倏然倒戈？不由得问道：“你究竟是何人？”

那中年人道：“你且记好了，我姓老名子，就叫老子。”

魏长河一愣：“老子？”

那中年人应了一声，笑道：“儿子乖，快退下！”

魏长河乃当朝例竟门副统领，人见人畏，情知吃了暗亏，心下大怒，挥刀就砍。那中年人无心跟他缠斗，挡了他一刀后，道：“你小子且听仔细了，若李亨没做鸡鸣狗盗之事便住手，若继续纠缠，休怪老子当真不客气了。”

魏长河不过禁军副统领罢了，自然不知李亨做没做那种事，但他看得出来，那中年人应是友非敌，他似乎也在追查此事，既然目标一致，就没必要动手了，当下便停了手。

“老娘儿们，老子帮你来了！”那中年人“呼”的一声，剑鞘直指孟幽兰要害。孟幽兰吃过他的亏，不敢硬接他的招式，一跳跳开，收了半空中吓唬人的那些幻象，想要撤退。可那中年人却没给她这个机会，剑鞘一点，落在她的小腿上。孟幽兰只觉腿一麻，行动受阻。

“不要再打了。”那中年人叫住武月娘，朝孟幽兰道：“回答老子三个问题就放你走。如若不然，脱光了衣服，教你原形毕露。”

武月娘横了他一眼，“老没正经的浑蛋！”

那中年人却没去理会她，问道：“眼下各方势力都派了人手前去夜郎，据他们传来的消息说，有人暗中使用幻术，那使幻术之人可是你派去的？”

孟幽兰冷哼道：“本教的人在李亨的追杀之下，已所剩无几，我哪还有心思去做这等事？”

那中年人又问道：“李亨果然曾支使过你去夜郎寻找神龙令？”

此话一落，在场之人虽然看不到她的脸，却依然能感觉得到从她身上透露出来的怨气：“没错！”

那中年人停顿了下，问道：“好，既然你说李亨派了幽冥教和金吾卫去探寻神龙令，并且在得到神龙令后过河拆桥，惨杀去寻神龙令之人，那么你倒与老子说说，神龙令究竟是什么东西？”

在场人等听了此话，心头骤然紧张起来，人人都在说神龙令，且不遗余力地追寻它，然它究为何物，却是没人知晓，故当那中年人问出此话时，大家的目光都不约而同地往孟幽兰看去。

“哈哈……”孟幽兰忽然仰首一声尖笑，那笑声听上去凄厉无比，“你觉得我有机会目睹神龙令吗？”

那中年人一听，忽然也笑了。如果孟幽兰说的是真的，那她的确没有机会目睹神龙令。它从夜郎国被取出后，定然是马不停蹄地送往京师。而那些人已全部被灭口。孟幽兰并没亲自去夜郎国，自然是无法知晓了。

“三个问题我都已回答，告辞！”孟幽兰话音落时，脚下一点，往庙外纵跃，那些原本倒在地上的鬼面人，不过是被那中年人打中了要穴，暂时失去自由而已，是时业已恢复，跟着孟幽兰往外跑。

“就这样放他们走了吗？”魏长河显然并不甘心，没把他们抓到皇上面前，他可无法交差。

“你觉得还能问出什么来吗？”那中年人道，“脱光了她衣服，让她原形毕露了，估计也就是那几句话。”

魏长河是例竟门高手，刑讯逼供是他的拿手本事，并不认为随便问几句话，便能使对方吐出真言，然事已至此，说什么都没用了，只得道声“告辞”，率人离开。

武月娘转了个身，径直往外走。那中年人见她似乎也生气了，便追上去问道：“你也觉得老子做得不对？”

武月娘倒是并没觉得他不对，临出行时连太上皇都认为是李亨所为，已让李璘挥师北上，现在又经孟幽兰证实，多半是不会有错的了。现在她要做的是查明神龙令究是何物，好让太上皇有所防备。见那中年人自作多情地追上来问，冷冷一笑，只送了他两个字：“你滚！”

那中年人一愣：“好心又让你这老娘儿们当成驴肝肺了！如果老子没看错的话，你使的剑法应是梅花卫的梅花剑法，从你这老娘儿们的年纪来看，理应就是梅花卫的老妖婆武月娘。”

武月娘从没从他嘴里听到过句人话，奈何论胡搅蛮缠，更非他的对手，只闷头往前走，唯望能快些摆脱了那老无赖。那中年人又追了几步，凑上去道：“你觉得那女鬼所言，真的可信？”

武月娘闻言，停下脚步来：“她说的是假的吗？”

“女人说话向来没几句是真的，特别是有野心的女人，她说的话更是信不得。”那中年人振振有词，“想要把此事查实了，还得从李亨那里着手。”

武月娘本就是打算上灵武查寻神龙令下落的，见他也没说出更好的主意来，便又往前走。

那中年人问道：“你要去作甚？”

武月娘道：“我只想要你滚。”

那中年人望着她渐行渐远的背影，拿起酒葫芦喝了几口，摇头叹息：“这老娘儿们如此凶蛮无理，哪个男人都消受不了，合该只身行走江湖！”

肖如梅不敢再说话，恐慌地望着那边干瘪的尸体，若非身边有多人在场，估计便是要疯了，如果学人说话的不是人，难不成尸体还能说话？

杜啸林也不敢鲁莽，打着手势向李骆谷征询意见，问：要不要过去看看？李骆谷则向他指了指石台上的那个凹槽，意思是：先弄清楚那个凹槽里面是什么再说。

杜啸林经此提醒，大觉在理。这里并没剧烈打斗的迹象，然石台下却密密麻麻地堆了这许多尸体，说不定问题就出在那凹槽。从这边看过去，地势太低，看不到槽里面究竟是什么，杜啸林纵身一跃，跳上了一尊神像。他本身所管理的便是若地狱般的例竟门，百无禁忌，其余人见他将双脚踏在神像上，不免有些怪异和惊恐，在这样的环境下什么事都有可能发生，若真惹出事端来，那可就真麻烦了。心念未已，下面的人看到，他的脸色变了。

以杜啸林的阅历和胆色，一般的事情决计吓不着他。而此时他看到的，则是前所未见且无比惊恐的一幕，只觉头发阵阵发麻。

准确地说，那个凹槽其实是具造型别致的石棺，与整座石台浑然一体，但凹槽的里面则是一块长方形的羊脂白玉，和凹槽无缝契合。那羊脂白玉晶莹剔透，在天灯的映照下似乎隐隐涌动着一股乳白色的白晕，应是块罕见的宝玉。

羊脂白玉棺里面，直挺挺地躺了一具男尸，浑身赤裸，皮肤白得几近透明，甚至还能依稀看到流动的血液。

实在是太诡异了，白玉中间躺着的尸体，其血液竟然在流动，难不成他是活人？

这个念头在杜啸林的脑海里产生的时候，连他自己也吓了一跳。如果他是活人，何以躺在那里？更加不可思议的是，他的身体上从头到脚，密密麻麻地停了一层红头苍蝇，几乎将他的皮肤都覆盖了。饶是杜啸林胆子大，依然不免起了层鸡皮疙瘩。

那些苍蝇个头很大，足有成人拇指大小，不停地蠕动着屁股，有些还时不时地扇动几下翅膀，看上去像是在吸那具尸体的血液。

杜啸林看不下去了，时间一长他担心自己会呕吐，便纵身跳了下来，比着手势、说着唇语跟李骆谷描述了下。

李骆玉看着他的手势和唇语，倒吸了口凉气。他深谙堪舆之道，对古老的传统以及一些神秘的习俗等，自也有所了解。杜啸林看到的应是阴阳白玉棺，尸体上密密麻麻的苍蝇乃是吸血蝇，这是一种极为古老的追求长生的方法，当有人即将死亡时，在弥留之际，亲人或手下遵照其遗嘱，将身体放入羊脂白玉棺里面。玉在传说中乃是有灵性的，可凝聚精血，使之魂魄不散。

所谓阴阳白玉棺，一则是通过羊脂白玉来锁住魂魄，二则就是利用吸血蝇，吸取活人身上的新鲜血液，注入尸体里面，使其血液一直保持新鲜并流通。传说这种吸血蝇是可以饲养的，像蜜蜂一样可一直为其主人服务。然而这也仅仅是传说而已，一般人慢说是饲养吸血蝇，见都极难见到，没想到在这儿遇上了。

看来石台下面密密麻麻的干瘪的尸体，应该是被吸血蝇活活吸干了鲜血致死的。现在对李骆谷等人来说，须在不惊动吸血蝇的前提下，绕过石台继续往前，当下把他的意思跟大家说了。

裴小小听说还要往前走，吓得娇躯一抖，因为要往前走，就必须经过石台下的那些尸体，刚才分明听到尸体那边有东西在学人说话，那是什么东西，过去时会否有危险呢？想到此处，忙咬着李颇黎的耳光，把自己的担心说了。

李颇黎亦觉有理，如果不搞清楚学人话的是什么东西，谁敢担保过去时不出意外？便把这层意思传达给了李骆谷。

李骆谷拿过李颇黎手中的剑，在地上写了三字：应声虫。

旁边的李白见状，吃了一惊，有一本《国朝传记》（今书名作《隋唐嘉话》）的书记载了应声虫，此乃上古异兽，说是有人得了应声虫病，他说什么，肚子里便会传出同样的话，寻医无果，后来读药书，说“雷丸”可治此病，服此丸后果愈。然而，应声虫长什么样子，何以会进入人的体内，书中却不曾提及。

李白读此书时，不过当作一则奇闻，谁曾想居然在此地遇上了，且是从尸体的腹中发出来的声音。若是一会儿过去时，它从尸体里面跳出来，钻入活人体内，如何是好？

心念电动间，正要说话，便见李骆谷在地上写道：无他路，硬闯。李白见状，便打消了说话的念头，此间确无他途，若不冒险，便止步不前了。

奎尼挥手示意，让李骆谷开路，其余人依次跟进，若发生意外，就往前跑。李骆谷暗吸了口气，往前仔细打量了下地形，左侧的尸体相对较少，从那边过去风险相对会小些，通过那里后，便到了石台的正北方，再往前没多远有道门，虽不知通向何方，却是唯一的出口。

李骆谷正准备行动时，忽听到一阵丝丝声响传来，那声音很轻，但是在这种空旷的溶洞中听来，却异常清晰，像是某种有很多脚的昆虫爬行时所发出来的，听得直教人心里打战。

没一会儿，从尸体丛中探出许多头来，旋即便露出了长长的身体，众人见状，大吃一惊，肖如梅、裴小小两位姑娘生平最怕那种东西，忍不住“啊”的尖叫出声。

“啊！”应声虫也跟着叫了一声。

那是蜈蚣，足有扁担样大小，它们原本潜藏在尸体底下，估计是闻到了人体的味道，俱皆出来了，很快爬满了尸体，密密麻麻昂着头，蠕动着身体往这边爬来。更要命的是，随着两位姑娘的尖叫，原本停在那具尸体身上的吸血蝇亦被惊动，发出“嗡”的一声响，由于数量巨大，翅膀扇风的声音大作，一股脑儿朝这边蜂拥而至！

第五章

兄弟阋墙

听到魏长河的禀报后，李亨气得甩了桌上的杯子，“啪”的一声，落于地上，摔得粉碎。

“饭桶！”李亨道，“朕真是白养了你们！”

高适静静地站在一边，眼神看着窗外的天，是时天色阴沉，似乎很快就要下雨了。他抬起手捏着灰白的须发，陷入了凝思，也许天真的要变了！

李辅国看到李亨愤怒的样子，则机警地朝魏长河挥了挥手，示意他先行退下，免得平白再受皇上的骂。

“陛下，臣以为此事怪不得魏统领。”李辅国看着魏长河退下去，解释道，“幽冥教是有人指使，才敢如此放肆，不然的话，借他们两个胆也是不敢的。”

李亨平息了下情绪，问道：“你觉得是何人指使？”

李辅国抿了抿嘴，一时不知如何开口，便把目光一转，往高适那边看，他觉得这个问题还是让高适回答比较妥当。此人书生意气，向来直来直去，皇上也是知道的。

高适转过头来，蹙着眉道：“臣以为应该是安禄山。”

这个回答倒是让李辅国意外，他本认为李隆基的可能性更大一些，毕竟安禄山业已登基，他眼下要做的是厉兵秣马，挥师南下，没有必要请江湖上的歪门邪道出来装神弄鬼。听见高适说是安禄山，忍不住问道：“何也？”

高适道：“太上皇本是大唐的主人，即便是如今让陛下坐上了皇位，也是举世公认的太上皇，他想复辟，用兵便是，哪个会说三道四？倒是安禄山，名不正言不顺，挥师南下更怕陛下会抄他后路，于是就用这等下三烂的手段，促使皇室内战，他便能隔岸观火，坐收渔翁之利。”

听到这般说辞，李辅国也不禁深为认同，转首朝李亨道：“高先生言之有理也。”

李亨沉吟片晌，抬目朝高适道：“先生以为，我阿爹会上这个当吗？”

“只怕会。”高适清瘦的脸一沉，“陛下登基，未经太上皇恩准，他心里定然有些意见，加上马嵬驿事件，他便会认为陛下在灵武登基一事，乃是蓄谋已久的。安禄山的这桶脏水一泼，他老人家必大动肝火。”

李亨沉默了一会儿，叹息一声，眼前不由得浮现出李隆基那满头白发的苍老的样子来。他本是大唐的明君，年老时错用佞臣，这才有了今日之乱局。倘若他真想不明白，钻了牛角尖，派兵来打他这个儿子，那么父子便反目了……

不，不，只怕还不止父子反目。李亨摇摇头，眼前又浮出李璘的身影来。这位弟弟是他抱着长大的，虽说面目丑陋，却是极有本事，在所有的兄弟里，他最是爱惜这位弟弟。然让他感到害怕的是，前不久李璘被父皇任命为山南东路、岭南、黔中、江南西路四道节度使，江陵郡大都督，若是父皇用兵，必会让李璘北上，所以他要面对的局面是父子反目，兄弟阋墙，同室操戈。

想到此处，李亨忍不住打了个寒战，那情景实在太可怕了。生而为人，倘若为了所谓的权力，连父子兄弟之亲情都可抛弃，还是人吗？

高适看透了他的心思，也是喟然一叹，道：“陛下，想要破解此困局，须从安禄山下手。所谓的陛下暗差金吾卫、幽冥教秘密入夜郎，并得到了神龙令，纯属谣言。只要打破了此谣言，击溃了安禄山之叛军，天下承平时，眼下之困局即解矣。”

李亨闻言，眼睛一亮，脸上终于露出一抹笑意：“先生所言甚是。”

话音刚落，便见一名内侍进来，递上封书信，信封上书：兄李亨亲启，弟李璘缄。

信封上未见君臣字样，只见兄弟，显然在李璘的心里，除了其父皇李隆基外，并不承认其兄之帝位，不过李亨的性子相对柔和，且李璘又是他一手带大的，并不会去计较这些。唯独令他担心的是这封书信的内容，是来下战书的吗？

拆信的时候，李亨的内心怦怦直跳，展信一阅，果然是战书。大意是说，接父皇圣旨，挥师北上，然念兄弟之情，养育之恩，实不愿兵戎相见，以书信告知，愿与兄公平一战，生死由命。

从语气中不难看出李璘也是父命难违，他终归是念及血肉亲情的，却把李亨看得伤心了起来。

没错，他如今是九五之尊，君临天下了，却失去了最为重要的亲情。如果说父亲是怨恨他乘虚而入，夺了皇位，尚可理解的话，那么现在连他的弟弟，也倒戈相向，要与他临阵对决，就不免让他感到凄凉了。

皇位是得到了，天下也得到了，却成了真正的孤家寡人，何其悲哀！

李亨把信放在几案上，坚决地道：“此战打不得，我南下亲自去与他谈一谈。”

李辅国一听，委实吃惊不小：“陛下，万一遇险……”

“不会！”李亨果断地打断了他的话头，李璘是不会害他这个兄长的，他相信李璘只是出于人情，自然而然地站到了父皇一方，如果去与他面对面晓之以理，动之以情，这场战争是可以化解的。“你调动兵马，去打安胖子，北边局面一定，南方便乱不了，知道吗？”

李辅国更害怕了：“你不带兵过去吗？”

“少许随从便可。”李亨心想，我那弟弟害谁都不会来害我这位兄长，“让魏长河和高先生随我走一趟便可。”

李辅国幽幽地叹息一声，皇上还是太心软，太注重亲情了，权力面前，父子兄弟又算得了什么呢？但这些话他不敢讲出来。既然皇上主意已定，就没必要再说令他觉得不中听之言，徒招他心烦。

安禄山登基之后，基本无法行乐了。他体形肥胖，达两百多斤，早上穿衣，晚上洗澡，至少须有三人侍候，两人抬肚子，他的肚皮几乎垂到了大腿下，即便是两人抬着，也十分费力，故另一人在给他系腰带时，得在下面蹲着，用头顶住其腹部，方才能勉强系得上去。

兴许是过于肥胖的缘故，皮肤长年长着疮疖，全身都是，夏天溃烂，秋冬又痒又痛，自己抓吧，很多地方都抓不到，让宫女、太监代劳吧，有时轻了，解不了痒，有时重了，抓得痛，故脾气越来越大，发展到后来，动辄杀人，宫里的太监、婢女人人自危。

更要命的是，他的视线越来越模糊，看人时只能看到个大致的人影，瞧这情势，似乎随时都有可能瞎了。这让安禄山越发的恼怒，打江山为的是坐江山，而坐江山为的享受坐拥江山所带来的荣耀、快乐，以及无上的权威，而对他来说，自打登基以来，似乎什么都没享受到，反而日夜忍受着疮毒带来的折磨，以及眼疾带给他的对这个世界的隔阂和陌生感。

于是他谁都不信任，每日睡时，都要在床头放一柄刀，似乎只有如此才能使他稍微安心些。这一日，严庄走入寝宫奏事，安禄山刚刚拳打脚踢赶跑了宫女，听得有人走近，以为让他感到心烦气躁的宫女又来了，“呼”地一拳挥出去，结结实实地落在严庄的脸颊，直打得他跌倒在地，眼冒金星。

见安禄山又要赶上来打，严庄忙大声道：“陛下莫打，我乃严庄！”

安禄山火气未消，喝道：“何事！”

严庄起了身：“乃是好事，前方将士传来长安密语，永王李璘率师北上，欲伐其兄李亨。”

安禄山闻言，顿时冷静下来，一时忘了疼痛，哈哈笑道：“果然是好消息！”

严庄见他高兴起来，一颗心终于落了地，眉头一沉，道：“不过眼下的形势也越来越令臣猜不透了。”

安禄山眼睛虽快瞎了，心却若明镜似的：“你指的是神龙令吗？”

“陛下英明。”严庄道，“本来臣以为，暗差金吾卫入夜郎的怕是李亨无疑，从他在灵武的所作所为来看，确实也印证了这一点。然而，近日有消息说，幽冥教重现江湖，要找李亨报复，理由是李亨指使金吾卫和幽冥教得到神龙令后，过河拆桥，将他们赶尽杀绝，这便令人费解了。”

安禄山眉头一动，几乎埋在肉堆里的细眼往严庄的方向看了看，“嘿嘿”怪笑道：“你觉得幽冥教用力过猛，反而露出了破绽吗？”

“正是。”严庄道，“臣以为这是此地无银三百两的小伎俩。”

安禄山在严庄的搀扶下落座：“难道是李隆基要杀他的儿子？”

“李隆基要杀他儿子，已是摆在明面上的事了，没必要多此一举，再让幽冥教去生事，坏了自个儿的名声。”

严庄道：“臣估摸有两个可能，其一是李亨真的已经得到了神龙令，使这一招贼喊捉贼，反而能洗清他身上的嫌疑，把大家的注意力都往别处引，以便给他腾出充足的时间，坐稳江山；其二是在陛下、李隆基和李亨这三方势力之外，可能还有股势力，要与我们争天下。”

安禄山虽然病得不轻，但论及天下大事，兀自眉飞色舞，动了两下眉毛，道：“当今天下，三足鼎立，若还有第四股力量来争江山，可真就热闹了，你以为会是谁？”

“臣不敢断言。”严庄道，“有可能是永王李璘。他现如今是四道节度使，江陵郡大都督，手握江南大部分的兵力，完全有实力与诸雄争锋。然而这个面目丑陋的永王，是否有此能力和胆识，却是两说了。也有可能是李隆基的其他几个儿子，历朝历代以来，凡天下大乱时，争相夺位之事，不胜枚举，眼下局势尚不明朗，还很难说是哪个在暗中搅局。”

安禄山点点头：“你的意思朕明白了，当下我们只需坐山观虎斗，看他李唐的子孙自相残杀便是。”

严庄含笑道：“陛下英明！”安禄山一声大笑，很是得意，似乎看到了他收拾残唐，一统江山的美好情景。

武月娘进入灵武城的时候，正值当日的午后，天色阴沉沉的，随时都会下雨。天气也越发的冷了，寒风嗖嗖，吹在脸上，刀刮似的。

武月娘进入家酒馆，要了一小壶酒、两样菜，自酌自饮吃完之后，便觉得暖和许多，走出酒馆，正想着如何入宫，去探探关于神龙令一事，忽觉后背让人拍了一下，转首一看，背后竟空空如也，并不见人影。正觉奇怪，后背又被拍了一下，武月娘“锵”的一声抽出剑，翻手便往后面刺。她是梅花卫宗主，一等一的高手，等闲人是接近不了她的，而此人不但悄无声息地站在她背后，且两次拍了她的背却不见其踪影，情知遇上高手了，出手便是一招本门绝技“飞雪迎梅”翻刺出去。

“哎呀，你这老娘儿们真够狠毒啊！”

武月娘不用看也知道来的是哪个，好好的心情瞬息就没了，转身骂道：“你个老不正经的老浑蛋，还说没跟踪我！”

是时酒馆门口来往者众，那中年人见他们驻足观看，便装出一副害怕的样子：“大伙儿给评评理，这老娘儿们整日东走西逛，不在家好生做饭侍候老子便也罢了，老子做好了饭来叫她回家，她反而摆出一副凶巴巴的样子，要谋杀亲夫，你们说这样的老娘儿们老子休是不休她！”

武月娘见他又胡闹，急忙躲瘟神似的走开。那中年人跟将上去，没走几步，见武月娘呼地转身，挺着剑厉喝道：“你敢再跟着我试试？”

那中年人笑道：“莫恼莫恼，你来灵武办事，老子也来灵武办事，不期而遇，也算是缘分，老子跟你分享个消息如何？”

“不听，你滚！”

那中年人道：“不想知道关于神龙令的事了？”

武月娘忍不住问道：“你知道？”

“老子在宫里有个老熟人，一打听便知道了。”

武月娘烦透了此人，宁愿自己多费些周折，也不愿与他同道而行，固执地道：“你滚！”

那中年人很是有耐心，继续诱惑她道：“神龙令关系到家国命运，李隆基正盼星星盼月亮，等着你的好消息，兹事体大，你又何须使小性子呢？实不瞒你，那人得管叫老子大爷，见了老子便如孙子一般，只需动动嘴皮子就什么都清楚了，到时你坐享其成，何乐而不为呢？”

这一番话说得武月娘着实有些心动，当今之天下大势，瞬息万变，那是断然耽误不得的，如果说他真能快速地打探到神龙令的真实消息，那倒确实是条捷径。那中年人见她犹豫，趁机拉了她的手便走。

武月娘陡闻得一股久未洗过澡的臭味和浓浓的酒气袭入鼻端，熏得她险些把刚才吃的饭菜吐出来，忙不迭甩开他的手，嫌弃地道：“离我远些！”

那中年人连连摇头，也是一副嫌弃的表情，“什么叫臭男人？我这便是，此乃男性特有的味道，多少女人为之迷恋，你是多久没与男人在一起了，竟是这般排斥？”

武月娘没想到臭还能臭出理来，端的是又好气又好笑：“那你就多给迷恋的女人闻闻吧，我实在无福消受。”

那中年人故作深沉，喟然道：“守活寡久了的女人，就是如此古怪！”武月娘伸手就打，那中年人早有防备，低头躲开。

不多久，来到一座府邸前，此乃当今谏议大夫高适的府上，门面颇大，门口有两人守着。武月娘问道：“这是哪个高官的府宅？”

“高适的。”那中年人道，“你且在这儿等着，待老子去唤那孙子出来相迎。”

武月娘虽久居林泉，然高适其人却还是略有耳闻，他是李亨身边的谋臣，在他还是太子时，便十分器重，这会儿登基称帝了，高适自也一步登天，今非昔比了。那中年人居然称高适作孙子，不由心下暗暗好奇，此人到底是何身份，连高适在他面前也只能自称晚辈？

那中年人走到门口，两个守门的见来了个衣衫不整的叫花子，以为是来要饭的，走上前便赶：“滚滚滚！也不看看这是什么地方，休来生事！”

那中年人在武月娘面前夸下海口，说要让高适来迎，今尚未进门，便被守门的驱赶，一时来了气：“没长眼的狗东西，快去叫高适出来，就说他大爷到了！”

守门的一愣，心想：高大夫何时多了这么个大爷？这年头骗吃骗喝的无赖多得很，倘若连乞丐的话都信，高府只怕早被吃空了。当下推了那中年人一把："此乃高大夫的府上，非是你胡闹之所，若不听劝，休怪我俩不客气了！"

"你是不信吗？"那中年人把眼一瞪，"老子实话与你们说，高适见了老子，都得毕恭毕敬地称一声'大爷'，你两个没长眼的狗东西，不好生迎将进去也就是了，还这般没大没小的阻挠，狗腿不要了吗？"

其中一个看门的指着天空道："兄弟，你看那天上飞的是什么？"

另一个惊讶地道："哟，是牛！"

那看门的笑道："大爷，您老人家可真能吹，牛都被你吹上天了！"

那中年人又好气又好笑，毕竟是在官宅，为免惹出事端，不便动手打他们，只得悻悻然回来。

武月娘见他吃了亏，不知为何，竟是无比快乐，笑道："终于遇上对手了吧？"

那中年人往路边一坐，道："老子就在这儿等，等那姓高的出来，非好生与他理论理论不可！"

武月娘半信半疑地道："你果然认得高适？"

那中年人扭头道："那还有假！"

武月娘虽有疑惑，但既然来了，索性便陪他等。下午未时，有个管家模样的人，急匆匆地出现在门口，与守门的打声招呼，进了门。没一会儿，又出来了，交代守门的两人道："高大夫这几日要出门远游，务必把家看好。"

"放心吧，绝出不了事。"守门的答应一声，送走了那管家。

那中年人起身："诗人好游，那小子不知又要去哪儿游山玩水，走！"两人暗暗地跟着那管家，一路随行，直至宫门。

宫门外站了很多人，乃是朝中文武大臣，高适亦在其中，不过他没穿官服，其旁边也站了个穿平民服装之人，四十出头，长得颇秀气，一副儒生打扮，穿一袭丝质锦服，戴顶黑色幞头，手捏了柄描金折扇，很是儒雅。后面跟着的那人，武月娘却认得，正是例竟门的副统领魏长河。

见这阵仗，武月娘已猜到了什么："那人是皇上！"

“正是哩！”那中年人皱着眉道，“李亨这是在作死啊！”

武月娘明白他的意思，如今幽冥教的人在找他报复，江湖上又流传着神龙令在他的手里，他这一出去，无异于羊入了狼窝，身处险境。

武月娘道：“是何等重要之事，须叫让亲自出马？”

“那就只有鬼知道了。”中年人摇摇头，“不过我们正好跟着他们，去探探情况。”

耳听着嗡嗡之声大作，大片的红头吸血蝇铺天盖地而来，前面又是昂着头满地爬动的大蜈蚣，还有在尸体丛中尚未露面的应声虫，大家仿佛闻到了一股死亡的气息。

奎尼回头问李骆谷道：“怎么办？”

事实上李骆谷只是深谙堪舆之道，若论应对突发的危险，他却是不太擅长的。情急之下，只见李颇黎身形一动，身子犹如离弦之箭，陡然向上蹿起，半空中舞起一道青光，那道青光越来越大，剑气清晰可见。

青光下，天灯乱摇，灯盏里的油纷纷洒将下来，紧接着，只听李颇黎喊了声：“躲开！”此时大家已明白他要做什么了，忙不迭往神像里面钻。

“叮叮叮……”一阵不间断的脆响之后，洞底的天灯在剑气的催动下，纷纷往下坠。

神剑帮的剑法在江湖上独树一帜，其“游龙剑法”更是驰名江湖，被誉为武林剑道正宗，其剑身未至，剑气先及，气至而万物皆摧，那些天灯在李颇黎的剑气催动下，宛若流星，“啪啪啪”落地，火星四溅，很快便在地上燃烧起来。那些干尸被吸光了血后，在此洞中历半年之久，早已没了水分，在天灯特制的灯油助燃下，俱皆燃了起来，只不过干尸毕竟不同他物，一经燃烧，浓烟阵阵，且气味极为难闻。不过这等火烧烟熏的效果，对付苍蝇毒虫，效果极佳，那些红头吸血蝇和蜈蚣不是被烧死，就是在浓烟下仓皇而逃。

李颇黎飞身落地，喊声：“走！”仗剑率先而行。肖如梅仰慕地看了他一眼，紧随而行。大家从神像后面出来时，陡闻得几声尖叫，火光下蹿出几个黑乎乎的形若圆球状的东西，那东西肉嘟嘟的，长了个拳头大小的脑袋，没有眼睛，倒是有两个小孔，该是鼻子，而嘴却很大，几乎占据了大半面部，四肢与其身体极为不协调，又短又小，若不仔细看，很难发现它长了脚。莫要看它圆乎乎、肉嘟嘟的一副笨拙相，行动却是不慢，矮小的脚一弹，便若球似的弹将起来，尖叫着往这边扑。

“是应声虫！”后面的李骆谷叫了一声。

李颇黎动作很快，瞅准了一只肉球，剑身往前一送，应声虫的身子便被利剑从中间豁开。剑身兀自往前移动，随着李颇黎的身子一转，剑尖倏地向上挑，另一只应声虫被刺中，剑身一抖，甩将出去，撞在对面的岩壁上，摔成了烂泥。

如此不断地变化身法，那几只应声虫尽数死在李颇黎的剑下。肖如梅虽说紧跟其后，却是没有动手的份儿，越发对他佩服。

“走！”李颇黎怕出什么意外，又喊了一声。此时石台旁的干尸兀自在燃烧，不得已只能从石台上面过去，行至那羊脂白玉棺旁边时，忍不住好奇看了一眼，近距离看时，端的是触目惊心。

那是一具中年男尸，看其长相应不是中土人士，皮肤很白，在羊脂白玉的映衬下，几乎白得透明，弹指欲破，但上面却布满了黑点，乃是吸血蝇叮咬所致。一条条蓝色的血管纵横交错，很瘆人。

尸体的位置有些倾斜，入殓是件极为庄重之事，一般情况下在下棺之时，都会将尸体摆正，断然没有斜着放的道理。

难道是被移动过？

这一发现让李颇黎的心头怦怦直跳，目光一抬，看向那些还在燃烧的干尸，这帮人在进入这里后，应该是起了贪念，觊觎羊脂白玉，才死在了这里。

不对！吸血蝇、蜈蚣固然厉害，但无法在短时间内将这么多人杀死，难道这些人的死，还有其他原因吗？

由于那具尸体是赤裸的，后面的肖如梅不敢去看，见李颇黎愣在那里，便道：“快些走！”哪曾想李颇黎兀自未动，甚至像没听见似的，理都没理她。

肖如梅心头大震，又说了句："快些走！"李颇黎依旧未动，看他的表情呆呆的，像是中了什么邪，脸上也没了那股英武洒脱之色，她的内心又是一动，出事了！

李颇黎本是出于好奇，想要看一眼那具尸体的，没想到让他窥出了石台下面那些干尸的真正死因，却也是在这时候，怪事发生了。那具尸体的眼皮似乎动了一下，李颇黎身子一震，握紧了手中的剑，难不成白玉棺里的尸体没死？

那具尸体果然睁开了眼睛，随后见他双腿一屈，两手在白玉棺的边缘一撑，居然站了起来！

李颇黎的心仿佛要从胸腔内跳了出来，向后退了两步，那尸体直挺挺地站在白玉棺里面，碧蓝色的眼睛直盯着他看，他的眼睛似乎有某种魔力，使李颇黎的眼神无法移动，只能与之对视。

"我叫辛巴勒，"尸体嘴巴一张，却没有动，那说话声应该是从他的腹部传出来的，"是夜郎国的国师，一生追随夜郎国王南征北战，立下了汗马功劳。夜郎国的辉煌，有我付出的心血。我不允许世人觊觎这份成就，抢夺我的心血，即便是死了，也要守在这里，守住夜郎的国门。"

李颇黎奇怪地问道："这里是夜郎的国门？"

"夜郎被灭了，随着岁月的流逝，我们昔日铸就的辉煌，便被掩埋在历史的尘埃里。"辛巴勒道，"此乃历史的必然规律，我并不怨恨或懊悔，但这里是夜郎圣地，谁也不准踏入半步。"

李颇黎看到他的脸上露出了抹杀气，禁不住又退了一步。他身怀绝技，不怕跟江湖上的任何一位高手对决，但面对这样一具不知是活人还是僵尸的尸体，心里难免发怵。

"谁踏入这里一步，谁就得死！"那尸体双臂倏然向前一推，一股寒风骤然而起，恍如海浪，带着股摧枯拉朽之力量袭了过来。

李颇黎虽说早有准备，但对方的力量依然超出了他的想象，身子一纵，避开那股暗劲儿，长剑在半空化作一道青光，往那尸体奔袭过去。这一招唤作"青龙出海"，讲究的是以意运气，剑气纵横，有青龙之气势，更有海浪冲击之力度。

尸体似乎没有躲避的意思，要与李颇黎硬碰硬，李颇黎只得把牙一咬，心想：今日纵然受伤，也容不得你拦了我等之去路！

“砰”的一声大响，那具尸体倒了下去，李颇黎也不好受，身体被那寒风击飞，跌落在地，险些昏厥。这时，鼻端忽钻入一股呛人的味道，呛得他连打了好几个喷嚏，再次睁开眼时，眼前的景象变了，变得让他惊恐、害怕。

倒在地上的并非那具尸体，而是肖如梅，她嘴角流血，脸色惨白，肩头有一处很深的剑伤。转目再看向羊脂白玉棺，那具尸体好好地躺在那里，并没动过。

刚才是怎么了？难道被自己击倒的并非尸体，而是肖如梅？

“师兄，你怎么了？”裴小小一脸关切地站在他跟前问道，“刚才你的样子好可怕，对着空气说话，还出手要杀肖姑娘，要不是你阿爹和奎尼出手，挡了你一下，李骆谷用药粉将你唤醒，肖姑娘非死在你剑下不可。”

李白也蹲在他的身边，一脸的关切，李颇黎晃了晃脑袋，努力使自己回到现实中来，说：“我没事，无须担心。”

“不要去看那具尸体。”李骆谷叫道，“快离开这是非之地！”

大家目睹了刚才的情景，均不敢停留，当下由奎尼背了肖如梅，快速往里走。

李颇黎回头看了眼肖如梅的样子，心头很是内疚，走下平台时，忍不住向李骆谷问道：“刚才我怎么了？”

“还记得刚入此地时，闻到的那股奇异的腥味了吗？”李骆谷道，“那不是血腥味，而是某种能迷惑人的药物，可单是闻这气味，尚不足以迷惑人，真正致命的乃是那具尸体。他应该是夜郎国的祭司，尸体以这种神奇的方法保存至今，本身已成为了邪之又邪之物，那羊脂白玉棺价值连城，贪心一起，便会产生去动它的念头，而要去动羊脂白玉棺，就会与那具尸体面对面，与他面对时人便失去了自我，不由自己控制。现在看来，那些变成干尸的人都是失去控制后才死去的。”

听了李骆谷的解释，李颇黎只觉脑子里嗡嗡作响，刚才虽是幻觉，可他觉得有些是真实的。在幻境里那具尸体说他叫辛巴勒，乃是夜郎国的国师，这与李骆谷所说的祭司差不多。还有，他说夜郎国虽灭，但这里却成了外人不可逾越的圣地，他的责任就是守护国门，如果从这里出去后，看到的真是古夜郎国的皇城遗址，那么刚才的幻境就完全是真实的。诚如李骆谷所说，尸体以这种奇特的方式保存到现在，已然是至邪之物。

从石台的正北方出去，是一个低矮的洞穴，且只容得下一人通过。奎尼背着肖如梅只能蹲下来，徐徐地往前挪动，十分辛苦。李颇黎十分过意不去，人本来是为他所伤，如何还能让奎尼替他受累？便上去道："让在下来背吧。"伸手想去接肖如梅。

奎尼双手一用力，使肖梅如紧紧在贴在其后背，说："不需要你帮忙！"声音中颇有些怨气。

李颇黎放下手，只有苦笑的份儿。想来奎尼对肖如梅是有些意思的，钟情之人被人打伤，心疼不已，自然就把李颇黎怨恨上了。

裴小小见师兄无端被呵斥，打抱不平道："我师兄见你辛苦，这才想替你，你倒反而不乐意了。放心，你那宝贝没人抢！"

裴小小本是揶揄之辞，然听在奎尼耳朵里时，不由得心头怦怦直跳，若肖姑娘这样神仙一般的人物，没人抢自然是最好的！

大家钻出这个矮小的山洞后，迎面便是一道断崖。是时夜色正浓，天上亦无星月，黑漆漆的一片，由于洞内洞外温差较大，被冷风一吹，大家都忍不住打了个寒战。

"姥姥的，是条绝路！"葛青辉不禁尖着嗓子叫了一声。

奎尼小心翼翼地把肖如梅放下来，让她靠在石壁上，关切地问道："感觉如何？"

肖如梅睁开眼看了下眼前这位钩鼻深目、颇具异国风情的少年，轻轻地摇摇头，表示尚撑得住。李颇黎也走上去，道："在下多有得罪，要打要骂，悉听尊便。"

奎尼瞪了他一眼："你觉得她还有打骂你的力气吗？"

"李少侠莫放心上。"肖如梅轻轻地道，"若非是你，大家都得死在里面，况且你并非有意为之，何罪之有。”

李颀黎见她这般模样了，兀自没有怨言，内心一阵感动，却也因此越发内疚，要替她包扎伤口。奎尼却又把他拦下来，唤葛青辉，叫他取出伤药，然后从自己身上扯下一块布，亲自为其包扎。

奎尼原本就爱慕肖如梅，给他逮着了这样的机会，自是不会轻易让给他人。裴小小气道：“师兄，有人拿好心当驴肝肺，你也莫凑上去徒然招气。”

少女皆爱英雄，肖如梅是仰慕李颀黎的，她内心巴不得李颀黎来照顾她，但一来这种事不便明说，二来奎尼一片好意，不方便断然拒绝，只得眼巴巴地看着李颀黎走开。

“前面是什么？”李白手指着前方，眯着眼想要透过黑夜看清楚，可是如何看也只是模糊一片。

杜啸林也在凝视着，依稀看到那里是一座山脉，山势很高，耸立入云，可惜山下太黑，看不清那里的情景。

李颀黎走上前去，顺着他们的目光一看，心头微微一震。那座山脉下面似乎是一座城，由于与后面的山融为一体，再加上夜太黑，无法辨得清楚。如果说那里真是一座大城，那么幻境中的辛巴勒说的就是真的，它定然是夜郎皇城！

“会不会是夜郎国的皇城？”李颀黎迟疑地说出了这句话。

杜啸林眼睛一亮：“果若如此的话，那真是太好了！”

“是吗？”裴小小一双妙目直盯着杜啸林，冷冷地道，“好歹是一同经历了生死，不妨与我们透露一下前面还有没有危险吧！”言下之意分明是说，杜啸林来过这里，就莫要再装模作样了。

“是啊！”葛青辉凑上来，斜眼看着杜啸林，“这一路上来，看到了那么多死人，正好现在天太黑，也下不了这道断崖，不若坐下来好生谈谈。”

杜啸林眼里寒光一闪：“你们依然在怀疑我？”

葛青辉道：“本来我也有些怀疑肖姑娘，不过她的嫌疑现在可以排除了。如果她曾来过这儿，知道那具尸体邪性，能够迷惑人心，便不会受伤了。我们是安禄山的人，就算有能力差遣得了那些江湖人士，金吾卫总不会听我们的吧？所以我们的嫌疑也可以排除了。李少侠等人乃是神剑帮人，不属于任何一方势力，他们来此只是为了查看搅动江湖的神龙令究竟是何物而已。那么剩下最可疑的人只能是你了，杜统领。”

杜啸林寒声道：“如果我已来过一次，为何还要再来呢？”

奎尼替肖如梅包扎好后，转首说道：“也许有两种可能，一是神龙令没被取走，还在夜郎皇城，李亨不甘心，只能派出你这位高手了；二是你们已经拿到神龙令了，但估计是神龙令在一时间还发挥不了作用，为了掩人耳目，便派你来充个数，以便给李亨留出充足的时间。至于究竟是哪种可能，还望杜统领不吝赐教啊！”

奎尼和葛青辉分析得合情合理，其余人不由得将目光落向杜啸林。

杜啸林倚刀而立，在夜色里看来，与旁边的山岩浑然一体，冷峻而高傲：“我说过，在我们的主子查清楚之前，莫再互相猜忌，谁是潜藏在我们中间的鬼，早晚会清楚的。”

奎尼脸色一沉：“你不说也罢，但我必须告诉你，如果神龙令没在这里，你断然不可能活着走出去。”

杜啸林一手提起刀，迎着寒风，道：“如果没有神龙令，你也休想活着出去！”

李颇黎看着他们剑拔弩张的样子，长长地叹出一口气，如果神龙令已失，即便他们都活着出去了，只怕李唐的江山早已翻了天了。

第六章

柯洛倮姆

夜凉如水，虽无风，却冰冷彻骨。

从灵武出来往东，在洛水坐船往南而下，前往都畿道，计划在河南府与李璘会面。

李亨所带的人不多，除了主船外，只两艘偎船，一艘是高适所率领的军中士卒，约百人，另一艘则是负责通信以及警卫的例竟门人员，也是百来人，以魏长河为首。他们化装成商船，包括李亨在内，都穿了平民衣服。由于是秘密出行，鲜有人知，这一路上来，倒真的是没遇上什么麻烦。

那中年人和武月娘也租了条船，在后面暗暗跟着。由于水面辽阔，没有障碍物，跟一时尚可，要是一天跟下来，傻子都能发现异状。武月娘曾提出过这个疑问："你这是跟踪吗？分明是欠揍，想招人来打。"

那中年人却不作如是想，道："老子就是要让他们发现，让所有明里暗里的人都知道，老子在跟着前面的三条船。"

武月娘往两岸望了望，问道："在暗地里跟踪的会有谁？"

那中年人"嘿嘿"笑道："莫要心急，这两天所有隐藏在暗中的魑魅魍魉都会粉墨登场。”

武月娘一想也是，不管是相信李亨已得到了神龙令的，还是想要泼脏水引诱李唐皇室内斗的，眼下都是个好机会，看来这一路上不会无聊了。

武月娘靠着甲板屋而坐，那中年人走将上去，在其身边坐下。每个女人都有她独特的气味，此等味道独一无二。那中年人初次接近武月娘时，便觉得她身上的气味很是好闻，此时他是故意去接近的，反正两人在船上闲着也是闲着，不妨找些事情做。在她身旁坐下时，用鼻子使劲儿地吸了口气，那熟悉的好闻的香气立时迎鼻而入。

武月娘见他忽然坐到身边来，警惕地挪了挪身子："你作甚？"

"躲风。"那中年人早就想好了理由，"甲板屋下风小。"

武月娘却受不了他身上那股浓浓的酒气和臭味："你滚！"

"嘿，你这老娘儿们！"那中年人叫道，"莫非你坐得我便坐不得吗？"

"你臭！"武月娘起身，离开甲板屋下，宁愿去吹冷风。

那中年人见她迎风而立，脚下使了股暗劲儿，往船体侧面蹬了一下，船身顿时荡漾起来，武月娘不曾防备，身子一晃，险些跌倒。那中年人见状，装出一副惊慌的样子跑过去扶，走上去时故意把两脚叉开往两边晃，如此船就晃得更厉害了。武月娘常年隐居山林，很少坐船，见船晃得厉害，失声尖叫。那中年人装作关心地一把将她抱住，温香软玉在怀，不由得心神荡漾，连声音都不由自主地有些颤抖："没事吧？"

武月娘独居多年，何时让陌生男人如此抱过，羞得脸皮发烫，伸手就想把他推开，哪曾想这一推，船又晃了起来，没奈何只得任由他抱着。

那中年人很是得意，嘴里"啧啧"两声："老娘儿们老虽老矣，身上的气味委实迷人！"

正在船头划船的船夫一看就知道是那男人使的鬼，"哈哈"笑道："你俩这把岁数了，还如此浪漫，端的令人羡慕！"分明是把他俩当作夫妻了。

那中年人很是高兴："莫看我俩老了，心态却若年轻人一般！"

武月娘羞得无地自容，正不知如何是好，突地"铮"的一声，一阵悠扬的琵琶声自江面传来。那声音起初疾徐有致，不紧不慢，宛如一位少女在向心爱之人倾诉，端的是小弦切切如私语，细腻委婉。不一会儿，倾诉至动情处，便急切起来，铮铮之音穿透江面，嘹亮细碎，嘈嘈切切错杂弹，大珠小珠落玉盘。曲终时，变得幽怨，虽将满腹心事说与他听，可奈他终非知音，欲语还休。

那中年人抬头望去，只见在李亨的那三条船不远处，迎面驶来一艘画舫，虽不华丽，却装扮得颇为精致，几盏灯笼映江水，漪漪江水带红晕，轻纱迎风，纱缦里佳人如画，手捧琵琶，柳眉轻蹙，玉面笼愁，夜风撩拨着她细细长长的刘海，烘托出一位多情俏佳人。

“来了！”那中年人放开怀中的武月娘，“嘿嘿”怪笑两声，“好戏来了！”

武月娘瞟了两眼画舫里的那姑娘：“那娇滴滴的柔弱姑娘，莫非能伤害得了李亨？”

那中年人道：“人不可貌相，这可难说得紧。不过有一点端的是奇怪得紧，从夜郎那边送来的消息，以及从这边观察的情况来看，与金吾卫一起行动的应该是幽冥教无疑，那画舫上的姑娘又是何人，难不成除了幽冥教之外，还有其他帮派参与其中了吗？”

武月娘看了他一眼：“有一点我也觉得很是奇怪，你这老不正经的老浑蛋，究竟是什么人，竟然知道夜郎那边的情况？”

那中年人笑道：“再与你说一遍，我姓老名子，不是老浑蛋，而是如假包换的好人。”

武月娘虽好奇那中年人的身份，但她现在更关心的是画舫里那姑娘。此前曾听幽冥教的孟幽兰说，她曾派人与金吾卫一道去夜郎寻神龙令，如果孟幽兰说的是真的，难不成画舫里的那姑娘并非是冲着李亨来的？倘若孟幽兰隐瞒了什么，那么事情可能要比想象的还要严重，意味着当时的那次行动，有众多帮派加入。按着这个思路往下推测，神龙令在李亨手里的可能性就越来越大了。

高适的目光从武月娘的那艘船上收回，往那画舫望去，是时水面上有微风，风吹起他的袍衫，灰白的胡须在风中飘动，风雅飘逸，不愧是当朝最著名的诗人之一，浑然不似俗世中人。魏长河高大粗犷，与之正好形成鲜明的对比，他似乎对画舫上的那姑娘并不太在意，更担心的是后面一直跟踪的那艘船：“高大夫，要不要我去探探那艘船上究竟是什么人？”

高适摇摇头，目光一转，落向站在船艄的李亨。这位皇帝正值中年，对貌美的女性表现出了极大的兴趣，目不转睛地望那边观望。高适微微一叹，道：“此行的风险很大，莫生事端。”

一曲终了，琵琶声戛然而止，画舫的距离亦近了许多。只见那姑娘放下手中的琵琶，轻移莲步，伸出纤纤玉手撩开纱幔，走上甲板，朝着李亨盈盈一笑。

李亨的船虽比不上画舫，却也是颇为大气，体现出的是一位成功商人财富的象征，与那姑娘的画舫相遇时，彼此的船灯便照耀了那一片水面，水波潋滟，流光溢彩，亦照亮了彼此的脸，使之对方的神色展露无遗。

从李亨的角度看过去，那姑娘的脸上虽带着一抹浅浅的笑意，但她的眉宇间并不快乐，好像是受了什么委屈，或是被什么人给抛弃了，惹人怜爱。李亨自认为此时的心境与她颇为相像，是她的知音人，父亲兄弟均倒戈相向，莫非还不悲凉吗？便也向那姑娘浅浅一笑。

那姑娘端的是有心人，她似乎也看懂了李亨的心思，吩咐画舫停下来，朝李亨道：“七条弦上五音寒，此艺知音自古难，公子若是听懂了小女子音律中的心思，不妨移步至敝舟饮一杯如何？”

李亨刚想移步，高适伸出手拉住了他的衣袖：“老爷，江湖多险，小心为上。”

“江湖险，险在人心。”那姑娘听到了高适之言，说道：“公子若以为小女子乃阴险之辈，自不必为难，萍水相逢，陌路之人，擦肩而过殊为平常。”

李亨甩脱高适的手，走到船舷边上，待那画舫靠近，跳了过去。高适情知此女子可疑，朝魏长河使了个眼色，魏长河会意，也跟着上了画舫，只不过李亨撩起纱幔走入里面时，他则站在外头，观察着动静。

那姑娘妙目一转，瞧了眼外头站着的魏长河，微哂道：“公子身份应是不低吧？”

“不过一商人耳！”李亨苦笑道，“然富甲天下又当何如？天下之事非是拥有了权力和金钱，便能让人畅快。”

两人在桌前坐下，那姑娘命侍女上了一壶酒，几样精致的小菜，待斟了酒后，玉手一抬：“公子请。”

一杯酒下肚，李亨的心情便畅快了许多。夜晚的江心上，风虽凛冽，却是美酒当前，美人作陪，身心为之温暖舒畅。

“公子是有心事吗？”

那姑娘的这一句问话，恰好对了李亨之心思。这些日子以来，父子反目，兄弟寻仇，让他的心情低落到了极点，却又无处能够诉说，见那姑娘问起，幽幽一叹，道：“家父年迈，年老昏聩，使之产业败落。我不忍心家业衰败，便接了过来，本意不过是想替父打理罢了，哪料家父以为我是要夺取家产，从此怀恨在心。我那弟弟乃是我一手带大，本兄弟情深，无异手足，奈何弟弟受父亲唆使，亦与我反目成仇。如今我虽掌握了家产，却众叛亲离，端的是心如死灰。”

那姑娘静静地听着，像一个安静的聆听者，时不时地挑动两下眉头，或微微地点下头，十分专注，听李亨说完，叹息一声，又敬了杯酒，道：“所谓的亲人、友人之情，大多可共患难，无法同富贵，一旦涉及利益，十有八九产生怨隙。”

李亨饮下杯中酒，苦笑道：“姑娘说得是。”

那姑娘忽然问道：“公子既如此苦恼，何以不放下呢？”

“放下？”李亨一愣，随即又是一叹，倘若放下，那么他要放下的便是这天下，慢说甘不甘心，眼下叛军未除，江山不稳，此时放下，天下只怕会更乱。他眼神一转，看了眼那姑娘，隐隐看出她似乎另有所指：“姑娘让我放下什么？”

那姑娘盈盈一笑：“放下他们争抢的。”

李亨笑了：“姑娘应非池中之物。你我此番相遇，果然是偶遇吗？望不吝相告。”

那姑娘掩嘴一声娇笑：“公子疑心如此之重，莫非随身带了贵重之物不成？”

“所谓贵重之物，皆为身外之物，若真是有倒也罢了，问题是果真没有。”李亨无奈地摇摇头，“姑娘信吗？”

“小女子又非强盗，你有无贵重之物，与我何干呢？”那姑娘“咯咯”一声笑，“你我萍水相逢，不过是志趣相投，相互解忧，聊以慰藉罢了，此一别后，注定陌路，无须在乎对方是谁，有无贵重之物，公子说可是？”

李亨闻言，大是汗颜，心想：堂堂七尺男儿，心胸倒不如一介女子。当下起身行礼致歉：“在下多心了，望姑娘海涵！”

那姑娘只是掩着嘴笑，笑毕了，又拾起那把琵琶，说道：“萍水相逢也是缘，小女子便再为公子弹奏一曲，此一曲后若是有缘，江湖再见。”未及李亨说话，纤纤玉指往弦上一拨，“铮”的一声，音律于指间若流水般而出。

武月娘一直观察着那边的动静，见无甚异常，整个水域更是没见其他可疑船只，此前的紧张也就一扫而空，内心便松懈了下来。刚要与那中年人说话，划船的船夫忽然放下桨跳起舞来。

武月娘见状，起初尚觉得奇怪，然当注意到船夫的表情时，不由得吃了一惊。

那船夫一看就知道是个敦厚的老实人，且上了些年纪，更无什么拈花惹草的邪心思，大晚上的出来，无非是赚些银两图生计。可是此时他歪眉斜眼，手舞足蹈，仿佛在他的眼前有一位倾国倾城的姑娘，令她垂涎三尺，欲罢不能，完全是一副花痴的模样！

这是怎么了？武月娘吃了一惊，喊道：“船家……”

“快塞住耳朵！”那中年人走到她面前，神色无比严肃，“此琵琶的声音非同寻常。”

一阵箫音在夜晚的天空遥遥传来，在场的都是高手，知道那不是普通的箫音，乃是某个势力的长安密语。

待那箫音一落，众人正彼此看来看去，猜测着是哪方势力传来的，李颇黎开口道：“此乃我神剑帮的密语。”

葛青辉笑道："神剑帮的动作倒是快，说了些什么？"

信息公开的主意是杜啸林提出来，并得到大家认可的一个主意，目的在于排除可疑之人，揪出真正的内鬼。李颇黎光明磊落，自不会吝啬一条消息，说道："我师父传来消息说，已确认金吾卫和幽冥教一同来过夜郎。"

"幽冥教？"杜啸林的神色十分意外，"嘿嘿"一声怪笑，"那是个邪教，以装神弄鬼著称，手段更是阴险毒辣，为名门正派和官府所不耻。"言下之意是说，皇家更不会与那种帮派合作，那么他和肖如梅的疑嫌就可以排除了。

"哈哈！"葛青辉笑了一声，"你的意思是不是想说，死在这里的那些幽冥教教众与我们有关？"

杜啸林咧咧嘴，一副似笑非笑的样子："你说呢？"

"安禄山叛国乱政，为了夺取天下，无所不用其极，他派幽冥教这种邪门人物而来，不足为奇。"肖如梅靠在石壁，虽身体尚有些虚弱，听到李颇黎的消息后，忍不住发表了自己的意见。

奎尼听得肖如梅的话，忍不住皱了皱眉头，这位情窦初开的少年心头仿佛被刺了一下，隐隐作痛，然后愤怒地看着杜啸林，大声道："杜统领，莫要误导大家，你别忘了甬道内还有大批的金吾卫尸体，那里并无打斗过的痕迹，说明他们是一起来的。"

"不见得。"杜啸林存心想一口咬死了奎尼，颇有自信地道，"万一是先后抵达夜郎的呢？幽冥教利用金吾卫，玩了一招'螳螂捕蝉，黄雀在后'的把戏，满以为可以顺利拿到神龙令，却没想到这里步步危机，结果还是送了性命。"

奎尼一愣，他虽掌管了拜火教，毕竟欠缺阅历，跟杜啸林这等审讯高手对质，占不了丝毫便宜，被他如此一说，顿时哑口无言。要知道如果幽冥教和金吾卫是先后来此，双方并没碰面，那么没有交手就合情合理了。

正自争执，蓦地听得另有一阵箫音传来，这回是拜火教众受安禄山指使发来消息，是说眼下幽冥教正在向李亨报复，说是他得到了神龙令后过河拆桥，初步判断金吾卫应是李亨所派，至于神龙令是否还在夜郎，尚未可知。但也不排除另一种可能，除了李亨、李隆基和大燕外，还隐藏着一股可怕的力量，他们故意栽赃李亨，欲搅浑这潭水，趁机浑水摸鱼。

奎尼将这个消息说出来后，众人都吃了一惊，如果说除了已知的三方势力外，还有一股力量隐藏在暗中作祟，那实在是太可怕了。

会是谁呢？可能会是李隆基的其中一个儿子，也有可能是江湖上某个有野心的帮派，在真相未浮出水面时，一切皆有可能。

公开并分享消息，本是想通过这些消息解开疑惑，没想到消息来源越多反而越乱了。李颇黎转头看向杜啸林，问道："杜统领，我等此行九死一生，大家都在玩命，请务必实言相告，李亨有没有得到神龙令？"

杜啸林游目看了大伙儿一眼："说实话吗？"

李颇黎再次郑重强调："望坦言相告。"

"我不知道。"杜啸林说了这句话后，微微叹了口气，神色间亦平和了许多，"尔等细想一下，便能知道我说的是实情。若说皇上得到了神龙令后过河拆桥，对幽冥教赶尽杀绝，尔等以为我如果知道此事，是否能活生生地站在此地？说穿了大家都是各自主人手里的一枚卒子，只有往前没有后退的道理，要么死亡，要么完成任务走出此地。"

李颇黎笑了一声，笑声中多少带了些无奈，显然他也认同了杜啸林的话，既然是卒子，多想无益，不如抛开一切，勇往直前。

琵琶声越来越急促，浑如银瓶乍破水浆迸，铁骑突出刀枪鸣，铮铮之声不绝于耳，耳耳挠心，江面上无风起涟漪，连船上的灯都无故动荡起来。再看船上的那些禁卫和士兵，无一不若魔障了似的，纷纷手舞足蹈。

武月娘连忙运内力抵抗，这时，突听那中年人厉喝一声："水鬼！"

武月娘忙睁开眼去看，琵琶声中，水声哗哗，水底下跃起几十人来。那些人身上穿着特制的泅水服，若鱼一般黑不溜秋的，很是光滑，脸上戴了面具，狰狞可怖，应该是河水之中的某个河神模样。他们露出水面后，分别跃上了李亨的三艘船上，见人就杀。船上那些人疯了一样只顾舞蹈，浑然不知危险临近，任由人砍杀。

一场压倒性的屠杀，在“铮铮”的琵琶声中开始了。

那中年人拿起船篙，使劲儿往水底一撑，他内力深厚，一撑之下，船只若箭一般往前冲将出去。将近李亨的那三艘船时，把桨往水里一抛，纵身跃起，半空中单脚在船桨上轻轻一点，身子再次跃起，跃上李亨的那艘主船。情急之下终是将从未拔过的剑拔了出来，剑气如涛，一剑挥出，周边之人恍如被一股强大的暗劲儿一撞，纷纷往后倒。

武月娘站在船头，分明看到他矫若游龙，身法如电，特别是当他的剑拔出来的那一刻，那强大的气势，俨然是一派宗师风范，身上那老不正经的痞气瞬息荡然无存。她知道他的功夫不低，但全然没有想到竟是高到如此程度。

他是谁？武月娘来不及细想了，如法炮制，娇躯一纵，腾空而起，在水面的船桨上一点，跃向画舫，她必须让勾魂摄魄的琵琶声停下来。

画舫里的那姑娘见武月娘登上船来，嘴角一弯，掠过一抹冷笑，五指倏然一拨，琵琶的声音陡然一变，一如刀剑交击，万马奔腾，杀气大盛。画舫上的李亨本是痴痴地坐着，看着那姑娘，一时经受不起这凌厉的琵琶声，“哇”的一声喷出一口血，昏厥过去。魏长河想去救，奈何琵琶声实在太厉害，有心无力。武月娘在隐居的这些年，一直勤修武功，内力毕竟高于魏长河，虽也不甚好受，终究尚可抵挡，一声厉啸，一式“风卷寒梅”，袭将上去。

武月娘的武功以灵动为主，但是这一招不同，剑身未至，剑气先行，大片的寒光直如风雪狂舞。那姑娘见状，眼里精光一闪，指间一停，长袖一扬，把倒在地上的李亨卷了过去，拥入怀里，脸上兀自娇媚无限：“你再动一下试试。”

武月娘急忙收了剑，立在她的对面，问道：“你究竟是谁？”

那姑娘抬起一只手，掩嘴一笑：“忘了？你若是男人，这般的忘恩负义，早死了。”

被她如此一提醒，武月娘隐隐从她的声音中听出了什么：“你是……”

“没想到一只女鬼竟可以如此妩媚吧？告诉你，女鬼若是勾起人来，比之狐妖更让男人无法自拔。”孟幽兰“咯咯”笑着，眼波一转，道：“让你那臭男人住手吧。”

武月娘看向那边，琵琶声止时，那边的禁卫和士兵大多恢复了神志，有些甚至加了入战团，然当李亨被劫持时，俱皆停了手。那中年人挑翻一个水鬼，气呼呼地看着这边。

“走！”孟幽兰娇喝一声，画舫移动起来，“你若想死，便跟着。不过眼下的这个局面，你解不了，我们还是谁也别为难谁了，相持下去，谁也得不了什么便宜，你说呢？”

武月娘看了眼魏长河，道声“走”，转身离开。魏长河见李亨兀自昏迷，人事不省，不敢擅离，禁卫的职责便是誓死捍卫皇帝的安全，现在李亨落入贼人之手，命在旦夕，他如何能独自逃命？

“你留在船上，只会让他死得更快。”武月娘回头向魏长河说了一句，身子在船舷上一蹬，掠向水面，魏长河跺跺脚，大叹一声，只得跟着离开。

那几十个水鬼，又跃入水里，很快消失不见。水面上又恢复了平静，大家的心却再也无法静下来。孟幽兰出现在此尚可理解，那些水鬼又是什么帮派，究竟有多少江湖门派卷入了这个漩涡？

“跟上去。”高适是文人，体质无法与习武之人相提并论，被刚才的琵琶声影响后，身体未完全恢复，但他及时下了决断，天下本已乱，李亨不能再出问题了。

船开动后，那中年人走到高适面前，问道：“还记得老子吗？”

高适恭恭敬敬地施了一礼：“裴老前辈在上，容在下一拜。”

武月娘见高适果然对他十分恭敬，暗暗咋舌，两者年纪相仿，高适身为当朝贵人，为何对他这般尊敬？当今江湖，能有如此武学修为者，为数不多，且又姓裴，莫非他是……

猜到那中年人的身份时，武月娘几乎不敢相信，如此一个为老不尊的老浑蛋，怎么可能是天下剑法正宗的神剑帮帮主裴旻？

“你是裴旻？”武月娘瞪大了眼睛看着他，一脸的不可思议。

裴旻“嘻嘻”笑道：“你觉得老子不配叫裴旻吗？”

高适问道：“刚才多亏裴老前辈出手，不然后果更加不堪设想。敢问前辈，何以出现于此？”

“找你。”

高适一愣：“专程为找在下而来？”

“正是。”裴旻道，“老子问你，神龙令到底有没有在李亨手上？”

武月娘看着高适，心跳倏地加速，一路跋山涉水，历经艰辛，为的就是神龙令的去向，从如今的形势来看，那一枚谁都不曾见过的神龙令，关系到的已不仅仅是家国命运，还涉及父和子、兄与弟的恩怨，以及李唐皇室会否骨肉相残等重要问题。

高适迎着夜风，长长地吐了口气，然后目光一转，看向裴旻，反问道：“在前辈眼里，当今皇上是一个怎样的人？”

裴旻笑了笑：“在老子眼里，但凡牵涉权力和利益，人便不是人了，与禽兽无异。”

高适灰白的眉毛一挑，他显然并不认同裴旻的话，只是顾及对方的身份、地位，没有出言反驳：“皇上身上所背的负担太重了。”

武月娘有些着急，不由问道：“此话怎讲？”

高适道：“天下人都认为，皇上登基早有预谋，马嵬驿之变便是其预谋的一环，眼下神龙令一事又扑朔迷离，于是人们便自然而然地认为，皇上早就拿到了神龙令，不然的话他哪儿来的底气，敢在灵武登基？”

“莫非不是吗？”武月娘紧跟着问了一句。

高适看了她一眼，问道：“这位女侠是……”

“我乃梅花卫宗主武月娘。”武月娘道，“受太上皇所托，追查神龙令一案。”

高适闻言，一声苦笑：“太上皇是否也认为皇上预谋篡位，并已取得神龙令？”

武月娘毫不讳言地道：“正是。”

“皇上何其无奈啊！”高适又是一声长叹，“杨国忠乱国，安禄山叛乱，皇亲国戚、一干重臣撤出长安，眼看着国将不国，作为当时的太子，他深感责任重大，这才在我的鼓动之下，策动了马嵬驿之变，随即转而北上，目的是要阻止安禄山的叛军南下，以保我大唐江山不失。然而马嵬驿风波尚未过去，朝中恨皇上者大有人在，以太子的身份独力抵抗叛军，胜了则罢，一旦战事不利，谗言妄语、悠悠之口会要了皇上的命不说，更会延误战机，让安禄山顺利南下，统一南北。到了那时，李唐江山便真的要亡了。为此，在李辅国的建议下，为了能心无旁骛地全力御敌，这才在灵武登基。作为当时的太子，想要光复江山，他只能如此做了。”

武月娘听完，似乎明白了李亨的心思，从太子的角度来看，李亨的做法无疑是正确的，他不是谋乱篡国，而是在偿还其父亲欠下的债。思忖间又问道：“如此说来，神龙令并没在他手上？”

高适摇了摇头：“迄今为止，在下尚不知神龙令为何物。”

“这下端的是好玩了。”裴旻冷笑道，“你们可曾查到是哪个要害李亨？”

“在下也是一头雾水。”高适道，“父子成仇，兄弟反目，皇上也十分苦恼，这趟出行，皇上不顾安危，为的只是见永王一面，欲晓之以理动之以情，让李璘放下兵戈，莫做下那等教仇人快、亲人痛之事。”

武月娘十分不解道：“这等事差人送一封书信便罢，何至于冒着大险出来？”

高适道：“永王是皇上一手带大的，皇上觉得只有他当面与永王谈，才有效果。”

武月娘这才明白了李亨的苦心。李璘奉李隆基旨意，实际上也是左右为难。李亨若是不跑这一趟，端的是难以化解。“莫非真是安禄山在暗中作祟，想要搅浑这潭水吗？”

“从目前来看，还很难说。”高适道，“不能排除还有一股势力，想要趁乱夺权。”

裴旻看了眼前方的水面，估计是将近凌晨了，水上起了层薄雾，画舫隐没在雾气里，若隐若现。当下的局势犹如这江面，雾里看花，却又暗藏凶机。想着要面对的局势，他不禁想起了远在南边的李颇黎以及他的女儿裴小小，随着越来越多的神秘帮派的出现，夜郎那边的情况，只怕也会越来越复杂。

天亮了。

今天依然是阴沉沉的，一股浓雾锁着远处的山头。

大家急切地想要知道前方是否就是夜郎的皇城，天刚蒙蒙亮便都站在悬崖上张望。这时候，虽雾锁远山，但悬崖下的情景依然是一览无遗，那里的确是一座城，一座气象磅礴、巍然不凡的大城。

从悬崖这边依次望将过去，整座城有九个垭口（山与山之间的下凹处，这里指的是山岭之中的交通要道），每个垭口皆设一座兵营，每座兵营设九哨，每一哨设十八个关卡。皇城便在九个垭口的中央位置，城墙高一丈有余，用方砖所砌，城内建设虽大多坍塌，难见其原先繁华之景象，但是中央的皇城依然耸立，在雾气之中气象万千，庄严肃穆。

皇宫是一座八角宫殿，其八角分别对应周围的八座高山，从正面的宫门分析，皇城应该有十六道大门。随着岁月的流逝，皇城内部那些五彩斑斓的颜色，已被剥去了色彩，但是依然随处可见镂雕的九龙图，其威严之气势，至今看来，仍教人心生敬畏。

“柯洛倮姆！”李骆谷兴奋地道，“这就是柯洛倮姆，传说中的夜郎皇城！”

历经艰辛，终于见到这座传说中的皇城时，大家不禁为之振奋，清晨的风吹来，吹在脸上，昨夜的疲惫一扫而光。

“下去！”杜啸林按捺不住地往悬崖下看了看，此崖虽高，然怪石嶙峋，对于有一定武学修为者来说造不成障碍，身子一纵，率先借着凸起的山石纵跃而下。

奎尼走到肖如梅身前，道：“肖姑娘，我背你下去。”

“不用了。”由于大家都怀疑是安禄山事先派人来过夜郎，那么奎尼就极有可能便是内鬼，这位纯真的涉世未深的少女便直白地拒绝了他的好意。

奎尼见她那冷冰冰的样子，心下好不难过：“我会证明给你看，内鬼另有其人！”

“那又如何？”肖如梅依然对她怀有丝敌意，言下之意是说，即便你不是内鬼，也是安禄山叛军手底下做事的人，而梅花卫则是效忠于李唐皇室的，他俩之间本来就水火不相容。

看着教主受气，葛青辉本想劝两句，可话到嘴边又觉不妥，改口道：“教主，我们走吧！”

李颇黎看了眼李白，道：“阿爹，我先背你下去。”

李白看了眼躺在崖壁下的肖如梅，笑道：“你阿爹行走四海，攀山涉水，这点儿困难岂能把我难倒？我自己下去即可。”他轻功不如在场诸人，但由于这里长久无人进来，崖上树根缠绕，藤蔓无数，便借着这些攀崖而下。

李颇黎看着李白安然下去，这才放心，转身走到肖如梅面前，蹲下身道：“在下背姑娘下去可好？”

肖如梅妙目一转，看着李颇黎那英气逼人的样子，不由得脸上发热，轻轻地道了声：“多谢！”

李颇黎转了个身，让肖如梅爬上他的背，站起来道：“姑娘小心了。”刚要走，便听裴小小叫道：“师兄，你不管我了吗？”

裴小小见李颇黎只顾着去背人家姑娘，却没理会她，醋劲儿大发，气呼呼地站在那儿，只等李颇黎去哄她。

“小师妹莫闹。”李颇黎转头道，“区区断崖岂能拦得了你。”说话间，纵身往崖下跳。

裴小小气得直跺脚。李骆谷笑道：“裴姑娘，咱俩一道下去便是，在下定会照顾你些。”

“哪个让你照顾了！”裴小小两脚一蹬，跃下山崖去。李骆谷手抚长须，摇头失笑。

待众人都下了山崖，杜啸林已向前走出了一段路，他似乎想急切地证明，内鬼是另有其人，或者说想要率先得到神龙令。既然到了地头，神龙令必然就在这皇城之中，其余人都急着跟过去，生怕神龙令落于他人之手。

李颇黎背着肖如梅走在最后，裴小小故意使小性子，赌气跟众人走了。李白跟上去，想哄她开心，不想这小姑娘被李白一说，竟差点儿哭出来。

李颇黎知道那小妮子的脾气，不哄是决计不会消气的，心想：小师妹太不懂事，肖姑娘受了伤，而且是被我所伤，我岂能丢下她不管？

“李少侠，放我下来。”肖如梅道，“快去劝劝你的小师妹。”

李颇黎笑了一声，道：“她便是这脾气，无妨的。”

“她是喜欢你的。”女人的心十分敏感，肖如梅一眼便能看出裴小小喜欢她的师兄，“她那么在乎你，而你却背着别的女人，哪个女人的心都不会好受的。”

“肖姑娘，你被我所伤，我岂能不管你？”李颇黎也颇是固执，“等你的伤好了，再去哄她不迟。”

“放我下来吧。”肖如梅在他背上挣扎了两下，“伤了你师妹的心可不好。”

“别动。”李颇黎兀自紧紧地抱着她，用一种近乎命令式的口吻道，“好好地在我背上趴着。”

肖如梅一愣，他的语气虽然强硬，但不知为何，听着这话，心里一阵温暖，心想：他倒是有情有义、有始有终，若是日后跟了……想到此处时，不由得心头如小鹿乱撞，面红耳赤。便又想：肖如梅啊肖如梅，人家只不过是伤了你，见你伤势严重，这才背着你走，你却想到哪儿去了？

走过一道垭口，从几个破败的哨所经过，前面不远处就是皇城前门的广场。肖如梅兀自胡思乱想，忽觉李颇黎的脚步停了下来，以为他发觉到了自己的小心思，轻声问道：“怎么了？”

“糟了！”

肖如梅一愣，抬头时看到了极为可怕的一幕。只见前方不知何时变了，广场那边飞沙走石，半空中一团巨大的乌云铺天盖地，与天相齐，正向这边席卷过来。云团之中，似乎有什么东西在涌动，时隐时现，看不真切，但可以隐隐听到龙吟虎啸之音。

前面所有的人都不见了，想来已然被卷入其中。

肖如梅娇躯一震：“那是什么，是幻术吗？”

“不是。”李颇黎显然也被前面的景象吓着了，连说话的声音也有些异常，“幻术只会给人造成幻觉，实际是不存在的，更不会破坏周围的东西的。”

这时候，肖如梅果然看到那股与天相齐的云团所经过之处，若摧枯拉朽一般，石板、木头、树木俱被卷上半空。

“怎么办？”肖如梅不知如何面对，两条手臂紧紧地箍着李颇黎的脖子。是时，两人的身体紧贴在一起，李颇黎不仅能感受到她的体温，还能清楚地感到她的身体在轻微地发抖，一时男儿的气性被激了起来，道：“有我在，莫怕！”正要转身跑，倏然发现那股云团在广场的中央停住不动了，像有什么东西吸引了它一般，只原地打转。

肖如梅道：“莫非是有人在操控着它吗？”

第七章

八卦九方阵

黎明时分，高适的船跟到了一个渡口，上了岸后，画舫上早已没了人影。

武月娘道："我们一路跟踪至此，孟幽兰也不曾派人阻拦，会不会是故意让我们跟来？"若果然如此，那么再往前走便是步步危机了。

裴旻举起酒葫芦，"咕噜噜"一阵豪饮："放心吧，老娘儿们，咱们既然走上了一条道，老子定然会对你负责到底！"

武月娘给了他个白眼："老没正经的老流氓，都快死了还耍嘴皮子。"

裴旻笑道："死了也无妨，黄泉路上老子牵着你的手，定然不会教你受那些小鬼的欺负。"

"走吧。"高适昨晚就领教了他俩斗嘴之能事，皇上生死未卜，哪有心思听他们胡诌，带着士兵率先往渡口上走去。魏长河招呼例竟门的人一声，急忙跟上。

这是个山区，越走越是荒凉。裴旻预感到不对劲儿，叫道："高适，给老子站住！"

高适回身，问道："前辈有何指教？"

裴旻道：“你带着大队人马，无疑是在跟人说，老子过来了，你们准备好家伙，出来把老子揍一顿。”

高适不傻，裴旻的话虽不中听，却是这个道理，便道：“前辈有何办法吗？”

裴旻道：“你们先在此待着，我跟这老娘儿们先去探探再说。”

武月娘忙道：“哪个要跟你去！”

“不去算了。”裴旻不跟她多言，径直大步往前走。武月娘见他果然走了，心想：待在这里忒是无趣，不如去前面看看，便又跟上去。

裴旻似乎吃准了她的心思，耳听得她的脚步声跟上来，得意地暗笑。

武月娘走上去问道：“高适何以对你毕恭毕敬？”

裴旻回过头来道：“可知李太白否？”

“见过。”武月娘不屑地道，“狂傲得紧，连太上皇都没放在眼里。”

裴旻道：“他曾拜在老子门下学过剑术。”

“怪不得！”武月娘冷哼道，“人说名师出高徒，在你这等为老不尊的师父手底下，也只能出那种目中无人的狂放之徒。”

裴旻闻言，非但没怒，还得意地笑道：“洒脱无羁，四海为家，不好吗？”

“未必。”武月娘似乎对李白颇有些了解，“他是有功名之心的，只不过因了那臭脾气，仕途不顺罢了。”

“这便是书生。”裴旻理直气壮地道，“书生都有理想和情怀，有一颗赤诚的报国之心，却又执拗如牛，看不惯世间一切歪风邪气，以及所有装腔作势之辈。你莫要小看了这种人，这才叫真性情、真书生。这个世道啊，假的东西太多，缺的就是真。”

武月娘嘴里发出个不屑的声音，又问道：“高适对你的态度与那李白何干？”

裴旻道：“高适那老东西也算是个大大的文人，但他自认不如李白，故对老子那徒儿十分崇拜，爱屋及乌，在老子面前便也自称晚辈。”

说话间，走出一座峡谷，前面是片宽阔的竹林，此时虽值秋冬交际，草木枯朽，那片竹林却兀自翠绿欲滴，山风吹过，翠竹摇曳，沙沙之音不绝于耳。在那竹林深处，隐约可见有一座大大的庄园，红瓦白墙，很是雅致。

“他娘的！”裴旻骂道，“歪门邪派，偷鸡摸狗之辈，明明非人非鬼，住处偏生修得这般高雅，装得人模狗样的。”

武月娘顿时警惕起来，“要不要回去叫魏长河过来？”

“怕什么？”裴旻仰首饮酒，直至把酒葫芦饮干了，这才说道，“没酒了，随老子过去讨杯酒喝，要是不给，老子便拆了那房子！”

“好大的口气啊！”话音甫落，只见竹林里人影一闪，出来位头戴灰色的软脚幞头，身着圆领青布衫的黑须白面书生来，手里拿着柄描金的折扇，几个纵跃间，便落在了竹林外，朝着裴旻笑道：“不知足下是谁，何以平白无故地要拆房子？”

裴旻两眼一眯，他看得出来，这黑须白面书生是个高手，看来这庄园果然不简单。当下打了个哈哈，把空葫芦拿出来晃了晃，道：“有酒吗？”

“有上好的竹叶青。”那黑须白面书生手一抖，将折扇抖将开来，轻轻地在胸前晃着，“不过要喝酒，得凭本事。”

“有趣，有趣！”裴旻剑鞘一指，快如电闪，那黑须白面书生身子微微一偏，描金折扇在剑鞘上点了一下，两件兵器相撞，发出“当”的一声闷响。高手一出手，便知有没有，电光石火般地互拆了一招后，裴旻的斗志被激了起来，剑鞘又是一指，然这一招变化很快，途中倏然上翘，指向对方前面要害。

那黑须白面书生似乎看出了对方这一招变化多端，没有硬接，移身避开。果然，裴旻的剑鞘突地横扫，隐隐挟着奔雷之声，“游龙剑法”灵动、迅猛兼具，虽剑在鞘中，但依然能感受到凌厉之剑气。那黑须白面书生暗吃一惊，站稳了下盘，折扇一迎，“当”的一声大响，那描金折扇乃用精钢所制，与剑鞘相撞时激出一串火花，也就在这时，“呼”的一声，折扇抖将开来，若刀一般往对方面门打到。

裴旻的剑招刚落实，再出新招没那么快，他只有避之一途。那黑须白面书生料准了他只能撤退，扇面扫出去时几乎毫无保留。没想到裴旻把腰一弯，剑鞘从一个极其巧妙的角度，指向对方腹部。那黑须白面书生只觉腹下一疼，低头看时，不由得笑道：“游龙剑法果然厉害，在下佩服！莫非足下便是神剑帮的裴老帮主吗？”

“算你这狗眼没长在头顶上，还是识货的。”裴旻道，“老子就是裴旻，路过此间，来讨口酒喝，可好？”

“原来果真是裴老帮主。我家主人若是知道，定然高兴。”那黑须白面书生作揖道，“请！”

裴旻诧异地道：“你不是此间主人吗？”

“裴老帮主抬举了。”那黑须白面书生道，“在下萧无名，不过是金公庄的管家罢了。”

“金公庄。”裴旻看着那座红瓦白墙的庄院，越发好奇，“何以江湖上没听说过这号人物？”

萧无名道：“我家主人性情淡泊，隐居于此，裴老帮主不曾闻其名，也不为怪。”

“这下就更有趣了，哈哈！”裴旻招呼武月娘一声，随着那萧无名往庄院而行。

从大门而入，便是一座竹园，种的是湘妃竹，竹叶翠绿，竹竿带有紫褐色斑点，植于一条鹅卵石路两旁。迎面是条回廊，两边通透，可赏景亦可歇息，穿过回廊，有一面照壁，从照壁过去，才算是入了客厅。

厅内布置典雅，放了数盆兰花，时值兰花开放时节，幽香沁鼻。墙上挂了名人字画以及当世诗人之作品，其中一幅诗作便是李白的《幽涧泉》。

萧无名将他们请入厅内，吩咐仆人沏茶，安排妥当后道：“在下这便去请主人出来。”

待那萧无名走后，武月娘忍不住道：“他们在搞什么把戏？”

“老娘儿们，看来是我们把事情想简单了。”裴旻道：“半年前参与寻找神龙令的江湖帮派，不仅仅只有幽冥教，他们背后还有股强大的势力。”

武月娘道：“便是这金公庄吗？”

裴旻“嘿嘿”怪笑一声：“只怕不一定。”

武月娘一愣，随之从心底升起一股寒意，那萧无名的武功在江湖上已能排得上号了，其主人只怕更是厉害，如果说金公庄的主人也只是马前卒的话，那么其背后的组织就太可怕了。

思忖间，但听得一个爽朗的笑声传来，抬眼看时，只见来者六十开外，童颜鹤发，着一袭褐色锦袍，体型高大，目光炯炯，完全不似六十余岁之人。他边走过来边拱手道："裴老帮主大驾光临，金某未曾迎迓，罪过罪过！"

裴旻不喜欢这种假模假样的寒暄："你的罪过不在于没去迎接老子，而是明明有上好的竹叶青，端这劳什子的茶来作甚？"

那人打了个哈哈，朝后面的萧无名道："无名，此乃是你招待不周，快去拿酒来！"萧无名称是，急转身去拿酒。没一会儿，便见三四个小婢端了几样精致的小菜，踏着碎步入内。萧无名则亲自拿了坛酒，待菜摆上后，又亲自斟酒，笑道："请裴老前辈品尝本庄的竹叶青。"

裴旻也不跟他们客气，拿起酒杯，在鼻端闻了闻，随即一饮而尽，入口时清香醇厚，过喉劲儿大而不辣，饮毕唇齿留香，果然是好酒。裴旻"啧啧"地咂了咂嘴："他娘的，果然是好酒！"也不待萧无名来倒，从他手里夺过坛子，举坛便饮。

那人和萧无名见状，笑而不语。武月娘不由得直皱眉，心想：首次登门哪有这般无理的？

饮尽半坛后，裴旻方觉过了瘾，放下坛子直呼"好酒"。那人这才招呼入座，说道："金某乃本庄主人金效邦，不知这位是……"

武月娘见他向自己看过来，因恐裴旻乱嚼舌头，忙道："梅花卫武月娘便是。"

金效邦一怔："原来是武周大圣皇帝大内禁卫梅花卫的宗主，失敬失敬！"

裴旻夹了口菜，放在嘴里嚼得"吧吧"直响，盯着金效邦道："阁下名字取得好，做得却是有违大义之事啊！"

武月娘一听，心想：坏了，这老浑蛋嘴里从不把门，我俩身陷龙潭虎穴，若是惹怒了对方，岂有好果子吃？

不想金效邦微微一笑，道：“请裴老帮主指教。”

裴旻把杯里的酒饮下，此时估计是已有了些酒意，鼻端发红，指着金效邦道：“那李亨乃是当今皇上，你把他抓了来，岂非大逆不道吗？”

“裴老帮主此乃差矣。李亨的江山是篡位夺来的，他能夺莫非就不兴别人去夺他的皇位吗？”金效邦道，“江山本无主，能者坐天下，历朝历代的开国之君，都是用非常手段抢来的江山，而后才自诩为天子，治理天下。裴老帮主觉得是不是这个道理？”

裴旻笑道：“他娘的，还真是这个理儿！”

金效邦道：“既如此，何来的不义？”

裴旻边点头边问道：“金庄主是为哪个在夺江山？”

金效邦抬起手捏着他的胡须，缓缓地道：“为值得我效力之人。”

武月娘插嘴道：“如此说来，庄主承认在你的背后还有幕后主使人了？”

“不错。”金效邦毫不讳言。

武月娘又问道：“你们挟制李亨，意欲何为？”

“挟天子以令诸侯。”

“好大的口气啊！”裴旻看着金效邦的脸色，他一脸的自信，仿佛天下已然唾手可得。是谁给了他这般的底气？难不成神龙令果然已不在夜郎，让某股势力拿了去？想到此处，裴旻暗吸了口凉气，果若如此，李唐危矣。“你不怕老子把李亨抢走吗？”

金效邦哈哈大笑：“他已经走了，要不然我们如何还能坐下来喝酒？”

裴旻愣了一下，抚额叹息，然后抓过坛子，把剩下的酒灌入酒葫芦内，道：“多谢好酒招待，老子得走了！”萧无名要送，裴旻不耐烦地道：“明明是死敌，你搞得像走亲戚一般的客套作甚？不劳相送了！”

走出金公庄，武月娘道：“你相信他们真把李亨送走了吗？”

“如何不信，要不然他们哪儿来的自信？”说话间，裴旻忽似想到了什么，脸色一沉，“该不会是在老子面前唱的空城计吧？”

武月娘道：“完全有此可能。”

“他娘的！”裴旻回头望了眼那庄院，“从现在的情况来看，李亨拿到神龙令的可能性不大。你应该传消息给太上皇，叫他莫现再让李璘挥师来为难李亨了，有人觑觎李唐的江山，他们若是再内斗，李家子孙哪个都别想主掌天下。”武月娘点头称是。

两人回到原处，与高适说了情况，高适问现在如何是好，裴旻让他们先隐藏到山里，密切监视庄院之动态，等到了晚上他再潜入庄院去，无论如何得把李亨救出来。

高适听裴旻如此说，便放心了些，有天下剑术正宗之称的神剑帮帮主插手，此事多半还有转圜的余地。

李颀黎看着那股云团，道：“这应该是某位高人摆下的阵法，待我过去看看。”当下把肖如梅放下来，提了剑走过去。

越是走近那股云团，感受的气流便越大，龙吟虎啸之音更是响亮，风沙吹得李颀黎连眼睛都睁不开。越是无法看透的事物，越使人敬畏，即便是武功高若李颀黎，亦觉得惊心动魄，不敢再往那边看，目光向别处移动时，眼睛的余光无意间扫到，在一个华表的背后藏了个人，李颀黎暗吃一惊，悄悄地走上去，剑身一指，指向那人。华表背后的那人惊叫一声，现身出来，李颀黎定睛一看，竟是李骆谷！

“是你！”李颀黎道，“你没被卷进去就太好了，快想想办法！”

李骆谷恐惧地看了眼云团，道：“不瞒少侠，此阵唤作八卦九方阵，乃是在八卦阵的基础上改进而得，结合山川走势，阴阳八卦，变化繁复，破解不得。”

李颀黎大惊，被云团卷进去的有他的父亲和师妹，在那样恶劣的环境下，里面的人无法存活很久，不由急道：“即便是硬闯也要闯进去试试！”

“且慢，且慢！”李骆谷苦着脸想了会儿，往周围看了看，道，“到八角宫殿上去观察一下，看是否有迹可循。”

李颀黎心急如焚，跟着李骆谷来到八角宫殿前。从此处至殿门有一段很长的白玉台阶，阶前则是一块巨大的丹墀，原先应是红色，此时颜色已褪去。丹墀上雕了九条金龙，各占一方，腾云驾雾。李骆谷觉得丹墀十分特别，便多看了一眼。李颇黎催促道："快些走，里面的人撑不了多久。"李骆谷只得随着李颇黎步上台阶。

及至殿门前，两扇朱漆大门洞开，大殿内沾满了灰尘，虽气象依旧，却给人以一种森然可怖之感。两人无心细看殿内的情形，纵身一跃，上了殿顶。此处与那云团有一定的距离，因此虽云团与天相齐，但依然可以看到其全貌。

从这里望将过去，云团里面有东西在腾跃，那摄人心魄的龙吟虎啸声似乎就是那东西发出来的。在它的腾飞搅动之下，那团气流转动得很快，根本无迹可寻。

李骆谷不愧是此中高手，他仔细地看了一会儿后，道："你真的愿意冒一次险吗？"

李颇黎剑眉一扬，肯定地点了点头。李骆谷把手一指，说道："看到这条石阶下的九龙图了吗？上来的时候我就觉得那九龙图有些奇怪，刚才看了八卦九方阵，与九龙图的布局极为类似，若是在下没有看错的话，八卦九方阵乃是按照九宫八卦排列，东南角应是生门，你进去后，应该可以从那边出来。切记，九宫八卦虽变化无穷，但万变不离其宗，生对死、休对景、开对杜、惊对伤，八卦方位，两两相对，从里面出来时千万记得自己所在的位置。"

李颇黎明白他的意思了，他不想去冒这个险，即便是奎尼和葛青辉也在里面，也不愿意牺牲自己，去做没有把握之事。如果李颇黎执意要去的话，只能独自去冒险了。

"多谢！"李颇黎跃将下来，在殿门前微作停留后，快速地往台阶下奔跑。他从小就没了父亲，虽说有幸入神剑帮，但由于是孤儿，小时候常受同门师兄弟的嘲笑、欺凌，若非小师妹一直护着，只怕他的日子会过得更苦、更加委屈。后来彼此长大，小师妹依然对他格外照顾，人们都说他俩青梅竹梅、两小无猜，可他只想把她当作妹妹。他生性淡泊名利，喜好四海漂泊，游走江湖，为此，他觉得不能带着她跟着自己风餐露宿，去受漂泊的苦。在他的心里，这便是夫妻和妹妹的根本区别，夫妻可以一起吃苦，一起尝尽人间的辛酸，而对于妹妹，他只想她幸福安乐，这便够了。如今她有难，深陷八卦九方阵生死不知，他即便是拼了这条性命不要，也得把她救出来，让她能好好地活下去；至于他的父亲李太白，他只闻其名，未见其人，但他不怨他。因为他俩的性子是一样的，藐视权贵，浪迹天涯，像一只鸟，喜欢蓝天，自由翱翔，如今既然相遇于江湖，他便想珍惜这份相遇，护于其身边，保他平安。那两人都是他身边最为重要之人，如果真的必须舍了命护他们的周全，那也是值得的。

肖如梅看到他飞奔下台阶，朝那股云团闯过去的时候，心下大骇，急叫道："李少侠！"只是她的声音被风沙吞没，无法送入他的耳朵里，她想要挣扎着起身走过去，奈何脚步踉跄，即便是过去了，亦只会徒然增加他的负担。她咬着朱唇看了眼兀自站在大殿顶上的李骆谷，怨恨地想：为何不帮他呢？

这时，肖如梅无意间看到，李骆谷的脸上毫无惊慌、担忧之色，相反，似乎露着一抹浅浅的不易察觉的笑意！

肖如梅心头大震，难不成内鬼是他？对对！拜火教乃是安禄山手下的势力，此前就怀疑奎尼是内鬼，他也是拜火教的教众，岂能例外！不对！此时奎尼和葛青辉也被卷入八卦九方阵里面，生死难料，如果他是内鬼，何以不担心同伙？

容不得肖如梅再去细想，李颀黎已奔近那股云团的边缘，纵身一跃，强行闯入了气流之中。她的心不由得提了起来，不知为何，看着他的身影消失，她的内心似乎被刺痛了一下。一直隐居林泉，更无与陌生男人接触过，何以会莫名地产生这样一种心痛的感觉？

李颀黎纵身一跃，跃入云团的时候，便已做好了赴死的准备。八卦九方阵里面的情景，与他想象得差不多，像地狱，也像是鸿蒙太空、混沌未开的另一个世界，铺天盖地的风沙，整个天地苍茫一片，睁不开眼，也看不清眼前的景物，只觉得身边有很多东西在涌动，却又辨不清是何物。

李颀黎咬着钢牙往前走，看到前方不远处有一个石柱，应该是广场上的华表，便走过去，想在那儿暂时休息一下。哪料刚接近华表，陡然一声巨响，头顶风声飒飒，似乎有东西什么正从头顶奔袭下来。李颇黎大吃一惊，抬头一看，见是条青龙，张着斗大的嘴，俯冲而下。

按照李骆谷所言，李颇黎现在所处的位置应是惊门，惊之对面是伤，右为死，左为开，只有往左边走，方能躲过一劫。眼看着青龙奔袭而至，李颇黎不敢怠慢，脚下一点，往左边飞掠过去，那青龙扑了个空，张牙舞爪，奈何李颇黎已出了它所在的方位，只有狂啸的份儿。

李颇黎暗松了口气，有了刚才的经验，此阵亦非死地，由此信心大增，继又往前。

风沙渐小，应是到了开门方位，再往左便是休、生二门，亦属吉位，也就是李骆谷所指的离开的方位。可是裴小小、李白他们究竟在哪里呢？从阵外看，此阵范围方圆不过一里地，一入阵中，却是漫无边际，仿如自己也不过是一粒沙尘，终逃不开天地之轮回，极易产生消极之情绪。

李颇黎知道在里面的时间越久，对自己越为不利，正茫然四顾，不知该往哪个方位走时，忽听有个声音随风传来："师兄救我，师兄救我……"

"小师妹！"李颇黎心头大震，忙不迭循声走去。越往前风沙越大，他知道自己有可能已入了死门或凶门，但他顾不了许多了，无论怎样也要救小师妹脱险。

蓦然，一声虎啸，一只吊睛白虎不知从哪儿跳出来，拦住了去路。李颇黎大吃一惊，急忙停下脚步，微微地弯下腰，紧捏手中剑，以便随时做出反应。那吊睛白虎体型较大，咧着血盆大嘴，时不时地摇晃下后面那条长长的尾巴，随时都会扑将过来。一虎一人便那样对立着，谁也不敢先动。

"师兄救我……"裴小小的声音再次传来，李颇黎急了，一声厉啸，身子腾空而起，风沙里剑气如虹，劈头盖脸地往那吊睛白虎袭将过去。

那吊睛白虎并非凡物，大大的身子往右一转，灵巧地避过了一招游龙剑法，虎口一张，怒扑过来。李颇黎进来后就没打算活着出去，人在半空，剑尖一点地面，借着剑身的反弹之力，再次跃起，此时刚好白虎扑到，李颇黎觑了个真切，落在虎背上，两手攥着剑柄，使劲儿地朝白虎的脖子刺落。

“噗”的一声，剑身自白虎的脖子直贯而入，却在这时，怪事发生了，吊睛白虎竟化作沙尘随风飘散，李颇黎不曾防备，跌落于地。

是幻象！既然是幻象那就往前冲吧，救出小师妹要紧。“小师妹！”李颇黎大喊着继又往前。

“师兄救我！”裴小小的身影已隐约可见，她被一股狂风卷着，娇弱的身体摇摇晃晃地悬于半空，仿佛随时都会被狂风撕裂。她脸上的表情极度惊恐，恍如胆小受惊的羔羊，是那样的无助，那样的楚楚可怜。

“小师妹，师兄来救你！”李颇黎边大喊着边疯了一样往前跑，不管有多少凶险，他都顾不上了，必须让小师妹活下来！

“呼”的一声，剑光若闪电一般倏然削将过来，李颇黎虽然急切地想救出裴小小，甚至有些失去理智，但所练的功夫犹在，本能地肩头一沉，剑刃堪堪从他的手臂削过去。

李颇黎吓出了一身冷汗，这种地方怎还有用剑之人？转目看时，心下一慌。

前面站了三人，俱是神剑帮的师兄弟，分别叫袁志雄、刘宏亮、路海涛。那袁志雄三十来岁，出身好，乃是当地富商子弟，为人沉稳，亦善计谋，在众师兄弟中威望颇高，对裴小小也有几分意思。

袁志雄见不得裴小小对李颇黎关心的样子，便时常趁着裴小小不在，率众欺负李颇黎，说他是被爹娘丢弃的孤儿，有几次还把李颇黎骗入山里，一顿好打。那时候年纪小，李颇黎生性又倔，便常与他们争执斗殴，被打得鼻青脸肿的，一身是泥。师父也不问谁对谁错，都一起受罚。那时，只有小师妹心疼他，关禁闭或是上山伐树砍柴时，小师妹常偷偷地拿吃的来给他。也因了裴小小的这些关心，袁志雄就越发变本加厉地找李颇黎的麻烦。

后来渐渐长大了，一则在心里认可了自己的身世，不想去跟人争；二则常行走江湖，见了世面，心胸宽了，加上性子越来越淡泊，对世间的不快都能看得开，再者都是同门师兄弟，何须若仇人也似的打架斗殴呢？

李颇黎看着他们，见他们若拦路虎似的挡在他和裴小小中间，明知道眼前看到的可能是幻觉，却依然不忍出手。

“又来撩拨小师妹了吗？”袁志雄还是那副盛气凌人的样子，不屑地盯着李颇黎，刚才的那一剑便是出自他的手。

“小师妹有危险！”李颇黎看了眼在空中摇晃的裴小小，急切地道。

“即便是有危险，也轮不到你去救她，明白吗？”袁志雄的语气更加强势，“想打小师妹的主意，可知你的行为叫什么吗？癞蛤蟆想吃天鹅肉！”刘宏亮、路海涛闻言，放声大笑。

“师兄救我！”裴小小看着他，眼里充满了恐慌。

李颇黎长剑一挺：“再不让开，休怪我无礼了！”

“你倒是试试！”袁志雄“呼”的一声，把剑一挥，指着李颇黎道：“你要是敢放肆，今日就得死在此地！”

“那么得罪了！”李颇黎大叫一声，终于下了狠心，剑身一扬，荡起股劲风，矫若惊龙，直指袁志雄。

“上！”袁志雄厉喝一声，刘宏亮、路海涛也加入了进来，三人三柄剑团团将李颇黎围住。剑气纵横，一道道青光绕天匝地，几乎将李颇黎的身子吞没。

李颇黎知道自己的出身不好，为了争口气，练功时便越发努力，这些年来武功大进，深得裴旻赏识，为此也几乎得到了“游龙剑法”的精髓，任凭那三人的招式若疾风舞劲草，变化无穷，其剑法终归是只得其形未见神韵，故李颇黎虽被围在中间，表面上看似危险得紧，实则只若闲庭信步，应付自如。

拆了十余招后，李颇黎见他们纠缠不休，只得把钢牙一咬，出了狠招，剑身往前一送，并无多少变化，然精光若闪电也似闪了一闪，“叮、叮、叮”几声脆响，三人的剑俱被挡了开去。李颇黎无心跟他们缠斗，趁机往裴小小的方向跑过去。

“想走吗？找死！”袁志雄兀自不依不饶，一招“龙腾九天”，青光在半空大盛，随着身体的移动，那道光晕越来越大，往李颇黎的身上罩落。

“龙腾九天”乃是“游龙剑法”里面颇为厉害的杀招，也是一种两败俱伤的打法，若非不得已，一般不会用。李颇黎想躲已然不及，只得回身应战，却又不敢真的伤及同门，此消彼长，没多久竟落了下风。

“师兄救我！”裴小小又是一声喊，李颇黎又气又急，一时乱了心神。高手拆招，在于凝神聚气，若胜则是胜在细微处，那三人看出对方心不在焉，趁机猛攻，招招攻其要害。

形势一下子急转而下，在三人无赖式的强攻下，李颇黎险象环生。

在云团外围的肖如梅同样惊心动魄，李颇黎进去的时间越久，就表示越危险，随着时间的消逝，肖如梅越来越紧张。她看了眼还在大殿顶上站着的李骆谷，强撑着伤痛往前走，及至殿前的台阶时，牵动了伤口，越发的吃力。

李骆谷见状，纵身一跃，下来接她。肖如梅看着李骆谷只觉十分的陌生，问道：“你到底是谁？”

李骆谷一愣：“肖姑娘如何不认识在下了？”

“他们都陷入阵里面去了。”说出这句话后，肖如梅想到李颇黎生死未卜，泫然欲泣，“为何要站在屋顶上袖手旁观，不想办法救他们？”

“他们是谁？”李骆谷看着她的表情，十分惊讶，“他们其实都是敌人，只不过此间过于凶险，这才暂时联起了手来。见到神龙令之时，便是他们大打出手的时候。”

“奎尼、葛青辉，你也不在意吗？”

“在意。”李骆谷显然出奇的冷静，“但这个阵在下破不了，与其冒着大险去营救他们，不如留着这有用之身，去寻找神龙令，完成他们没有完成的愿望。”

肖如梅心头一寒。她极少行走江湖，不谙世事，对世道人心更是懵懂，可她怎么也无法理解，人心竟能冷漠至此：“你不是让李颇黎去了吗？”

“那是他自己硬要去闯的。”李骆谷望着那股齐天的云团，“此阵唤作八卦九方阵，乃是从九宫八卦演化而来，本身并不可怕，可怕的是人心。”

肖如梅奇怪地看着他，心想：你还有脸谈人心吗？李骆谷微微一叹，道："每个人都有心魔，倘若李少侠能战胜心魔，凭他的修为，应能出来，反之则必葬身其中。"

肖如梅明白了，怪不得他不敢去闯，心魔如此之重，进去了必是死路一条。她转身望向那股云团，李少侠心胸坦荡、光明磊落，定然能逢凶化吉，安然无恙地出来。

李颇黎的心自然是磊落坦荡的，然没有心魔之人却有情，很多时候重情重义亦会被利用，成为他人攻击的软肋。他此时正被同门的情谊牢牢控制着，即便知道可能是幻象，亦不敢下狠手，总想着肯定会有其他办法来解决，殊不知所谓的有其他办法解决，亦是种退缩躲避之行为，终使自己如坠泥潭，无法自拔。

"师兄救我！"裴小小的情况越来越危险，连声音都有些异样了。然这一声喊，听在李颇黎的耳朵里，却听出了别样的感觉。是的，这一切都是幻象，目的在于将他困死在这里，可他还有父亲，为何这里没有出现父亲，单单只让他看到了同门中人呢？原因无他，只因为父与子的感情是最纯粹的，没有纠葛，自然也就产生不了所谓的心魔，身而为人，岂能不断地纠缠于此，而丢下此生最亲的亲人视而不见呢？

"得罪了！"李颇黎的剑自下而上挥将出去，洒出一道夺目的青辉，"游龙剑法"的精髓在于快而沉稳，雄浑有力，却又能挥洒自如，"叮、叮、叮"一阵急促的金器狂鸣，李颇黎从包围圈内冲出，剑身再次一扬，往袁志雄劈头盖脸地削落。

倏忽间，袁志雄在剑气中化作灰尘，长剑再一扫，剑光拦腰往路海涛、刘宏亮扫过时，那两人亦消失不见。而在那三人消失时，被狂风挟裹的裴小小也不见了。

"叮"的一声，李颇黎剑尖朝下，以剑拄地，不停地喘息着。他可以面对任何阵仗，唯独接受不了这等感情上的摧残，如果这样的场景多出现几次，他觉得他难以再坚持下去了。

"小师妹，阿爹！"李颇黎抬头一声大喊，然而风狂啸、沙弥天，天地茫茫，并无他想找的人。

"轰"的一声大响从背后传来，李颇黎本就若惊弓之鸟，吓得浑身一震，转身猛见一块大石飞来，忙不迭把头一低，躲了开去，紧接着便是“叮叮当当”的一阵金铁狂鸣，风沙里只见奎尼和杜啸林正自恶斗，那块大石便是他们踢过来的。葛青辉在他俩旁边跟着，随时准备助战。李白和裴小小则紧张地观战。

李颇黎大喜，喊了一声，跑将过去。裴小小见是她的李师兄，笑着扑过来，钻入李颇黎的怀里：“师兄，你终于来了，我们被困在此地，不知如何出去，以为再也见不到你了。”说话间心生一种恍若隔世之感，泪珠儿在眼里直打转。

李颇黎安慰了她两句，又向父亲问安，见他俩都无恙，一颗心这才定了下来，见奎尼和杜啸林兀自恶斗不止，便问道：“他们为何要打？”

李白道：“杜啸林找到了神龙令。”

李颇黎定睛一看，这才发现杜啸林的手里拿了只锦盒，一尺来长，锦缎的面，绣了九条金龙，十分精致。李颇黎吃过亏，知道所谓的神龙令，乃心魔引起的幻象，这两人一个是刚接掌拜火教的少年，踌躇满志，一心想要立功，一个是冷面无情的例竟门统领，心中均无其他杂念，就想着要夺取神龙令，心魔由此而生，恶斗也便由此而起了。

李颇黎觑了个真切，剑身一挑，不偏不倚正好挑在杜啸林手中的锦盒，杜啸林心心念念想要将之据为己有，见又有人来抢，怒啸一声，大刀翻转，往李颇黎奔袭过来。

李颇黎喊道：“住手，你看那是什么？”说话间剑光乍敛，那锦盒化作沙尘，随风而散。

杜啸林瞪着双眼，一副难以置信的样子，“如何会这样？”

“此乃由心魔而起的幻象，你们都着了道儿了！”李颇黎道，“此地不宜久留，随在下出去。切记，要收敛心神，莫生杂念，不然的话，哪个都救不了你们！”

杜啸林、奎尼亲眼见锦盒消失，情知李颇黎所言非虚，便都定下心来，以免再出意外。

李颇黎按照李骆谷所指的方位，从生门出去，果然没一会儿就出了阵外。李骆谷明明并不担心，然见到奎尼活生生地出来时，佯装出一副高兴状，迎将上去：“教主终于出来了，教属下好不担心！”

李颇黎目光一转，见肖如梅坐在地上，见到他时，忍痛站将起来，眼里含着泪，脸上却分明带着欣慰的笑意，只是碍着裴小小在场，硬生生地忍着这份喜极而泣的心情，不想在李颇黎面前表现出来。

李颇黎不傻，他能感受到此刻肖如梅在为他担惊受怕，不由得心头涌上一股暖意。他看上去虽是一副放荡不羁的浪子形象，实则内心极是纯真。这些年来行走江湖，从不曾对一位姑娘动过心，亦没有哪位姑娘走入他的心间，但是在此刻，当他看到肖如梅眼中的泪光时，他真切地感受到，原来传说中的爱情，端的是如同春天之煦日，能暖人心房，原来有人牵挂，被人关心的感觉，竟如此美妙。

“李少侠……”肖如梅艰难地道，“你……还好吗？”

“我没事。”李颇黎走上去，“此地不宜久留，我背你。”

肖如梅俏脸一热：“我……”本想说我自己能走，但一来带伤行走煞是费力，二来亦无法拒绝李颇黎的一片好意，便扑在他背上，由他背着。

裴小小从八卦九方阵出来时，本来对师兄充满了感激，心里已经原谅了他此前背人家姑娘之事，哪里想到前脚刚出了八卦九方阵，后脚便又去背人家姑娘，气不打一处来，正想上去理论，被后面的李白拦了下来：“肖姑娘受了伤，总得有人背她，你就消消气，莫使性子。”

“哪个使性子了？”裴小小把气撒在了李白身上，“他是你儿子，你自然向着他，你俩都不是好人，一起来欺负我！”李白又哄又求，想着法子找理由，最后只得以恫吓的法子与她说：“此阵邪门儿得紧，须快些离开。一会儿到了那座八角宫殿后，也得小心些，说不定又什么东西出现。”这才把她的性子压下来。

另一厢边，奎尼见李颇黎背着肖如梅，两人有说有笑，心里着实不是滋味。他打小生活在漠北关外，接受的是草原大漠的熏陶，心胸开阔，并立志要像父亲那样做出一番大事业出来，从不曾想过男女之事，遇着肖如梅才使他情窦初开动了心，可惜的是，他俩属于两个水火不容的敌对阵营，即便可以在短时间内和睦相处，终归会有一天针锋相对，故只能眼睁睁地看着肖如梅往他人身上投怀送抱。

初恋是美好的，若春花秋月，乃人间绝无仅有之景色，却也是刻骨铭心的，她能像刀一样刺入心间，留下一生都无法抹平的伤口。奎尼低着头，只作看不见，随着大家往八角宫殿上走。

八角宫殿很大，合抱样大的朱漆柱子，大理石的地面，烘托了这座皇宫的宏大、气派，尽管岁月已将之尘封了数百年，剥离了它表面的色彩，然而，它给予人的威严感却丝毫未曾削弱。特别是高高在上的，面向正南方的御座，十分的威武、高贵，其四条腿由四条盘踞的龙组成，左右两个扶手，乃是两条腾飞的龙，龙首高高昂起，气象万千，椅背是三条腾云驾雾的龙，九条龙组合成一把九龙椅。

葛青辉摸着那把九龙椅，嘴里发现“啧啧”的赞叹声，爱不释手，转过头来问李骆谷道：“师父，这把九龙椅要是拿出去，即便自己不坐，拿去卖了，也够一辈子躺床上享受了吧？”

奎尼呵斥：“拜火教是有理想和信仰的，岂能贪图眼前的便宜？”葛青辉见奎尼的脸色不好看，灰溜溜地走开了。

“我们在此休息会儿吧。”李白找了个地方，也顾不上脏不脏，一屁股坐将下来，舔了舔嘴唇，“此刻要是有酒喝，死了也值！”

李颇黎知道他酒瘾发作，他自己又何尝不是呢？也舔了舔嘴唇，笑道：“待出去后，一定同阿爹好好喝一场。”说话间，把肖如梅放下来，又道：“姑娘且在此休息一下，在下去找些水来。”刚要走，肖如梅却叫住了他，道：“我有话说。”

李颇黎回身问道：“姑娘有话只管说。”

肖如梅道：“在你们被困八卦九方阵时，我家宗主发来了消息。”

其余人闻言，神色为之一震，此时外界任何的消息，对他们来说都是极为重要的，而且现在已经到了夜郎城的核心地带，混迹在他们中间的内鬼随时都有可能出手，生死一线，千钧一发之时，找出那内鬼已是当务之急。

李颇黎闻言，心头不由得紧张起来：“说了什么？”

肖如梅瞟了眼不远处的奎尼：“现已查实，派遣金吾卫和江湖人士来夜郎的，并非李亨，但神龙令是否还在夜郎，依然不得而知。我家宗主如今正与神剑帮帮主一道，全力追查。”

“哦！”李颇黎剑眉一扬，“没想到师父也出山了！”裴旻亲自插手此事，自然令李颇黎兴奋，但更加令他高兴的只怕是师父现在正与梅花卫宗主在一起，他们两家意外地走到一起，对他和肖如梅的交往是十分利好的。思忖间忍不住往肖如梅看过去，不想人家姑娘也正拿一双水汪汪地眼睛看着他，眼神一碰之时，两人都不觉心跳加速，急又移了开去，心头却是十分的温暖甜蜜。

这一幕恰好落入敏感的裴小小眼里，她本就生着师兄的气，见两人暗送秋波，便越发的气恼了，冷嘲热讽地道：“有些人没让鬼摄去心魄，却让女人勾了魂去。可怜的我啊，千里迢迢跟着某人出来，没落着好倒也罢了，现在反而成了个碍人眼的，今天我才见识了什么叫狼心狗肺……”

未及她说完，大殿内忽然精光一闪，挟着股飒然之劲风，朝奎尼劈了过去，直是把裴小小的后半句话吓得咽了回去，定睛一看，见是杜啸林挥刀发难。奎尼没料到他忽然动手，急切间圣火杖一迎，“当”的一声大响，硬生生接了一招，直震得他虎口发麻，忍着痛喝道：“你要作甚？”

杜啸林刀头一指，寒声道：“还不明白吗？梅花卫宗主发来消息说，李亨并没暗派金吾卫和江湖中人来此，神剑帮帮主正在配合梅花卫追查此事，那么就只有安禄山的嫌疑最大了。毫无疑问，你就是内鬼！”

武月娘同时给李隆基和肖如梅传递了消息，但给肖如梅的消息比较简单，并没说李亨被劫持之事，也没透露可能是另一个组织所为，只说尚在追查。这么说是为了保密和保险，免得引起不必要的恐慌和误会。然而，越是简单的消息，越容易让人浮想联翩。要知道李亨的嫌疑一排除，杜啸林也就清白了，就此也完全可以证明，此前出现的幻象刻意针对杜啸林，乃是内鬼从中作梗。而这时候梅花卫和神剑帮正在追查此事，那么肖如梅和李颇黎也什么没有可疑之处了，剩下的也是唯一的嫌疑人便只有奎尼。

奎尼手持圣火杖，冷笑道：“别忘了先前来的人之中还有金吾卫，我大燕何来金吾卫？”

“这个不难解释。”杜啸林道，“金孝昌那个浑蛋可能早就叛变了。”

“放你娘的狗屁！”葛青辉骂道，“你以为这里是你的例竟门啊，任凭你随意的颠倒黑白！”

奎尼看了眼肖如梅，少年的心因了爱情而热血沸腾，又因了爱情而死若死灰，咬咬牙生硬地道：“你如何能保证梅花卫的这条消息不是阴谋呢？”

“哦？”杜啸林自己的嫌疑被排除后，显然轻松了许多，扬了扬眉道，“怎么讲？”

“你莫忘了，李隆基也派了人来夺神龙令。这说明他有复辟之心，更是对我大燕恨之入骨，所以企图杀了我，使我大燕退出抢夺神龙令之列。”奎尼的目光从肖如梅身上收回，尽管他也不愿意去怀疑肖如梅，但为了保全自己，也为了使这场神龙令之争更为公平，硬着心道：“你们群起而攻之杀我不难，难的是万一内鬼不是我，在场的诸位便依然处于极度的危险之中，朝不保夕。”

奎尼的这番话，无疑戳中了大家内心最软弱之处，如今虽说最可疑之人是奎尼，但是，一来没有确凿的证据，二来果如他所说，这是场阴谋呢？三来诚如之前所猜测的那样，万一还有一股他们不知道的势力，在搅动这潭水呢？

一切都还扑朔迷离，一切都是未知的，大殿内的气氛顿时沉了下来，沉重如铁，大家的呼吸亦变得沉重起来，究竟谁是内鬼，是哪方面的势力在半年前派人来过夜郎城？

第八章

阴魔

“晋王殿下，你就行行好，当是为了保我这条小命，去见见皇上吧。”安禄山的贴身宦官李猪儿苦着张脸，跪于地上，恳求安禄山次子安庆绪。他脸上鼻青眼肿，敢情是刚让安禄山打的，跪在地上便显得更加可怜了。

安庆绪看了他一眼，心里面不由得打了个哆嗦。他性子比较懦弱，是时安禄山喜怒无常，性格暴躁，他见安禄山便如见鬼一般，十分害怕，心想：你怕挨打，莫非本王便不怕了吗？便硬生生地答了一句，“不去。”

李猪儿闻言，委实没招了，说到底他不过是个服侍皇上的奴才，还能把安庆绪绑了去不成？咬咬牙说了一句：“殿下不去，莫非不怕死吗？”

此话一落，安庆绪的脸上倏地就变了。他虽为人木讷懦弱，却打小练得一身本事，骑射之技一流，为此跟随安禄山南征北战，立下了不少战功。现如今李亨差李辅国挥师而来，一路过关斩将，大有一举收复长安之气势，安禄山在这时候召他去，自然是为了用兵之事，若是不去，那就是抗旨，按照安禄山现在的脾气，真有可能下旨把他杀了。可也正因了如此，他才不想去见父皇。为了大燕，他负伤累累，立下功勋无数，而安禄山最为疼爱的却是安庆长（安禄山最小的儿子），为什么？

殿下不去，莫非不怕死吗？李猪儿的这句话，一阵一阵地回荡在安庆绪的脑海里，他虽贵为晋王，生死却只在父皇的喜怒之间！

“哈哈……”安庆绪仰首一阵大笑，一步一步走到李猪儿面前蹲下，问道：“你怕死吗？”

李猪儿抬起头，观察着安庆绪的脸色：“怕……自然是怕的。”

“因为害怕，你便一味忍受，也因为害怕，你便永远顺从，哪怕是你的忍受和顺从，会伤害他人的性命。”安庆绪看着李猪儿的脸，“还记得当年被阉的情景吗？”

李猪儿自然记得，当年安禄山一刀切下了他的命根子，血流如注，昏厥了过去，安禄山抓起一把草灰，捂住他的伤口，血慢慢地止住了，他亦幽幽醒转，仿佛死过一回般，充满了绝望。然而安禄山告诉他，你人生的巅峰将从此开始。

那一刻李猪儿明白了，安禄山要反，他从小跟着他，侍候着他，是他的伙伴，更是他的挚友，是他唯一可信赖之人，想要入宫，继续跟在他的身边，便只有接受宫刑。在他明白这一切的时候，他笑了，笑着落泪，心头有高兴，也有遗憾，那是高兴地笑，亦是伤心地哭。

从此之后，李猪儿一直跟着安禄山，不曾远离过。

“没错，你人生的巅峰的确到来了，几乎是一人之下，万人之上，大燕上下，哪个不讨好你李猪儿？”安庆绪兀自盯着李猪儿的脸，“可你也变成了一个奴才，打骂由人，生死不由己。”

“晋王殿下……”李猪儿也看着安庆绪的脸，只觉得心惊肉跳，他说这番话是何意思，反吗？

“走吧！”安庆绪的情绪变化是出了名的大，他说完那番让李猪儿心惊肉跳的话后，忽然如泄了气一般，似乎又接受了命运，“带本王去见父皇。”

李猪儿慢慢地起身，此时他的心已被撩拨了起来，哪个愿意成为打骂由人、生死不由己的奴才？他紧跟几步走上去：“殿下……”

安庆绪回过头：“怎么，你有话说？”

李猪儿有些摸不准他的心了，也许这就是御人之术，安庆绪捉摸不透的心，比之直白的安禄山更为可怕。李猪儿暗叹一声，道："没有……我带殿下去见陛下。"抢先一步，走在安庆绪的前边，走出门去。

安禄山的眼疾在这个初冬越来越严重了，连一丝模糊的人影都看不到，眼前灰蒙蒙一片，这使他越发的暴躁易怒，亦越发的害怕和恐惧，没有什么比看不到他人的面部变化更让人不踏实的事了。他常常想象着会有人来谋害，哪怕是一丝风声，抑或是昆虫撞击灯盏的轻响，也能让他心惊胆战。为此，他常常睡不好，睁着眼睛到天亮，可气的是即便是睁了眼，依然看不清这世界，依然辨识不了来到他身边之人，究竟怀着怎样的目的。

这太可怕了，为了保命，也为了所谓的安全感，安禄山已杀了无数的宫女、太监，严庄和李猪儿虽然是他最信任之人，有时候也难免遭到牵连。

安庆绪走入寝宫的时候，仿佛闻到了一股血腥味，这地方如今比地狱更加可怕，随时都能夺人性命。前脚刚踏入门槛，他便提高了嗓门儿喊道："儿臣安庆绪奉召前来，参见父皇！"话落时刚好走到安禄山卧榻前不远处，双膝落地行跪叩礼。

安禄山半靠在床上，其背后便是一堵墙，右手边的枕头下，藏了把刀，此时刀尖微微外露，唯如此方能使他惊慌的心稍稍安定一些。他面朝安庆绪，说道："李辅国那阉人，面目可憎的奸贼，居然敢挥师而来，连下我五城，实在可气。"

"儿臣也听说此事了。"安庆绪道，"儿臣唯父皇马首是瞻。"

此话听着很恭敬、顺从，其实说了等于没说一般。安禄山的火气本来就大，如今病重，病中之人的想法跟普通人迥异，火气就更大了："你是说还是让老子冲到前面去，你还是执鞭随镫，跟着去摇旗呐喊吗？无知的东西，老子瞎了，今日不同往昔，若换在以前，老子带兵打仗还需要来征求你的意见吗？想要让老子早些死，也无须这般着急吧！"

安庆绪跪在地上，吓了一哆嗦："儿臣不敢！"

李猪儿也打了个激灵，两腿一软跪倒在地："陛下明鉴，晋王并无此意。"

“他并无此意，那么你替他求情，却是何意？”安禄山这一问，着实把李猪儿吓出了一身冷汗，弦外之音是说：你是否跟安庆绪穿了同一条裤子，要来谋害于我？

“陛下……”李猪儿大喊一声，想要申辩。安禄山没有心思听他表忠心，大声道：“老子今日不想杀人，但如果李辅国不退，你俩就自行了断，莫再让老子听到你们的声音！”

李猪儿可能做梦也没有想到，只一句话便将自己的身家性命绑在了这场战事上，然而此时说什么都已晚了，说得越多只会越发招惹安禄山的怒气，把头一转，看向跪在旁边的安庆绪。

安庆绪却没有看他，恭恭敬敬地接旨领命：“儿臣定不负父皇所托！”

及至出了宫，李猪儿抹了把额头上的汗，问道：“殿下可有把握？”

“快要过年了。”安庆绪忽然没头没尾地说了一句，抬头向天，呼吸了一口冰冷凛冽的空气，拾级而下。

李猪儿猜不透其意，追将上去：“殿下此话何意？”

安庆绪停下脚步，道：“本王没有把握。”

这下李猪儿明白了，安庆绪是想说他们可能活不到来年的春天了。不禁脸色一变：“殿下果然没有办法打退李辅国大军？”

“莫非你有办法？”安庆绪的脸上没有任何表情，而这种略显木讷的说话方式，也是他常用的语气。然而李猪儿并非如此认为，这位看似木讷的晋王，在其波澜不惊的表面下，极有可能藏着纵横天下的雄心，不然的话，在晋王府时对他说的那些莫名其妙的话，又作如何解释？

生死面前，李猪儿终于鼓起勇气，说出了一番他平时可能想也不敢想的话：“晋王殿下胸藏丘壑，心怀天下，即便一时难退李辅国之兵，定也有扭转乾坤，主掌天下之妙法。”

“你教本王扭转乾坤，主掌天下？”安庆绪眉头一拢，“你是想现在就死吗？”

李猪儿豁出去了，决定豪赌一把：“若想活到来年开春，活得更长久，只能让别人活不过今年。殿下也说了，我是打骂由人、生死不由己的奴才，这种生活我过够了。殿下要是有此心，我李猪儿便随殿下豁出性命去拼一把；倘若殿下无此心，李猪儿现在就甘愿受死！”

“端的是死猪不惧开水烫，那你就去死吧，省得本王动手！”安庆绪冷冷地扔下这句话后便快步离开了。

李猪儿不死心，他知道安庆绪没有立即动手，便还有希望，又追上去道：“天下大乱之际，正是群雄逐鹿之时，胜者王败者寇，殿下在犹豫什么？”

“那是本王的父亲！”安庆绪不耐烦地看了他一眼，“也是你从小的玩伴，毕生之挚友。”

“那是从前。”李猪儿道，“现在不是了。”在生死、利益面前，即便是挚友，又当何如？

安庆绪再次停下脚步，此时他们已走下台阶，站在广场之上，广阔无边的天空上铅云压顶，随时都会飘下雪来，严寒即将来袭，一年之中最冷酷的时节终将来临，似乎是该考虑如何面对，该以怎样的方式生存下去的问题了。

安庆绪用一种低沉阴冷的语调问了一句：“凭什么？”

李猪儿闻言，眼睛为之一亮，说道：“九方山，神龙令，令出时天下归元。”

四川的月亮与群山融作一处，看上去有点儿湿，如含泪之佳人，冰肌玉骨，泪蕴双目，楚楚可怜。

斜坡下，坐了位老者，身体在寒风里瑟瑟发抖。手里捏了只酒壶，就着月亮，一口饮下，吟道：

斜风凄雨，古栈岧峭，暮雨未歇。巴山惆怅无际，方肠断处，风铃悲切。袅袅疏疏密密，似子规啼血。不忍听如恨如怨，多少怨情与谁说。

人间最苦伤离别，更那堪，玉魂永湮灭。今宵魂在何处。冷雨里，碎铃声咽。点点滴滴，心思寒泉落飞雪。便纵有，万里河山。愧对荒茔月。

“大家……”高力士颤颤巍巍地走上斜坡，把一件外衣套在李隆基身上，“大家，外面冷，回吧。”

李隆基兀自坐着不走，问道：“还记得我写的这首《雨淋铃》（《雨淋铃》唐玄宗所创，为唐教坊曲，宋朝时作为《雨霖铃》词牌）吗？”

“记得。”高力士见他又想起了伤心事，索性也在他身边坐下，“大家幸蜀，入栈道逢雨，因闻銮铃雨声，触景生情，思念贵妃，作《雨淋铃》曲。人非草木，孰能无情，况大家这般多情人乎。不过老奴有句话，梗在心头多日，借此机会，要说与大家听。”

李隆基饮了口酒，叹道：“说吧。”

高力士道：“佳人已逝，大家心里难受，老奴懂，然老奴以为，大家不可有‘便纵有，万里河山，愧对荒茔月’之心，这河山毕竟是李唐之河山，乃祖宗传下来之基业，岂能说废就废了。武月娘传信，说半年前入夜郎盗窃神龙令的并非李亨，说明他在灵武登基，没有预谋，乃是为了抵御叛军，不得已而为之，如今有人欲加害李亨，便是明证。为李唐江山万年永固计，大家应叫永王撤兵，莫使同室操戈。”

“除了他还会有谁？安禄山吗？”李隆基一声冷笑，“若说是安禄山那蛮子，那是抬举了他，安胖子不过是个强盗，他还没这般的远见。我不妨告诉你，从三月前的派人入夜郎，到马嵬驿之变，再到今日天下三分，这是个环环相扣的阴谋，这个阴谋的实施者，非李亨莫属。”

高力士的脸色微微一变：“可他也是太子啊，天下早晚也是他的。”

“是啊，天下早晚是他的，他何苦害我！”李隆基激动地摔了酒壶，“何苦害我！”

高力士沉默了一会儿，道：“大家不担心李亨会遭迫害吗？”

“这是安禄山干的，他想要在北方清除障碍。”李隆基道，“所以李璘的兵马不能撤，让他继续北上，把失去的江山一寸一寸夺回来。论武功谋略，李亨不若李璘。”

高力士听他是如此安排，心下略定，只要不兄弟阋墙，同室操戈，李唐的江山就亡不了。

金公庄不远处的竹林里，裴旻、武月娘、高适、魏长河带着一队士兵和例竟门的人，盯着金公庄的一举一动，大半夜过去了，那边兀自毫无动静。

随着时间的流逝，高适的心越来越乱，万一皇上有什么闪失，这个责任谁也担不起。可更让他揪心的是，此事还不仅仅是救出李亨如此简单，关键得查清楚，是哪个想要挟天子以令诸侯？

从那金效邦的言行来看，完全可以排除李隆基，那么剩下的只能是安禄山了。然而，从某种程度上来讲，安禄山已经是天子了，他有必要挟李亨而号令天下吗？高适乃熟读史书之人，学富五车，他非常清楚，古往今来，但凡欲挟天子以令诸侯的，皆为权臣，只有非皇室正统，却又想要夺取天下的，才会用挟天子这一招，从这一点上来看，似乎安禄山也不具备。

那么会是谁呢？高适越想越是糊涂，转首问裴旻道：“金效邦的背后会是谁？”

裴旻转过头来道：“老子要是知道，早出去剁了他的狗头，还会在这儿痴等吗？但是老子告诉你，天下动乱，群雄并起，谁都有可能，这个时候不要瞎猜，越猜越乱，越乱就会死更多的人，须眼见为实。”

裴旻站起来，又道：“从现在起，你们就躺在这里睡觉，什么也别想，等老子回来。”

“一起去吧。”武月娘站起来，既然受命而来，便有责任尽快地把事情查清楚，再者金公庄乃是龙潭虎穴，高手如云，万一裴旻疲于应付，也好有个帮手。虽然完全是始于公心，但当她看到裴旻那似笑非笑的怪异的神色时，便后悔了，又道：“你自己去吧，等你死在里面了时，我再想其他办法。”

裴旻佯装愠怒：“你这老娘儿们怎地这等无情无义，成天盼老子死？若真有这想法，咱俩一起去，让你目睹老子被人打死，岂非更是痛快！”

武月娘瞟了他一眼：“说得有道理，我便去瞧瞧你是如何让人打死的。”言语间，径直往竹林外走。裴旻朝高适打了个眼色，意思是说：女人便是如此奇怪，明明想跟着老子去，担心老子受伤害，偏偏口是心非，要与老子对着干。

高适哪有心思看他俩打情骂俏，只交代道："两位小心。"

夜很黑，两人偷偷地摸到金公庄门前，见无人值守，身子一纵，轻松地入了院里。院子里静悄悄的，除了湘妃竹的摇曳声外，便再也没其他声音了。裴旻心想：果然是世外桃源之地，远离俗世，不怕人惦记，竟连个把门的都没有。

穿过回廊，到了客厅之外，还是空无一人。太静了，静得让人不安，武月娘忍不住拉了下裴旻的衣袖，悄声道："你不觉得奇怪吗？"

一路走到这里，裴旻也觉得有些意外，此地虽罕见人迹，形同世外桃源，但是这里面住的不是普通人，从白天他和武月娘刚到庄外，萧无名便现身出来就可以看出，他们是有戒备的，何以到了晚上，人迹全无？莫非是个陷阱，他们早料到了今晚会有人来探？

想到此处，裴旻不由得握紧了手中剑："是有些奇怪，留些神。"又往前走。

绕过客厅，后面又有两进房子，前一进是厢房，用来住人的，后一进则是厨房、杂物间以及下人的住处，找遍了两进房子，除了一些呼呼大睡的下人外，竟没看到那金效邦和萧无名，最让裴旻吃惊的是，李亨被劫到此间后，去了哪里？

"不好！"武月娘惊叫一声，"他们把人秘密送走了！"

裴旻闻言，急忙纵身一跃，跳上房顶，望四处望了望，在金公庄的不远处便是洛水，水面上正有一艘大船漂着，往远处而去。裴旻骂了一句，跃落地面，道："他们刚走不久。"

武月娘道："现在怎么办？"

裴旻道："你去通知高适，随他们一道上船，沿河追下去。记住，金公庄高手如云，我们尚不知其底细，不可硬来，只暗中跟随便是。我从岸上走，看会否还有其他发现。"

武月娘一想也对，水陆并进要保险一点儿，当下应声"好"，转身去了。裴旻身子一晃，几个纵跃，出了庄院后墙，直扑洛水方向。

从金公庄的后门出去后，有几道山坡，因了人迹罕至，草木繁茂，只有一条羊肠小径通往山下，未行一半的路，忽见前方有一小队人走上来，裴旻身子一闪，闪入了旁边的草丛。见那些人的服饰打扮，应是金公庄底下的人。裴旻见状，冷冷一笑，怪不得庄内没人，原来都押送李亨去了！与此同时，一个问题浮上裴旻的心头，金效邦曾说，要用李亨以令诸侯，他究竟要把李亨押解到何处去，以怎样的方式挟天子以令诸侯呢？

想到此处，内心一阵兴奋，若是暗暗跟将下去，说不定能见到金效邦背后那人，到时候一切就都真相大白了。

思忖间，只见金公庄里的一人说道："庄主是要把那人押往何处？"

另一人笑道："这等事情我辈还是莫要打听。听说龙头已然北上，近日必有大事发生。走走走，大家莫说闲话，回去喝酒！"

裴旻一愣，龙头是谁？越发对金效邦背后那人好奇，待那些人走过去，便走出草丛，飞速地往洛水边而去。

一路无话，不多日，行至鄜州（今陕西富县），将近京畿道了，再往南便是长安。是时长安为安禄山所占，如果金效邦果然是去往长安的，那么半年前派人去夜郎，故意往李亨身上泼脏水者，必是安禄山无疑。但偏偏船在鄜州停下了，是暂时歇脚，还是他们所谓的龙头已北上至此了？

裴旻一路行来，虽说在途中买了匹马作为脚力，然风餐露宿，也颇是辛苦。好在他只要有酒，便精神奕奕，一人一马，独饮独行，倒也甚是自在。见金邦效一行人下了船，码头上早有一顶软轿等着，将李亨塞入轿内，快速地离开了码头。

裴旻望了眼江面，高适的船离岸边尚有些距离，便在码头的显眼处画了个酒葫芦作为标记，跟了上去。

鄜州不大，金效邦那些人走得又快，只一顿饭工夫，便已出了城。裴旻越跟越是糊涂，他们刚在这里下了船，入了城后又出城而去，究竟唱的是哪一出？

城外三里处，有一座关帝庙，适逢战乱，庙中香火不盛，因有店祝打理，倒还是比较干净。那些人入了庙后，把大门一关，再没出来。

裴旻艺高人胆大，大白天的也敢于行动，跃上庙外的一棵大树上，此树有些年头了，枝叶如盖，藏个人决计不成问题，而且从这个方向望过去，庙内的情景一览无余。

金效邦那些人进去后，刚把轿子放下，里面便出来三人，当中那人身子瘦小，面罩黑纱，虽说脸被遮住了看不真切，不过从其举止来看，应是位文弱书生。奇怪的是，金效邦、萧无名那些武林高手对他极为恭敬，拱手道："见过傅大总管！"

那傅大总管问道："人带来了？"

金效邦挥了下手，早有人把李亨从轿里拉出来。傅大总管看了眼李亨，目中精光一闪，道："好得很，都到里面去吧。"转身往里走。

"你是谁？"李亨边挣扎边喊道。

傅大总管转过身道："陛下莫急，该知道的时候你自然就会知道。"

看着那傅大总管言行及形象，裴旻在脑海里搜索了遍所有的记忆，亦未猜出他的身份，但他并不着急，如果他们口中的龙头也在里面，那么真相很快就能揭开。

当下跳下树来，往回走与高适会合。刚入城内，就遇上高适等人，裴旻把那边的情况交代了一下后，说道："他们都在关帝庙内，只需派几个人过去监视着便是，跑不了。等到了晚上再去救人不迟。"

鄜州已是安禄山的势力范围，不宜明火执仗，大动干戈。高适差了五人，让他们分散在关帝庙附近监视，若有情况随时通报。又让魏长河去码头，分批把例竟门的人调入城里来，交代他一定要在宵禁之前，领例竟门所有人抵达关帝庙附近待命。至于李亨的那些亲兵，暂时藏在船上。

由于天色尚早，高适领着裴旻、武月娘两人，找了家酒店，坐下喝酒。

入座后，酒菜很快上来，裴旻像饿死鬼投胎一般，先是饮了三大碗，过了把瘾后，这才下筷子夹菜，菜入嘴里，嚼得"吧吧"直响，吃相十分难看。高适是文人，但他性子较为豪放，对裴旻的吃相倒也不在意，武月娘却是受不了，再加上他身上的那一股子臭味，熏得她食欲全无，随便夹了两口菜，拿了个馍走到店外透气。

裴旻习惯了她的脾性，"嘿嘿"笑了一声，道："那个傅大总管你也没印象吗？"

高适放下酒杯，摇头道：“不曾耳闻。”

裴旻喃喃地道：“这就奇怪了。”

此时，在关帝庙的禅室内，傅大总管正坐在李亨的对面，室内别无他人，桌上燃着龙涎香，清静幽雅。

李亨看了眼傅大总管，道：“既然敢与朕说话，却不敢把你的面纱摘下吗？”

傅大总管手一抬，果然把面纱摘了下来，露出一张削弱清癯的脸来。他不过四十来岁，须下有一缕稀疏发黄的胡须，看起来像是一个屡试不第的秀才。

李亨又道：“你究竟是谁，是哪个的总管？”

“陛下。”傅大总管微哂道：“在下称你一声‘陛下’，是对你的客气，实事上你并非真正的皇上。”

李亨讶然道：“何出此言？”

“传国玉玺尚在四川，更无禅位册立之诏书，从这个角度上说，你还不是真正意义的皇上。”傅大总管虽是一副落第书生的模样，说话却是气定神闲，从容不迫，“所以你在灵武的这个位置坐得也是不安稳哪！”

李亨听他说出一番话，暗暗心惊，表面上兀自故作镇定，说道：“好好的一个天下，四分五裂，朕如何安稳。”

傅大总管摇摇头，笑道：“此处没有外人，我俩开诚布公地说话吧，陛下也无须端着架子。你此番南下是为了与永王一会，是吗？”

李亨觉得此人深不可测，不敢再说话，只点了点头。傅大总管又道：“恐兄弟阋墙，父子反目吗？”

李亨又点了点头。傅大总管抚须大笑：“看来陛下还是端着架子，不敢与在下开诚布公！”

李亨好奇地问道：“莫非你怀疑朕此行的目的？”

“莫非不是吗？”傅大总管眼里精光一闪，“你想让永王休兵，可真正的目的并非是怕兄弟阋墙、父子反目。”

李亨不由得顺着他的话问道：“那么你认为朕是为了什么？”

“为了玉玺和你父皇的册立诏书。”傅大总管一副成竹在胸的样子，看着李亨，“可你明明知道你父皇对你不满，甚至派出永王，任他为四道节度使、江陵郡大都督，目的就是要与你对峙。在此情况下，你要怎么办？你只能晓之以理，动之以情，用你从小将永王养大的这份情，去说服永王，让他撤兵回蜀。唯如此，你父皇才会真正觉得大势已去，心甘情愿地传你玉玺，赐你诏书，你才能成为真正意义上的大唐皇帝。”

李亨慌了。此人的洞察力和对事态、局势的分析力，让他感到害怕。他承认此番南下，并非如他自己所言，乃是晓之以理、动之以情去说服李璘，让他罢兵，莫同室操戈让江山易了主，其实他内心的确时刻记挂着传国玉玺，只有拥有了它，才算得上是真正意义上的大唐帝国的主人。可是他没想到，自己的内心就这样让一个陌生人看透了，如今就像脱光了衣服站在别人的面前，他惊慌着，却又无处可逃。

傅大总管看着李亨，他的眼睛仿佛如利剑一样，能够穿透对方的心：“可你是否想过，你们面对的是权力之争，且所争的是九五之尊，天下之主，永王会否因了兄弟之情以及你的养育之恩，背弃他的父皇，落一个不忠不孝之名？你在如此做的同时，又是否设身处地地为永王想过？事实上你是在利用他人欠你的情债，踩着你弟弟的一世之名，去攀登你心中的高峰，你不配做一个兄长。”

李亨听得浑身发冷，发动马嵬驿之变、在灵武仓促登基，他可以拍着胸脯说，这是为了国家，为了李唐之基业，绝无私心。可是当登基之后，他的心的确产生了变化，不满足于只做一个临时的皇帝，而是想要在长安的大明宫接受群臣的朝拜，做一个天下公认的帝王。于是乎，后面所做的所有事情，其性质都变了，包括派李辅国去打安禄山，名为剿贼，实际上其内心所想，乃是要夺回长安，君临天下。

“你是十六郎的人？”李亨抬头看向傅大总管，胆战心惊地问。

傅大总管轻轻地摇了摇头：“非也。在下只是要告诉你世道人心，并想劝你一句，凡事莫想当然耳，异想天开。”

李亨道：“莫非你以为朕不配做皇帝吗？”

“天下大乱，群雄逐鹿，谁都想当皇帝，为何偏偏会是你呢？”傅大总管的语气渐渐地冷峻起来，“如果你执意要做这帝王梦也无妨，今晚在下让你看一场杀戮。”

李亨坐不住了，霍地起身：“你要杀谁？”

“怕了吗？”傅大总管也跟着起身，与李亨面对面地站着，语气依然是淡淡的，却很冷，冷若冰霜，“怕就别想当这皇帝。在通往帝王的路上，从来都是尸遍野、血成河。”

夜郎皇城的规模绝不比任何一座皇宫来得小，可如今宏伟的宫殿早已蒙了尘、沾了灰，被岁月尘封。

站在这样的宫殿内，本身就让人觉得压抑，加上此时大家的心头都压着事，越发沉闷，偌大的殿内静得只能听得见众人粗重的呼吸声。

杜啸林的刀兀自指着奎尼，他想杀了他，因为无论他是不是内鬼，杀了安禄山的人，总不会有错的。但在杜啸林粗放的外表下，却有一颗思维缜密的心。若是换个地方，他早动手了，但在这个特殊的地方做任何事情都得三思而后行。

在场的每一个人都代表了一方势力，他们都各怀鬼胎，会在适合的时机露出狰狞的面目，在这样的情况下，多一方势力，实际上便是多了一个掣肘，哪怕明知他是敌人，也会在必要的时候，成为你的护身符。故要杀奎尼不难，但需要大家的一致认可，这样才不会给自己留下后患。

“你们说句话，杀是不杀！”杜啸林回过头朝着大家喊。

“此时不动手，早晚也会动手。”肖如梅靠在墙壁上，缓缓地说了一句。意思是说，他是安禄山的人，现在不动手，出去后也必会在战场上相见。但是这句话，在这样的氛围下说将出来，也不免让人浮想联翩，你为何想要急着杀了他，莫非你就是内鬼吗？

杜啸林目光一转，看向李颇黎，想要听听他的意见。从内心上讲，李颇黎跟肖如梅的想法是一样的，大唐之乱，乱自安禄山，该杀。但是，当纷争迭起，发展到如今之局面时，很难说安禄山所派遣之人就是内鬼，人心本难测，在权力和利益的驱使下，更是诡谲若鬼，李隆基、李亨、李璘、安禄山，甚至是其他隐藏在背后的某股势力，都有可能派内鬼前来，为此，理性地讲，奎尼暂不应杀。

李颇黎转头看了眼靠在墙壁上的肖如梅，一时又改了主意。他本是个非理性之人，遇事只按着自己的性子走，这时候他如果说不杀奎尼，可能会使肖如梅卷入内鬼的怀疑之列，便道："既然早动手晚动手都要动手，不如现在动手了吧。"

杜啸林头一转，看向李骆谷。李骆谷是他掳来的，却是拜火教的人，问李骆谷的意见实际上意义不大。但杜啸林的想法与普通人不一样，如果真决定了杀奎尼，也就意味着李骆谷也可能难逃一死，生死面前，很多人为了活下去，往往会说实话，即便是有信仰的人，也有可能在这种时候叛变。

李骆谷咽了口唾液，显然很害怕："杜统领究竟是想杀人还是查内鬼？"

杜啸林道："自然是为了查内鬼。"

"知道内鬼的人只怕已经来了。"李骆谷说这句话的时候，眼睛并没看着杜啸林，而是望向大殿的顶部，神色之中透着一抹恐惧，仿佛真的看到了鬼。

杜啸林心里"咯噔"一下，也往上望去，不望还不打紧，一望之下，神色大变。

李颇黎等人亦同时向上望，饶是他们艺高胆大，也不由得浑身一寒。

大殿的穹顶飘着一团黑气，它并非静止不动的，而是像有某种神秘的力量在催动，能明显看到它在翻涌，只是没有移动，好似有个看不见的东西把它框住了，使那蒸腾之气丝毫不外露。

黑气本属普通之物，天空的黑云也是由气流形成，然这团黑气给人的感觉是它有灵魂，且是高高在上地俯瞰着底下的芸芸众生。

"他娘的，又是幻术！"杜啸林吃过亏，很快意识到眼前出现的定是幻术无疑，厉喝道："是哪个在暗中作祟，出来！"

这一喊，不由得让大家打了个激灵，难不成这里除了他们八人之外，还有第九个人？

"这是阴魔。"李骆谷的面部虽也透着恐惧，但当他看出那团黑气的来历后，便很快镇定了下来。

裴小小瞪大了眼睛问："什么是阴魔？"

李骆谷道："所谓阴魔，从大处来讲，便是业力，自业自得果，众生皆如是，说的是因果；从小处说，便是五十阴魔，由五蕴所生（五十阴魔出自《楞严经》），谓之蕴魔，色等五蕴，为众恶之渊薮；烦恼魔，贪等烦恼，迷惑事理；业魔，杀等恶业，害人性命；心魔，我慢之心，心不由己；死魔，人之寿限命数；天魔，俗世之欲望，种种之障碍；善根魔，执着自身，所得之善根；三昧魔，三昧者禅定也，执于自身所得，不求升进；善知识魔，悭吝于法，不能开导人；菩提法智魔，忘失菩提心，修诸善根亦是魔。"

葛青辉只觉好生深奥，问道："师父，你说的是什么？"

李骆谷道："阴魔无形，魔由心生，心中存何等邪念，看到的便是什么魔。"

葛青辉不觉打了个激灵："师父是不是说，它像一面镜子，面对它便能看到自己的内心？"

李骆谷道："是的。"

如此一说，大家便都明白了，也不觉倒吸了口凉气。杜啸林听他说得如此神秘，也有些心虚："接下来它会做什么？"

李骆谷苦笑道："我也不知道……"话犹未了，那团黑气倏然一动，扩散开来，若一张大网也似，铺天盖地，洒向大殿里的众人，众人想躲时，却已然晚了。

当黑气洒下大殿，笼罩在众人头上时，大殿外霍然传来一阵嘈杂声，回头看时，一大队禁卫蜂拥而至。夜郎城内还有禁卫守护吗？这个念头升起的时候，大家很快看清楚，那队禁卫乃是大明宫里的，领头的赫然是金吾卫的金孝昌，只不过此时他并不是以鬼魂的形态出现，完全是个正常的人。

杜啸林见状，仰首一声大笑："又耍这鬼把戏，是谁躲在暗处使鬼，出来吧！"

其余人见这场面，震惊的同时几乎亦确定，在他们八人之中，只怕真有第九个人一直躲在暗处。也许所谓的内鬼根本没在他们中间，而是躲在暗处之人！

第九章

内 鬼

“出来！”杜啸林把刀一扬，利刃破空，发出“呼”的一声尖啸。

其余人的目光不由得往周边观察，可偌大的宫殿，除了他们之外，空无一人。

“出来啊！”金孝昌的再次出现，杜啸林的内心显然是恐惧的，尽管他内心非常清楚，眼前所看到的必是幻觉，但依然无法遏制内心的恐惧。

这时候，金孝昌已奔至殿外，两手向后一扬，三百五十名金吾卫快速地各就各位，侍立于大门两边，神情肃穆，杀气凛然。

“金吾卫旗主金孝昌参见杜统领！”金孝昌把手一拱，毕恭毕敬地朝杜啸林行礼。

看着已死之人活生生地出现在面前，向自己行礼，杜啸林端的不知如何回应。他怔怔地看着金孝昌，看了许久，无论从哪个角度看，都是一个大活人。

“娘的！”杜啸林想要结束这种瘆人的幻境，右臂一扬，半空中精光闪了一闪。刀若匹练也似的往金孝昌奔袭而去。

“杜统领想要做什么？”金孝昌右手一迎，当一声大响，火星四溅，硬生生地接了对方一招。

杜啸林手臂一麻，忍不住后退了一步，倒不是说他的功力不敌一个小小的金吾卫旗主，而是他没有想到，这是真实的，并非幻觉！

杜啸林握着刀，目不转睛地看着金孝昌，似乎想要弄明白眼前所见，究竟是真是幻。如果说眼前的都是真实的，那么甬道里躺着那么多金吾卫的尸体又作何解释？难不成甬道里的才是幻觉吗？

不对！如果甬道的情景是幻觉的话，就会延伸出更多无法解释的问题，金孝昌在此待了半年，何以不出去？施幻术之人为何要制造出金吾卫已死的假象？这半年来他们又是如何在这种环境下活下来的？

杜啸林的困惑也是在场所有人的疑惑，刚才那一招真真切切，他们甚至看到了兵器相击时碰撞出的火星，这不可能是假的，委实太过匪夷所思。

“谁派你来的？”杜啸林彻底蒙了，作为一个专业从事刑名审讯的人员，他从未如此慌张过，但他已无暇去追究是真是幻了，有太多需要问讯和证明的事情，需要一件一件从金孝昌的嘴里问出来。

金孝昌十分奇怪地看着杜啸林，“杜统领不记得了吗？”

杜啸林只觉心惊肉跳：“记得什么？”

“半年之前，金龙现身，光耀长安，而后往西南而去。”金孝昌道，“浑天监的五官灵台郎说，九方山，神龙令，令出时天下归元，此乃上天向陛下兆示，神龙令位于西南。”

“陛下？”杜啸林问道：“哪位陛下？”

金孝昌笑道：“杜统领好生糊涂，当今天下莫非还有第二位陛下不成？”

杜啸林闻言，微微松了口气，转首看了眼在场之众人，意思是说，半年前安禄山尚未叛变，金孝昌口中的陛下乃指李隆基，换句话说，金吾卫是李隆基调动的。

“是陛下差尔等来此的吗？”为了确认是李隆基所为，杜啸林特意追问了一句。

金孝昌道："这是自然。普天之下除了陛下，哪个还能调动金吾卫？"

"是你吗？"奎尼朝着肖如梅走近两步，言外之意是说，我们一直在寻查的内鬼，真的是你吗？少年的脸上明显透着一抹痛苦，这位纯真的令他心仪的姑娘，真的是深藏不露的内鬼？

"是你吗？"奎尼浓眉一扬，加重了语气，刚才你还把我当作内鬼，要让杜啸林杀我，枉我对你一片好意，把你从羊脂白玉棺救出来，你怎能如此的狠心绝情？

肖如梅看了他一眼，笑了，苦笑，她似乎无从辩驳。杜啸林把刀一指，指向靠在墙边的肖如梅："是不是你，说！"

肖如梅用贝齿咬着朱唇，泫然欲泣，却没有开口。倒不是她不想说，而是不愿意。如果说李隆基真在半年前派了金吾卫来此，那么定然是宗主对她有所隐瞒，既然先前已派人来过了，为何还要装模作样地派她来？让她来做什么，当替死鬼吗？

想到武月娘那张冰冷的脸，虽说平时不苟言笑，冷若冰霜，却是感激她的。她是孤儿，是武月娘把她领进梅花卫，教她习武，以及为人的道理。她常说，世情薄，人于世，须如梅，任由他怎生冷酷，吾自傲霜斗雪，遗世独立……可她自己说的话，如何说变就变了呢？高力士来请她出山，说江山颠覆，大厦将倾，须请梅花卫出山，力挽狂澜，光复李唐基业……她几乎没多作考虑，便答应重出江湖，并把她一手调教出来的徒儿，毫不犹豫地扔到了这九死一生之地！

是你禁不住权力的诱惑，想要再入朝中为官，还是另有苦衷？肖如梅眼睛一闭，潸然泪下，她觉得自己像被遗弃了的扔入狼群的孩子，绝望而无助。

"不说便当你承认了！"杜啸林身子一动，想要动手。李颇黎见状，忍不住去阻止，无论她是不是内鬼，从她的神色中都可以看出，她是被利用了，甚至可能对这里面的内幕一无所知。就在李颇黎出手时，忽闻金孝昌一声大笑："莫忙着动手啊，我还没说完呢！"

杜啸林一怔，收回招式，转首道："还有什么？"

金孝昌咧嘴一笑："你也不干净。"

“我？”杜啸林一怔，随即脸皮一动，似笑非笑地看着金孝昌，要说不干净，世上之人没几个是干净的，特别是在宫里给皇上当差的，哪个手里不沾点儿血腥？“你想说什么？”

金孝昌道：“你可知外面死的那些江湖人士是谁吗？”

杜啸林道：“不知。”

“不知？”金孝昌奇怪地看着他，“你如何能不知呢？太子李亨在当前的时局里面，犹如危卵，他一次次被迫害，也使他一点点地成熟起来，想要安稳，不再过担惊受怕的日子，想要控制局势，而不是让局势牵着走。唯有得到权力，号令天下的权力，才能结束那样的日子，重新为人。半年前，金龙出现在长安的上空，与其说是一次神秘事件，倒不如说是给了所有想要争霸天下之辈一个出手的借口和机会，于是如你这般忠心于太子的党羽，便纷纷行动起来，甚至不惜拉拢江湖人士，为其推波助澜，而死在这里的幽冥教教众，不就是你帮太子拉过来的吗？”

“胡说！”杜啸林本要对肖如梅出手，除了这个内鬼，哪承想金孝昌话锋一转，将他也拉入了内鬼的行列，把他彻底激怒了，“什么幽冥教，胡说八道！”

“莫要在死人面前说违心之言。”金孝昌的语气忽然变了，变得阴气森森，“会遭报应的！”

“装神弄鬼的东西！”杜啸林刀头往前一递，挟着道劲风砍了上去，“早就知道你是在装神弄鬼，看我如何把你打得连鬼都做不成！”

杜啸林豁出去了，在恐惧和愤怒的驱使下，他管不得对方是人是鬼，大刀随着身子跃起，然后从空中力砍而下。

刀光若匹练也似的奔袭过去，这回金孝昌没有接招，倏地化作一道黑烟，凭空消失了。杜啸林劈了个空，抬头看时，却看到了令他瞠目结舌的一幕，那道黑烟并没消散，在空中涌动着，越涌越快，眨眼间，黑烟里隐隐约约地出现了几个人影，初时尚看不真切，随着黑烟的涌动越来越明显。

杜啸林看着这种奇异的现象，心头突突直跳，当他看清楚黑烟里出现的人影时，吓得连退几步，呼呼地喘着粗气，脸色像纸一样白。

“你还想杀人吗？”黑烟里的人影此时已十分明显了，共有五人，当先那位乃是个七十余岁的老者，全身上下血淋淋的，皮开肉绽，无一完整处，“还记得老夫吗，记得开元二十五年的‘三庶人冤案’（三庶人冤案是指由武惠妃发起的诛杀太子李瑛的事件，武惠妃诬告太子结党，李隆基愤怒之下，将太子李瑛、鄂王李瑶、光王李琚三子废为庶人，不久赐死。李隆基亲手创立开元盛世，然胜也玄宗，败也玄宗，其老年时期亲女色、用奸臣，将盛唐推入了衰落）吗？老夫乃郭承志是也，受当年‘三庶人冤案’牵连，被你抓入例竟门，十八般酷刑尝尽，未能使老夫屈从，你却趁老夫昏迷之时，在假口供上画了押，诛我满门，此斑斑血债，总不会忘了吧？”

杜啸林自然记得，“三庶人冤案”涉案之人众多，大多数都是由例竟门经办的，这样的事他早已习惯了，更不相信所谓的因果报应，若有报应，血腥的大唐早遭报应了，哪儿还有后世的盛唐？“阎王不收你，容你到人间游荡，看我如何收了你！”

此时的杜啸林已然接近疯狂的边缘，端的有些遇神杀神、见鬼杀鬼的狠劲儿，大刀往前一扫，雪片样的刀光力扫而出。

一声声凄厉的尖叫，在大殿上响起，端的是鬼哭狼嚎，让人毛骨悚然。在场之人，虽说在前面已经历了种种怪现象，可这等群鬼嘶嚎、鬼影乱舞的场面，却是头一回遭遇，个个都吓得脸色发青。

“杀，好一场屠杀！”鬼声倏息，那团黑云重新凝聚，又幻化出一个人来，那是个西域人，体型高大，披散着一头长发，留了一嘴的虬髯须，皮肤是棕色的，与奎尼一样的肤色，看到奎尼时，只见他浓眉一扬：“我儿可好！”

奎尼早已扑了上去，跪在那人面前：“父亲，你……你还活着的吗？”在问出这句话时，其实连他自己也不太相信，然当父亲活生生地站在面前时，却又不禁问出了口。

事实上，阴魔出现之初，大家的神志还是清醒的，其意识依然在现实之中，但随着阴魔逐渐地发挥威力，大家随着它提供的情景代入，已渐渐迷失了自己，抑或走入了自己内心最担心、最害怕要去面对的情境里，不管那些情境是曾经遭遇过，还是未曾经历却一直提心吊胆怕他发生，都会随着阴魔威力的发挥，一一呈现。

“我儿啊！”那人伸出手爱怜地抚摩着奎尼的头，“知道为父是如何死的吗？”

奎尼一怔，抬头道：“父亲不是战死沙场的吗？”

“非也。”那人叹息一声，“为父乃是死在夜郎城的。”

“什么？”奎尼周身大震，“父亲是死在这里的？哪个害的你？”

“一场乱斗，所有人都死了。”那人道，“人啊，在利益和权力面前真若禽兽，见谁杀谁，结果在神龙令面前，我们都被对方杀死了。”

“乱斗？”在奎尼的记忆里，这里没有见过乱斗的迹象，“在何处所斗，神龙令在哪里？”

“就在前方。”那人道，“切记，定要拿到神龙令，替父报仇。”

“父亲！”奎尼没有想到父亲居然是死在这里的，泪如雨下。可在这时，那人的人影一晃，化作一团黑烟不见了！

奎尼想要跟父亲多待会儿，起身就往殿门外追，却与一人撞了个满怀。那是个中年妇人，长得颇是清秀，穿了件粗布衣衫，袅袅婷婷地出现在殿门外。奎尼一愣，又退了回来。

李颇黎看着那妇人，觉得有些眼熟，却又想不起在哪儿见过，转头看向父亲时，只见李白已是满脸泪水，他颤抖着走上去：“娇娘……娇娘是你吗？”

一听这名字，李颇黎顿然省悟，那是他已故的娘亲，彼时他还小，转眼十多年过去，竟已想不出娘亲当年的模样了！想到此处，李颇黎一个箭步跑上去，扑倒在鲁娇娘的怀里：“娘……”

鲁娇娘抱着李颇黎，幽怨地看着李白：“你好狠心啊！”李白只是叹息，却没说话。事实上他自己明白愧对鲁娇娘，他有鸿鹄之志，志在千里，又生性洒脱，喜好游走天涯，此乃无法改变的天性，故而当理想和现实触碰时，他只能选择沉默。

“在你的心里，除了家国天下和你的理想，还有什么？”鲁娇娘幽幽一叹，“你游走天下，四海为家，我日夜盼着你会出现，却又提心吊胆怕你出了意外，终日胡思乱想，怎一个思念了得，每日煎熬着度日，便这样熬得油尽灯枯。”

李白是大唐最好的诗人，但决计不是最好的丈夫和父亲。他低着头，不敢与之面对：“我对不起你。”

看着李白一副认真认错却抵死不悔的样子，鲁娇娘万念俱灰：“罢罢罢，慢说今生缘未了，只愿来世为路人！”黑气消散，鲁娇娘亦随之飘走。

“娘！”李颇黎想要抓住她，奈何扑了个空。此时，非但鲁娇娘不见了，连那团黑气也渐渐地飘散，直至不见。

阴魔消失后，大家如同做了个梦，一个十分清晰的让人胆战心惊的梦，谁都不干净，甚至于谁都是人渣一样。更为可怕的是，在场人除神剑帮方面的李颇黎和李骆谷之外，梅花卫、例竟门、拜火教等竟然都是内鬼。原来先前彼此怀疑，相互猜忌，竟是场贼喊捉贼的游戏！

太可怕了，比之见了真鬼更让人不寒而栗。

然而，同时另一个问题也出现了，这是真的吗？虽说心魔由心生，看到的景象乃是出自各人内心的所思所想，但是，幻境终归是幻境，它像梦一样，即便做梦之人能感受得到喜怒哀乐、疼痛冷暖，可梦境之外的人如何也会有如此真切的感受？比如杜啸林与金孝昌硬碰的那一招，大家都看到了兵器相撞时的火花，这个如何解释？除非……

除非是大家都在同一个梦里，让阴魔卷了一个庞大的能产生集体意识的梦境之中，或者……是有第九个人利用幻术，故意制造出这种现象，让大家都认为这是真实可信的，而非个人的幻觉。

是第九个人在作祟吗？还是……

杜啸林清醒过来后，出于职业的习惯，对刚才发生的事快速地梳理了一遍，除了以上所述之外，他又发现了一个同样可怕的问题，所有人都在阴魔的作用下，出现了自己经历过的或者担心发生的事情，这些事情在发生的同时，让彼此都赤裸裸地展现在了大庭广众之下。人无完人，无可厚非，然而李骆谷和李颇黎却未曾被卷入，换句话说，只有这两人的内心依旧不为人所知，难不成他俩没有缺点，都是完人吗？

杜啸林首先往李骆谷看过去，只见他在阴魔散去的时候，眼里闪过了一抹不易让人察觉的森然寒光，而李颇黎却含着泪，估计兀自沉浸在思念母亲的悲伤之中。

难道他是内鬼？是他通过阴魔，让所有人都变得不清不白之后，他自己就清清白白了，目的是要大家处于混乱和彼此猜忌之中，最后相互厮杀而亡，那么神龙令就非他莫属了。如果真是这样，就太可怕了。但有一点是说不通的，他是拜火教的人，刚才的幻境中，奎尼也被列为内鬼之一，这要如何解释？如果李骆谷表里不一，是独立于李隆基、李亨、安禄山之外的，那么他的背后又会是哪股势力？

也许都不对，因为只要确认奎尼是内鬼，李骆谷、葛青辉也就自然而然地成为内鬼之列了，从这个角度看，他也没有逃出幻境。

现在，剩下唯一能解释的便是，夜郎城里还存在除了他们八人以外的第九个人，抑或那个最清白的李颇黎在使鬼。思忖间，杜啸林不觉看了他一眼，李颇黎的眼里依然有泪，面带凄容，除此之外，看不出任何异常。其旁边是一脸茫然不知所措的裴小小。

奎尼也很快清醒了过来，只不过他想得没有杜啸林那么复杂，怔怔地看着在场的所有人，只觉谁都是鬼，没一个干净之人，于是他迷茫了，下一步该怎么走？

“谁都是鬼，这就有趣了，原来我们是在地狱！那还怕什么，猜疑什么呢？”杜啸林目光一扫，从在场众人的脸上一一扫过，脸上露着抹自嘲式的冷笑。既然大家都是鬼，那就不需要再顾忌了，放下包袱往前走便走，又道：“李少侠，你说呢？”

李颇黎不笨，他能敏锐地感觉出杜啸林在怀疑他，当所有人都被指认是内鬼的时候，反过来想，所有人都有可能不是内鬼，而最干净的那人恰恰是最值得可疑的。这种浮出水面让大家都审视的感觉简直太难受了，他故作糊涂，嘴角一斜，道：“杜统领说得是，我们继续往前就是了，看看前方是否有互相厮杀而死之人。”

杜啸林道：“不错，不过现在让我最为好奇的是，神龙令究竟在还是不在。”他的弦外之音是，如果神龙令在，所谓的内鬼可能真是心魔所致，如果不在了，那么这个内鬼非得在夜郎城内揪出来不可，一旦出了这里便无从查起，而那时李唐天下随时都有可能被人颠覆和取代，这样的后果，是他不愿意看到的。

“你到底想要杀谁？”李亨看着面前这张文雅的脸，只觉毛骨悚然，从来没有一张文人的脸令他感到如此恐惧过。

傅大总管往前走几步，推开窗，窗外夜幕渐渐拉下，风向刀一样卷入，令他不觉眨了下眼睛，随即嘴唇一弯笑了，似乎在享受着这种冬天里肃杀的感觉。他转过身，看着李亨道：“你马上就会知道。如果你不想看到这场杀戮，也可以，在下给你一个选择的机会，如何？”

李亨问道：“如何选择？”

傅大总管喊声来人，门开时，孟幽兰袅袅婷婷地走将进来，手里拿着笔砚，朝李亨莞尔一笑：“清灯雅室，红袖添香，奴家服侍陛下作锦绣文章。”灯火下，纤手如玉，将笔砚纸在桌上摆开，然后转身拉了把李亨的衣袖，让他在桌前坐下。

李亨问道：“要让朕做什么？”

“写文章啊！”孟幽兰微微弯下腰，把那樱桃小嘴往李亨的耳朵旁边一凑，“奴家说什么，陛下便写什么，可好？”

“写什么？”

孟幽兰研着墨，笑道：“陛下何苦恁地这般着急！”边看着李亨笑边研墨，把李亨看得越发不安。

须臾，孟幽兰研好了墨，道：“我们现在就开始吧。”眼睛一抬，示意李亨拾笔。

李亨抓起笔，孟幽兰朱唇一启，说道：“禅位诏书。”

李亨大吃一惊，他感觉到自己被愚弄了，愤怒地掷笔起身：“你们想做什么？朕干不出来这等事，休痴心妄想！”自周朝以降，秦皇汉武以来，皇位更替，都是天大的事，即便是禅位，亦是郑而重之，严格筛选继位之人，哪有无名小辈、山野江湖中人来对皇位指手画脚的道理？

“陛下莫恼。”孟幽兰道，“哪个也没逼你非要禅让不可，傅大总管说了，只是给你一个选择的机会，陛下不愿意也无妨，只管安心地在此看一场戏便是。要是改变主意了，纸笔在此，陛下随时都可以写。”说话间，把李亨往椅子上一按，取出条丝巾来，又将他的双手绑上了。

李亨大怒道：“你想要干什么？”

孟幽兰嫣然一笑，又取出条手帕，把他的嘴也堵上了：“不干什么，只想让陛下安安静静地看场戏。等一下戏开场的时候，这个位置是最佳的，外面的场景能一览无遗。”

李亨看着外面，心头怦怦直跳。事实上他明白，他们要杀的是高适、魏长河等人，关帝庙应该是布下了天罗地网，只要他们出现便绝无活着回去的可能。这是威胁，想要让他屈服。他愤怒地看了眼孟幽兰以及傅大总管，想要说话，却说不出来，只发出“呜呜”声响。

天色彻底黑了，傅大总管让人换了新茶来，示意孟幽兰坐下：“孟姑娘才色双绝，值此好戏开场之前，不妨露一手助助兴吧！”

孟幽兰应声“好”，取来了琵琶，往椅子上一坐，抱着琵琶，纤指悠悠然地拨动琴弦，悦耳的旋律从指间流出，夜色空寂，琵琶声便越发清脆响亮了。

关帝庙外，魏长河率领的例竟门人员早已就位，只等高适的一声令下冲进去。

这时候，高适正站在庙外的一处山坡上，从这里望将出去，可观庙内之全景。太静了，静得完全不像是绑架了当今皇上的地方，一缕琵琶声传来，声音嘹亮而清澈，悠悠然地钻入树林，却越发衬托出了夜色的宁静。

高适已经预感到了不对劲儿，皇帝被关押于此，此乃天大的事，这种时候越宁静，只能说明越暗流汹涌，说不定里面已是龙潭虎穴。但无论有多大的风险，都得闯，天下三分，倘若皇上再出意外，李唐江山必毁无疑。

裴旻听着琵琶声，也是一脸的沉重，他转头看向高适，问道：“还闯吗？”

高适朝裴旻一拱手，道：“在下请求前辈一事，望前辈看在天下大乱、生灵涂炭的份儿上，高抬贵手。”

裴旻皱了皱眉，不耐烦地道："快说，休婆婆妈妈的。"

高适道："码头上还有一百五十名士兵，那些人即刻起由前辈调度，若这边出了意外，恳请前辈带着他们，设法救出陛下。"

"你去。"裴旻道，"这里若成，码头会合，这里若败，你再想其他办法营救李亨。"

高适惊道："这……"

"这什么这？"裴旻沉声道，"你一介书生，留在此地何用？让老子留下来，说不定还能拼上一拼，滚！"

旁边的魏长河没想到他竟敢对高大夫若下人般呵斥，委实吃惊不小，再看高适，却端的若晚辈一般，态度恭敬，竟是不敢反驳，沉吟片晌后道："前辈高义，晚辈谨记在心，若此番成功，当向陛下表功……"

"给老子滚！"裴旻真被他说得火气上来了，"你以为老子是为了功劳而来吗？"高适汗颜不已，拱手一拜，带了两名随从，急步离开。

魏长河目送高适走远，转首朝裴旻问道："何时动手？"

"现在。"裴旻看了眼魏长河，道，"你们从前门破入，老子去后门伺机营救李亨。"

魏长河在夜色里打了个手势，埋伏在暗处的例竟门禁卫倏地从各处冒出来，往关帝庙前门聚拢。

"随老子一起吗？"裴旻看着武月娘，此时，他的脸上虽依然带着一副浑不在乎的样子，但他的眼神却凝重无比。这是场硬战，在不知道对方底细的情况下，谁也不知道会出什么意外。武月娘未曾回话，而是抢先一步，疾往庙后而去，都是为了李唐的江山，你们敢豁出了性命去，我何以不敢？

"砰"的一声大响，庙门被魏长河一脚踢开，率众而入，及至院内时，高喊道："里面的人听着，我等乃宫内例竟门，速将陛下交出来，可免一死！"

禅室内，孟幽兰兀自弹着琵琶，不疾不徐，音律依旧，悠扬动听，然不知为何多了股肃杀之气。

"好戏开场了。"傅大总管的声音在李亨的耳畔响起，"你随时都可以阻止这场杀戮。”

李亨骇然地瞪大了眼睛，嘴里“呜呜”地叫着。

“没错，对别人来说，这是场你死我活的杀戮，但对陛下而言，则是场考验。”傅大总管的声音依然平缓，似乎真是在看一场戏，“考验你是否真如表面上看起来的那么仁慈，顾念感情。”

突然，“咻咻”之声大作，李亨浑身一震，连椅子也“咯吱”地响了几下。夜色里只见大片的箭黑压压地从四面而来，院内的例竟门人员不及躲闪，在惨叫声中成批倒下。魏长河大喝一声，“杀！”不退反进，率众往里猛攻。

一阵箭雨过后，庙外拥入大批黑衣人，他们如同夜色下的幽灵，只瞬息间，便将例竟门围了起来。与此同时，金效邦、萧无名等人率几十高手，从庙内冲出，与黑衣人里应外合，展开杀戮。

例竟门乃是大内禁卫，每个人都经过严格的训练，可是面对大批的高手，以及在被重重包围的劣势之下，难免慌张。两军相斗，打的是士气，士气一落，便如羊入狼群，只有被追逐和猎杀的份儿。没过多久，就变成了场一边倒的大屠杀。

随着杀戮声越来越大，琵琶声亦越来越急，铮铮直响，每一缕音律里都带了股杀伐之气。

“他们本可以逃的，凭例竟门的修为，杀出重围去完全不成问题。”傅大总管冷眼看着窗外的情景，摇头叹息，“可他们没走，不但没走，还要往里闯，端的是忠勇可嘉！”

李亨的脸憋得通红，他的性情本就有懦弱的一面，若非高适、李辅国辅佐，他不可能走到现在，看着这场毫无胜算的杀戮，他的心委实被刺痛了。但是，人心在不同的环境下都会发生变化，眼前的场景若是换在他登基之前，他可能真会屈从，让魏长河带着例竟门的人活着离开。可一旦坐上了皇位，他变了，一方面是迷恋那至高无上的权力，另一位方面他也深深地明白，政治本身就是血腥的，每一场伟大的文明来临之前，都会是尸积如山、血流成河的战争，称王称霸还是沦为亡国奴，永垂不朽还是堕落，只在胜负之间。

"人心啊，在关键时刻是伪装不了的。"傅大总管摇摇头，目光一抬，看向李亨，"你说你不想兄弟阋于墙，你还说你不想父子反目，并装出一副悲悯之情，亲自南下，要与永王恳谈，希望消除一场战祸。从表面上看，你似乎并不在意皇位，在意的是天下黎民，是国家安宁，可你看看你现在，宁愿让这里变成地狱，也不想放弃你的帝位。"

李亨愤怒地看着傅大总管，红着眼睛，血丝毕现。傅大总管像是看懂了他的意思："你是想说，你的皇位尚未得到承认，禅让也就无从说起是吗？那你更应该及时让这场杀戮终止了。你且想想，李隆基虽在四川，可他派了永王北上，没了你这位皇上，大唐也亡不了，你何苦要占着这个位置，让更多的人死于非命呢？"

死的人越来越多，院中躺满了尸首，一阵一阵血腥随着夜风穿过窗户，强势地撞入鼻尖，这样的体验对李亨来说是极为震撼、惊心的。这不同于战场，两军交战乃是国与国、民族与民族之间的战争，而眼前的交战则是为他个人而牺牲的，更容易形成情感上的冲击和精神上的摧残。

"在下不妨再与你透露一件事。"傅大总管把身子往李亨那边倾斜着，小声道："这是个局，眼前的杀戮只是这个局的开端，随着来救你之人前赴后继不断而来，跳入这个局的人便会越来越多，到时候死者之众，难以预计。不过杀人并非布这个局的最终目的，只是随着这个局的展开，会引起意想不到的效果，比如你在北方与安禄山作战的大军，他们听说陛下被掳，去救陛下者无一生还，军心会否动摇，安禄山会否趁势反扑，你那根基不深的刚刚建立起来不太久的朝廷，会否分崩离析，彻底瓦解？"

听完这番话，李亨听明白了，如若自己不放下皇权，此局便解不了，而最终的结局是，大量的忠臣义士牺牲后，他的皇位依然保不了。他的心终于动摇了，既然反抗无效，又何须让那么多无辜者为自己牺牲呢？他瞪大了双眼，嘴里"呜呜"地叫着。

傅大总管伸手取下他嘴里塞的手帕，微哂道："有何话要说？"

李亨喘息两声，道："朕想知道朕的皇位是禅让给谁的。"

傅大总管迟疑会儿，道："禅让给谁，一时尚不方便透露，你在写诏书时，将禅让者名字空出来便是，方便以后补上。不过在下可以告诉你，接替你的人也姓李，我等非是逆天篡权之辈，相反，乃是为江山社稷奔忙的忠臣义士。”

“此话……当真？”李亨吃惊地看着傅大总管，内心若波涛一般翻腾着，他一直以为与他李家争江山的只是安禄山而已，向他发难的也定然是安禄山无疑，怎么也想不到，他所冒的险，以及所经受的劫，竟然是来自他的兄弟！

“是李璘吗？”李亨浑身发抖，不寒而栗。

“为何是这副表情？”傅大总管同样吃惊地看着李亨，“你是太子，若无变故，皇位定然是你的。可如今你在灵武擅自登基，遥遵李隆基为太上皇，如此一来你的皇位非但不合法，李隆基还将你记恨在心，这样的话便给了其他王爷一个争权的机会，你可以趁乱而取之，何以其他人不可以？这个人可以是永王李璘，也可以是仪王李璲、颍王李璬、寿王李瑁、延王李玢，总之谁都可以，你明白了吗？”

李亨点头，他明白了，于灵武登基，固然有他贪恋皇位的一面，但更多的是想要在北方抵御叛军，将失去的土地尽数收复，如今看来，确如傅大总管所说，反而是给了诸兄弟夺权的借口。照现在的情形来看，去夜郎抢夺神龙令的，远不止他和李隆基、安禄山三方，杜啸林他们面临的所谓的内鬼，就更加的难查了。

傅大总管把纸挪到李亨面前：“写吗？”

写吗？李亨也同样在内心问着自己，思量再三，内心有个强硬的声音告诉他，不能写！乱象已现，此诏一写，将会更乱。这些人手段毒辣，其心不纯，如若他们挟持哪个他软弱的弟弟，作为傀儡皇帝，借此祸乱天下，其后果可能比之杨国忠主政更为严重，那么他就成千古罪人了。而且他相信高适、李辅国等能臣，能够将他救出去，更能应付军中的危机。

傅大总管摇头叹息：“你将成为大唐的罪人。因为你的贪婪，这个国家将会更乱。”

李亨把眼一闭，不再去看窗外的场面，脸色里透着股坚定。每一个政权辉煌的背后，都会有一批人流血牺牲，总有一天他将为他们立祠正名。至于所谓的贪婪，要看是怎样的贪婪，如果这种贪婪是想要征服天下，四海承平，让国家更加强盛，百姓更加富裕，有何不可呢？

“轰”的一声大响，屋内突然破了个大洞，灯火下人影一闪，跃下一男一女来，一个袭向孟幽兰，一个去抢李亨。

孟幽兰没动，只是玉指倏地一拨，琵琶的声音骤然急促，钻入耳内里时嗡嗡作响，脑袋直发疼。武月娘不由得招式一缓，身法也慢了。孟幽兰嘴角露着抹杀气，中指一拨，“铮”的一声急响，在她的内力催动之下，这声音浑然若电闪雷鸣，带了股摄人心魄之威力，在近距离的接触下，饶是武月娘的功力不凡，亦难以抵挡，“噔、噔、噔”连退三步，胸口发闷，脸色大变。

裴旻的功力较深，他没受琵琶声的影响，也顺利把李亨抢了过来，可当他看到傅大总管的脸色时，不由得心头一震。

此刻，傅大总管的脸色平静得像眼前所发生的一切，皆与之无关一样，他看着两人突然杀进来，看着李亨被抢走，脸上从始至终带着一抹淡淡的笑意。裴旻不由得好奇地看着他道：“你这老东西，都快死了还装出一副成竹在胸的样子作甚？”

“在下死不了。”傅大总管微哂着道，“在下倒是担心你们，如何带着他出去。”

“无妨。”裴旻也朝他微哂道，“带着你一起走便是了！”话落时，倏地伸手往前一探，朝傅大总管的前胸抓落。

傅大总管脸色一沉，笑容收敛时，右手一抖，一道极细的银光在灯火下一闪而没，在如此近的距离下，饶是裴旻武功再高，也躲不开去，只觉前胸传来一阵针扎般的痛楚，往前抓出去的手便缓了一缓，这时候傅大总管身子一跳跳开，依然微哂着看着裴旻，身上的儒雅之气丝毫未减。

裴旻是高手中的高手，从傅大总管使出的这一招便能看出，此人的武功可能不在禅室里的任何一人之下，而且那枚银针入体后，他的身体开始发麻，这是枚毒针！

“他娘的！”裴旻骂道，“老子看走眼了！”

武月娘急忙走上来，问道：“你怎么样了？”

裴旻一声冷笑：“老子没事。”

庙院里陡然传来一声疾呼："陛下，臣无能，有负陛下所望，先走一步了！"

魏长河倒下去的时候，浑身浴血，身上几无完整处。院内躺满了尸体，夜风从窗外吹进来，送来阵阵浓烈的血腥味。

"啊……"李亨突然嘶喊一声，他恶狠狠地看着傅大总管，咬牙切齿地道："朕记住你了，总有一天，朕会杀了你！"

"砰"的一声，门被踢开，金效邦、萧无名等人从外面闯将进来，武月娘暗道不妙，情知在高手环伺下，救李亨无望，拉了裴旻的手，喝声："走！"纵身跃起，掠上屋顶，飞奔而去。

萧无名想要去追时，傅大总管道："别追了，那两人非等闲之辈，追上他们也未必讨得了好处，我们的目的已达到，部署下一步的行动便是。"言语间，目光一转，落在李亨身上，又道："我说过，好戏才刚刚开始，接下来还会有更加精彩的桥段等着你去欣赏。"

裴旻离开关帝庙，逃入林子里时，上半身几无知觉了，情知那老东西的银针甚毒，再走下去，毒性漫延周身，神仙也救不了。当下停了下来，让武月娘帮他剜出毒针，然后运功将毒性逼出体外。如此一番折腾，已是后半夜了，裴旻舒了口气，道："老娘儿们，这回老子欠你一条命，要不老子把后半生交给你，当作补偿吧。"

武月娘"呸"的一声："老不正经的老浑蛋，只剩半条命了，还不忘耍流氓！你也曾救过我一命，咱俩现在是两不相欠。"

裴旻靠在树上，举起酒葫芦喝了几口酒，这才觉得精神稍有恢复："在房顶时，那老东西和李亨的对话，想必你也听到些了吧，有何感想？"

武月娘道："争权夺利之事我见得多了，盛唐的外表下从来都是残酷的斗争，当今太上皇的皇位，同样也是发动'唐隆政变'夺来的，那一次的风波也死了成千上万之人。此番之乱，看似安禄山挑起，实则乃是李唐皇室之乱象早已存在，新旧政权交替，总是要死人的。我现在担心的是另两件事。"

裴旻不由问道："哪两件？"

武月娘道："其一便是神龙令，眼下暗流涌动，谁都底气十足的要夺天下，神龙令究竟是出世了，还是依然在夜郎城内？夜郎那边没传来确切消息之前，总是教人惴惴不安；其二，诚然如那傅大总管所言，李亨被掳，势必影响北边战事，倘若战事不利，大唐江山就真的岌岌可危了。”

裴旻想了想，问道：“你说是哪位王爷最有可能来与李亨争位？”

武月娘想了一想，道：“应该不会是李璘，他是李亨带大的，是兄弟也若父子，情深意笃，断然不会这般在暗中伤害其亦兄亦父的兄长。至于其他的王爷，那就难说了，一来天下已乱，正是夺权的好时机；二来受神龙令诱惑，哪个不想赌一把呢？”

“老子从没走眼过，没想到今晚会栽在那傅大总管手里。”裴旻仰首喝了口酒，咂咂嘴道，“能让傅大总管及一大帮武林高手俯首听命的，这背后指使者委实可怕。”

武月娘瞟了他一眼：“你也有怕的时候？”

裴旻笑笑：“不是害怕，是心寒，为了权力，人有时候端的不若畜生。”

第十章

三垣二十八宿

河北常山（今河北省正定县）安禄山中军行营内，安庆绪坐在大营里饮酒，红烛高照，歌妓助兴，莺歌燕舞，全然不似军营，更有些像勾栏瓦舍、寻欢作乐之所。

安禄山知道这个儿子喜作乐，将来不足以支撑起他建立起来的大燕王朝，故并不喜欢他，只不过安庆绪骑射双绝，又善用兵，这才让他来对付李亨的兵马。

安庆绪表面木讷少语，实际上心思极重，城府颇深。他非常明白，此番出来若打不退李辅国之军，按照安禄山现在的性子，真有可能一怒之下把他杀了。可问题是李辅国军中猛将如云，在兵力上燕军又不占优势，要想获胜，端的是难如登天，现在唯一的希望就是，李亨被掳的消息，能让李辅国退兵。

严庄在座下相陪，按道理他是安禄山的谋士，理应待在安禄山身边，然安庆绪登门相邀时，他几乎没有拒绝。

这说明什么？安庆绪微眯着醉眼看着他，这可能说明这位看上去忠心耿耿的谋臣是有想法的。

安庆绪挥挥手，让歌妓下去了，说道："先生以为唐军会退吗？"

"这便要看主将的定力了。"严庄道，"那李辅国靠着拥立李亨而上位，失去了李亨，他便一无所有了，故以李辅国的性子，唐军必退。然唐军之中还有一人，便是兵部尚书郭子仪。此人多谋善断，倘若军中由他主掌，那就两说了。"

安庆绪又问道："要是我军败了，当如何？"

严庄仰首饮尽杯中酒，眉头一动："殿下情绪这般低落，怕是对战事不利啊！"

安庆绪道："非也，本王只是未雨绸缪罢了。"

严庄笑道："既然退是死，那就只有往前了。"

安庆绪眼里的精光闪了一闪，何为往前？是义无反顾地与唐军拼死一战，还是回长安……他不敢继续往下想，也暂时不想往下想了，既然走在了一起，他相信严庄会与他一起往前走的。

当晚后半夜，唐军开始有了动静，据哨兵来报，说是营帐及中军大营未动，但他们探到有小股部队撤了出去。安庆绪听到这消息眼睛一亮，酒醒了大半："再探！"

及至寅时，探子数度来报，发现数拨唐军撤离，安庆绪大喜，唐军撤了，只不过为了安全起见，分批撤出。

"令三军集合，随本王杀出去！"安庆绪边快速地穿上甲胄，边命令道。

凌晨的风有点儿大，估计是快要下雨了，吹在脸上明显有股湿气。安庆绪站在三军面前，踌躇满志："唐军要逃，正是我军杀敌之好时机，众将听令，分三路给本王围上去，务必将唐军歼灭在常山！"

众将得令，各领一路大军奔出大营，安庆绪则率中军主力，统筹全局。临行时，忽见严庄赶过来，安庆绪道："先生来得正好，随本王一道去！"

严庄却是一脸的凝重："殿下可否想过，此举万一是唐军的陷阱呢？"

"陷阱？"安庆绪的脸上又露出那副惯有的木讷，"李亨被掳，我们故意让探子放出风去，扰乱唐军之军心，如今正是攻心之策出现效果，先生如何会以为是陷阱？"

“郭子仪非等闲之辈，怕就怕他将计就计啊！”严庄沉声道，“如果真是陷阱，我军便有去无回了。”

“严庄，严先生，你这是在扰乱我军之军心！”安庆绪提高了音量，阴声道，“不知你是否想过，延误了战机，让唐军全身而退是何后果？你若是怕，留在军中便是，看本王如何取敌将首级！”

严庄真的留下来了，他是个极为务实之人，从不做没把握之事，即便是在安庆绪面前，亦不掩饰这方面的倾向：我已极力相劝，你既要寻死，须不得我！

战幕很快拉开，杀伐声冲破凌晨的宁静，直上云霄。严庄站在高处望着那边，由于天尚未亮，看不真切，索性不看了，闭上眼静静地听着杀伐的声音。现在，他得考虑后路了，如果安庆绪真的败了，要如何去面对安禄山？如果安禄山真的一怒之下，要杀了他们，又该怎生应对？

想到这些问题时，严庄的脑海里出现了安庆绪去他府上，邀他一道来前线时的情形，当时他问安庆绪：“天威难测，战场之吉险更是难测，我何以要陪你去冒这趟险？”

安庆绪答道：“既然天威难测，留在天子身边生死难料，那么不如让命运掌握在自己手里，随本王去拼一把。”

严庄眉头一动：“跟了殿下去，便是将命运掌握在自己手里了吗？”

“正是。”安庆绪斩钉截铁地道，“踏出长安后，天下由你主宰，而留在长安，你只有死路一条。”

严庄就这样跟着安庆绪出来了，因为他看到了他的野心，他也正想利用他的野心。胜了皆大欢喜，论功行赏，败了就把安庆绪推出去，让他去弑父夺权，而他严庄呢，便如此时静坐于前线，耳闻惊天动地的交战声，却沾不到一点儿的血腥，坐享其成。

想到这儿，严庄笑了，他才是控局者，将来，也必是这个天下的主宰者！

“严先生！”冥思间，听得有人叫道，“我军遭遇埋伏，伤亡惨重。”

严庄睁开眼睛，神色若素，一点儿也不觉得意外：“殿下处境如何？”

“殿下正在全力突围。”

“知道了。”严庄兀自静坐不动。他清楚安庆绪虽无谋略，但领军打仗却还是有些本事的，突围决计不成问题。“收拾一下，随时准备撤离。”他说这句话的时候，仿如住在旅店里，要退房离开一样的轻松。

东方露出鱼肚白的时候，安庆绪回来了，带去的人马折损逾半，然见到严庄时，非但没责怪他坐山观虎斗，反而若小孩儿做错事一般，一脸的愧疚和难过：“悔不该不听先生之言，鲁莽行事，中了唐军的计，我错了。”

严庄一脸的严肃：“先撤出此地再说。等唐军杀过来，一个也逃不出去。”

好在严庄早就做好了撤离的准备，而唐军也不敢穷追不舍，出了常州后，便摆脱了危险。安庆绪转过头去，道：“现在怎么办？”

“怎么办？”严庄奇怪地看着他，“人生没有退路，既然早就想好了要一路往前，那就只好继续往前闯了。”

安庆绪望向前方：“不知道奎尼那边如何了。”显然他的内心是不安的。

严庄看出了他的不安，淡淡一笑：“既然走到了这一步，我不妨实话告诉殿下，主宰天下之人，必有非凡之谋略和胆识。至于神龙令，不过是件利器，只会让你如虎添翼罢了。”

穿过八角宫殿，是一座巨大的广场，大理石铺就，放眼望去，虽然说荒草萋萋，鼠兔乱行，但依然有一股王者之气荡漾其间，肃穆庄严。

迎面又是一座大殿，大殿的房顶中央立了块蓝底黑字的牌匾，上书“紫宫”二字。李骆谷停下脚步，说道：“三垣二十八宿，上元天庭太微宫，昭昭列象布苍穹；下元一宫名天市，两扇垣墙二十二；中元北极紫微宫，北极五星在其中。”

葛青辉没听明白他念的是什么，问道：“这座紫宫有何奇特之处吗，竟令师父念起经来了？”

“非也。”李骆谷道，“所谓三垣，乃是指太微、天市、紫微，二十八宿乃是指青龙、白虎、朱雀、玄武的七星宿，紫微垣居三垣之中，象征着无上之权威，天帝之居所。汉初萧何建未央宫，便是以此为布局。皇帝所在曰紫宫，即中央所在，权力之中心也。让我没想到的是，夜郎皇城，竟是按照未央宫营建，其规模虽难及当年未央宫，然却是麻雀虽小，五脏俱全。”

葛青辉对此十分感兴趣，道：“那么眼前的宫殿，应是寝宫了。”

李骆谷摇摇头，“方才我等经过的八角宫殿，又谓之前殿，乃是御驾临朝的大殿，但是皇帝并非是每日都会往前殿上朝，更多的时候会在紫宫召见大臣。”

葛青辉道：“徒儿明白了，皇帝吃住、办公皆在此。”

李骆谷点点头。杜啸林不禁问道：“既是如此重要所在，神龙令会否就在里面？”

“不一定。”奎尼道，“方才阴魔显威时，父亲曾说，各方势力为了抢夺神龙令，大打出手，可是目前看来，并无打斗的痕迹。”

“那是幻象。”杜啸林冷冷一笑，目光往李颀黎扫了一眼，“你说是吧？李少侠。”

李颀黎知道杜啸林怀疑自己，不过他生性恬淡，满不在意，再者说他也想看看第九个人到底存不存在，便道：“与其在此猜测，不若进去看看再说。”意思是走着瞧便是了。

肖如梅现在由裴小小扶着走，这小姑娘现在学乖了，与其看师兄背着人家姑娘心里不痛快，不如自己亲自动手，暗地里狠狠地拉了肖如梅一把，道声：“走！”大步往前走。肖如梅被她这一拉，牵动伤口，一阵钻心的痛，不过她打小在梅花卫成长，早学会了吃苦，硬是忍着没哼出声。

抵达紫宫前，正欲拾级而上时，李骆谷忽然停了下来，脸色凝重，举头往四周观察着。旁边的葛青辉见他脸色不对劲儿，轻声问道：“师父，怎么了？”

李骆谷仔细地察看着周围的一景一物，脸色越来越难看，霍地纵身上了紫宫顶，朝四周一望，不由倒吸了口凉气。

若非是发现了紫宫，连李骆谷这等专业的堪舆之辈亦没有发现，夜郎皇城不仅仅只是简单借鉴了未央宫，在建造之时，还结合了他们的信仰，这座皇城实际上暗合了三垣二十八宿之天象，比如他们如今所处的位置，正在北方玄武，其所对应的七星宿乃是“斗牛女虚危室壁”，斗指的是北斗七星，李骆谷脚下的紫宫，整体看来就是一把勺子的造型，换句话说，这里不是真正的紫宫，紫宫乃中央之宫殿，天帝之居所，不可能在北方！

那为何这座宫殿的牌匾上会出现“紫宫”呢？唯一能说得通的是，此地的风水已让人做了手脚，是有人偷换了宫殿的牌匾，迷惑闯入者。照此再进一步推断，眼前这巍峨堂皇的皇城，已成为了一座暗合天象、纷繁复杂的天然迷阵，凶煞所在！看来在夜郎国灭亡之前，为了保护这里的一切，宫里的祭司煞费苦心地改变了风水。

李骆谷从殿上跳下来，道：“这里让人做了手脚，并非紫宫，而是处在北宫玄武的北斗位，这里应该是天庙。”

众人本以为马上可以知晓神龙令是否还在，没想到突来变故，脸上不由得微微一变。

裴小小道：“我们该怎么办？”

李骆谷道：“没有别的办法，只能硬闯过去，生死由命。”

李颇黎看了眼肖如梅道：“你还要继续走吗？”

肖如梅咬咬牙道：“生死由命。”在说出这句话的时候，她的内心的是沉痛的，宗主为了利益将她推到了生死边缘，她如今甚至怀疑自己就是那个所谓的内鬼了。可她的这条命也是宗主给的，那就索性交出去吧，一了百了。

李颇黎暗叹一声，她毕竟是带着任务来的，此时若坚持不让她进去，反倒像自己存有私心了，便转首朝李白和裴小小道：“阿爹，小师妹，要不你俩留在这里，等候消息。”

事实上裴小小已经后悔来此地了，听得李颇黎如此说，心里是愿意的。不想李白也是个固执之人，他这一生从不曾受任何约束，什么权力、人情在他面前，皆非牵绊，游走四海，了无挂碍，眼见得就要进入夜郎皇城核心，一睹其神秘，怎么也不愿意在关键时候退出，说道：“这些天滴酒未沾都忍过来了，还怕这区区危险吗？生死由命，富贵在天，怕他作甚！”

裴小小见没人陪她，自然不愿意一个人留下来，便道：“你以为我怕吗？开玩笑，走！”

“走吧。”李骆谷转身，率先拾级而上，走向天庙。

众人俱皆跟上去。肖如梅瞟了眼李颇黎，道：“李少侠，杜啸林似乎在怀疑你。”

裴小小本是扶着她的，一听此话，立时撒了手，恼声道：“你也怀疑我师兄吗？”

肖如梅道：“我现在甚至在怀疑我自己，有些乱了。”

李颇黎把剑往肩上一扛，满不在乎地道：“已经快到目的地了，谁是内鬼，很快就会见分晓。姑娘不必怀疑自己，也没必要怀疑他人。保护好自己，去看看神龙令到底长什么样，看看究竟谁是内鬼，谁是跟在暗处的第九个人，这才是最重要的。”

李白走上两步，说道：“此话在理，只要心中无鬼，就没什么好猜疑恐惧的，走吧。”裴小小恐她师兄又会去背人家姑娘，挽了肖如梅的手，扶着她往上走。

李骆谷说得没错，此殿的确是天庙，只不过此天庙非彼天庙，与寻常的庙宇不同，从传统的阴阳五行、堪舆星象来说，天庙主天子之寿命，勘察天下之局势，七星不稳则君王失势，大小明暗不一则贤臣有难，诸星黯淡则丞相罢黜……总之其一举一动，牵涉政局，非同小可，为此，一般来讲，玄武七星宿的首位星宿主凶。

这种地方等闲人是进不来的，唯大祭司方可入内。天庙里面供奉了天帝以及众天神，为的是祈求天下长安。几百年岁月流逝，天庙犹在，众天神亦依然存在，只是夜郎国早已消失在历史的洪流之中。

踏入天庙的正门，迎面蹲着只异兽，乃是青铜所铸，其没有因了年代久远而黯淡，光亮依旧。那异兽体健如牛，长了浓密乌黑的体毛，一副雄赳赳气昂昂的样子，有点儿像麒麟，然其头顶却长了根独角，甚是怪异。

裴小小忍不住问道：“此乃何物？”

李白见多识广，说道：“乃獬豸也。传说此物颇有灵性，能通人语、辨忠奸，发现奸邪之辈，便用头顶上的角去与恶人斗，而后一口吞下肚子。”

裴小小听是良善之兽，对那铜铸獬豸顿生了几分好感，也不觉得怕了，道：“它倒是能辨忠奸，有时候人莫如兽！”

李骆谷道：“裴姑娘说得是，因此后人便学獬豸，希望也能如它一般辨得忠奸，分得是非，故后来主刑法官员的法冠皆有獬豸图案，谓之獬豸冠。”

“如此一说，我便明白了。”裴小小绕着獬豸看，忽见那铜铸的獬豸眨了下眼睛，不由得吓得一跳，惊叫出声。

李颇黎急赶过去，问道：“怎么了？”

“它……”裴小小指着獬豸，想说它刚才眨了下眼睛，可再看时，分明是铜铸之物，毫无神采，自然也不可能眨眼，便不好意思地道：“它刚才好像眨了下眼睛，是我太紧张了。”

李骆谷抬头望了一圈，殿内两侧乃是与屋顶相齐的木质浮雕，层层叠叠地雕刻着各路神仙，穹顶居然是用玉髓拼接而成，晶莹剔透，隐隐有云浮烟腾之状，极为华丽，与两侧的神仙雕像相辉映，给人种神秘感。

“此地不可久留，走吧。”李骆谷觉得这里阴气森森的，生怕会出什么意外，催促大家快些离开。

从天庙中间敞开的大门而入，迎面竟是座园林，假山奇石、异草奇花俱全，在不远处还有座占地数亩的人工湖。由于上百年无人打理，草木野蛮生长，俨然是片小森林。

经历了如此多的惊险之后，裴小小望着眼前的树木湖光，恍然有种“柳暗花明又一村”的惊喜感，笑道：“没想到这里还有如此美的景色！”

肖如梅朝着花木吐了口气，亦觉神清气爽：“莫忘了，这里是皇宫。”

众人沿着台阶而下，在园林之中，有许多条石头小径，不知通往何方。李骆谷看了下天象方位，此地正处于斗星宿的末端，看来他们并没冒犯到什么，或是斗星位没有凶险，已然走了出来，眼前的这座园林就是牛星位了。

牛星宿的形状犹如一朵花，有枝有叶有花蕊，又称牵牛，主祭祀、牺牲。

李骆谷站在园林的各条小径之前，脸色无比凝重。奎尼见他神色不对劲儿，问道："怎么了？"

李骆谷道："我等已进入三垣二十八宿的牛星位。"李骆谷扫了眼大家，道："此地主祭祀、牺牲，须小心。"

裴小小闻言，心一下子就收紧了，再无心思欣赏风景："会发生什么？"

李骆谷苦笑道："大家都是小媳妇儿上花轿——头一遭，谁也不知道会发生什么，不过我总觉得这座花园有些古怪，大家进去时都小心些吧！"

依然由李骆谷带头，选择了其中一条石径，率先而行。走入园林里后，由于草木茂盛，便有股森然之气扑面而来，越往里走这种气息越是强烈，虽暂时没遇到什么意外，但由于先前有李骆谷的提醒，在心理暗示之下，只觉心头突突直跳。

"那是什么？"杜啸林眼尖，发现了前面的树后面躺着什么东西，因大部分被荒草遮蔽了，尚看不真切。然越是看不清楚，便越会给人种神秘感，裴小小不由得抓紧了肖如梅的胳膊，眼神之中透着股惊恐，此地的异状已见识得多了，什么事都有可能发生。

肖如梅伸出手轻轻地拍了下她："莫惧，大家都在。"裴小小感激地看了她一眼。

杜啸林拔出佩刀，小心翼翼地走将上去，其余人随后跟进，越是往那边走，血腥味越重。众人已感觉到不妙，可是既然进来了，没有回头的路，好在是白天，并没有晚上时来得恐怖。

杜啸林最先看清楚树后面的情景，那里躺了八具尸体，有六具大部分已经腐烂，另外两具估计是后来死的，腐烂程度相对没那么严重。与山谷里见到的尸体一样，应该是有前后两批人，在不同的时间来了这里。他们的死状都非常惨，头颅均不知去向，或齐肩而断，或臂膀断了半截，从骨头的断痕判断，不像是被利器砍断的，更像是被什么怪物一口咬断。腿骨上都可见明显的牙痕，可见他们死后，都成了某种动物嘴里的食物。

看到这样的惨状，所有人都不寒而栗，这些人死前究竟经历了什么，难不成这里也有犬熊？

“快走。”李骆谷抬头看了眼天色，已是下午日铺时分，冬季天黑得早，要是等天黑时还没走出去，那就更危险了，便催促了一声，其余人都不敢久留，纷纷往前走。

石径曲折，弯来绕去，走了许久，亦不曾走出去。李颇黎觉得奇怪，道：“这座园林有如此之大吗，何以走了这么久还没走出去？”

事实上大家早已感到不对劲儿了，只不过相信李骆谷，这才没有说出来罢了。听了李颇黎之言，杜啸林率先按捺不住了，朝李骆谷喝道：“你存的什么心？”

李骆谷莫名其妙地道：“我存了什么心？”

杜啸林冷哼道：“我等已然进入了皇城之中，神龙令就在眼前，你说你带着我们在这里绕来绕去，是何居心？”他戒备心重，天性爱猜疑，越是即将抵达目的地，疑心便越重，可是被他一说，其余人的疑心亦被勾了出来，不由得都看向李骆谷。

李骆谷一脸的无辜：“既然你们怀疑我，那就各走各的，无须跟着。”

“我早就怀疑你了。”杜啸林举起刀，指着李骆谷道：“莫把我们都当作傻子，再不带我们出去，这里就会是你的葬身之地！”

“你倒是试试！”奎尼忍不住道：“没有李骆谷领路，你们早死了，不知感恩也就罢了，还想将他置于死地，先问问本教主手中的圣火杖答不答应。”

葛青辉对李骆谷极为崇拜，上前两步，挡在李骆谷面前，冷笑道：“哪个不长眼的要是敢动我师父的一根汗毛，老子定教他连鬼都做不成。”

双方正自争执，李白似看到了什么，忽往前跑。李颇黎怕他出意外，急跟了上去。两人走近一看，目瞪口呆。

还是那八具尸体！

当绕了一大圈再看到那八具尸体时，李白父子俩只觉心里发毛，尸体本身并不可怕，可怕的是遭遇的现象，莫非这就是传说中的鬼打墙？还是如杜啸林所怀疑的那样，乃是李骆谷搞的鬼？

众人都走过来看，心中如李颇黎父子一般，都觉得不可思议。杜啸林勃然大怒，“呼”的一刀往李骆谷砍去。葛青辉一直在留意着他的动作，见他果然动手，尖啸一声，拍出一掌。

杜啸林似乎早料到了他会出手，刀在中途倏地一转，匹练也似的刀光改了个方向，往葛青辉砍落。葛青辉乃是拜火教的光明使者，武学修为颇高，使了个空手入白刃，赤手空拳往刀光里一探，右掌如刀，拍向对方胸口。

杜啸林仗着有兵器在手，一味猛攻，没想到对方竟有这一手，“砰”的一声，被拍了个正着，胸口一闷，脚下连退几步。吃了亏后，着实把杜啸林的火气激了起来，“呼、呼、呼”连出三刀，刀刀砍向对方要害。他所练的刀法本就狠辣，又因职业的关系，只求个快、准、狠，盛怒之下，更见凌厉，等闲人绝挡不了几招。葛青辉也不敢硬接，只跟他游斗，数招过后，退入了荒草丛中。

石径外的草木比较茂盛，大家情知那边会有危险，却也没想到危险竟来得如此之快，激战中，忽听得一声异响，荒草里霍地伸出条长长的舌头，红绫似的，只轻轻一卷，便将葛青辉卷了过去。

葛青辉正自与杜啸林激战，浑没防着，当一股腥风袭来时，暗叫不好，刚想要躲，上半身就被一条什么东西卷住了，低头一看，魂飞魄散，伸手往那儿一抓，想掰开它，估计是那东西吃痛，略微松了一松，也就是在这时，眼前一黑，入了那东西的嘴里。

由于那东西来势甚快，又有草丛挡着，慢说其他人没看清楚是什么，连杜啸林也不曾看得真切，只觉得腥风袭来时，黑影一闪，葛青辉便没了踪影，着实把他吓得心惊肉跳。正不知如何是好，荒草深处传来一阵厉叫。

大家都被吓坏了，不管吞食了葛青辉的是什么怪物，但毫无疑问，它是极为危险且致命的。他们第一时间的反应就是跑，因为谁也不知道那怪物何时会再出来袭击。杜啸林疾速地退了出来：“快走！”

人群中人影一闪，奎尼跃起身子，朝那怪物出没的方向跑过去。谁都可以掉头去逃命，他不可以，葛青辉是拜火教的光明使者，其地位仅次于教主之下，如果忍心看着教中这样一位重要人物遇难而视而不见，还有何脸面坐于教主之位呢？

杜啸林看着奎尼往那怪物消失的方向飞跑过去，嘴角一咧，露出抹冷笑，在他看来，如果一个人想死，那是谁也阻止不了的，而如果他的死，对大部人有好处，那简直是件皆大欢喜的好事。却在这时，只见人影又是一闪，李颇黎紧跟着往那边跑过去。杜啸林笑了，他很少笑，这回却笑得很开心，拜火教和李颇黎都是他怀疑之人，现在他俩一起不约而同地去送死，实在太理想了。

“师兄……”裴小小大吃一惊，想要喊住他，却分明已经晚了，她实在想不明白，师兄何以要去冒这个险。

李颇黎其实没有太多的想法，他只是觉得，在巨大的危险面前，如果眼睁睁地看着一个人去送死，非常人所为也，习武何用？无非是做普通人不敢做之事，且不论奎尼的身份，单纯从做人的角度出发，他不能见死不救。

第十一章

权力的挣扎

黎明时分，城门打开时，武月娘扶着裴旻入城，晨光熹微，街道上飘着早点的香味。裴旻闻着这人间的烟火气，身边有女人搀扶着，鼻端时不时地飘入她身上特有的香味，心想：要是一直如此走下去，走到尽头时死了，也他娘的值了。当下便故意装作十分体虚，轻轻地依靠在她身上，尽量挨她近些，脚步放慢些，一点儿一点儿地往前挪。

武月娘忍着他身上的臭味，并无怨言，由他靠着，女性身上的温柔在此刻完全释放出来，路过一家早点铺时，让裴旻坐下来，要了两碗豆浆、三个肉包子，道："吃些，有助于恢复体力。"

裴旻显得很乖，点点头，低头就吃，嘴角却露着抹笑意。

武月娘讶然道："你的脑子是不是让毒药毒傻了？"

裴旻抬头道："怎么了？"

武月娘道："感觉你受了伤后便不太正常了。"

裴旻嘴里含着口包子，含糊地道："受伤了自然就不是正常的人了。"

武月娘一想也是，如果他此时还活蹦乱跳，跟往常一样与她拌嘴，那才不正常。吃完之后，又扶了裴旻往前走，由于走得慢，走了将近一个时辰才到码头。

高适坐在码头上，如丧考妣。武月娘见状，预感到不妙，问道："怎么了？"

"我们的船被袭击。"高适抬起头，"船上的士兵无一生还。"

武月娘倒吸了口凉气："那傅大总管果然厉害！"当下将关帝庙发生的事说了一遍。

高适赶到码头时，他们的船只便已经遇袭，看到这里的情况后，他才明白，这是个早就设计好的死局，为此没敢奢望他们能把李亨救出来。然而高适虽早有心理准备，但听说此次事件的幕后主使是李家的皇室子孙后，依然无法平静："会不会又是个阴谋？"

"不会。"裴旻断然打破了他的幻想，"若非李家子孙，要禅让诏书何用？其他人想要坐江山，只能靠抢，禅让诏书只对李家子孙有用。"

高适面若死灰，朝武月娘道："要不要把此事跟太上皇说一声，这时候得让他出来主持大局。"

裴旻点头道："顺便给夜郎那边也发个消息，告诉他们，此事还有李家的其他势力参与，以便他们判断谁是内鬼，尽可能地解除隐患。"

武月娘称好，找了个隐秘所在，通过长安秘语把消息送了出去，而后问道："接下来该怎么办？"

高适道："我已向灵武发了消息，他们会星夜赶来救驾，眼下我们能做的便是继续跟踪，并在援兵到来之前，想到救出皇上的策略。"

裴旻自然知道李亨落入人手的后果，因问道："北方的战事会不会因此失利？"

"目前不好说。"高适蹙着眉头道，"不过我也给他们发了消息，让他们只管作战，皇上的事无须担心。无论是李辅国还是郭子仪，皆为可托付之人，我相信他们不会因此而乱了阵脚。"

为免引起不必要的麻烦，他们迅速离开了码头，在街上买了辆马车后，往城外而去。从京畿道一路南下，为了让援兵顺利找到他们，沿途都留了暗号，数日后抵达山南东道，进入沧州地界。

沧州乃是个好所在，东濒渤海，中部有黄河、漳河、滹沱河、唐河等河流穿行而过，京杭大运河贯穿全境，河系众多，因有“九河下梢”之称。

黄骅是沧州最大的码头，商贾云集，商船往来众多，码头上更是人来人往，热闹非凡。傅大总管离开鄚州后，沿河而下，到了沧州后，在黄骅下了船。

此处已经脱离了安禄山的控制范围，属永王李璘的管辖境域，高适等人从陆路而来，跟踪至此，心里越来越沉重：如果傅大总管背后的主人是李璘那就太可怕了。是时，李璘乃山南东路、岭南、黔中、江南西路四道节度使，江陵郡大都督，手握重兵，他要是叛乱，与李亨争天下，大唐江山怎堪收拾？

这一路走过来，武月娘只觉越来越心寒，自打接了太上皇的圣旨，北上查案，她一直认为，参与抢夺神龙令、祸乱江山的必是安禄山无疑，可谁能想到，往李亨身上泼脏水，制造混乱的竟然是自家兄弟，在权力面前人怎会变得恁般无情？

“也难怪太上皇愤怒伤心。”武月娘冷冷地道，“看来他真是养了些无情无义之徒。”

裴旻好奇怪地看了她一眼：“你倒是给老子说说，哪朝哪代的掌权者是心慈手软之辈？”

现在他的伤势好了大半，便又开始与她抬杠。武月娘给了他个白眼：“等伤好了，你就滚远些，免得惹我心烦。”

裴旻现在觉得，与她抬杠也是件快乐之事，哈哈笑道：“老子只是想告诉你，权力如刀，而且是把邪恶的刀，沾上它的，便没个正常人。想当年太宗皇帝不也是经过玄武门之变，这才有了后世的贞观之治？”

武月娘道：“那么你认为杀戮才是正常的，在权力之争中仁慈之辈便该死吗？”

“你这老娘儿们端的是头发长见识短，要不千古以来为何只武则天一人登极了呢！便是普天之下如你这样的老娘儿们太多。”裴旻道，“仁慈、温恭、善良也是需要条件的，特别是打理天下的王者，没有权力，凭什么仁慈、温恭，就凭你本性善良吗？人啊，都有阴阳两面，一面是仁者，一面是禽兽，太宗皇帝便是，要不然他如何成为‘千古一帝’？”

裴旻正与武月娘抬杠，忽听高适道：“那些是什么人？”

裴旻定睛一看，只见傅大总管等人上岸后，停靠在码头的船里突然涌出一批人，足有两百余人之多，从表面看去，皆是码头工人打扮，但看他们的神色，绝非普通的工人。上了码头后，有序地散开，形成了对傅大总管等人的包围。

“他娘的，这就奇怪了。”裴旻道，“如果傅大总管是李璘的人，哪个敢在李璘的地盘公然动手？”

高适反倒是暗松了口气，只要不是李璘，此事便可能没想象中的那么复杂，说不定那傅大总管是故意把他们往李唐皇室引，误导他们呢？

喧哗声倏起，那些人动手了。码头上的人们见状，大叫着散开。金效邦大叫道：“你们活腻了吗？”抽出剑来，挽了个剑花，往那些人刺去。

傅大总管一手抓着李亨，静静地看着这场混战，在他眼里，似乎没什么事是值得惊讶的，眼前这些来路不明之人，虽在人数上占有优势，但他手底下的这几十人，都是一等一的高手，足以应付了。

武月娘回过头来问道：“我们要不要趁此机会，把皇上抢出来？”

裴旻摇头：“先不急，看看情形再说。”

武月娘嘴角微微上扬：“你这老浑蛋不会是让傅大总管打怕了吧？”

裴旻耸耸肩：“你见老子何时怕过谁？此事可没表面上看起来的这么简单，好不容易轮到我们看戏了，好好观赏便是。”

“是哪个活腻了？”激战中，不知从何处传来一声大喝，随即一阵急促的蹄声响起，码头外蓦然出现一支军队，鲜衣怒马，恰如天兵突如其来，迅速地包围了码头，强弩拉得“咯咯”直响，只待一声令下，射杀包围圈内之人。

领头是位少年人，身着一身金黄的铠甲，脚下跨的是匹高大的白马，着实威风。然他的样貌长得却着实不敢恭维，厚厚的嘴唇往外翻卷，肤色又黑又粗糙，脖天生偏向右侧，不能与人正视，不过睥睨斜眼看人，倒是增加了其威风。

“是永王！”高适低低地叫了一声。

“这就有趣了！”裴旻冷笑道，“他是不是在演戏给我们看？”

“不太像。”高适慎重地道，“如果是在演戏，那么金公庄、关帝庙的事又如何解释？闹那么大动静，岂非多此一举吗？”

裴旻道：“说不定闹出那么大动静，便是要李亨写禅让诏书，如今见李亨抵死不从，闹不好会把灵武方面的兵马引入南方，那就不好收拾了，于是才来这一招，欲从情感入手，打开突破口。这叫作软硬兼施。”

武月娘道：“你怎么不去茶馆说书呢？”

高适也道：“这种可能性不大。前辈说他想从情感入手，那么如何入手呢？”

裴旻一时语塞，如果真是李璘在背后作祟，他救了李亨后，要如何逼李亨退位呢？

那边，傅大总管看着李璘，两眼一眯，射出道精光：“你便是永王吗？”

“正是。”李璘寒声道，“你们是什么人，劫持我皇兄意欲何为？今日若不与本王说清楚，一个也别想活着离开。”

“抱歉了永王殿下。”傅大总管依然是一副不疾不徐的样子，“你的皇兄如今在我的手里，只怕你还不能对我指手画脚。”

“是吗？”李璘话一落，倏地从马上跃起，半空中“锵”的一声，佩刀出鞘，劈头盖脸地就往傅大总管身上招呼。

傅大总管以冷静著称，行事果断，且有一种料敌于先的本领，可这次却看走了眼，他满以为有李亨作为人质，李璘定然投鼠忌器，不敢妄动，哪曾想这个少年人完全不受其之牵制，不由分说，抡刀就砍，着实大大出了他的意料。眼见得刀风已至，仓促间只得带着李亨往后退。可惜的是他手里抓着李亨，行动起来远不如李璘来得快，身子尚未站稳，对方的刀便又到了，只得放弃李亨，才侥幸躲开。

李璘把兄长往后一推，交给手下的士兵，自己也随之退回来，喝声：“杀！”周围的士卒得令，强弩齐射，劲风大作，把傅大总管等一帮人当作了活靶子。傅大总管大骇，喊声：“走！”边挡开弓弩，边纵跃而去，好在那些人轻功个个不凡，俱皆逃窜。

李亨被劫持多日，乍见弟弟来救，又惊又喜，急迎上去。李璘见已无危险，跪拜道："为弟来迟，教阿兄受苦了！"

看着跪在地上的李璘，李亨激动得浑身发抖，被劫持时，他也曾怀疑过是这位弟弟所为，现在看到他领兵来救，昔日的兄弟依然还是兄弟，不曾改变，让他无比欣慰："吾弟快起来！"

李璘起身，道："阿兄何以会被那些人劫持，他们是谁？"

李亨叹了口气，道："我此番出行，本是为见你而来，不想竟让一帮江湖人士劫了去，说是要让我退位，却不肯透露其幕后的主人。"他显然有所保留，并未将他们是李唐皇室子弟的人说出来。

李璘咬了咬牙，斜着眼往高适等人所在的方向望了一眼："阿兄在灵武登极，那便是一国之君，九五之尊，出了灵武就让人劫持，你的那些人未免也太窝囊了。"言落时，朝高适喊道，"出来吧，敌人已走，还躲在那里作甚？"

高适只得把马车赶过去，三人下了车，武月娘、高适上前参见，独裴旻把剑当作拐杖，手提着酒葫芦，歪歪斜斜地站在原地不动。

李璘瞥了他一眼，问道："你是何人？"

裴旻道："江湖一小老儿罢了，永王殿下只当没看见便是。"

高适忙回道："启禀永王，他是神剑帮的帮主裴旻。"

"裴旻。"李璘念了下这个名字，想起李隆基对他也是颇为敬重，便不与他计较，径朝李亨道，"阿兄，我们暂且去沧州府歇脚。"

此时，沧州的官员已闻讯赶来，又叩又拜，把一行人请去了府上。临行时，武月娘瞟了眼裴旻，悄声问道："为何在永王面前如此傲慢无礼？"

"傲慢无礼？你见过老子在哪个面前毕恭毕敬地像个孙子？"裴旻冷冷地道，"再者说，是福是祸尚且两说，走着瞧就是了。"武月娘愣了一下，看来他依然怀疑李璘的动机不纯。

安庆绪抵达长安后，连续两日不敢出去见安禄山，不是不想去见，而是怕。安禄山曾说过，如果李辅国不退，就让他和李猪儿自行了断，现在李辅国不但没退，还继续往长安方向而来，这时候如果去见，他还能活着回来吗？

李猪儿在他进入长安的当天，便来了府上，并同他一样，从此后没敢往外踏出一步，铁了心要与他同生共死。

严庄也来过，走进来时瘸着腿，说是陛下龙颜大怒，让他给打的。

严庄何许人也？乃大燕的中书侍郎，安禄山的军师，在朝中可以说是呼风唤雨的人物了，然便是这样一位大人物，说打就打，与奴才无异，要是换作其他人，只怕早就身首异处了。这让安庆绪和李猪儿越发的害怕。

第三日，严庄又来了，且是带着圣旨来的，说是陛下有两条路让安庆绪选，一是喝下毒酒，自行了断；二是入宫面圣。

安庆绪如并非表面上那般的木讷软弱，事实上他早就有了主意，但畜生尚且有舐犊之情，人岂能毫无感情？当真正要去对付自己的亲生父亲时，他便动摇了，抬头看向严庄，眼神之中满是慌乱。

“莫非殿下尚未下定决心？”严庄同样看着他，感觉十分奇怪，当初你亲自去我府上时，不是已然下了决心了吗？

“即便是杀一条狗，也会犹豫的，不是吗？”安庆绪由于情绪激动，面红耳赤，“他如今虽情绪暴躁，可从前并非如此，我现在所有的一切，都是他赋予的，包括这一身皮囊，而我却想要他的性命，思及此，心中难安。”

严庄能叛安禄山，自然也就能叛安庆绪，他现在的处境，尚没到图穷匕见的时候，安禄山若想要杀他，早动手了，不会让他来传旨。看到安庆绪的样子时，他笑了：“殿下仁德，臣甚钦佩之。那么就请殿下做一个决定，到底去不去见陛下，臣也好去回话。”

安庆绪听到此言，周身一震，他意识到可能会失去严庄，急起身道：“本王心中已乱，一切听从先生吩咐。”

严庄摇摇头：“臣是臣，殿下是殿下，上下有别，臣怎敢吩咐殿下？”

李猪儿看着严庄一副欲置身事外的样子，在旁边干着急。安庆绪思虑许久，终究是下了决心：“那就按计划行事吧。”当他再次抬起头来时，眼神之中已坚定了许多，严庄冷冷一笑，所谓虎父无犬子，安庆绪到底是安庆绪，他是不会束手待毙的。

三人出了王府，往大明宫而行，按照他们的计划，入了宫后，利用安禄山眼盲，不能视物，让李猪儿佯装上前服侍，趁机动手，然后在严庄的安排下，让安庆绪接替皇位，登上大宝。可他们想不到的是，很多事情人算不如天算，就在他们入宫时，长安也将发生大事。

到了安禄山的寝宫外时，值日太监唱名，声音特别大，生怕安禄山听不见。安禄山眼睛看不见后，却是需要这样的破锣嗓子唱名，唯如此才有安全感。听得是安庆绪、李猪儿、严庄三人来见，让人从卧榻上扶起来，两名小太监直是使出了吃奶的劲儿，方才将他扶正。安禄山沉着脸："终究还是来了！"

安庆绪"扑通"跪在地上，伏额于地："儿臣铩羽而归，有负父皇所托，心中惶恐，无颜入宫来见父皇。"

"无颜来见？嘿嘿，说的倒也是实话。"安禄山冷冷地道，"为何不在家中自行了断呢？"

安庆绪抬起头看向安禄山，眉头一扬，"父皇果然想要儿臣的命吗？"

"非是老子要你的命。"安禄山沉声道，"君无戏言，军令如山，莫非你不知道吗？既然立了军令状，无论结果如何，都得照办。"

安庆绪本还抱着一线希望，愿安禄山能看在父子一场的分儿上，饶他一次，从此后相安无事，维持现状。若非要说争夺皇位，等他宾天后，一样可以去争，到那时至少不用背负弑父的骂名。哪曾想安禄山身体残缺后，对谁都不再信任，动不动就施以极刑。人说虎毒不食子，既然你泯灭人性，非要我死，那就休要怪我不忠不孝。

"君要臣死，臣不死是为不忠，父叫子亡，子不亡则为不孝，儿臣败于军前，甘愿领死。"安庆绪暗咬钢牙，"儿臣赴死前，有句话要交代，望父皇屏退左右，容儿与父好生说句话，可好？"

安禄山叹了口气："你啊，你那点儿心思朕焉能不知，想杀朕？"

此话一落，旁边的李猪儿、严庄等俱皆吃惊不小，安禄山端的是眼盲心不盲，居然猜透了安庆绪的心思！再看安庆绪，已是面无人色，眼神里透露出来的都是恐慌之色，磕头若捣蒜："儿臣冤枉，便是借儿臣几个胆子，也不敢行这等大逆不道之事，望父皇明鉴！"

“既无此心，那就拿出你的忠心和孝心来。咱父子俩说话可以，但你军前不力，致使我军大败，有罪在先，无论是为父还是为君，先将你绑了，总不会有错吧？”安禄山那双瞎了的眼缝里，似乎依然有一股杀气透射出来，他说的每一个字，都令在场之人感到字字惊心，使他们真切感受到，不愧是大燕朝的帝王，一字一句，丝丝入扣，无可反驳，同时又挖了个陷阱，逼着安庆绪往下跳，只要安庆绪答应了让人来绑，他这条命基本就算是交代在这里了。

安庆绪转头看了眼严庄，似乎在向他求救，也似乎在要求让严庄拿主意。严庄心头一寒，这等左右摇摆的懦弱之辈，倘若真把他扶上了皇位，只怕也成不了大事。刚想要撇过头去，只作没看见，由他自生自灭，忽然灵机一动，古来懦弱之帝王主政时，正是权臣大展拳脚的好时候，如果安庆绪真上了位，这天下岂非就是他严庄的了吗？

想到此处，严庄心头大振，向安庆绪使了个眼色，意思是再不动手，就要错失时机了。

安庆绪看到严庄的眼色，似乎受到了鼓励，把心一横，向李猪儿打了个手势，李猪儿会意，悄悄地往安禄山走过去，他是宦官头领，又是安禄山最信任的太监，没人会阻拦他，然就在这时，寝宫外突然“咚、咚、咚”地传来一阵急促的脚步声：“报！”

所谓做贼心虚，这一声大喊，把在场人唬得浑身一震，安禄山听这声音，便听出了不好的预感，厉声道：“何事？”

宫门外一名校尉禀奏道：“启禀陛下，刚接到消息，李辅国、郭子仪正往长安而来。”

“娘的！”安禄山闻言，坐不住了，两手在卧榻上一撑，咬牙撑起身子，“我军都死绝了吗，竟让他们长驱直入？”

校尉回禀道：“唐军势力头太猛，我军一时抵挡不住。”

“敌军到了何处？”安禄山直挺挺地站着，尽管身体异常肥胖，但站起来后，无论是气势还是说话的语气，都有股君王的霸气。

“到岐州（今陕西凤翔县南）了。”

“娘的，那就在渭水跟他们决战！”安禄山目不能视，在黑暗中却已勾勒出了一张清晰的战略图，岐州的前面就是渭水，唐军想要入长安来，必须涉水。他大声道：“朕亲自去，即日启程！”

安禄山身虽有恙，然气势不减当年，底下的人都忙着御驾亲征的事去了，严庄作为近臣，自也得上下忙活。一场弑父夺位的阴谋，因了战事被压了下来。

李颇黎、奎尼两人兔起鹘落，往那怪物消失的方向快速地跑过去。奎尼听得有人跟上来，回头一看，朝着李颇黎一笑：“多谢！”

李颇黎点点头，接受了他的道谢。很多时候所谓的敌人，不过是立场和信仰不同罢了，然而在生命面前，这些是可以被抛弃的，这个世上还有什么比生命更加重要呢？

往前过去是一个湖，占地数亩，水波荡漾，却没看到葛青辉和那怪物的影子。湖心有亭，孤立湖中，亭上好像有两个人影，只惜由于距离太远，看不清楚是什么人。奎尼见无路可通往湖心亭，更无船只，急切间折下几截树枝，挥臂往水上一抛，纵身跃起，半途中脚尖在树枝微微一借力，身子再次腾跃而起，此时手臂又是一挥，抛出一截树枝，脚尖在上面一点，又向前跃起，竟踏波而行。

李颇黎见状，不由得热血沸腾，比起江湖上的那些老奸巨猾之辈，这少年人是有血性的，人性中的可爱犹存，然而这样过去未免也太危险了，万一那怪物叼着葛青辉入了此池水中，再次来袭，人在水面上焉逃命的机会？

“小心啊！”李颇黎大喊一声，也顾不上许多，照着奎尼的方法，依葫芦画样踏水而去。

忽然，水声大作，奎尼前方的水域陡起一股巨大的浪花，紧接着黑影一闪，一个巨大的头颅从水里跃出，嘴一张，足有门户大小，卷起一股腥风，随即红绫一般的舌头一吐，长虹也似，卷向奎尼。

此刻，不远处的李颇黎看得真切，那是一条蛇，只不过它实在太大了，光是一双眼睛就有拳头样大，其黑色的身体与水桶无异，那条舌头只一闪，便已到了奎尼跟前。李颇黎大骇：“小心！”

奎尼并非是那种冲动鲁莽之辈，在跃入湖上时，便已做足了准备，虽说人在水面上无落脚点，闪躲不易，但他并没有想躲，一按手中的圣火杖机栝，“呼”的凭空伸长了一半，往那巨蛇的舌头上一点。这一点之力很大，等闲江湖中人也未必吃得消，那巨蛇低吼一声，舌头一颤便往回收，而也是那一收之力，把奎尼的整个身子往它嘴里卷了过去。

李颇黎魂飞魄散，丢出根树枝，往上面一点，疾速地掠将过去。葛青辉已为其食，不能再让奎尼送命了。可那巨蛇的动作实在太快，未及李颇黎赶到，已然将奎尼卷到了嘴边。李颇黎以为他必死无疑，怎料到在此千钧一发之际，借着圣火杖被巨蛇舌头卷着，手臂一用力，身子“霍”地腾起，蛇嘴闭合之时，他正好落在了那东西的头顶上。

“吃我属下，拿命来！”厉喝之中，把那乌黑的圣火仗一挥，“啪”的一声，击在蛇的头顶。巨蛇脑袋虽硬，却也被击得痛入骨髓，晕头转向。又是一声水响，水面陡起一股漩涡，蛇尾挟着股劲风，往奎尼卷过去。

此时李颇黎刚好赶到，利剑出鞘，游龙剑法在这时候显示出了其独特的威力，剑未至剑气先行，一抹精光电闪也似往蛇尾扫到，精光一闪而没，血光却迸射出来，洒向湖面，只可惜蛇身实在太大，未能将之切断，好在那巨蛇吃痛，低吼一声，沉入水底去了。

“走！”李颇黎喊了一声，跃向不远处的亭子。奎尼会意，如果巨蛇再次出来报复，两人都有可能成为其嘴下食物，跟着掠向亭子。

亭子内是两具尸体，与他们先前看到的尸体一样，残缺不全，估计都是那巨蛇的杰作。

李颇黎看了奎尼一眼，叹道：“贵教座下使者只怕已死，即便是杀了那巨蛇，剖其腹也是徒然。”

奎尼深沉地叹了口气，又道了声谢，显然他是真的感激李颇黎能舍命相助。在他们的这个团队里面，每个人背后都有股势力，大家都是各事其主，各打各的小算盘，慢说是这般相助，连为对方考虑一下也是十分难得的了。

李颇黎真诚地道：“虽然我不知道你是不是内鬼，但在生死面前，这些都不重要了。”

“我不是。”奎尼斩钉截铁地道，“我以火神的名义发誓，我不是内鬼。”

李颇黎知道火神在他心中的神圣地位，陡然听到这样的誓言，心头一阵激动，如果拜火教不是内鬼，那么剩下的就只有杜啸林和肖如梅了。

李颇黎走上去，拍了拍他的肩膀：“虽然你我立场不同，但至少在这里，我们会成为同进共退的朋友。”

奎尼的嘴角露出一抹笑意：“你也不是？”

李颇黎摇头。此刻，奎尼的脑海里快速地浮现出杜啸林的影子来，在阴魔出现的时候，他疯狂的乱咬人，似乎除了他自己，别人都有可能是内鬼。但是梅花卫传来消息说，派遣金吾卫和江湖人士来此的并非李亨，也就是因了这条消息，使得杜啸林和肖如梅的嫌疑被排除了。现在李颇黎也否认了是内鬼，难不成这里根本没有所谓的内鬼？

这不可能！奎尼的目光瞟了亭子上的两具尸体，此地已是夜郎城的核心，到了这里依然出现尸体，说明那人派了大量的人马过来，在他们中间一定有内鬼，甚至还有第九个人在暗中协助，那么会是谁呢？还是李亨和李隆基早就联合了起来，一路之上暗中作祟的正是杜啸林和肖如梅？

这些念头只在脑中一闪而过，奎尼知道身处龙潭虎穴，容不得在此迟疑，当下说道：“李少侠，我们得快些想办法离开。”

“师兄！”说话间，只听裴小小的声音响起，李颇黎转头一看，正是裴小小和李白站在湖边，刚要跟他们打招呼，“霍”地水声大作，那巨蛇再次露出水面，那畜生报复心极强，在水底下时早就瞧准了李颇黎、奎尼的所在，挟着股劲风往亭子冲将过来。

李颇黎大吃一惊，喝声：“走！”与奎尼两人同时掠起身子，往湖面飘落。刚出了亭内，但听得后面一声轰然大响，那亭子在巨蛇的冲击下轰然倒塌，巨大的蛇身从亭里游过，又向两人袭来。

两人手里已没了树枝，没法再施展轻功，眼见得巨蛇袭来，索性落入水里，只听奎尼道：“李少侠，逃不掉了，拼他一把！”李颇黎会意，巨蛇袭过来之时，与奎尼两人头一低，沉入水底去了。此时，巨蛇猛地一扑，“哗”的一声水响，掀起一道巨浪，也入了水里。

从李白和裴小小这个方向看过去，李颀黎和奎尼两人像是让巨蛇一口吞了，心提到了嗓子眼儿上。裴小小的眼泪在眼里打转：“师兄是不是让那条蛇吃了呀？”

话音未了，又是一道大浪冲天而起，斗大的蛇头带着水花从水里冒出来的时候，发现李颀黎和奎尼居然一前一后坐在蛇身上，那一刻恍若神话中的人物，骑着神龙出现，着实把裴小小看得目瞪口呆，但见得李颀黎举起长剑，狠狠地往蛇的脖子刺落。

“扑哧”一声响，剑身没入蛇身，巨蛇狂啸，整个身子从水里跃起，如龙腾一般，半空中身子用力一甩，想把骑在身上的两人甩脱，奎尼两手无着力处，果然掉了下来。李颀黎的剑尚插在蛇体内，他死死地握着剑柄，依然牢牢地坐于蛇身，“轰”的一声，随着蛇再次潜入水里去了。

这一番人蛇大战端的惊心动魄，奎尼落到水里后，往脸上抹了把水，四处寻找李颀黎的踪迹，此时两人的心在一处，端的如同生死兄弟，谁也不会轻易地丢下谁。然而就在这时，更加惊心动魄的事情发生了。

是时，天将落幕，阴云密布，再加上是初冬时节，天色本就黑得早，可不知为何，天空像突然被蒙上了层黑布，只一瞬间就擦黑了。

站在石径上的李骆谷脸色一变：“糟了！”

杜啸林抬头往天上一看，天上乌云密布，厚厚的云团压在夜郎城的上空，须臾，不知哪儿来的风，突然间狂风大作，地上草木沙沙作响，天上风起云涌，与神话传说里妖怪出现时的场景一般无二，看得杜啸林惊心动魄，急问道：“这是怎么了？”

“我们现在处于皇城的北方，即玄武位置。”李骆谷的脸色异常沉重，“有高人将这里的风水改了，使之玄武七星宿与地面的风水相互辉映，改成了一个布局精妙的天然阵法，方才我们转来转去依然回到了原地，便是这个原因。现在应该是触动了某个地方，无意中启动了此阵。”

杜啸林惊道：“是李颀黎和奎尼启动的吗？”

“应该是。”李骆谷道，“此阵绵延数里，以天地为阵，巧夺天工，断然破解不了。不过从何处启动的，就应从何处找突破口，先去那边看看。”

说话间，瞟了眼有气无力的肖如梅，走过去扶了她，往人工湖那边走。

李骆谷等三人走到湖边时，恰好看到那条巨蛇若神龙出水也似，从水里腾空而起，蛇头上骑着李颇黎，只见他剑眉紧蹙，长剑插在蛇头上，双手死死地握着剑柄，乌云压顶，那条巨蛇出水时，仿佛要腾云而去。而李颇黎则似御龙而行的勇士，在翻涌的云雾和水汽的衬托下，真若神仙一般的人物！

每个少女都崇拜英雄，肖如梅也不例外，看到这一幕的时候，虽然心都快提到嗓子眼儿了，为他的安危担忧，但深深地被那少年人吸引。天下英雄无数，又有哪个敢驾驭洪荒巨蛇，与之搏斗？那一刻，少女的心彻底被征服。

巨蛇腾起时，力道用尽，又落向水面，见头上那人兀自甩脱不掉，转过头去，红信一吐，往李颇黎身上反卷。所谓打蛇打七寸，李颇黎骑在它头上许久，见这畜生不能奈他如何，自信许多，见红芯飞卷，大喝一声，拔出剑来，斜切出去。他的剑虽不能斩断蛇身，但切断它的舌头却是绰绰有余，只见剑芒一闪，那条红绫似的长舌从中而断。

"轰"的一声大响，巨蛇再次坠入水中，殷红的血大片大片地从水里冒出来，这一次它只在水中翻腾了两下，便再没了动静。不远处的奎尼忍不住喝声彩，游过去接迎李颇黎。

两人上岸时，裴小小早已迎上来，边上下查看李颇黎的身体，看是否有伤，边关切地问道："师兄你没事吧？"

李颇黎见她如此关心，心头一暖，哈哈笑道："你看师兄像是有事的样子吗？"李白在旁边暗舒了口气，脸上的皱纹若水波一般荡漾开去，化作一抹欣慰的笑意。李颇黎上前报平安，道："儿鲁莽，教阿爹担心了。"

李白把手放在儿子的肩头，抚摩了两下，却没说话。父子间的感情便是如此奇怪，无声却有力，若春风化雨，一切尽在不言中。

李颇黎目光一转，当他看到肖如梅的眼神时，只觉当前凌厉如刀的狂风亦温暖起来，喜欢着她，却又能被她牵挂，这样的情境，只怕是人世间最美妙的感觉了。

李骆谷观察着四周的环境，最后将目光落在湖心那座被撞塌的亭子上，如果他所料不差的话，那座湖心亭应是此阵的阵眼，恰若机栝的按钮，触动了它，也就触发了阵势的发动。那么出口在哪儿呢？

未及李骆谷参透，天上忽然间雷声大作，天空像是让人凿出了个口子，倾盆大雨如泄，一时间风雨交加，天地间漆黑一片。

四周的草木在风雨的摧残下沙沙大响，像有支上万人的军队，齐声喊着冲杀过来，端的是惊心动魄。然而，很快就有人发觉不对劲儿了，率先感到异样的是杜啸林，他转过头去往后面一看，黑夜下草木摇曳，东倒西歪，远处仿佛有一团黑影往这边快速地移动过来，想要看清楚究竟是何物时，一则实在太黑，二则眼里全是雨水，怎么也看不真切，便将佩刀抽出来，握于手中。

肖如梅站在他旁边，见他一副如临大敌的样子，问道："怎么了？"

杜啸林沉声道："那边有东西过来。"

沧州府衙门的一间厢房内，灯火通明，李璘、李亨兄弟俩面对面地坐着，房间内并无旁人。

李璘咧嘴一笑，那厚厚的嘴唇随之往两边拉："我现在该称你是阿兄还是陛下？"

李亨看了眼这位弟弟，他没变，依然是一副憨厚的、傻傻的模样，但不知为何，总感觉他的笑容有些陌生，莫非他挥师北上，果然有异心吗？

"你我兄弟，莫非也生分了吗？"李亨看着他，看着自己亲手带大的弟弟，心里袭来一丝隐痛。

李璘将笑意一收，郑重地道："阿兄与我有养育之恩，恩重如山，在我眼里，阿兄的地位要胜于父皇，可我也有难处。"

"说吧。"李亨道，"无论何事，只要你我兄弟商量，便都可以解决。"

李璘目光一抬，斜着脖子拿侧脸看向李亨，朝着火光那边的脸看起来越发的粗糙："若是涉及江山社稷呢？"

李亨微哂道："你我皆为皇家子弟，所谈的自然是江山社稷，黎民百姓。"

李璘生硬地道："阿兄肯退位吗？"

李亨一怔，同时心底袭上来一股寒意，难道陷害于他、劫持于他的幕后主使者真的是这位弟弟吗？要与自己争天下的，真的是自己一手带大的人吗？

李亨一声笑，笑声中包含了许多苦涩、酸楚和痛心："为何啊？"

"你的皇位并没被父皇承认，随便按个罪名，都是死罪。"李璘道，"你若不退，天下不安。"

"原来是你要与兄争天下。"

"不是。"李璘浓眉一动，"莫非阿兄还不明白吗？"

李亨眼睛一亮，只要不是李璘，一切都好说："那是谁，父皇吗？"

李璘笑了，苦笑，他似乎对这位如父般的兄长也有几分失望："这天下本来就是父皇的，他需要与你争吗？是还，把天下的主宰权还给父皇。"

李亨问道："这是父皇的意思？"

李璘点头："在马嵬驿时，我支持你，乃是因为父皇的确错了，他不该让杨国忠掌权，今日之乱，其根由在父皇用人不善。可他并非是色令智昏、是非不明的昏君，相反，他是明君，开创了一代盛世之明君，你有何理由夺他的皇位？特别是值此安禄山叛乱之时，你再叛他，不仅仅是让天下三分，更让许多野心勃勃之徒看到了起事的理由。你也应该看到了，当今天下不只是你、父皇和安禄山，还有其他势力暗流涌动，企图颠倒乾坤。"

李亨暗舒了口气，看来真不是他在暗中与自己为敌，他的这位弟弟，依然是他最好最亲密的弟弟，如此一想，李亨的心情便好多了："你可知想要颠倒乾坤的是谁？"

李璘摇摇头："我不知道，倒是听说了幽冥教在追杀你，说你拿到了神龙令过河拆桥。莫非此番被劫持，真正的动机是为此？"

李亨也摇摇头，然后看着李璘道："他们想让我写禅让诏书，并且明确说了，若是其他势力，要这禅让诏书没有用处，只有李家皇室才能拿着它君临天下。"

李璘吃了一惊："阿兄是说，是自家兄弟在暗中为难于你？"

李亨颔首道："正是。"

"看来父皇的猜测没有错，你擅自登基，等于是给了其他人争天下的理由。"李璘郑重地道，"阿兄，把你的皇位还给父皇吧，然后我们齐心协力平天下，把失去的土地再夺回来。"

李亨看着李璘，没想到他的弟弟依然是如此单纯："开弓没有回头箭，此时让位，只会让天下更乱，容我把北方平定了再议如何？"

李璘闻言，明显有些失望："看来你是不想让位了。"

李亨自然是不想让的，他此番南下最主要的目的就是要说动李璘，让他撤兵："十六郎，阿兄希望你回到父皇身边去，保护他，等我将北方平定了，我亲自去接你和父皇回长安，如何？"

李璘叹了口气："到那时，你根基已固，只怕父皇回长安后，只能沦为你的阶下囚了。"

李亨大惊："你如何这般看待为兄？"

李璘失望地笑了笑："古往今来，幽禁太上皇之事焉还少乎？"

李亨站了起来，显然他们谈崩了，房内的气氛也变得沉闷，实际上他的弟弟并不单纯，甚至于比谁都看得明白，把他的心看得透透的："如此说来，你不会撤兵了？"

李璘也站起来，看了下李亨，忽然"扑通"跪下，李亨大惊："十六郎，你这是作甚？"

李璘的浓眉蠕动着，显然他也很痛苦："阿兄如父，本来无论阿兄作甚，我都该支持，甚至应该帮阿兄冲锋陷阵，平定北方。可我毕竟还有父亲啊！无论是为臣还是为子，若不听君父之言，便是不忠不孝，既然阿兄坚持不肯还位于父皇，我只能在阿兄面前放肆了。"

李亨着实吃惊不小："你要做什么？"

第十二章

第九个人

裴旻一个劲儿地喝酒，高适在旁陪着，一副心不在焉的样子。武月娘滴酒未沾，横了眼裴旻，见他不停地牛饮，想劝他有伤在身少喝些，却又忍下了，心想：喝死你这老浑蛋也活该！

裴旻眯着醉眼，看着高适，忽笑道："看来你也是不放心啊！"

高适愕然道："不放心什么？"

"还能是什么？李璘啊！"裴旻打了个酒嗝，"你们这些人，怎地老是心口不一呢？嘴上说李璘不会害他兄长，也不可能联合江湖人士作乱夺位，可心里呢，比谁都担心。"

武月娘道："你依然认为李璘有可能会对李亨下手？"

"什么叫依然认为，老子一直都是如此认为的。"裴旻道，"不然的话，以傅大总管那帮人的精明，怎么会来李璘的枪尖儿上撞？李亨落入李璘之手，断然是肉包子打狗——有去无回。"

高适本就惴惴不安，被他一说，心乱如麻："那么你道如何是好？"

裴旻喝下杯里的酒，笑道："闯进去看看便是。"

高适叹道："皇上与永王相谈，禁止任何人接近，贸贸然闯将进去，万一听到了不该让我等听到之事，那是大罪。”

“胆小如鼠。”裴旻显然醉了，鄙视地看了眼高适，而后朝武月娘道，“老娘儿们，你敢陪老子去吗？”

武月娘好奇地问道：“怎么去？”

裴旻伸出手，快速地在武月娘的脸上摸了一把，趁着她尚未反应过来，顺手在她肩上一搭：“抱着你去如何？”

武月娘大怒，甩开他的手：“你放肆！”

“放肆？”裴旻的嘴里“啧啧”着，“在你眼里，这就叫放肆吗？老子让你见识一下什么才叫真正的放肆。”言语间，和身往武月娘身上一扑，噘嘴便在她的脸上吻了一吻：“他娘的，你这老娘儿们脸蛋竟还如此水嫩，真正是大出老子意料之外！”

武月娘又羞又急，一把将其推开，顺手去拿搁在椅子旁边的剑，哪料拿了个空。裴旻举起手，手里拿着她的剑，笑道：“又想拿剑杀老子！知道你为何老了还没人要嫁不出去吗？你命中就是缺少如老子这般的男人去镇压你，现在遇上了老子，就乖乖地从了吧！”说着又要往武月娘身上扑。

武月娘见状，抬腿就踢。裴旻的伤已好了大半，活动自如，身子微微一侧，武月娘的腿刚好从他的腰间擦过，裴旻顺手一抓，抓了她的腿在手，嘴上又是一阵“啧啧”声响：“不错，真不错！”

高适实在看不下去了，叫道：“裴老前辈，你究竟要作甚？”

“裴老前辈？呸！”武月娘狠狠地往地上吐了口唾沫，“是裴老流氓！”

裴旻哈哈一笑，回头朝高适道：“你放心，老子有分寸，再说老子跟女人打情骂俏，天王老子也管……”

话音未落，武月娘的另一条腿用力弹起，娇躯在半空中翻了条漂亮的弧线，一脚踢在裴旻脸上。

裴旻摸着火辣辣的脸：“你这老娘儿们端的是越发无理了，打人不打脸，你却偏生要反着来，看老子如何收拾你！”武月娘情知武功不如他，奈何那老流氓发了酒疯后一时不可收拾，只得转身就跑，裴旻更来劲儿了，撒开腿就追，如此一前一后，打打闹闹地往里闯将进去。

高适一看这情形，开始明白裴旻的用意了，他是要假借调戏武月娘，趁机闯入里面去看个究竟，虽说这个方法下作了些，但也可能是唯一可行之法了。

李亨和李璘所在的厢房，乃是在一个单独的落院内，门外有人把守着，见一男一女跑过来，喝道："什么人？"

"是我！"武月娘跑到那两名士兵近前，士兵见她正是与皇上一起来的人，便恭敬地道："你有何事？"

武月娘指着裴旻道："那个老流氓想要非礼我。"士兵看了眼裴旻，果然是一身酒气，一副无赖样，但士兵知道他们是一路的，笑道："拿桶水泼醒了他就是了。"

武月娘道："哪里有水？"

"外面有。"士兵指了指院子外。然这时候裴旻已然走近了，又是一扑，往武月娘扑将过去。武月娘尖叫一声，便往里躲，两个士兵不曾防备，让她跑到了院里去。裴旻何等身手，岂是那两个士兵所能拦得住的？只一闪便闯了过去。士兵大喊："站住！"急追上去。

里面的李璘听到声音，站起身来："阿兄，最好不要让神剑帮和梅花卫的那两人闯进来，不瞒你说，此院四周，已是天罗地网，他们要是敢胡来，只能是站着进来，躺着出去了。"

"原来你早有准备！"李亨看着他，只觉浑身发寒，脸上禁不住露出一抹冷笑，看来非是他弟弟单纯，而是他自己太单纯了，满以为这位从小由自己一手带大的弟弟，会看在这份超越兄弟情的情分上，听他一句劝，罢战休兵，可等着他的却是天罗地网。"十六郎，你定要如此吗？"

"阿兄，放下吧，放下你手中的权力。你是太子，那皇位早晚是属于你的，何须这般着急呢？"李璘的语气无比真诚，"随我去见父皇。"

李亨仰首大笑，他已经回不去了，自从登上那宝座，便已经没了回头的路，要么登峰造极，要么下地狱，回去见父皇？他会饶过抢他皇位的这个不孝子吗？

"我明白了。"李璘一声叹息，"你打着戍边之名，目的是为了培养势力，壮大声势，坐稳你的皇位是吗？请不要恨我，我本该无条件支持你，但我还有父皇，他才是大唐王朝真正的主宰者，现在我给你两条路，一是提着你的头去见父皇，二是让我绑着你入蜀。最好马上做出选择，不然的话，此地又将成为战场。”

“你我是兄弟，为何非要反目成仇？”

李璘蓦地大喊道：“是你攥着权力不放手，是你非要逼着我动手，莫非在你心中，父子兄弟还比不上权力吗，你还是我敬重的那个阿兄吗？”

他们的那番话很大声，一字一句地传到了裴旻和武月娘的耳朵里，两人本想往里闯，此时却倏然收住了脚步。

不是李璘。他只是来帮李隆基抓李亨那个不孝子的，陷害李亨，想要争夺天下的另有其人！

裴旻回头看了眼武月娘，意思是说此乃皇室内部之争，外人不该插足，他们怎么争怎么吵，最后让谁来继位，那是他们的事情，哪个有权干涉呢？眼下他们唯一能做的是，查出另一股潜藏在暗处的势力，使当下的局势明朗化，不教李唐王朝在大乱之中轰然崩塌，生灵涂炭。

武月娘蹙眉一叹，转身走了出去。裴旻还继续演戏：“老娘儿们还跑，今晚老子非抓住你不可！”随后跟了出去。

“他们走了。”李璘冷冷一笑，神色间对眼前的这位兄长已无先前那样的尊敬。

“你很狡猾。”李亨大叹一声，“你知道他们只是江湖帮派，想要维护的是正义，以及他们所谓的救万民于水火，而非某个人的皇权，于是你故意让他们听见我俩的对话，让他们知道这只是皇室的内斗，非是等闲人所能涉足的。”

“这样不好吗？”李璘道，“莫非你想让他们横尸于此？”

李亨无奈地笑笑：“十六郎，现在我已是你囊中之物，要杀要剐，悉听尊便。”

“来人！”喊声落时，门外有两名士兵推门进来，李璘吩咐道，“绑上。”

李亨没有挣扎，只是寒透了心，也许在权力之争中没有赢家，要么输了性命，要么输了亲情以及真心。

高适见裴旻和武月娘出来，忙问情况如何。裴旻道："是老子看走眼了，李璘真的没有参与这场争斗，他只是替李隆基来抓李亨回去。"

高适一怔："是太上皇要让皇上回蜀？"

裴旻道："正是。"

"不行！"高适慌了，脸色无比难看，"皇上不能跟永王回蜀，一旦回到蜀地，皇位没了不说，太上皇盛怒之下，生死都难料。眼下我军正在北方与叛军对峙，一旦皇上被抓入蜀的消息传出去，军心大乱，我军必败无疑，到了那时，北方便真的成了安禄山的天下，我大唐退守一隅，万劫不复啊！"

"你这老东西，无非也是贪恋自己的位子罢了。"裴旻怒道，"李亨被贬，李隆基自然会适时出手，收复河山，局势断然不会如你说的这般严重。大唐的江山谁也夺不走，但是老子却不想做任何人的走狗，走了！"

裴旻说完，掉头就走。及至门边，回过头来看向武月娘，问道："你呢？"

此时，武月娘看他的神色，比任何时候都要严肃，不知为何他身上那股死皮赖脸的样子不见了，透露出来的是一股浩然之正气。她迟疑了一下，此番重出江湖，固然有想要重入宫廷，恢复梅花卫昔日风光的成分在，但更多的是惦记着大唐江山的安危。从这一点出发，她与裴旻的想法应是不谋而合的。现在李亨已落在李璘的手里，他们回蜀后，如何发落，自有太上皇决定，轮不到她去插上一脚，那么她也就没有留在这儿的必要了。心念一落，朝着裴旻走去。

裴旻微微一笑，这老娘儿们还是识大体的！返身走出门去。

漆黑如墨的夜里，风雨声大作，眼睛几乎不能视物，耳朵却能听到四周山呼海啸般的声响，身处随时都有可能发生意外的夜郎古城里，那种惊慌和恐惧是前所未有的。

杜啸林紧握着刀，眼看着那道黑影越来越近，沉声道："大家小心了！”

那团黑影的速度很快，已能从风雨声里辨出它的脚步声了，此时，依稀能够看出，那是一只大型猛兽，毛发在风雨里飘飞，体健如牛，头上似乎有一只角，长在头中央。

“独角异兽！”李骆谷倒吸了口凉气，“莫非是獬豸吗？”

奎尼想起了天庙里那只铜铸的獬豸，惊道：“獬豸不是传说中的神兽吗，如何会在此地出现？”

裴小小抹了把被湿湿的刘海儿遮住的眼，问道：“獬豸凶不凶？”

说话间，突闻从其他方向也传来脚步声，众人大惊，莫不是捅了獬豸窝，大批的獬豸都冲出来了？迅速地往各个方向一看，着实吓了一大跳，从各个方向跑来的倒不是獬豸，它们的头上没有独角，但跑上来的各种动物都有，有牛、狗、蛇、虎、豹，体型皆比常见的要大，就连那只狗，亦与虎豹的体形相差无几，加上那只獬豸，刚好六只，分别从六个方向袭来。

他们现在只有七人，在那六只巨型动物的围杀下，生存的概率极小。

奎尼大喊道：“李骆谷，这到底是怎么回事？”

面对突如其来的动物袭击，李骆谷一时也蒙了，如果说那座湖心亭倒塌后，触发了高人布下的天然奇阵，使之天地变色，那么奔袭过来的六只动物是怎么回事？难不成是假的，也是幻象？

“快说，该往哪个方向逃？”杜啸林眼看着巨兽袭近，急得大喊。

情急之下，李骆谷脑子里灵光一现，难不成玄武七星宿在这个阵法里被幻化成了七只动物？可是如果斗、牛、女、虚、危、室、壁各代表一只动物的话，如何只出现了六只，还有一只在何处？

李骆谷往四周望了一下，并没发现，因一时想不透，决定赌一把，喊一声：“下水！”率先转身，往湖水里一扑。其余不敢怠慢，纷纷入水。

那六只动物除了虎豹和獬豸站在岸边吼叫外，牛、狗、蛇也入了水里，紧追不舍。肖如梅有伤在身，游得不快，惊叫了一声。李颇黎见状，回身去拉她，道：“到我背上来。”肖如梅迟疑了一下，本是想说会否拖累了他，然而生死关头也顾不上客套了，爬上了李颇黎的背。

杜啸林往后一看："它们追上来了！"

"别怕，到亭子那里去。"那座湖心亭虽塌了，但基座尚在。李骆谷赌的是，七星宿所幻化的动物，只有一只是真的，其余都是假象，比如那獬豸，乃是传说中的异兽，不可能在现实中出现，而真的那只极有可能已经死了，便是被李颇黎杀死的那条巨蛇，如果是这样的话，七星已缺一星，那就一定有出口。但这仅仅只是猜测，他不敢以身试险，去测试那些动物的真假，便带着大家下了水。

及至湖心亭基座旁边时，大家回头往后看，牛、狗、蛇随后跟了上来，并没落后多少距离。杜啸林把刀往前一挥："拼了吧，我们有兵器在手，还怕三只畜生不成！"

李骆谷忙着找出口，只要已死的那条巨蛇属于七星宿之一，那就一定能逃得出去。可是湖水茫茫，三只畜生已至近前，而岸上的虎豹和獬豸则已跑到了对岸，张嘴吼叫着等他们上岸。

是死路，没有出口！虽在初冬的冷雨下浸泡着，浑身寒冷，李骆谷却委实慌得出了一身汗，难道是我猜错了？

心念未了，蓦地"轰隆隆"一声巨响，整个天地倏然震动起来，大家不知道怎么了，只觉若末日一般，无不变色。

"娘的，到底怎么回事？"杜啸林一边盯着朝他们游过来的猛兽，一边朝李骆谷问。说话间，整座湖也开始震动，大家都能明显感觉到湖水在颤抖。

李颇黎定睛一看，只见在湖心亭的一侧，升起来个东西："小心！"

这时候大伙儿都如惊弓之鸟，扭头望那一侧看去时，那东西已然露出了头，居然是座巨大的女性雕像，夜色里依旧可见是玉石雕刻而成，通体呈乳白色，光洁无比。须臾，露出了脖子、胸脯……随着那雕像的上升，湖水也开始产生了变化，在那雕像的周围形成了个巨大的漩涡。李白年老体衰，不曾有所防备，身子被那漩涡卷了进去。李颇黎大骇，尽管身上背着肖如梅，依然奋不顾身地向前一扑，拉住了李白的手。肖如梅眼疾手快，两手扳住湖心亭的基座，双腿夹住了李颇黎的身子，以此拖住他们父子俩。由于她肩头被李颇黎的剑伤过，伤口本就没有恢复，一用力，伤口顿时崩裂，忍不住一声痛呼。

裴小小虽处于极度的惊慌之中，但到底是裴旻的女儿，急忙攀上湖心亭，将三人依次拉了上来。见肖如梅肩上血流不止，关切地道："肖姑娘，你还好吗？"

那座女性雕像升上来后，湖面上的三只畜生似乎受到了惊吓，不敢再过来，可是女性雕像升上来后，不知会有何变故，谁也不知道。

肖如梅也顾不上伤口，只说道："我没事。"

大家都爬上了亭基，那座女性雕像也完全裸露于水面，足有三四丈来高，全身赤裸，丰乳肥臀，很是丰满，双手垂放于腰侧，呈站立状。站在湖心亭的基座上抬头仰望，只见她慈眉善目，温润如水，像一位母亲俯瞰着自己的孩子，让人敬畏，亦教人觉得有种温暖和安全感。

奎尼道："这是何意，水底下怎会有如此巨大的一尊雕像？"

李骆谷盯着眼前的雕像似乎想明白了一些事，被李颀黎斩杀的那条巨蛇，与玄武七星宿无关，它应该是被安排在此镇守这尊女性像的，而这尊女性像才是七星宿里唯一的实物，换句话说，刚才追赶他们的动物乃是阵法启动后出现的幻影。女性主阴，她应该代表的是七星中的虚星宿，按星象学说，其主死丧祭祀，其星明则天下安，其星黯则天下旱，必遭死难，代表了不祥。

可是为何不祥的星宿要以女性来代替呢？李白缓过劲儿来后，说道："古时候很多地方有女性崇拜，从我在武神庙捡到的那个阴户状的东西来看，夜郎应也有此习俗，他们将女性视作大地母亲，有着孕育后代、世间欣欣向荣的寓意。"

李骆谷认同此说法，夜郎国雕刻这尊女性像，是要祈求天下长安的。但问题是她为何会埋在水里，且在这时候出现呢？他无法参透其中之奥秘，但可以确定的是，女性雕像的出现必是凶多吉少。

"走！"李骆谷急得大喊一声，返身要往下跳时，才发现湖水竟已然干涸了，刚才他们一直在留意雕像，没注意到湖水已随着漩涡流入到了地底，连那条死了的巨蛇亦不见了踪影，也就是说女性像的下面是空的，而且能将整座湖的湖水吞下去，其底下的空间大得难以想象。

意识到这一点后，杜啸林搬出一块倒塌的石柱，使劲儿往下一扔，石柱很快没入泥潭之中，原来有危险的不是这座雕像，而是雕像出现后的湖底，四周都是泥潭，泥潭下是万丈深渊，他们被困在这片死地上了！

“好厉害的一座天地七煞阵！”李骆谷一边感叹其构思之精妙，一边又禁不住心头发寒，“利用天上的星宿和地面的形胜，竟构成了如此一座惊心动魄的大阵，将我等困死于此了！”

李白往四处望了望，那六只野兽已经消失，风雨也停了，虽说暂时没了危险，但是浑身湿透了，要是在冬夜里吹一晚上的冷风，再好的身体也抵受不了，况且肖如梅旧伤复发，如此下去非要了她的命不可。

裴小小因了肖如梅方才救了她的师兄，对她已完全没了敌意，抱着她为她挡寒，抬头向李颇黎道：“师兄，我们现在怎么办啊？”

看着肖如梅的样子，李颇黎也是心急如焚，若论轻功，他和奎尼、杜啸林在途中稍微借下力，可能还勉强能掠到对岸去，但是裴小小、李骆谷、肖如梅和李白等人断然不行，一时着实把他给难住了。

杜啸林的私心重，在他眼里只要能完成此番任务，其他人的生死便显得不怎么重要了，照他往日的作风，只怕早已独自跃过泥潭到对岸去了，可是在这里却行不通，没有李骆谷带路，前方的路依然寸步难行，硬打硬闯只会死得更快，因此也只得陪大家一起焦虑着。

却在这时，更加可怕的事情发生了。

本以为危险已然过去，谁也没有料到，这座天地七煞阵还有一个重要的使命尚未完成，那就是彻底将入阵之人送入地狱。

轰轰之声陡然响起，那座巨大的裸体女性像摇晃着往下沉，她被下面的机关托起来后，设计者根本没想让她一直在上面矗立着，而是想通过她的重量，将泥潭下唯一的支撑点压垮，女性像一动，整座湖下的泥潭跟着往下陷，众人所在的湖心亭基座带着刺耳惊心的塌方声，开始下坠。

亭中数人身子一晃，忍不住齐声尖叫，真正的死亡来临了！

“都把包里的绳索取出来，快！”生死顷刻时，李颇黎已顾不上许多了，他只能冒险一试。

大家来之前都做了充分的准备，自然都带了绳索，他们虽不知道李颇黎要做什么，但这时候已容不得多想了，将各自包袱里的绳索都取了出来。

“把绳索连成一条！”李颇黎见亭子倒下去的速度越来越快，心中越发着急，催促其他联结绳子。

生死面前，谁也没有多想，齐心协力将绳索连成一条，李颇黎直起身子，在绳索的一端打了个活扣，觑了个真切，右臂一抖，绳索“呼”的一声飞将出去，不偏不倚，正好套入那尊女性像的脖子上，用力一抽，将活扣抽紧了，朝众人道：“我到对岸后，你们就沿着这条绳索荡过去，动作要快！”

轰轰之声不绝于耳，那尊女性像的腿部已没入泥中，而亭基座已明显倾斜，随时都会崩塌散架，李颇黎不敢怠慢，尖啸一声，颀长的身子就地一纵，半空中一个倒翻，右腿一伸，在那尊女性像的头顶一点，借这一点之力，身子便如离弦之箭，迅速地往对岸射出。他的手中握着绳索，随着身子的往前弹出，绳索沿着湖面越拉越长。

“我们准备！”李白低喝一声，“肖姑娘，你先走！”

杜啸林横眼瞟了下肖如梅，他本是想先走的，见李白已出口，跃过对岸去的又是他的儿子，便也没说什么。

只见李颇黎借这一弹之力，过了大半座湖的距离，身子将落时，手臂一抖，剑鞘脱剑而出，斜插于泥潭上，虽说泥潭奇软无比，但对于怀有上乘轻功之人而言，即便只是一根芦苇，亦可借此渡江，李颇黎脚尖在剑鞘上一点，那剑鞘迅速地往泥下沉，而李颇黎却借着此力，身子再次腾空而起，落向对岸。

“上来！”李颇黎落在岸边时，那尊女性像半边身子已入泥中，他手里所握的绳索随着她的下坠越来越短，千钧一发，肖如梅顾不上体虚，扯下身上的一片衣襟，挂在绳索上，纵身一跃，便若荡秋千似的滑了过去。好在绳索是倾斜的，只要那女性像不完全沉于泥中，便能借着斜度往前滑行。

肖如梅抵达对岸后，裴小小、李白、李骆谷等人依葫芦画样，一个个滑了过去，接着是杜啸林，奎尼殿后，当奎尼的脚离开亭基时，但听得后面一声裂响，基座四分五裂。

“快啊！”李颇黎看到那女性像的身体已有大半个沉入泥潭，急得大喊。奎尼也想快，可此时的斜度比例没那么大了，滑行速度大大减慢，滑到一半时，女性像下沉的速度越来越快。李颇黎手中所握的绳子亦被带了过去，已所剩无几，急中生智，喊道：“割断绳子！”

奎尼虽处于生死边缘，却是不曾失去理智，一手抓着绳索，一手往怀里一探，取出把匕首，快速地割断了绳索。

“起！”李颇黎大喝一声，两条手臂同时发力，用力一拉，奎尼身在半空中，借此一拉之力，使了招鹞子翻身，在空中连翻了几个跟斗，到了岸上。此时，再看那尊女性像，已然沉没于泥潭里，不见了踪影。

在生死边缘走了一圈，众人想想都觉得后怕，俱坐在地上喘息，一时谁也没有说话，暴风雨过后的夜无比静阒，可能这便是活着的最原始的样子，宁静而安详。

休息了会儿，李颇黎道：“大家都湿透了，须找个地方安顿。”

李骆谷站起身，往四周看了看，说道：“阵已经破了，应该不会再有危险，走吧。”

李颇黎走到肖如梅面前，道：“我来背你。”肖如梅没有说话，乖乖地趴在他背上，走了一段路，在他耳边说道：“谢谢。”

李颇黎只笑了笑，没有回她的话，经历过这些事后，他已经分不清究竟是谁伤害了谁，是哪个对哪个有恩，所有感激的愧疚的话都无从说起，也许这就是朋友吧，既然无从说起，不妨静默，君子之交淡如水，就让一切都深藏在心底吧。

李骆谷带大家进了一座宫殿里，可能是大臣们办公所在，屋内尚有许多残存的书简，大家找了些朽木来，生了火，屋子里慢慢热起来，当下便把包袱里的干净衣服取出来，在火里烤干了换上，这才觉得舒服了些。

裴小小给肖如梅处理完伤口，又取出干粮，可惜的是干粮也让雨水泡软了，索性也拿到火里烤，烤干了再吃，虽说味道实在不怎么样，好歹能管饱肚子。

一宿无话，次日早上，肖如梅果然发烧了，伤病加伤寒之下，人也没力气，铁定是走不动了。李颇黎建议索性在此休整一天，彼此也好恢复下体力。

杜啸林却断然否决了：“神令龙就在眼里，不管它是不是还在，必须尽快弄清楚。”回头吩咐李骆谷道：“带路。”

李骆谷看了眼奎尼，征求他的意思。奎尼的心里还是放不下肖如梅的，毕竟爱慕过，也勉强算得上是少年的初恋，岂是说放下便能放下的？可是他同时也明白，他与她的心已越走越远了，彼此的怀疑和猜忌，彼此的伤害，即便有爱，亦是徒然了。再者他是带着任务来的，如果神龙令还在此地，大家还会为了各自的利益大打出手，成为死敌，既如此的话，索性就走了吧，回来时再带她一起走，尽一份人情便是，当下朝李骆谷点了点头。

李白见李颇黎没有离开的意思，便道：“阿爹随他们一起去，你与小小先留下。”李颇黎明白他的意思，万一在前方找到了神龙令，至少能知道个情况。

肖如梅过意不去，正想说不需管我，忽听得一声笛音传来，大家都知道此乃长安密语，因不知是哪一方传来的消息，彼此相顾。

待笛音一落，肖如梅有气无力地道：“是梅花卫传来的消息。”

杜啸林本是要走的，听闻此言回身道：“说了什么？”

肖如梅瞥了他一眼，眼神中充满了厌恶：“为何要与你分享？你不是要走吗，快些走吧！”在她的眼里看来，一个人如果只是为了利益活着，便与行尸走肉无异，与这等人为伍，她觉得恶心。

越是听肖如梅如此说，杜啸林的疑心就越重，索性走了过来，道：“你若不说，说明你心里有鬼。”

肖如梅把头转向李颇黎，道：“李少侠，我想到另一个房里去休息。”言下之意很明确，不想看见杜啸林。

杜啸林一声冷笑：“你敢走，我就敢杀你！”

“你倒是动手试试！”奎尼阴沉沉地在旁边说了一句，神色间带着抹挑衅的意思。倒不是说他想帮肖如梅，实际上他对肖如梅几乎已经死心了，但是葛青辉因杜啸林而死，若不是他逼着不放，葛青辉便不会成为巨蛇的口下之食。这口气他一直梗在心里，便借着此机会发泄了出来。

杜啸林看向奎尼：“我知道你心里不痛快，若想报仇，放马过来便是。”

“好！”奎尼圣火杖一挥就要打。李颇黎急忙走上去，“呼”的一剑落在他俩中间，道：“够了，早知道你们想死，在湖心亭的时候就该说一声，也好让我省些力气。”两人都承李颇黎所救，见他如此说了，只得卖他个面子。

李颇黎转身，朝肖如梅道：“肖姑娘，先前既已约定消息共享，便要守约，说出来吧。”

大家都身处夜郎古城深处，奇险之地，外界的每个消息对他们来说都至关重要，为此不约而同地看向肖如梅。

肖如梅不是不想分享，只不过看不顺眼杜啸林罢了，见李颇黎开口，便道：“宗主说有李唐王室的其他势力，卷入了这场争斗中。”

李白闻言，大叹一声，道：“大唐江山乱矣！”

杜啸林一怔：“也就是说所谓的内鬼可能并没在皇上、太上皇和安禄山的三方势力之中？”

肖如梅瞟了他一眼，没有接话。事实上她也是如此认为的，如果说有第三方势力介入了进来，那么所谓的内鬼就不在他们这些人中间。

李骆谷道：“从头到尾，所谓的内鬼只是我们想象出来的，并不存在。”

奎尼愣愣地环视了眼众人，失笑道：“我们钩心斗角、相互猜疑，到头来暴露的只是各自丑陋的内心，可笑啊可笑！”

李白道：“如果内鬼是我们想象出来的，那么第九个人呢？”

众人本已松了口气，一听此言，又紧张了起来，是啊，还有第九个人，那个人是幻想的产物还是真实存在的？大家你看看我我看看你，谁也不敢妄下决断，毕竟谁也没有见过第九个人，但他似乎又是真实存在的，如影随形、如蛆附骨，无时不在，不然的话阴魔出现时，杜啸林与金孝昌接招时的火星四溅，奎尼拥抱他死去的父亲时的感觉，以及李颇黎的母亲……何以会如此真实？

“第九个人……”李骆谷的眼睛滴溜溜地转动着，一脸的迷茫，“说实话，事到如今，我也有些糊涂了。此前梅花卫有消息传来说，有幽冥教介入此事，难不成无法从幽冥教打开突破口吗？”

“李兄弟，你将事情想得简单了。”李白看惯了官场的争斗，抚须道，“当下三足鼎立，倘若再冒出一方来，势必会成为众矢之的，他现在隐藏在暗处，要么是在等神龙令面世，要么是已经拿到了神龙令，等合适的时机蓄势待发。总之，一场骤雨狂风是在所难免了，在此之前想要把他们找出来，谈何容易。”

奎尼道：“也就是说，第九个人是存在的？”

李白道：“一如我们先前怀疑的内鬼一样，只能说是有可能存在。”

杜啸林将刀往地上一扔，显然有些丧气，抓内鬼之事虽说大家都在彼此怀疑，但就数他最是积极，现在一旦证实内鬼不存在，最难堪者就是他了。

奎尼冷冷地看了他一眼，道：“你欠了本教一笔血债，我定会讨回来。”

“有何仇何怨，等出去了再说。”李颇黎道，“现在虽说排除了内鬼，但第九个人还在时时威胁着我们，找到神龙令之前，我们须团结起来，方能减少危险。”

大家彼此看了一眼，所谓的找到神龙令之前要团结起来，也就意味着他们彼此还保持着警惕和敌意，而且会在找到神龙令后爆发，相互间大打出手，拼个你死我活，想到那样的场景，不免令人心寒，原来所谓的合作只是表面现象，一旦涉及利益，谁都有可能在背后捅刀子。

第十三章

九龙金棺

高适虽是文人，但他并不文弱，与同时期的岑参、王昌龄、王之涣等人一样，好游历、能吃苦，甚至在必要时还可以带兵打仗，所以他须发已染霜，却依然精神奕奕，精力丝毫不逊于年轻人。

坚忍不拔更是这一代诗人的特质，任何事情只要他想去做，无论吃多大的苦也要坚决去完成。当裴旻和武月娘离他而去时，高适实际上已成孤家寡人了，孑然一身，但即便如此，又能怎样呢？皇上有难，作为臣子即便是赴汤蹈火，亦在所不辞。于是他便一边跋山涉水跟踪李璘押解李亨的队伍，一边沿途留下暗号，无法留暗号时便使用长安密语，等待援军到来。

李璘从沧州走水路，沿汉水南下，从其行走路线分析，应是想经江陵郡（湖北荆州，即李璘都府所在），从长江坐船入蜀，走水路的话确也是最合理的线路。可这一路走来，高适的心里依然惴惴不安，虽然说裴旻和武月娘亲耳听见，李璘只是替太上皇来抓皇上去问罪的，皇上在他手里按道理不会有什么危险。但是，毕竟落入他人之手的是当今皇帝，涉及的是天下安危的大事，万一出事了呢？

想到这里，高适的心便怦怦直跳，人心易变，同时人心亦是最为脆弱的，它可以因了任何事情而受伤，也可以因了利益而被腐蚀，那么在皇权面前，在天下至尊的位置面前，他经得起诱惑吗？万一在援军到来之前，李璘动了歹心，把皇上杀了，捏造出一份遗诏来，如何是好？要知道江陵郡乃李璘都府所在，那是他的地盘，杀一个人简直是易如反掌啊！

高适越想越乱，坐立不安，一闭上眼便会出现皇上被杀害的画面。亏的是在第四天，收到了的援师赶来的消息，此时距离江陵郡尚有两三天的行程，尚来得及营救，这才使他稍微放心了些。

这一日中午，李璘的船队兀自航行于汉水，高适所雇的小船远远地跟着，水面上忽然出现了许多船只，与李璘的船队数量相仿，各有十余条船，高适让小船靠上去，一打听果然是从灵武赶过来的，救主心切，已顾不上许多了，着令他们向李璘的船队围上去。

是时，两支船队进入一道峡谷，两岸青山夹峙，峭壁千仞，当中有一道山崖，崖顶上有两块凸起的巨石，恍若两人依偎在一起，在那巨石的前面贴着悬崖并肩坐着两人，那男的四五十岁的样子，头发乱糟糟的与鸟巢无异，脸色红润，特别是那鼻子，红得发亮。腰间挂了只酒葫芦，手捏柄古朴的长剑；那女的四十余岁，徐娘半老，风韵犹存，穿一袭白纱绣梅衣裙，薄施粉黛，提一柄精致的长剑，英姿飒爽，正是裴旻和武月娘两人。

裴旻斜眼看了下旁边的武月娘，问道：“知道这座山崖叫什么吗？”

武月娘不禁问道：“叫什么？”

“情人崖。”裴旻指了指后面高高耸立的两块巨石，“你看他俩千百年来一直依偎在一起，像不像情人？”

武月娘往后瞟了眼，却没有说话。裴旻又道：“你看咱们肩并着肩坐在一起，像不像情人？”

武月娘闻言，柳眉一竖，道：“一个邋遢得像个叫花子，人见人厌，一个貌美如花，浑然若天仙坠落凡尘，哪个瞎了眼会认为我俩像情人？”

“哎，你这老娘儿们，跟了老子几天，别的没学会，倒是学会跟老子顶嘴了！”裴旻佯装生气，“不过你这顶嘴的样子，似乎跟老子越来越有夫妻相了！”

武月娘知道斗嘴怎么也斗不过他，站了起来，举目一望，刚好看到两支船队迤逦而来："果然来了！"

裴旻也站将起来，冷笑道："让老子料着了，这兄弟俩要反目成仇，大打出手。"

武月娘回过头来问道："我们要出手吗？"

裴旻叹息一声，皇室内部之事，他本是不想掺和的，他们打死了也与他无关，可百姓何辜呢？无论这一战谁赢谁输，接下来都有可能爆发更大的战争，从此之后大唐将烽火四起，国无宁日。在这场权力的较量下，城门失火，殃及池鱼，有多少家庭会因此流离失所，又有多少父母妻儿会痛失亲人？

"让李亨滚回北方去。"裴旻道，"看看他是否真的能平定安禄山，教天下长安。"

武月娘是李隆基的人，一听此话，便有些不愿意了："那太上皇怎么办？"

裴旻看了她一眼："你也说了，他是太上皇，这场兵燹本就是因他而起，莫非不该承担些后果吗？再说不让李亨滚回北方，如何阻止战争，你以为李璘真能把人顺顺利利地带回四川去？"

武月娘柳眉一动，也叹息了一声，太上皇的确是老了，他或许已经疲于应付当下的局势，让李亨去北方对付安禄山，可能真的是最好的选择。

"那就动手吧！"裴旻伸出手，也不管人家同不同意，拉了武月娘的手纵身一跃，朝着千仞峭壁跳了下去。这两人都是当今江湖一等一的高手，轻功卓越，若两只轻盈的鸟飞翔于青山绿水之中。武月娘生性孤僻，一直隐居林泉，极少出来游山玩水，这一刻徜徉于山水间，教她忽然意识到，原来人生还可以如此自在，一时心神为之怡然，嘴角不油然掠上一抹发自内心的微笑。

武月娘正自享受着这一刻的美好，忽觉裴旻的手抖了一抖，回头看时，不禁大惊失色，只见他脸色发白，浑身抽搐，与此同时，身体一泻千里快速地往下坠。他们尚在半空，倘若这么掉下去，断然无法生还，情急之下也顾不上他臭是不臭，一把将他揽入怀里，关切地道："你是余毒未清，毒发了吗？撑住！”说话间，往下瞟了一眼，将近李璘船队一艘船时，娇躯一拧，在半空中翻了个筋斗，缓解下坠的速度，脚尖往船楼上一点，又是一个翻身，稳稳地落在甲板上。

船上的官兵急赶上来，呼喝道：“什么人！”

武月娘理都未曾去理会官兵，朝朝裴旻道：“你如何了？”

裴旻见她一脸关切，心头一暖，有气无力地道：“你低下头来，老……老子有话说。”

武月娘依言低下头去，裴旻把头一抬，如此两人的头一低一抬之下，嘴唇迅速地碰在一起，让武月娘猝不及防。而这时候，裴旻忽然一跃而起来，哈哈大笑道：“哎呀，老娘儿们，你那嘴唇是仙丹不成？一碰之下，老子身上的毒居然没了，你看，不仅恢复如初，而且还觉得浑身是劲儿！”一边说话，一边得意地在那儿手舞足蹈。

武月娘这才明白原来又让他耍了，看着他在那儿一副得意扬扬的样子，险些气晕过去：“我上辈子究竟是做了什么缺德之事，教我遇上你这种老无赖！”

裴旻见她一副气急败坏的样子，越发得意：“你上辈子一定是把老子欺负了，所以这辈子轮到老子来欺负你。”

“两位前辈好兴致啊！”李璘从船楼里出来，斜着眼看向二人，“调情居然调到本王的船上来了。想趁乱劫人吗？你们要是敢动手，犯下的就是死罪，本王可以派人将你们的门派灭了。”

“小伙子，道理老子不与你多说了，但老子肯定不是被吓大的。”裴旻不惧其威胁，说道，“告诉你，老子不是任何一方的人，你们哪个胜出哪个为王，老子不管，但是如此在窝里斗下去，苦的是无辜的老百姓，此事老子非管不可。”

李璘目光一抬，落向武月娘：“梅花卫不是忠于朝廷的吗，如何也跟着胡闹？”

武月娘没有答他的话，抽出剑来直接就动手了。是的，她重出江湖，再为李氏王朝卖力，多少是有些私心的，她不想一直隐居，让梅花卫隐没于江湖，最后被岁月的尘埃掩盖。可她毕竟非权力熏心之辈，有着最起码的是非之心，如果自己的利益以及所谓的理想，是踩着累累白骨上去的，倒还不如隐居，至少良心不会时时受到谴责。所以她非常清楚，只要李亨和李璘之间的战端一开，就会父子、兄弟反目成仇，战争会无止无休地打下去，你们为了权力，为了各自的利益，把国家拖入战争的泥潭，可百姓何辜啊！他们为何要跟着你们一起经受地狱般的折磨？

长剑挥出去的时候，剑尖化作数道寒星，在寒风里若飘零之雪花，亦似傲雪迎霜的蜡梅，撒将出去。此刻，武月娘的眼神里也异常坚定，如果到时候太上皇怪罪下来，她失去了让梅花卫重现辉煌的机会，也认了，像那老浑蛋一样活得潇洒一些，也没什么不好。

武月娘虽然讨厌裴旻，可能连她自己亦不曾发觉，无形之中她的行为正被裴旻影响着。

“锵、锵、锵”一阵兵器交击声，眼前的士兵在武月娘的面前倒退开去，裴旻笑道：“老娘儿们越发的狠辣了！”连鞘带剑一扬，“呼”的一声响，无人能抵他的招数，俱皆退开去。李璘见状，连忙躲入船楼里，裴旻猜到了他要做什么，纵身一跃，破窗而入，落地时，眼睛一扫，李亨果然就在里面，只不过手脚被缚，动弹不得，当下趁着李璘尚没反应过来，一把将李亨提在手里，剑鞘一扫，挥开了李璘便往外闯。

裴旻被傅大总管的毒针所伤，虽未能完全恢复功力，但对付李璘及船上的官兵却绰绰有余了，出船楼时眼见得士兵杀上来，一式青龙出海，剑鞘挥洒出去时，矫若游龙，士兵哪个能挡得了令人谈虎变色的游龙剑法？裴旻提着李亨往前冲时，士兵成批地往后退，退之不及的纷纷掉入了水里去。

高适见得这情景，大喜道：“是裴老帮主，快上前去接迎皇上！”船只纷纷往前靠，虽然途中有李璘的船拦截，但由于主船出现变故，士兵心里都不免发慌，没一会儿就让高适闯了过去。裴旻回头朝武月娘喊道：“老娘儿们，走了！”带着李亨纵身上了高适的船。武月娘见他得手，自也无心恋战，几个纵跃间，也跳了过去。

李璘眼睁睁地看着李亨被劫走，眼里充满了恨意，但更多的是对李亨的失望，从小养育他教导他的兄长，变得让他不认识了，居然宁愿与父亲对立，与兄弟结仇，也不肯放下那擅自夺来的皇位！

“阿兄！”李璘手持佩刀，朝着李亨大喊道，“你若真敢走，你我兄弟从此以后恩断义绝！”右手狠狠地一挥，手中刀“砰”的一声击在船舷上，那柄钢刀应声而断。

李亨刚被松了绑，尚未来得及向裴旻道谢，见到李璘的举动时，身子微微战栗了一下。人非草木，孰能无情，他们虽是兄弟，却是情若父子，当李璘的那柄刀断作两截时，他的心里倏地被刺痛了。若是换在以前，他会不顾一切地消除与李璘的隔阂，可现在不行，现在他是皇帝，一国之君，绝不可能因了兄弟情义抛却帝位，他做不到。

“十六郎。”李亨高喊道，“回到阿爹身边去！”喊完这句话，转身入了船楼里面。

裴旻看了眼李璘，见他那丑陋的脸露出无比痛苦的表情，不知为何，心里竟然生出了一股同情。从此以后，他将要与父兄为敌了。这样的痛苦或许也只有生在皇室中的皇子方能体会。

李亨的船队掉头北上，悠悠一江水，青青两岸山，看似平静的江山，从此后可能不会再安宁。

李亨脱险后，谢过裴、武两人，因了救驾有功，问他们要何赏赐，不管是要官要财皆可满足。

武月娘自然是不稀罕李亨的赏赐，她虽救了他，不过是不想看到他们兄弟大打出手，烽火四起罢了，其内心始终是忠于李隆基的，为此当即谢绝了。

裴旻笑了笑，道：“老子这一生自由自在惯了，官是做不了的，钱财也未曾放在眼里，但要有口酒喝，便知足了。你有专门喝酒的官吗？”

这本是句玩笑话，不想李亨却道：“有这个官职的，酒坊使专门负责酿酒品酒，你可有兴趣。”

裴旻闻言，眼睛一亮，心想天下果然还有这等官员，天天闻着酒香，喝着刚酿出来的热乎乎的酒浆，还有朝廷的俸禄领，真是他娘的惬意之极也！此般之诱惑对裴旻这样的酒鬼来说，实在是太大了。但转念一想，不管是什么官，终归是要受人管束的，老子这一生只有骂别人的份儿，倘若哪天借着酒劲儿，大闹酒坊，将一干权贵得罪了，脑袋就得挪位，可不是闹着玩儿的。当下回绝了李亨的好意，说道："在前面的码头放我俩下去吧。"

李亨挽留他们，实则是想收揽高手，以便为其所用，见他俩执意不肯，大为失望，只得吩咐下去，在前面的码头靠岸。

高适亲自送他们下船，临别时拱手道："这一路上多谢前辈仗义相救，我等方能有惊无险地渡过难关，前辈恩德，永铭于心。"

裴旻摇手道："你以为老子愿意出手吗？不过是眼下江山不稳，不想看他们兄弟俩再起纷争罢了，场面话老子也不与你说了，告辞。"

高适目送两人离开，回到船上后，对李亨道："陛下，行军司马李辅国送来消息，安禄山亲征，与我军在渭水对峙，我军数次渡水未果，伤亡较重，眼下进退两难，战局陷入僵持状态。"

李亨闻言，眉头一沉，他非常清楚自己的处境，虽说登了基称了帝，但实际上未获李隆基认可，根基不稳，拿下长安，是获取百姓信任、逼李隆基承认唯一可行的办法，便说道："要想夺回长安，必须渡过渭水去，没有商量。发消息告知李辅国，朕已启程，很快就能抵达渭水，在此之前，谨慎从事，莫让叛军偷袭了便是。"

高适惊道："陛下要亲征吗？"

李亨道："安禄山能亲征，朕何以不可？"

高适没再说话，看着李亨的脸色，忽然意识到唐军与叛军最后的决战或许已经来临了，天下是否能平定，李亨的皇位是否被承认，都在此一举。

裴旻、武月娘离开船后，一路前行，武月娘只是低着头，没开口说一句话，似在想什么心事。裴旻停下脚步，问道："在想自己的处境吗？"

武月娘一愣，依然没有说话。裴旻笑道："这有什么不好意思承认的，人活于世，哪个不为自己的处境打算？从李隆基的立场来说，失去了控制李亨的机会，自然会把你恨上。不过他虽然老糊涂，但还没糊涂到不可理喻的地步，你只需为他做件事，便能使他消气。"

武月娘屡次上他的当，显然有些警惕："何事？"

"把至今仍隐藏在暗处的那股势力找出来。"裴旻道，"你想想，眼下我们都不知道神龙令究竟是何物，它究竟能起到怎样的作用，会不会真的可以颠倒乾坤、搅动天下？如果神龙令真的让这股势力夺了去，非常可怕。要是能把他们找出来，安定江山，不管将来皇位由李隆基还是李亨来坐，那父子俩都会感激你，那么梅花卫的地位也就无人能动摇了。”

武月娘听他终于说了句靠谱儿的话，嫣然一笑：“这倒是说得在理。不过我们尚不知道那股势力究竟是谁在操控，毫无头绪，要从何处查起？”

“还记得那该死的傅大总管吗？”裴旻狡黠地一笑，“就从他身上下手。”

武月娘道：“如何才能找到他？”

裴旻道：“傅大总管曾想控制李亨，挟天子以令诸侯，只要这个目的尚未达到，他们就应该还在附近。”

武月娘惊道：“他们不会再次去劫持李亨吧？”

“不好说。”裴旻解下腰间的葫芦，仰首饮了一口，“我们走。”

是日入暮时分，两人一路往北沿岸而上，抵达一个小镇，发现有个瘦小的汉子，鬼鬼祟祟地出现在码头，是时李亨的船队就在不远处的水面上，那人朝着船队看了又看，随后转身而去。

裴旻“嘿嘿”一笑：“鱼儿出现了，先莫惊扰他，放长线钓大鱼，走！”两人远远地跟将上去，没走多久，那瘦小的汉子进入镇内的一座小酒楼。由于此镇不大，故酒楼内的食客并不多，那瘦子汉子走上二楼的时候，进入了一个包间。

裴旻也跟小二要了包间，带着武月娘入内后，便把门关上，搬了把椅子到墙角，侧着耳朵偷听起来。武月娘止不住好奇，也站到墙边去听。

“要不要追上去再把他劫过来？”这是孟幽兰的声音。

“自然是要的。”傅大总管道，“看来今晚又不得消停了，走吧。”

说完之后，便听得脚步声响起，往包间外走。裴旻心想：他娘的，老子尚未喝得一口酒，你们就走了……心念未已，忽传来一阵笛声，旁边的脚步声骤停，敢情是在听笛音。

“是主公发来的消息。”笛声落下时，傅大总管说道，“他让我们放弃李亨，实施第二计划。”脚步声又往包间里走，陆陆续续又坐将下来。

裴旻看了眼武月娘，意思是说他们居然还有第二计划！武月娘也是一脸的惊讶和疑惑，第二计划是什么，他们的主公又是谁，实施第二计划后，会对当下之局势产生怎样的影响？一连串的问题自心底浮现，心怦怦直跳。

“是该实施第二计划了……”这是金效邦的声音，但他的话只讲了一半，没再说下去，估计是让傅大总管阻止了，接着便聊起了闲话。裴旻搬回椅子，坐到桌前，过不多久，酒菜端上来，两人走了一天，又累又饿，趁着傅大总管等人没动身之前，先填饱肚子。

裴旻的吃相如同刚从牢里被放出来，菜入嘴里嚼得“吧吧”直响，武月娘十分讨厌他吃饭的样子，但一来可能多日相处后有些习惯了，二来隔壁坐着一桌敌人，故这次没有说他。

裴旻边嚼边道：“刺激吗？”

武月娘讶然道：“刺激什么？”

“跟着老子行走江湖莫非不刺激吗？”裴旻把一口酒吞下，道，“老子敢担保，这次跟踪他们能让你觉得步步惊心，而且当他们的第二计划揭晓时，会让你惊掉下巴。”

提及第二计划，武月娘的心头便沉重起来，随便吃了几口便搁了筷子。裴旻以为是自己的吃相又影响了她的胃口，道：“又觉得老子妨碍了你吃饭吗？”

武月娘看都没心情看他，只冷哼道：“你倒是有自知之明了。”

裴旻笑道：“莫要看老子的吃相不雅观，其实比起某些人来，老子比他们都文雅。”

武月娘不由得失笑：“这世上还有比你更加不雅之人吗？吃饭的声音比猪还大！”

裴旻笑了笑，嚼得更大声了：“当今皇帝，九五之尊，一举一动够得体文雅吗？还有那高适、隔壁的傅大总管，够文雅吗？一个个装得比谁都文雅，实际上内心所盘算之事，都见不得人。比起那些人，老子属于大俗大雅之人，纯洁得可爱！你想想，在这些人里面，让你选一个当你的男人，你选哪个？”

武月娘脸上倏地一热："哪个说要选男人了？我不需要你们这些臭男人。"

裴旻嘴里"啧啧"两声，正要继续调戏她，隔壁房间传来脚步声，敢情是要离开了。裴旻侧着耳朵听他们下楼，起身推开小半扇窗户往外看，只见傅大总管带着金效邦、孟幽兰等人出了酒楼，往西南方向而去。

"我们走。"裴旻急出了门，在楼下掌柜那里扔了块碎银子，便从酒楼出来。是时，夜色正浓，寒意袭人，街上的人并不多，为了不被发现，裴、武两人只远远地跟着，不消多时，就出了镇，往一座山上行去。

"他娘的，他们这是要做什么？"裴旻盯着前方的那些人，取出葫芦要喝酒，武月娘连忙阻止了他，道："那些人都是江湖上顶尖的高手，酒味足以让他们察觉了。"裴旻闻言，只得重又将葫芦挂在腰际。

走上一条山径，由于本身就是月黑风高之夜，山里面就更黑了，又跟了一段路，听得声笛音响起。傅大总管等人停下脚步，仔细听了会儿。待笛声落时，孟幽兰问道："是哪里发来的消息？"

"是夜郎那边发过来的。"傅大总管道："那边一切顺利，正按计划进行中，目前除了拜火教的光明使者葛青辉葬身蛇腹外，其余人无恙。"

金效邦道："可有说他们到了夜郎皇城的具体位置？"

"没说。"傅大总管继又往前走，"既然进展顺利，就无须担心，我们做好自己的事就是了。"

这番话顺着山风一字不漏地传入裴、武两人的耳朵里，听到这个消息的时候，两人都惊诧不已，原来他们也派人去了夜郎城，而且就在李颀黎等一行人之中！

要知道目前去夜郎城的那一行人，他们的身份都是可以确认的，分别是安禄山的拜火教、李隆基的梅花卫以及李亨的例竟门，除此之外，别无他人，就连被杜啸林强行带过去当向导的李骆谷，现业已确认是拜火教的教徒，那么谁又是傅大总管这股势力的人？

如果在那一行人之中，某个人拥有双重身份，那实在太可怕了。武月娘脸色惨白地看向裴旻，似乎想听听他的想法。事实上裴旻同样震惊，亦同样迷惑。但是他更加担心的是，在此之前，幽冥教曾污蔑李亨过河拆桥，说是得了神龙令后翻脸不认人，这才引出了孟幽兰报复李亨的事件，虽说此事已可证实是假的，但夜郎城沿途都发现了尸体却是真的，难不成死在夜郎城的那些人是傅大总管的人？如果是的话，可以确认一点，在去夜郎的那一行人中，内鬼必是傅大总管的人无疑。不可确认的是，他们究竟有没有拿到神龙令，第二计划是否与神龙令有关？

裴旻悄声道："找个机会给夜郎那边发个消息，内鬼并不在李隆基、李亨和安禄山这三方势力之中，应该是傅大总管的人，但不排除有人拥有双重身份。"

武月娘觉得此消息涉及夜郎那边人的性命，至关重要，便点头答应下来。

黎明时分，经过一夜的休整后，众人再次出发，为了方便行走，李颇黎临时做了副简单的担架，让肖如梅躺在上面，由他和杜啸林、奎尼等三人轮流抬着走。

从园林走出去后，一路上再没遇上尸体，可能是这段路比较安全，也有可能是进入夜郎皇城的那批人，在园林之中全部阵亡了，由于存在许多不确定性，大家依然不敢大意。

天气依然是阴沉沉的，空气清冽，早上的风拂面而来时，大家都觉得精神为之一振。

还是由李骆谷在前面带路，迎面又是一座巍峨的宫殿，虽大都已是败落不堪，但从其规模来看，比前面的任何一座宫殿都来得大。

裴小小问道："那里是什么地方？"

李骆谷道："从宫廷结构上分析，后宫，皇帝、皇后、嫔妃、宫女的起居应该都在那里面。"

肖如梅道："后宫起居之所，理应不会有危险了吧？"

李骆谷道："后宫属阴，难说。不过这也是我的猜测，一会儿进去时，大家小心些便是了。"

后宫的前半部分建筑大多已经塌了，但中间有几幢依然完好，大家走入一个落院里面，此乃是座小型的庭院，理应是夜郎王的某位嫔妃居所，院内杂草丛生，门窗基本腐朽，好在有几根石柱撑着，房子并没倒塌。

杜啸林往那几间屋子瞧了瞧，并无异常，回身道："这里什么也没有，走吧。"说这句话的时候，发现李骆谷怔怔地盯着一个地方，顺着他的目光往那边看，只见那边有条走廊，很小，只容得两人并肩而行，从这个角度望过去，恰好能看到走廊那端的场景，那是个死角，很黑，其右边有间屋子，可能是因了有那条走廊替它挡风遮雨的缘故，保存得相对完整。

杜啸林见李骆谷的脸色不太对劲儿，走上去问道："怎么了？"

"这里本是嫔妃的庭院，坐北朝南，并无不妥，可是让人改了风水。"李骆谷指着走廊那端的屋子道："那里就变成了阴宅。"

裴小小闻言，打了个寒噤："既如此便不要过去了。"

李骆谷道："我们是寻神龙令而来，眼下并不知道神龙令究竟存放于何处，自然是不能放过任何线索。"

裴小小看了眼李颇黎，想让他的师兄拿主意。李颇黎笑了笑道："小师妹莫怕，这么多危险都闯过来了，何惧一座阴宅？待师兄先过去打探打探。"说话间提了剑，往那头走。

李白忽然叫了一声，努努嘴，一副欲言又止的样子，最后说道："小心哪！"

李颇黎看到李白的神色，十分的古怪，却又说不出所以然来，微微一愣，哂然道："阿爹放心就是。"

奎尼因与李颇黎同心协力斗过巨蛇，结下了情谊，亦跟了过去，走到一半时，忽回过头来朝杜啸林道："若是里面有神龙令，莫怪我不与你分享了。"显然他对杜啸林一副作壁上观的姿态并不满意，故意拿话激他。杜啸林冷冷一笑，既然人家点了名了，自也不甘愿当缩头乌龟，脚步一抬，踏上走廊，随后跟上去。

接近那间屋子时，李颇黎便闻到一股霉腐的气味，可见房子虽然没塌，但腐败得也比较严重。

窗棂尚完好，从外面望进去，里面很黑，几难辨物，不过隐约可见在房子的中间放了一个长方形的物体，在黑暗中散发着淡黄色的光，杜啸林仔细辨别了下，惊道："是副棺材！"

"后宫嫔妃房中怎会放着棺材？"奎尼不解地问。

李颇黎觉得有些古怪，回头招呼李骆谷过来。李骆谷走到门前，点燃了支火把，往里一照，那副棺材立时反射出黄色的光芒来，透过火光，只见它是具黄铜打造的金属棺材，由于年代久远，黄铜已然变色发暗，但是棺椁上面雕刻着飞龙图案依旧闪闪有光，估计是用纯金所刻，这才会有历久弥新的效果。

李骆谷暗吃一惊："这应该是九龙金棺。"

奎尼闻言，脸上露出兴奋之色："会不会夜郎王的棺椁？"

"有此可能。"李骆谷知道九龙金棺只有皇帝，或是拥有极高功勋的王爷死后才有资格入殓，但奇怪的是此乃在后妃居所，倘若是夜郎王的棺椁，如何会放在这里？

显然其余人也想到了这个问题，倘若按照李骆谷所言，这里被高人改变了风水，成了阴宅，那么这副棺材放在这里肯定是有问题的，去动了它会发生什么谁也不敢说。可也正是因了如此，神令龙就更有可能就被放在棺材里面，如果因了有危险就不去动它，便遂了设计者的心。

李颇黎率先踏入了屋子里面，屋内的空气更加阴冷，再加上放了副棺材，营造成了种阴森可怖的氛围，李骆谷、杜啸林、奎尼先后踏入，因怕出什么意外，围着棺材看了一圈，果然李骆谷所言，棺椁上刻了九条龙。

"动手吗？"奎尼朝李骆谷问。

李骆谷扫了眼大家："动手，不过在揭开棺盖之时，务必小心。"众人称好，都憋了口气。

正准备动手，李颇谷无意间目光一瞟，看到屋子的角落里似乎有什么东西，心头大震："那是什么？"

大家被他如此一叫，俱皆吓了一跳。李骆谷将火把往那边一照，这才发现那里竟躺了几具尸体，由于方才大家都被九龙金棺吸引过去了，未留意到那里，这才未曾发现。李颇黎走过去，共有三具尸体，与外面发现的尸骨一样，基本已腐烂，由此可以确定，应是同一批人。

由于此地已是皇城之核心，在此依然能发现尸体，说明神龙令已被取走的可能性越来越大。大家的心不由得一阵失落，但与此同时，也暴露了一个问题，这里并不像表面上那样的平静，是存在致命危险的。

李颇黎仔细看了那三具尸体，骨头完好，而且这间房子也没有被破坏过的痕迹，这三人临死前应该没有经过剧烈打斗，那么他们是如何是死的？

正百思不得其解，只听杜啸林道："棺材被打开过。"原来在发现尸体后，杜啸林马上想到，先前来的那批人会去动棺材，这才去棺盖和棺椁的合缝处检查。可是说出这句话后，连他自己也吓了一跳，棺材既然被打开过，那么又是谁给重新合上去的？

要知道假设打开棺材后有危险，就算有人活着逃出去了，哪个还会回来再把棺盖合上？除非他是活腻了。

"师兄，里面怎么样了？"外面传来裴小小的喊声。

"你们待在外面，不要进来。"李颇黎显然也被这里诡异至极氛围吓着了，让裴小小、李白陪着肖如梅待在外面，以免出现不必要的麻烦。

奎尼看着九龙金棺咽了口唾沫："开不开？"

"不开如何知道神龙令是否在里面？"杜啸林暗吸了口气，沉声道，"开！"

这个决定虽是杜啸林下的，但也似乎暗合了彼此的心思，不打开它，如何甘心呢？当下由奎尼和李颇黎负责开棺，李骆谷和杜啸林护在两侧，以便危险出现时掩护开棺的人。

奎尼看了眼李颇黎，道："李兄，开始了！"李颇黎一点头，两人同时运力，一阵金属的摩擦声响起，棺盖应声而动，慢慢地往另一端移开去。

随着棺盖的打开，大家的内心都紧张到了极点，杜啸林全神贯注地握着刀，丝毫不敢放松。

打开到了一半时，为了防止意外，奎尼和李颇黎停止使力，从李骆谷手里拿过火把，往里一照，棺材竟然是空的！

"没有尸体！"奎尼惊叫出声时，李骆谷和杜啸林也围上来看，只见棺内除了一只长方形的锦盒之外，什么也没有。

正自愣怔间，杜啸林一个箭步抢上去，俯身去拿棺内的锦盒。奎尼见状，忽然意识到了什么，圣火杖一挑，落在杜啸林的右臂上，杜啸林不曾防备，只觉手臂痛得一麻，“当啷”一声，佩刀落地。

“找死吗？”杜啸林一声怒吼，右腿一式秋风扫落叶，逼退对方的同时，拾起地上的刀，“呼”的一声响，半空中陡起道匹练，劈头盖脸地就往奎尼身上招呼。

奎尼因了葛青辉之死，一直怀恨在心，这时候下手也毫不留情，乌黑的圣火杖上下翻滚，招招都指向对方要害，一时间两人斗得不可开交。

李颇黎看了眼角落的那三具尸体，莫非那三人也是互相斗殴而亡的吗？难不成里面的锦盒内装的真是神龙令？可是再一想，又觉得不对，三个月前来此地的那拨人，无论是哪股势力派出来的，他们都是同一伙人，目标也十分明确，不应该产生分歧而厮杀。

李颇黎想不明白此中关节，索性不再思量，俯身去拿锦盒。旁边的李骆谷忽喊了一声，“你要做什么？”李颇黎吃了一惊，抬头时看到李骆谷的脸色有些异样，他显然也想拿到锦盒，但自知不是李颇黎的对手，这才故意喊了一声，把杜啸林和奎尼吸引过来。

那两人正在恶斗，听得这声喊，不约而同地冲过来，许是冲得急了，身体撞在铜棺上，铜棺发出“嗡”的一声闷响。杜啸林的动作稍快，弯腰抓住锦盒在手，要拿起来时，那锦盒竟如嵌在铜棺内一般，纹丝未动。眼看着奎尼袭到，身子沿着铜棺一滚，避将过去。

杜啸林这一避，固然有躲开奎尼招式的原因，但同时他想让奎尼去试一下。一般情况下，区区一只锦盒，分量再重，也是能提得起来的，拿不动只有两个原因，一是它被固定在了棺内；二是那锦盒可能是触发机关的按钮。

奎尼往里一抓，同样没拿起来，心念电动间，手指一拨，拨开了盒盖，里面躺了只长方形的玉匣，呈乳白色，雕有古朴的纹饰，上面刻有三字：神龙令。

看到那三个字的时候，奎尼的心头猛地剧跳起来，旁边的李颇黎、杜啸林、李骆谷见他面色有异，俱上前去看。奎尼哪容得他们来抢，抓住玉匣，哪曾想玉匣竟然也是固定的，然而他那一扯之力，显然触动了机关，屋内陡然响起阵奇怪的轧轧之声。

第十四章

地 狱

随着怪声响起，铜棺突然震动起来。杜啸林见果然被自己料中了，急忙一跳跳开去。李颇黎情知不对劲儿，刚想逃开去时，恰好看到杜啸林率先逃离，站到了一个角落，而他所处的位置正好是那三具尸体所在的方位。

这是巧合吗？

不知为何，看到这一幕时，李颇黎的内心生出一种强烈的不安之感，未经思索，破口喊道："小心！"

杜啸林认为自己够小心了，提前料到了有机关，又提前躲了开来，可被李颇黎这么一喊，一颗心顿时提了起来，随即也意识到了身后的三具尸体，他的动作很快，倏地弹起身子，"啪"的一声，破窗而出。也就是在这时候，铜棺外侧突然出现数道精光，一闪而没。

是毒针！杜啸林看到这一幕之时，着实吓出了一身冷汗，原来那三人是这么死的，要不是李颇黎提醒得早，只怕自己也得躺在那个角落，与那三具尸体做伴了。在那一瞬间，出于本能，杜啸林的脑子里浮出一个问题，李颇黎是如何事先知道有危险的？

容不得他细想，毒针闪没时，屋内传出一声巨响，铜棺周围的地面蓦地活动，往下翻转。李颇黎、奎尼两人不曾防备，身子悬空时，皆掉了下去。

李骆谷由于没有参与争抢玉匣，离铜棺有些距离，而且在杜啸林避到一旁，让奎尼去拿锦盒时，他也跟杜啸林想到一块儿去了，站到了临窗的位置，以便随时跳窗出去。地面塌陷的速度虽快，可李骆谷由于保持着警惕，动作也不慢，手一伸抓住窗框，双臂用劲儿，跳出窗外去了。

又是一声巨响，地面再次反弹上来，恢复如初。

一切又恢复了原样，除了打开的棺盖证明他们方才进来过之外，仿佛刚才的一切是一场梦，杜啸林只觉冷汗涔涔而下，太可怕了，这个机关就是利用了来此之人对神龙令的觊觎，将所有人一网打尽。

地底下会是什么？李颇黎、奎尼都死了吗？思忖间，李骆谷脸色惨白地从那头的窗户冒出头来，显然他同杜啸林一样，惊魂未定。

这时候裴小小、李白两人扶着肖如梅过来查看，见杜啸林和李骆谷站在两头的窗外对望，却不见了李颇黎和奎尼，惊诧不已，刚才分明听到了较大的动静，那两人呢？

杜啸林把刚才的情形说了一遍。裴小小听完，“哇”的一声哭将出来，要入内查看。李白一把将她拉住：“里面危险，此事急不得，须从长计议。”他也担心儿子的安危，但毕竟是过来人，知道越是危险越需要冷静，又朝杜啸林道：“机关就是棺内的玉匣，是否有可能再次触动机关，把地面打开？”

杜啸林边回想着刚才场面，边道：“触动机关的话，铜棺周围的地面都会塌陷，上面的人决计逃不脱。”

肖如梅蹙着蛾眉思索会儿，道：“地面塌陷时，铜棺有没有跟着往下翻转？”

杜啸林眼睛一亮：“没有！”但他显然没有要再进去冒险的意思，兀自站在那儿没动。

李白把身上的包袱和剑放在地上，毅然走入屋里去。他知道危险，但失散多年的儿子生死未卜，即便是拼了这条老命，也得把他救出来。

那头窗外的李骆谷见状，似乎对李白的举动颇为担心，从窗外跳将进来，“打开地面后，你想怎么做？”

李白几乎想也没想，道：“打开地面后，如果他们没上来，我就下去。”

李骆谷看着他的脸，看到了一种赴死之决心，可再一想，血浓于水，儿子在下面遭难，哪个父亲会因了担心自己的性命而袖手旁观？

“先莫冲动，我帮你。”李骆谷拍拍李白的肩膀，示意让他镇定下来。李白看了他一眼，没说什么，爬入铜棺里去了。李骆谷从包袱里取出绳索，跳上窗台，一旦李白触动机关，便抛绳索下去。

杜啸林见状，朝李骆谷喊道：“你不怕死吗？”

李骆谷蓦然怒道：“教主在下面生死不知，我要救他上来。你若是怕危险，滚！”对杜啸林的不满和积攒的怒气在这一刻爆发了，倒是把杜啸林喝得愣了一愣。

肖如梅也担心李颇黎的安危，见李骆谷在关键时刻显露出男人该有的胆气和血性，不由得暗喝了声彩。

话分两头，却说李颇黎、奎尼两人，浑没料到地面会陷下去，根本没来得及防备，身体悬空，急坠而下，饶是他俩武功再高，也难及时应变。

地底下漆黑一片，一股极其难闻的尸臭味扑鼻而入。李颇黎、奎尼生怕下面有什么，身子往下坠时，将手里的兵器朝下，一剑一杖触地时，“叮”的一声，剑身承受不住身体的重量，从中断裂，但也是有了这一缓冲，使得李颇黎有了施展身手的时间，身子倒跃，此时已接近地面，因心理上早已有所准备，将落地时打眼一看，只见地下黑乎乎的全是尸骨，在遍地的尸骨丛中，一把把尖刃倒立着，密密麻麻的满地都是，无处落脚。“小心地下！”急切间，李颇黎喊了一声，觑了个真切，落在一副骨架上。

奎尼的圣火杖坚硬无比，倒没折断的风险，听得李颇黎提醒，定睛一看，大吃一惊，在圣火杖上一借力，身子再次弹起，同样在骨架上落了脚。

“有火吗？”由于这里太黑，什么也看不见，李颇黎转首朝奎尼问道。

奎尼苦笑：“今后再出门时，定要带火种在身上。”说话间，往怀里一探，摸出两枚圣火追魂镖，往前打出去，此镖遇风即亮，虽只若萤火虫一般，但在黑暗里好歹也能发出些微弱的光，那两枚镖打出去后，很快便传来“叮、叮”两声响，随即落了地。奎尼朝着那边定睛一看，是时眼睛已适应了些黑暗，隐约看到那边立了几尊石像，“李少侠，先到石头上去再说。”李颇黎道声好，双双飞跃过去。

两人在石像头上一骑，低头去瞅是何石像时，着实被吓了一跳。确切地讲，石像所雕刻的不是人，是鬼，巨眼圆睁，吐着长长的舌头，面目狰狞，凶相毕露，乃是地狱里的恶鬼形象。再看旁边的石像，全都是这一类的，一具一具层层叠叠，再加上地面上那些尸骨，构成了一幕地狱的景象。

李颇黎倒吸了口凉气：“这是什么地方？”

奎尼道：“可能是有人刻意设计的地狱场景，凡是觑觎神龙令者，必下地狱。”

经此一解释，李颇黎恍然大悟，从打开石棺，至看到锦盒开始，所有人都被锦盒吸引了过去，特别是当奎尼揭开锦盒，露出玉匣的时候，估计所有来此之人都会为之疯狂，历经千辛万苦，九死一生，好不容易见到了传说中的神龙令，哪个不想得到？然而，也就在那贪念涌起时，地狱的大门其实已经打开了，触动玉匣，地面陡然塌陷，底下漆黑一片，什么也看不见，直至落地时，身体插在倒立的尖刃上，堕入阿鼻地狱！

回想起那一幕幕场景，李颇黎冷汗直冒，在见到神龙令的那一刻，他自己不也动心了吗？

“看来这是陷阱，铜棺内的神龙令其实是假的。”李颇黎抹了把额头的冷汗，叹息道。

“机关的设计者端的是用心良苦啊！”奎尼苦笑一声，“不过你我也算是有缘，又一次同时落入危境了。”

“共过患难的，原该是生死兄弟。”李颇黎道，“但是你我背负的使命不同，他日或许就是死敌了。”

奎尼沉默了会儿，问道：“你对安禄山有何看法？”

李颇黎笑了一声：“我现在手无寸铁，要是说了实话，你该不会趁机杀了我吧？”

奎尼哈哈一笑 ：“你我不过是阵营不同，抱有不同的观点，亦属正常，不过我不是那种卑鄙的小人。”他在说“卑鄙”二字时刻意把语气加重了些，分明是在指杜啸林。

李颇黎道：“我这人性情淡泊，平日里喜欢独来独往，每日有酒喝有饭吃便知足了，不关心哪个当皇帝。”

奎尼好奇地问道：“那你来此是为何？”

“为了不想百姓遭受苦难。”李颇黎说这话的时候，语气依然是淡淡的，“政权纷争，群雄并起，他们打的是天下，苦的却是这天下的芸芸众生。师父说，习武者有三重境界：一则是强身健体，修身养性；二则是路见不平，拔刀相助；三则是为国为民，拨乱反正。既修得这一身本事，当此乱世，自当挺身而出，为弱者发声。”

奎尼暗暗佩服他的心境：“如此说来，要是你拿到了神龙令，该会交给你的师父。”

“是的。”李颇黎道，“由他老人家去决断。”

奎尼看了眼周围的环境，此时眼睛已能基本适应这里的环境了，扫了眼那些尸骨后又道：“这里死了不少人，从这些尸骨的腐蚀程度来看，应该不只是三个月前来的那批人，说不定自汉以来，一直有人到此寻找神龙令，你说神龙令还会在这里吗？”

被奎尼如此一说，李颇黎的内心也开始有些动摇了，要是神龙令只是一个幌子呢？杜撰它的人，只是想搅浑这潭水，让各股势力互相争斗，然后从中渔利呢？这并非是没有可能的，反正神龙令究竟是何物，谁也不知道，传得越玄乎，便越能引起争斗。最为关键的是，他师父和梅花卫正在追查隐藏在暗处的那股势力，如果那股暗中的势力正是控局之人，将天下大势当作一局棋在下，那就太可怕了。

奎尼见他没说话，便也没再将此话题说下去，一时间陷入了沉默，静阒得没有一丝声响。

在这样的环境中，静下来时是十分可怕的，面前的黑暗，以及黑暗中遍地的尸骨和周围矗立的恶鬼雕像，都能使人引起无限的想象。

忽然，寂静中“咯吱”一声，像是有什么东西从远处潜行过来的脚步声，接着又传来“咔嚓”一声，声音很脆，分明是有东西踩碎了地上的尸骨。

“是什么？”奎尼身体一震，转首问李颇黎。

李颇黎显然也听到了那声音，脸色一变：“难不成这下面还有什么东西？”

跟踪了数日之后，傅大总管等人已走出山南东道，进入了剑南道。这让裴旻和武月娘感到十分意外，要知道剑南道乃是在四川境内，此时李隆基也在四川，莫非这是巧合？

裴旻回头看了眼武月娘，眼神里似乎带了丝嘲弄的意味，好像在说，兜兜转转从南到北走了一圈，傅大总管的幕后主人该不会是李隆基吧？

武月娘瞟了眼他的神色，心头极是不舒服。从眼下的情形来看，并非没有这种可能性，李亨擅自登极，李隆基怀恨在心已非什么秘密，他可以让李璘去抓李亨，带其入蜀，为何就不能借江湖人士的力量，逼他下台呢？只是匪夷所思的是，如果此事是李隆基所为，让傅大总管逼迫李亨写禅让诏书是怎么回事？

“你在怀疑傅大总管背后的主人是太上皇吗？不可能！”武月娘冷冷笑一声，表示裴旻的这个想法是多么的荒谬，“别忘了傅大总管曾逼着李亨写禅让诏书，如果太上皇要复辟，用得着李亨写禅让诏书吗？”

裴旻道：“那么你认为他们入蜀为何？”

武月娘语塞，她自然无法这个问题，但也不肯服输，说道：“万一是巧合呢？鬼知道他们的第二计划打的是什么主意！”

“但愿是巧合。”裴旻真心希望这是巧合，不然委实令人难以接受。

这一日，抵达一个去处，名唤巫山，濒临长江，其南面是武陵山地，东面是长江中下游平原，西为四川盆地，北面是大巴山，其南北走向群山连绵，水系纵横，因了这独特的气候条件，使得这一带水草茂密，林深树高，对地形山势不熟悉者，入了山林，只怕就会晕头转向，寻不到出路。

傅大总管刚到巫山城外，便有三人在此接迎，领头的那人乃是个中年壮汉，三十出头，虎背熊腰，豹头环眼，虽是做平民的打扮，但明眼人都看得出来，此人只怕身份不低。他朝傅大总管等人拱拱手，道：“秦明法见过傅大总管及诸位英雄，在下已备下酒席，为诸位接风洗尘。”

傅大总管道：“这些繁文缛节，能免则免，我等身上皆负主公之所托，恨不得马上入山。”

秦明法道：“同为主公效力，在下之心情与傅大总管一样，不过此去路途遥远，所走的都是山高林密、人迹罕至的无人区，须好生休整两天，在下建议后日出发。”

金效邦问道：“入山的装备可都有准备齐全？”

秦明法道：“金老庄主宽心，俱皆备齐。”

一行人随那秦明法而行，不久后走入一家客栈去了。裴旻、武月娘暗中跟着，方才他们的对话虽没听全，但也了解了个大概，他们这是要入山，且要走很长的一段山路，去人迹罕至的山区，这可把武月娘吓了一跳，问裴旻道：“他们这是要去做什么？”

裴旻道：“估计是去要寻什么东西。”

武月娘一想也对，去人迹罕至的地方，除了寻找东西还能去做什么呢？可问题是，眼下神龙令尚未出世，他们便实施了第二计划，到底要去找的是什么？

一般情况下，除非是第一方案已告失败，才会实施备用的第二套方案，难不成夜郎那边出了什么意外，或是神龙令已经失踪？

想到此处，武月娘的心怦怦直跳，肖如梅也在夜郎那边执行任务，那是她这些年辛苦培养出来的徒儿，日夜相处，其感情虽不若母女，却也是颇为深厚，真要是出了意外，神龙令没得到不说，连人都没了，那是她万万接受不了的事实。

“他们到底要去寻什么？”武月娘紧张地看着裴旻，“为何在这时候要实施第二计划？”

走到这一步，裴旻的心里也是发慌的，夜郎那边至今没有消息，目前得知的最新的消息是，傅大总管也派了人去夜郎，且传来信息说一切进展顺利，他所谓的进展顺利指的是什么？如果说是探寻神龙令一切顺利的话，为何还要来这山地实施第二计划？这似乎是自相矛盾的，而正是这种矛盾令裴旻深感不安。

“无论怎样，我们也得跟着进山一趟。”裴旻道，“而且须做好长时间在山区的准备，趁他们尚未行动之前，把入山的物资备齐。”

武月娘接掌梅花卫宗主时，梅花卫已经没落，并隐居了起来，事实上她没有执行过重大的任务，到深山老林去，更是大姑娘上花轿头一遭，心中未免惴惴不安：“要不要通知一下门人，以便在必要时接应我们？”

“也好。”裴旻道，“免得我们两把老骨头死在山里了，都没人知道。待晚上找个无人的地方，用长安密语把消息送出去，让他们沿途按照我们留下的暗号找过来。”

商量即定，裴、武两人在傅大总管等人落脚的客栈对面不远处，也找了家客栈安顿下来，一来方便监视，二来不至于让他们察觉了。

是晚，两人吃完晚饭，悄悄地出来，走出几里地，找了个偏远所在，用笛子将消息传了出去。

长安密语的神奇之处便是以音相传，声传千里，由于各自都有一套破译的方法，故即便声音交汇时，让其他组织捕获，也难以破译，徒然无益。但它也有缺点，须有相关传译人员相随，一般重要的人员出门，或是有重要活动时，都会派出传译队伍暗中相随，他们或打扮成平民，或打扮为商人等三教九流人员，根据需要奔走于五湖四海。例如裴旻、武月娘两人，看似单独行动，实际上有传译之人跟着，只不过他们从不露面，且一般距主人在几里开外的位置，故而其他组织想要寻找到他们，十分困难。只是想要跟传译之人不断线，在长途跋涉时，需要在消息最后标明自己所在位置，以便他们追踪。

话休叙繁，且说两人传完消息，重新回到客栈，一宿无话，次日裴旻让武月娘留下来继续监视傅大总管那些人，他自己则出去采购物资。一直到是日下午，背了两大袋东西回来，主要是干粮、水壶、绳索、火把等物，当然还免不了备了几大坛子酒。武月娘看着那好几坛子酒，惊道：“如此笨重之物，你要如何带？”

“老子还买了一头驴。”裴旻指了指外面，“就在院子里甩着，你放心，傅大总管那帮人肯定也会用马驮东西，老子用一头驴不算夸张。”

武月娘不由得失笑：“为了几坛子酒，你买了头驴，值得吗？”

“自然值得！”裴旻认真地道，“断粮断水都行，要是断酒断然不行。这几坛子酒可是老子保命的家伙，万不可少！”

武月娘摇头苦笑，但有头驴在至少他们自己不用背东西了，倒也能轻松不少，因没与他继续争辩。

第二天一早，傅大总管、金效邦、孟幽兰、萧无名四人在秦明法的带领下，陆续出发，除了六匹马用来驮东西外，另有一支三十人的随行队伍。裴旻一看这阵仗，惊道：“他娘的，他们入山究竟要去找什么？”

这个疑问一直跟随着他们入山，谁也不知道会遇上什么，又会发现什么，只是隐隐觉得傅大总管如此大张旗鼓而行，此行之任务断然简单不了。

李颇黎在黑暗中听到那怪响的时候，只觉浑身的汗毛都竖起来，前面遭遇了太多古怪的事件和奇异的猛兽，这种地方什么都有可能发生，哪能不使人惊慌？更加让他慌张的是，他手中只有断了的半截剑，真要是遇上什么猛兽，拿什么去迎战？

心念未已，只听得黑暗深处传来一声叹息，那叹息声很粗重，并非人为，更像是某种大型动物从鼻孔喷气出来的感觉。奎尼听得那声音，浑身大震，目不转睛地看着前方：“会是什么？”

李颇黎自是不能回答他，只把眼睛紧紧地看向前方，绷紧了全身的神经，蓄势以待。不消多时，黑暗里已隐隐可见有东西在晃动，从外形大致判断，那东西很大，其壮如牛。奎尼紧攥着圣火杖，道：“李少侠，那东西过来了，拼他一把！”

李颇黎应了一声，这个机关的设计者把什么都想到了，一般情况下从上面坠落下来，落在反插的尖刃上，必死无疑，万一尚有侥幸逃脱者，便只能沦为那异兽的腹中之食了，总之到了这地狱一般的地方，不可能有生还的机会，在这样的环境下，除了拼命再无其他选择。李颇黎紧捏着断剑，随时准备攻击。

随着那东西的走近，其脚步声越来越重，两人的眼睛已适应黑暗，这时已能模糊看到它的样子，其长相与公牛相差无几，头顶两侧长了双角，眼大而嘴长，只是其嘴下的胡须比普通的牛要长一些，且是白色的，倒与羊须有几分相似，四蹄亦与牛略有不同，也是前后两瓣，但比之普通的牛蹄要小一些。诡异的是它身上有花纹，与虎相同，看上去十分的不伦不类。

李颇黎、奎尼见到那怪物，暗暗称奇，均不知那是何物，不过若是李骆谷在场，凭他的学识理应知晓此乃上古异兽，唤作“軨軨”，经书曰：“空桑之山……有兽焉，其状如牛，虎纹，其音如钦，名曰軨軨。”载于《山海经》的“东山经”。

此异兽倒非以凶闻名，而是以忠著称，若牛也似，一生忠诚，无怨无悔，将之放置于此，便是要让它死守于此。

軨軨见到骑在石像上的两人，仰首叫了一声，这一叫端的让两人毛骨悚然，非是牛声，宛如病重者发出的呻吟，深沉而带着莫大的无奈，死气沉沉，这种声音听起来本就让人不舒服，再上在此等环境发出，更加增添了几分阴森和恐怖。

由于前面有倒插的尖刃，那东西也不敢越雷池一步，只在外围仰头叫着。奎尼见状，倒是松了口气，心想：只要你不敢过来，那就还有生还的希望，到时候只要上面有人把机关打开，他们就能出去了。

心念刚落，軨軨倏然急叫一声，喉咙里发一种类似垂死病人的呻吟，痛苦而低沉，庞大的身体蓦地一个纵跃，便跳了过来。奎尼的方位就在軨軨的前方，着实把他吓了一跳，这东西皮糙肉厚，他们身边连把利器都没有，真要拼起命来，生死殊难预料。

李颇黎喊道：“跳过来！”

奎尼的身子一个倒跃落在距离李颇黎不远处的一座石像上面，尚未站稳，只听轰的一声大响，刚才奎尼所站的那尊石像被撞倒，斜靠在旁边的另一尊石像上。那軨軨虽笨重，却也不傻，借着一冲之力，后腿一弹，居然跃到了石像上面，与李颇黎、奎尼两人呈对峙之势。

軨軨上了石像后，虎视眈眈地看着二人，李颇黎看着它那架势，不觉心惊胆战。现在彼此都在石像上面，真要打起来，他们并没见优势，倒不如先下手为强，掌握主动权。李颇黎心念一落，喝一声：“奎尼兄，我们曾联手御龙，何惧一头牛乎！”颀长的身子霍地跃起，扑向軨軨，他是想把斗那巨蛇的方法再使一次，骑到牛背上去。

軨軨也不傻，看出了李颇黎的意图，将头一仰，前半身微微跃起，前蹄悬空，欲以此抵御扑过来的敌人。奈何它终归是笨重了些，即便勉强弹起了上半身，其高度亦无法跟李颇黎匹敌，眼睁睁地看着他从自己的头上跃过去。

李颇黎的身法极快，瞬间落在其背上，刚想拿断剑砍，軨軨倏地躁动起来，险些将他甩下地去，索性把断剑扔了，两手抓住它头上的两只角："奎尼兄，看你的了！"奎尼会意，大喝一声，身子掠过去的同时，"呼"的一声挥杖便打。他的圣火杖虽像烧火棍似的不怎么好看，却是极为坚硬，軨軨的头被李颇黎牢牢控制住了，闪躲不便，"啪"的一声，头顶结结实实地挨了一棒。

这一棒端的是把軨軨打得七荤八素，晕头转向，一时站立不稳，从石像上倒了下去，李颇黎身手敏捷，急跃将下来，落到石像上。軨軨落地后，虽说皮糙肉厚，然尖刃依然刺入了它的身体，痛得嗷嗷直叫，欲要站起来再斗时，奎尼却没有给它机会，身体俯冲下去，又是一棒落在其侧脸，重力打击之下，軨軨的头部往地上一落，尖刃从其眼睛插入，一命呜呼。

奎尼一屁股坐在軨軨身上，向着上面的李颇黎笑了笑，李颇黎也禁不住仰首一笑。所有的矛盾、隔阂以及敌对的心理，在大战后的这一笑之中化作乌有。还有什么比战胜了上古异兽，再一次挑战了生命的极限更让人畅快呢！

恰在变时，"轰隆隆"一声，上面的地板被打开了，一道光亮透将进来，犹如黑夜过后迎来的曙光，令人振奋。

"教主！"李骆谷的声音传下来，"我听到你们的声音了，有没有受伤？"

奎尼高喊道："没有，比任何时候都要好！"

"那就好！我现在把绳索扔下去。"李骆谷高兴地喊了一声，没多久就扔了绳子下来。

两人顺着绳子依次爬上去，此时李白尚在铜棺里面，见到李颇黎安然无恙地出现在面前时，竟然忍不住眼圈一红，待地面合上时，从铜棺里跳将出来，一把将李颇黎抱在怀中。

看到父亲激动的神情时，李颇黎也忍不住心里一阵感动，这么多年以来，与亲人失散，何曾体验过被亲人疼爱的滋味，一时千头万绪涌上心头。

李白未能控制情绪，“呜呜”地哭出声来；李颇黎一惊，连忙安慰父亲道：“阿爹莫要难过，儿不是平安回来了吗？”

“好，好！”李白一边抹着眼泪，一边欣慰地笑着。此时，裴小小、肖如梅也走进来，两人自也免不了一番关心，一番问候之后，大家都觉得此地不宜久留，便出了这座嫔妃的庭院，继又往皇城深入。

及至午时，找了个避风所在，拿出干粮随便填饱了肚子，准备略作休息再行启程。这时，有长安密语传来，正是武月娘在裴旻的授意下发过来的消息。肖如梅破译信息后道：“我家宗主与神剑帮帮主一起，发现另一股潜藏在暗处的势力，也派人来了夜郎。这个人很有可能就在我们中间，他的负责人叫傅大总管，其背后主人依旧不详。”

杜啸林对此类消息极为敏感，迅速把这条消息在脑子里过滤了一遍，用不多久，心里便理出了一条比较清晰的脉络。那股势力所派来的人，无论是此前怀疑的他们中间的内鬼，还是潜藏在暗处的第九个人，他真正的目的是什么？是来争夺神龙令的，还是另有其他任务？

在这之前，他们都怀疑，所谓的内鬼就是三个月前跟着金吾卫和幽冥教的人来过一趟，现在重新又随着他们走一遭，有此必要吗？要知道如果三个月前的那批人，已经取得了神龙令，再来重走一遭，冒一回生死大险，除非是嫌活得太久了。如果三个月前他们没有得到神龙令，那么就更加匪夷所思了，派了那么多的高手，都没有拿到神龙令，现在不仅跟着他们几人混入此地，还时不时动用各种手段试图阻挠、恫吓他们，用意何在呢？

无论从哪方面去假设都是说不通的，更何况现在已经证实，幽冥教扬言要报复李亨过河拆桥之行为乃是诬陷，那么也就意味着幽冥教究竟是否真的来过此地，也成了一个问号。照此推论的话，那个所谓的内鬼或第九个人，也许与三个月前来的那批人并无关系，其混于他们中间或者是潜藏在暗处，不过是想得渔翁之利罢了。而对在场的这些人来说，可能真正想要查清楚的不是内鬼，而是叛徒。

他们的身后都代表了一方势力，挂在表面上的身份十分明确，但是他们中间如果已经有人叛变，此行的目的是为了潜藏在暗处的那股势力服务的话，那就太可怕了，无论是对李唐王皇室还是安禄山方面，其后果都可能是致命的。

如此看来的话，事情可能比他们之前所想的还要复杂，是哪方势力曾派人来过，铩羽而归，又是哪股暗中的势力想要夺取神龙令，与李隆基、李亨和安禄山争这江山？想到此处时，杜啸林的目光不由自主地往李白身上瞟过去，谁是叛徒他现在根本无法判断，但在此之前他需要把其他的可能性排除掉。

在他们这批人之中，肖如梅代表的是李隆基，奎尼、李骆谷代表的是安禄山，杜啸林代表的是李亨，李颇黎、裴小小代表的是神剑帮，神剑帮的政治倾向虽尚无法确定，但至少在外围帮着查找暗中的那股势力，李白表面上看起来是李颇黎的父亲，可在所有人之中他是最独立的一个个体，这一路走来，几乎没有人去怀疑过他，因为在进入夜郎城之前，他是最先到武神庙的，也是他在无意中发现了类似于女性阴户状的神秘图腾，并且意图想要把它扔掉。正是由于这一点，他身上的疑点就被排除掉了，大家都在心理上接受了他是无意中闯入的这个事实。可是，世上会否真有如此巧合之事，如果这一切都是他装出来的呢？

在一个专业的办案人员眼里，有时候最不起眼儿的那人，很有可能是最大的嫌疑人。

李颇黎看到杜啸林的眼神时，勃然大怒：“你又想做什么？”

“李少侠，请先莫要动怒，诸位也请听我把话说完，请相信我只是就事论事。”杜啸林目扫着在场人等，道：“你们的背后都有各自的主人，神剑帮作为一个江湖帮派，现在虽无明显的倾向，但至少也在帮着查那股隐藏的势力，所有人都有了定位，唯独李白是孤立的，我提出这个话题，只是想抛砖引玉，请大家理性分析一下。”

被杜啸林如此一说，大家的心里都不免涌起了波澜，是啊，大家彼此猜疑，甚至还大打出手死了个葛青辉，唯独没有怀疑到李白身上去，这是为何？是出于对他的信任吗？那么这种信任感又是从何而来？是对他的背景已经一清二楚了吗？似乎谁也不知道李白真正的背景。那么问题就出来了，既然谁也不知道他的背景，为何从来都没有怀疑到他身上去？无论是从内鬼还是叛徒上去考虑，李白的清白，恰恰是其内鬼身份最明智的伪装，也因了他表面上没有挂靠任何势力，才最有可能代表隐藏在暗处的那股力量。

肖如梅瞟了眼李颇黎，又迅速地把目光移开了，显然她也怀疑，但并不想让李颇黎发现，这才把目光转移了开去。其他人也是这般暧昧的神色，气氛顿时变得怪异起来。

李颇黎是无法接受他们如此怀疑他的父亲的，自打母亲过世，他就特别想念父亲，希望他能来找他。为此，他也曾经恨过父亲，竟然能撇下他和母亲这么多年不闻不问。可是随着年龄的增长，这种恨意渐渐淡了，取而代之的是无尽的想念。如今好不容易与之重逢，即便是在这样的环境下，也是倍加珍惜，容不得他人对父亲有丝毫的亵渎。

“他藐视权贵，游剑江湖，向来独来独往，啸吟山泉，我们这里的人谁都有可能是内鬼，唯独他不可能！”李颇黎怒扫了众人一眼，斩钉截铁地道。

李骆谷问道：“你对他了解多少？”

李颇黎一愣，说到了解，他对父亲几乎一无所知，他所知道的，也只不过是道听途说的罢了。

“天宝二年，老夫四十三岁，受皇上抬爱，供奉翰林院。”李白因了数日未曾饮酒，十分不适，舔了舔嘴唇，道：“不瞒列位，老夫虽好游历，又喜长居名山大川，求学问道，过那神仙一般的日子，却也时时心怀家国，想着辅佐明主，干一番大事业，此出世与入世之心，正是老夫矛盾之处，也正是因此造就了老夫坎坷的一生。那三年时光，老夫晨趋紫禁中，夕待金门诏，出入大明宫，亦时常行于长安街头，看尽了世态，也明白了官场。那是一个角斗场，是个吃人可以不吐骨头的地方，弱肉强食，以官职论尊卑，以权力和利益为目的，大多数人在那个圈子里都丧心病狂。老夫怕了，也心寒了，厌倦了，本想投效国家，可这几年来也不过是混迹于翰林院的一闲人而已。国事无权操心，也插不上嘴，至多是当皇上高兴时，为他写诗作赋，供他一乐而已，此等官场，有何留恋处？”李白的眼睛从大家的脸上扫过，这一问似乎是在问别人，但更像是在问自己，又舔了舔嘴唇，道：“从那时候始，老夫不问世事，虽居于宫中而饮酒作乐，与贺知章等一干人，做酒中仙。有一日，皇上诏见，教老夫草拟诏书，当时正喝得酩酊大醉，也是因了对官场的厌恶，放浪形骸，边半躺于地上拟诏，边抬起一腿，对高力士说，此靴不甚合脚，脱了。当时高力士的脸色十分难看，想他乃是皇上身边近侍，官至骠骑大将军，给区区一个翰林院供奉脱靴，真正是岂有此理。他向皇上看了一眼，皇上的脸色也十分难看，却沉着脸没有说话。高力士无奈，只得将老夫的靴子脱了。老夫在官场本就不让人待见，过不多久，就让人参了一本，皇上顺水推舟，将老夫贬了，自那以后，便游走江湖，居无定所，直至在武神庙遇见诸位。”

李白将他的近况交代出来，目的是想让大家排除对他的嫌疑，从其叙述的经历来看，以他的性子，的确不适合为官，也不会与任何一方势力勾结。但是，仕途不顺，一生潦倒者，往往会产生两种极端倾向：一则天高任鸟飞，海阔凭鱼跃，从此后就真的不问世事，流连于山水；二则会认为一身才学、一腔抱负未能实现，乃是未遇明主，从此之后便想法设方寻找明主投靠，以期施展抱负。这样的人在历史上比比皆是，李白会是后者吗？

杜啸林显然尚未排除他的嫌疑，冷冷一笑：“于是你便另投明主，欲舒鸿鹄之志？”

李颇黎彻底被激怒了，从李白手里拿过剑，喝一声：“杜啸林，莫要欺人太甚！”说完“呼”的一剑，朝他当胸刺过去。

第十五章

乌云仙顶传说

杜啸林迎刀一挡，“当”的一声响，两人各自退后一步。杜啸林黑着脸喝道：“我已经说了，提出此问题，是要让大伙儿参详。你这般不容人议论，莫非是心里有鬼不成？”

李颇黎闻言，越发气愤，又待上去打。李骆谷趁机走上几步，拦在两人中间，朝李颇黎道：“李少侠莫恼，这次杜统领的出发点没有错，眼下除了我们三方势力外，另有一股不明势力存在，这十分可怕。先前我们曾猜测，在我们中间可能并不存在内鬼，只有第九个人的存在，那是缘于得知有其他李唐皇室参与争天下的实际情况考虑。现在既已明确那股不明势力也派了人来，说明内鬼是存在的，确有必要排除嫌疑，望少侠莫要介意才是。”

李颇黎冷笑道：“现在既已明确那股不明势力有派人前来，也就意味着内鬼就是不明势力的人，那么内鬼便是我的父亲了？”

“李少侠多虑了，除此之外，不排除另一种可能性。”杜啸林道，“也有可能在我们的三方势力中出了叛徒。”

“哦？”李骆谷一惊，“何以见得？”

杜啸林道："天下动乱，人心思变，在权力和利益面前，人心会变得越发的深不可测，哪个敢保证这种事情不会发生呢？"

李骆谷叹息一声，他也不得不承认杜啸林是对的："那么该怎生排除，以保证我们的安全？"

杜啸林摇摇头："只怕暂时还无法排除。不过我敢断定，内鬼和第九个人都是存在的，并且会在神龙令面世之时，露出他们的真面目，与我等决一生死。走着瞧吧，神龙令近在眼前，决战的时刻也不会远了。"他在说完这句话的时候，有意无意地看了眼李白，这才往屋子外面走去。

众人听了他这番话，均是暗暗心惊，真的到了那一刻，这里面的人有几个能活着出去？因是休息得差不多了，皆往外走。肖如梅挣扎着起身，显然她依然十分吃力，裴小小便过去搀她，她微微迟疑了一下，似乎有所顾虑，最终还是让裴小小搀着走了。

这一细微的动作，恰好落在李颇黎的眼里，在所有外人当中，他最是关心肖如梅的态度，即便所有人都不信任他们父子，但只要她不怀疑，就无所谓了。可惜的是他失望了，少年的内心蓦地升起股失落，苦笑一声，跟父亲打了个招呼，往屋外走去。

寒风迎面吹来，李颇黎仰起头，让风顺着他的领口往身体里面灌，这种冰冷的感觉让他冷静了下来。这怎能怪她呢，此行所有人都不单纯，他们都带有各自的使命，诚如杜啸林所言，待神龙令面世的那一刻，便是他们生死相搏的决斗之时，谁又能真正相信谁呢？

李颇黎抬头吸了口凛冽的空气，在特定的环境下，人与畜生何异啊！那神龙令恰如一块肥肉，只要一出现，他们就会像狗一样扑上去，露出凶恶的面目，狰狞的獠牙，不择手段，将对方击倒，以使自己能将肉叼到嘴里。

"阿爹。"李颇黎看向李白，"人活着究竟有何意义，只是为了争名夺利吗？所谓的理想和抱负，是否只是堂皇的借口，让自己在争抢过程中得以心安？"

李白听儿子说出这等话，心里一惊，他灰白的眉毛一扬，道："从眼前的环境来说，的确如此。但是不同的环境下，理想和抱负的意义也不尽相同。以神龙令来说，如果拿到他真能平息兵燹，天下太平，让千千万万的百姓安居乐业，过上平安的日子，那么我们现在所做的一切都是值得的。儿啊，人活着不能只看到眼前的事物，须向前看，当你的胸中藏着万里河山，天下黎民，你便会觉得所有的委屈、痛苦和折磨，都是值得的。”

李颇黎道：“儿明白阿爹的意思，可眼前的这一关该如何迈过去？”

李白看了眼走在前面的肖如梅，他明白儿子心里的痛苦：“会过去的！”再艰难的事都会过去的。至于这一关怎么迈，既取决于自己的态度，也取决于他人的心态，任何事都是相对的，光是一厢情愿，任何事都不可遂愿。

李颇黎望了眼父亲，嘴角一扬，既感谢父亲言语的安抚，也想告诉他，儿已长大，可为你挡风遮雨。

从地理位置上来看，已将出后宫，远远望去，在众多破败房舍中间，一座宫殿峭然而独立，犹如鹤立鸡群，十分显眼。

裴小小望着那座宫殿问道：“那是什么地方？”

李骆谷道：“这里已快走出后宫了，再往前走便是宫女、太监等人的居所，不过在那里建一座如此巍峨的殿宇，端的奇怪。”

奎尼问道：“是不是说我们也快走完皇城了？”

“是的。”李骆谷道，“过了宫女、太监的居所，再往前应该就是宫门了。”

奎尼讶然道：“我们在皇城内走了一遭，何以至今未发现神龙令的踪迹？”

杜啸林道：“如果神龙令真的在宫里的话，极有可能就在那座宫殿内。”

李骆谷点头道：“杜统领说得没错，那座宫殿异于其他殿宇，其壮丽程度甚至超越了后宫，可见十分重要。如果传说中的神龙令真的存在，那么也只能在那里了。”

其余人闻言，神色一振，历经千辛万苦，终于将要见到神龙令了。同时，内心也不由得紧张起来，神龙令会否还在，它到底是什么，果然有颠倒乾坤的能力吗？带着诸多的疑问，大家加快脚步，往前走去。

确切地说，那不是座宫殿，而是供奉神祇的庙宇，匾额上写了“女娲宫”三字。李骆谷见状，恍然大悟，从种种迹象来看，夜郎人崇拜女性，而女娲在神话故事中则是人类之起源，她捏泥为人，这才有了繁华的人世间，从这个角度来说，女娲是人类之始祖，象征着繁荣、生生不息，夜郎国王在这里建造一座女娲宫丝毫不奇怪，他将镇国之宝神龙令供奉于此，也就在情理之中了。

女娲宫的后面是一座人工堆砌的山，估计是造皇宫时，需要凿山挖湖，多出来的泥石便索性在皇城里打造成了一道景观，因此那山并不高，只是无人料理，草木葱郁，几已难见泥石了。

杜啸林率先迈开步向女娲宫跑过去，神龙令近在眼前，他首先想到的自然是先人一步，入得宫去，以便能在第一时间抢到神龙令。将近宫门时，他感受到了一股异样的气息，回头一看，所有人都站在后面，此时他们就像一群观众，静静地观看着即将发生的事情。

杜啸林回身过来，朝着他们冷冷一笑：“尚未见到神龙令，便开始耍起心机来了吗？想看看我会否触发里面的机关，看我会不会死？或者是待我拿到了神龙令，你们在外面合而攻之，将我置于死地？”

当大家的心里都认为神龙令就藏在女娲宫里时，心态都不由自主地发生了变化，一旦神龙令出现，平静将会被打破，同舟共济的伙伴，为了各自的任务或是理想，会变作死敌，没有人会手下留情，在这样的情况下，敌对的矛盾陡然尖锐，将身边的人均当作了敌人。这一路走来，杜啸林的举动曾触怒过许多人，他几乎把所有人都得罪了，那么你想进去就进去便了，反正即便是让你先得了神龙令，也决计跑不出去。

看到这幕场景，看着眼前那一个个熟悉的人，饶是杜啸林以狠辣著称，心头亦不禁阵阵发寒，太可怕了，为了利益可以走到一起，也可以在瞬息翻脸！

气氛一下子凝固了，正当大家对峙的时候，山上的草忽然动起来，发出簌簌声响，难不成又有异兽？

看着不断晃动的草木，大家的心不由得都抽紧了。

李颇黎低喝一声：“大家都小心了！”说话间，从肖如梅的手里拿过剑，蓄势待战。那边的杜啸林见状，重又走过来，看着山上的动静，横刀于胸，准备应付未知的危险。

“扑簌簌”一阵响，黑影一闪，从草木丛中跳出个人来。众人见状，虽说心头松了口气，然而惊诧之意丝毫不亚于看到上古神兽。要知道此地乃是尘封了上百年的夜郎皇城，无论其曾做出过怎样辉煌的业绩，亦早为历史的洪流所湮没，为神龙令而来的前两批人，也都无一例外地死在了这里，那么此人是谁，为何会从女娲宫后面的山上出来？

带着种种疑问，大家的眼睛都向那人打量着，且各自都紧握着手里的兵器，以防不测。那是个三四十岁左右的中年人，蓬头垢面，身上的衣服也是破破烂烂，几不遮体，从外形上看，与野人无异。显然他已在此生活很长时间了，看到生人时，同样十分惊诧，抬起手撩了撩前面的乱发，把一双眼睛瞪得大大的，敢情是许久没见过同类了，这些人的出现，反倒是教他若看到了怪物一般，满脸的惊讶。

“你是谁，缘何在此？”裴小小见是个人，便没那么紧张了，出口相问。

那人的眼睛从他们身上一个一个看过去，看完之后，忽然咧嘴一笑，露出两排黄牙，手指着众人嘻嘻笑道：“傻子，一群傻子！”

看到那人的这副神情，大家都不约而同地放下兵器，原来是个傻子。

杜啸林从包袱里取出干粮，放在手心，朝那人引诱道：“吃吗？”

看见吃食，那人眼里直放光，一个箭步冲过来，抓了杜啸林手里的食物就吃。杜啸林见状，暗松了口气，此人没有危险，而且从他所穿的衣服可以判定，乃是前一批来此的人当中侥幸存活下来的，运气好的话，说不定能从他的嘴里听到些有用的信息。

那人极为快速地把食物吃完，抬头眼巴巴地看向杜啸林，眼神之中满是期待。杜啸林要的就是这效果，又从包袱里拿出块干粮。那人见状，嘻嘻一笑，又伸出手来拿。杜啸林迅速把手收回，道：“你回答我几个问题，便给你这吃的，可好？”

那人指着杜啸林笑道：“傻子！”

杜啸林却也不怒：“是谁让你到这里来的？”

大家以为他会问这里有什么危险之类的，见他问起这个，心里陡然一紧，如果真问出来了，内鬼可能很快就会现出原形。

那人歪着头想了会儿，脸色慢慢地变了，像是想起了什么恐惧的事，十分害怕：“他……他很凶，很凶……”

杜啸林也紧张起来：“是谁？”

“王爷……”

“哪个王爷？”杜啸林紧逼着问。

那人看了眼杜啸林，忽然转身往山上跑：“你是来杀我的……杀我的……”

那股不明势力乃是李隆基的其中一位儿子，这是大家都知晓之事，但李隆基儿子众多，究竟是哪一位就难说了。见那人又跑回了山上去，大家都不免有些失望。但是在这样的环境，彼此的心里是紧绷着的，从那人的只言片语及举止上，不免浮想联翩，他看到杜啸林便说“你是来杀我的”，莫非他指的王爷乃是李亨？

三月之前，李亨尚未登基，那人又一直没出去过，他所说的王爷就极有可能是李亨。

奎尼一声冷笑：“杜统领，你一直喊着要捉出内鬼，这内鬼就是你自己吧？”

“已经到终点了，我不想再与你辩论这个问题。”杜啸林手一伸，做了个“请”的姿势，“一起进去看看便是。”

奎尼摇摇头：“越是到了终点，我们越得小心，你先进去吧。”

杜啸林朝山上望了眼那人消失的方向，道：“我敢与你打赌，就算是神龙令在里面，也绝不会如此简单地让我们拿到。所以在此之前，只怕我们还需要通力合作，不然的话，要么死在这里，要么就像他那样疯了。”

众人闻言，倒是听了进去，如果这时候就各顾各的，相互算计，只怕谁也好过不了。

李骆谷道：“教主，依属下看，无论神龙令在没在里面，不妨一起进去看看再说。”

奎尼目光一转，看向李颇黎："李少侠觉得呢？"

李颇黎想也没想，道："一起进去吧。"

"好。"奎尼瞟了眼杜啸林，"那就一起进去，看看你能耍什么花样！"众人一道举步，往女娲宫的宫门走过去。

女娲宫很大，地面由青石板铺就，整体呈四方形，两边各立了两根二人合抱的朱红柱子。穹顶则为圆形，暗合天圆地方之概念，亦与古籍记载的"往古之时，四极废，九州裂，天不兼覆，地不周载，火滥炎而不灭，水浩荡而不息。猛兽食颛民、鸷鸟攫老弱。于是女娲炼五色石以补苍天……"的女娲补天传说相符合。墙壁上有彩绘的壁画，所画的是女娲娘娘的事迹，乃是汉代典型的工笔重彩，构图以密托疏，灵秀而庄重。最是让人惊叹的是，数百年过去了，彩绘的颜色依旧鲜艳夺目。

偌大的宫殿内，除了必要的装饰外，别无长物，正面摆了香案，香案前面便是与穹顶相齐的女娲像，足足三丈有余，虽是用巨石雕刻，但依然栩栩如生，霓裳若随风飘动，还有那丰腴的体态，尽显了女娲的慈悲和丰腴的母亲形象。汉朝并非以丰腴为美，然而将女娲塑造为这般形象，足见世人对她的尊敬，以及在她身上所赋予的期望。

古人云："女娲，古之神圣女，化万物者也。"有了她才有了一切，有了她才有了人间，于是后世之人希望她能如母亲一般，继续护佑苍生，泽被后世，那么将之塑造为一位丰腴的女性，也就不足为奇了。

大家在此看了许多时候，也没有发现传说中的神龙令，不由得升起了一个奇怪的念头：这里的结构并不复杂，几无藏物之所，莫非传说中的神龙令并不存在？此念头一起，不禁大失所望，费了如此大的周折，如果真是个子虚乌有的传说，失望的岂止是他们，只怕他们背后的主人，会更加难以接受。

杜啸林对未知的事物，似乎天生就有种不止不休的探索精神，当大家失望的时候，他兀自在四周查看，最后果然让他发现了端倪。在两侧的墙壁以及女娲像后面的墙上，各有一道暗门，由于女娲像后面的暗门更加隐秘，更能勾起人的探索欲，杜啸林便用力在门上一推，居然一把被他推开了。

其余人见状，都走上去看，只见门内是一条暗道，比较狭仄，只容一人弯腰而行，也不知通向何处，幽黑得难以见底。杜啸林横刀于胸，也不待跟其他人商量，头一低便进去了。后面的人也不甘于落后，纷纷入内。

李颀黎故意落后，让肖如梅走在前面，他自己则走在最后，以防她有什么意外。肖如梅见到他这个举动，心头升起一阵暖意，此前她还在怀疑他的父亲呢，他却依然想着她的安危，故在感动的同时，又不免升起股愧疚，暗自叹息了一声。怪不得山上那人会发疯，在这种地方，经受的岂止是惊吓，还有情感上的挣扎，如果前方真的出现了神龙令，她与他之间将如何面对？想到此处时，心乱如麻。

越往里走越黑，暗道也越来越窄，在这种狭仄的空间里，极容易让人产生恐惧和窒息感，如果出现什么意外，连转身逃跑的机会都没有。李颀黎走在最后面，能清楚地感觉到肖如梅的气息越来越沉重，心理承受能力显然已达到了极限。李颀黎把手伸过去，轻轻地搭在她的肩上。

肖如梅的娇躯微微一颤，倒非因了男女有别，一则是缘于太过紧张，二则发自内心的感激。当那只宽大的温暖的手掌放在她的肩膀上时，只觉一股暖流遍及全身，也是在这一刻，她暗暗地下了个决心，如果他俩之间为了神龙令，非要斗个你死我活，她选择让步，当是成全这份来之不易的情谊。

一路上没有发生危险，除了暗道顶部嶙峋的山石，把杜啸林的头撞了两下外，并无遇见任何意外。这种平静反而让大家的内心掀起了波澜，眼前不断地浮现出女娲宫外出现的那个疯子，他嘻嘻笑着，指着大家说“一群傻子”。当那疯子的画面与眼前的平静重叠交叉时，平静带来不是心安，而是更大的恐惧。

走了约有一顿饭工夫，前面的杜啸林忽然停了下来，紧跟其后的李骆谷险些撞在他背上，问道：“怎么了？”

杜啸林道：“到头了。”

到头了？大家听到此话时，心头一阵战栗，什么也没发生，什么也没看到，怎么会到头了呢？

轰隆隆一声沉闷的声音响起，杜啸林摸索了许久，确定这里有道暗门后，用力将之推开，一道光线若箭一般射入里面，随之清新凛冽的空气席卷入内，大家猛吸了一口气，心间浮上来一股浓浓的失落感，原来真的到头了！

从暗门内依次走出来，发现这里是道山谷盆地，眼前所见到处都是崇山峻岭，以及茂密的原始森林，皇城消失了。难不成他们这趟冒险之旅，就这样莫名其妙、不明不白地结束了？

又是“轰”的一声响，身后的石门倏地自动关闭，仿佛在宣布他们自由了，逃出险境了，同时意味着希望破灭了。

难不成神龙令真的只是传说？

这样的结果，是在场的所有人都没有预料到的，也是无法接受的，杜啸林回身又去推那道石门，想要再次进去，却是怎么也推之不动，他回过头来，浓眉一扬，大声道：“我们必须回去！”

大家明白他的意思，女娲宫里还有两道暗门，或许神龙令就在其中一道门内藏着。

李骆谷往四周看了看，说道：“这道门的机关只能从里往外推，在外面是打不开的，我们找找其他入口。”

走了好几个时辰，没有发现任何入口，无奈之下，只得先走出这座盆地，去高处望望，看是否还有回去的可能。

天黑时分，已走出盆地，又过了会儿，终于登上一处制高点，众人已是筋疲力尽，俱皆坐在地上休息。肖如梅更是脸色苍白，香汗淋漓，索性躺在地上喘息。

李骆谷走出几步向前望了望，不望还罢了，一望之下便如见了鬼似的，浑身大震。

杜啸林时刻都在留意着他的举动，见到这副神色，忙问道：“怎么了？”

李骆谷回过头来，沮丧地道：“你自己来看。”

杜啸林撑起身子，与李骆谷并肩而立，是时明月在天，周围的群山在月下投出参差不齐的剪影，只见有九座山峰高低不一地呈现在眼前，若莲花一般耸立四周，而中间那道突出的山坪，一如莲芯，正好矗立于九山之间。

“这是……”杜啸林看到眼前的景象，其惊恐程度丝毫不亚于李骆谷，霍地转身往身后望过去，只见不远处的武神庙赫然矗立。

众人纷纷起身，不可思议地看着眼前熟悉的景物，哭笑不得。

兜兜转转又回到了原点，想起他们所经历的事，端的如梦如幻。然而再怎么艰难，只要挺过去了，不过是人生中难忘的一段回忆罢了。可是对他们来说却不是，当这个噩梦一样的经历结束时，却恰恰是另一个噩梦的开始，他们还需要再走一趟！

杜啸林拔出佩刀，使劲儿地挥舞着，似乎想要借此把所有的愤怒和不快发泄出来。事实上其他人也一样，他们也恨不得发一回疯，或是大哭一场，此时此刻，他们似乎明白了，怪不得女娲宫的那人指着他们喊“一群傻子”，原来他们真的像傻子一样被愚弄了。

“先回武神庙休息吧。”李白沮丧地看了眼大家，默默地往前走去。

四川一带多山多河流，山里湿气重，入山后更显阴冷，裴旻有酒倒是不怕，冷了喝些酒取暖就是，武月娘就不太好过了，山风吹来时，直冻得瑟瑟发抖，偏生又不能走得太快，免得被傅大总管等人察觉了。

裴旻见她的脸冻得发白，一副楚楚可怜的样子，委实有些心疼，把外面罩的棉衣脱下来，道：“你穿上。”

武月娘看了他一眼，心里一阵感动，道了声谢，接过衣服来。只是裴旻不怎么洗澡，再加上日日酗酒，什么衣服到了他身上，便有一股浓烈的臭味，武月娘受不了这股味道，又把衣服扔了过去。

“哎，你这老娘儿们！”裴旻奇怪地看着她，“好好的，想给你御寒，莫非你还嫌弃不成？”

武月娘捂着鼻子道：“实在太臭，恕我无福消受。”

裴旻指着武月娘，气不打一处来，若不是怕惊动傅大总管他们，他非得拥她入怀，教她好生习惯一下自己身上这股独特的男人气味。

行了一天，是日傍晚时分，翻过一座山，到了一个山坳里，傅大总管等一行人停了下来。为防被发现，裴旻、武月娘躲入一个拐弯处，爬上山坡，暗暗窥探那边的动静。

傅大总管手指着一个方向，似乎在指示其余人下一步的行动。裴旻朝着他手指的方向望过去，只见那边是道连绵的山丘，并无奇特之处。

武月娘转过头来问道："他们想要做什么？"

裴旻摇摇头："尚不清楚。不过看他们的架势，似乎到了目的地，要开始行动了。"

武月娘闻言，眼睛一亮："如此说来，很快就能知道第二计划是什么了！"

裴旻"嘿嘿"一声怪笑："但愿，不然的话，此事不查清楚，早晚得出大事。"

只见傅大总管吩咐完毕，由秦明法带着十余人先行，傅大总管、萧无名、孟幽兰、金效邦等人居中，另外十几人则断后，往山丘方向走过去。

裴旻起身："我们跟过去看看。"武月娘称好，快步往前走。及至那山坳里时，前面的人已到了山丘，裴旻不敢跟得太近，便在山坳里远远地观望，待那些人都走到山丘后面去时，这才继续往前。

刚刚接近山丘，蓦然传来"轰"的一声大响，着实把两人惊得跳了一跳。

武月娘脸色苍白地道："什么声音？"

裴旻的脸色也是一变："像是山体塌方。"

武月娘闻言，娇躯一震，虽说傅大总管那些人属于敌对势力，死不足惜，但在事情没有弄清楚之前，葬身于山里，却是有些不甘心的，急着要过去查看。裴旻一把拉住了她手："莫着急！"牵着她躲入草丛中。

武月娘正想问这时候躲起来作甚，忽听得一阵杂沓的脚步声传来，忙不迭把身子往里缩了缩。裴旻见她的身子靠上来，趁势伸出一条手臂，将她揽入怀里。武月娘一惊，想要挣扎时，便见有几人跑过来，因恐被他们发现，坏了大事，只有任他抱着了。

只见跑过来的只有五六人，想来是断后的几人侥幸没被山体掩埋。他们的神色皆慌张至极，像是经历了十分惊悚之事，恨不得插翅飞下山去。

待那些人跑过去后，武月娘迫不及待地站起身，翻身就是一脚踢在裴旻身上。裴旻正低头闻着她身上特有的香味，完全沉浸其中，这突如其来的一脚令他猝不及防，被踢翻在草丛里。

“你乘人之危，究竟为何？”武月娘羞红着脸斥问。

“为何？”裴旻摸着被她踢中的胸口，龇着牙道：“老子分明是在追求你，你说为何？”

“老不死的老流氓，要是下次再敢占我便宜，非一剑刺穿了你！”武月娘恼羞成怒。

裴旻笑嘻嘻地起身：“你这老娘儿们，这么大年纪了，有男人追求你，便是你上辈子修来的福气，你偏生不识好歹，生生将老子往外推。”

武月娘没想到他占了人便宜，还能说出这么一套歪理来，气笑道：“承蒙好意，我不需要男人，特别是不需要你这样又臭又无赖的老男人！”

裴旻耸耸肩：“总有一天你会因为失去老子而后悔终生的。”说话间，也不去管武月娘的脸色，径往前走。武月娘也想知道山丘后面究竟发生了什么，亦跟着过去。

原来，山丘的后面有一个山洞，估计是傅大总管等人进去后不久，山体便开始塌方，除了五六人外，其他人都被埋在了里面。此时洞口被泥石掩得严严实实，而且塌方较为严重，里面的人即便没死，想要出来也难了。

“他娘的！”裴旻忍不住骂了一句，“难不成真是恶人有恶报，刚进去就让老天爷埋了？”

武月娘看着周围，说道：“山崩是正常现象，那几个生还的人何以会那么害怕，急着逃下山去？”

“确实有些奇怪。”眼见得天已黑了下来，裴旻道：“我们先行离开此地，找个地方休息一晚，明日下山去，向当地人问问山里的情况。”

没过多久，找到了个山洞，裴旻上上下下检查了一遍，直到没有塌方的危险，这才同武月娘两人进去。因来时带足了物资，什么东西都具备了，当下去找了些干柴来，生了火，架起口锅，开始做饭。

裴旻靠在石壁上，悠悠然喝着酒，时不时瞄一眼武月娘做饭的样子，火光映着她的脸，把她的脸照得红彤彤的，越发妩媚撩人。这时候，洞外是冬天冰冷的寒风，而洞外则温暖如春，身边又有美人相伴，便想：要是在此地过一辈子，老子也认了！

武月娘能感受到他在看自己，且心里一定在想些乱七八糟的事情，因此十分不自在，转过头去道："你又在想什么坏主意？"

裴旻把一口酒咽下，道："老子就想待在这山洞里，这辈子都不想走了。"

武月娘闻言，果然如她预料的那样，在想那些乱七八糟的事，便冷笑道："这敢情好，那你就别出去了，从今往后，我定会感谢你放我一马的大恩大德。待你死在这里时，每年清明，保证搬两缸酒来浇在这里，让你在地下喝个够。"

裴旻装出一副发怒的样子，心里却是十分喜欢这样的打情骂俏："你这老娘儿们，就不能盼老子好些吗？"

武月娘冷笑道："你好了时，我定好不了。"

又相互间挖苦了会儿，饭菜已熟，裴旻道："他娘的，累了一天，着实是饿了！"拿起筷子就吃，嘴里"吧吧"直响。武月娘皱皱眉，却没有说话，反正说了他也不会改，只得由他去了。

一宿无话，次日一早，两人收拾了下，赶着驴下山。到了巫山，依然入住原来的那家酒店。点菜时，裴旻问店小二道："小哥，这附近的山上，可有什么古怪吗？"

那店小二道："客官指的是昨日有人在山里被活埋的事吗？"

裴旻一愣："原来你已听说了！"

"如此大的事，怎能没听说哩。"店小二道，"有六个人侥幸逃了回来，听他们讲的，实在太可怕了。"

武月娘看着店小二的脸色，问道："区区山体崩塌，有何可怕之处？"

店小二道："听两位口音是外地的吧？你们有所不知，那座山唤作乌云顶，因传说有仙人在那儿，故又叫作乌云仙顶。"

裴旻道："小哥的意思是说，那些被活埋的人是得罪了神仙？"

"可不是嘛！"店小二肯定地道，"相传在汉朝的时候，有位仙人叫作乌云，挑了一担宝物，腾云驾雾而来，路过那座山时，见风景秀丽，是个绝好的去处，便降下云头，把那一担宝物埋在了山上的某一处地方。神仙为防止有人觊觎宝物，也住在山上守护。打那以后，我们巫山一带，风调雨顺，无灾无害。有神仙帮咱们守护着一方土地，多好的事啊！可偏偏有人贪婪，欲获取那一担宝物，结果去一批死一批，这几百年来，乌云仙顶死了无数人。到了现在，据说山上阴气极重，经常莫名其妙地发生一些怪事，所以后来又有人叫它鬼域。”

裴旻好奇地道：“发生了哪些莫名其妙的事，可否说一件来听听？”

店小二道：“客官，非是小的催着您点菜，您看时候不早了，太晚了饿的是你们，所以还是先把菜点了。待小人让厨房先去做着，再来与两位讲故事，可好。”

“对对对！”裴旻为了打探山里情况，极力附和着，点了菜后，取出块碎银子，道：“多的不需找了。”

店小二道声谢，跑去厨房下单了，不消多时，果然如约而来。裴旻叫他坐下，道：“你慢慢讲，我们慢慢听。”

店小二应声“好”，略微组织了下说辞，道：“那是三年前，从外面来了十几人，估计是听说了乌云仙顶有宝物，想来发笔横财。那一日他们上山后，已是傍晚时分，本是晚霞满天，晴空万里，极好的天气，突地刮起一阵大风，顿时间天昏地暗，难辨方向，山上的草木沙沙作响，犹如千军万马奔踏而至，十分吓人。那些人生平头一遭碰上这等奇事，自然害怕，想着往回走，哪里料到越走越不对劲儿，身边的树木越来越密，昏暗中越发慌张，相互推搡踩踏，结果掉崖的掉崖，撞壁的撞壁，也有被同伴踩死的，总之无一生还。”

武月娘与裴旻对视了一眼，道：“总之那些人全死了，但没人见到是被什么东西害死的？”

“正是。”店小二道，“这次的事件也是如此，那六个活着回来的人，只说抵达山丘后面的洞口时，正好撞上洞内袭来的一股大风，呜咽作响，分明感到风中好像有什么东西，奇怪的是什么也看不见。正当大家惊异时，便听‘轰隆隆’一声大响，山就塌了。”

裴旻摇头叹息："看来贪婪者，都是自食其果。"

"客官说得极是。"店小二十分赞同此话，"人啊，生死祸福，皆由命定，命里有时终须有，命里无时莫强求。"

裴旻竖起大拇指："小哥好学识，至理名言，受用匪浅。"武月娘见他口是心非、假模假样夸人的样子，心里暗暗冷笑：此人油嘴滑舌之能事，端的是亘古未有！

那店小二却是十分受用，说完故事后，浅笑着而去。这时候，酒菜上来了，裴旻迫不及待地喝了几杯酒，过了瘾后，这才抬头问武月娘道："你有何看法？"

武月娘边夹着菜边道："神灵之事，玄之又玄，不可信其有，也不可信其无，我没什么看法。"

"你这老娘儿们，脑子如何不会拐弯呢？"裴旻道，"你用你吃饭的脑袋想想，方才店小二所说的故事，有几分可信？他说当时那些人无一生还，但他描述起来却如亲眼看见一样，这说明什么？"

武月娘兀自不解："说明什么？"

裴旻道："说明这是以讹传讹，编的。"

武月娘道："即便这个故事是以讹传讹，但是昨天有人活下来了，总不能也是编的吧？"

"你如何认定不是编的呢？"裴旻冷哼一声，"傅大总管是什么东西，他娘的比狐狸还狡猾，老子猜他定然是利用了这一带的神话传说，故意制造这起事故，且还颇费心机的支使那六人跑下来，让人大家以为他们触怒了神灵，全死在山里了，如此一来，便没人去打扰他们，为顺利完成第二计划开了个好头。"

武月娘听他说得有几分道理，惊道："你是说我们的行动，早已让傅大总管察觉了？"

"不一定。"裴旻喝下一口酒，咂咂嘴道："那老狐狸做事滴水不漏，他来这么一手，可能是防止山下有人猜测议论，或是断了那些也想去山上探宝之人的念头。"

武月娘的思路不由得也被他带着走："莫非他们真是去寻什么

宝物？”

裴旻笑道：“那就真的只有鬼知道了。明天我们还得上山去，把此事查清楚。”

武月娘称好，两人吃饱喝足之后，各自回房歇息。次日，天刚蒙蒙亮便赶了那头驴上路。

昨晚讲故事的那店小二送出门来：“客官这就要走啊？”

为了不让人起疑，裴旻又开始跟人胡诌：“是啊，生意人嘛，为混口饭吃，天涯漂泊。最烦人的是老子这婆娘，紧着催老子回家，生怕老子与外面的小姑娘看对眼了。”

店小二看了眼武月娘，会意地笑笑。武月娘伸出手去，狠狠地在裴旻的大腿上掐了一把。裴旻痛得跳起来：“老子全身上下就那一块肉最嫩，你他娘的真会掐地方啊！”回头朝看热闹的店小二讪笑道：“家教太严，见笑见笑！”

武月娘绷着脸道：“再胡说八道乱嚼舌头，定会让你后悔遇见我。”

如此打打闹闹出了巫山城，趁着早上人少，拐入山里去了。又行了大半天，才走到发生塌方的地方，裴旻四处踩了踩点，回来后说道：“没发现端倪，不过如果塌方真是傅大总管使的障眼法，这个山洞就一定会有出口，我们分头找，争取在天黑前把它找出来。”武月娘应声“好”，两人分头行事。

要找到一个山洞的出口，说容易也容易，只要顺着山洞的大体走向，沿山头寻找，一般都能找得到。可说难却也难，倘若山洞较长，且中间弯曲幅度大的话，其出口究竟在哪个方位就着实难以判断了。好在两人轻功都不弱，纵跃山林，如履平地，天色黑下来的时候，武月娘发来暗号，待裴旻赶过去时，果然她已找到了出口。

从这个出口往前看，是一座高耸入云的山峰，在群山之中，它鹤立鸡群，十分醒目，武月娘道：“莫非这就是乌云仙顶吗？”

“应该是。”裴旻说道，“我们先找个地方，把毛驴和物资安顿好，连夜上山去。”武月娘明白，如果傅大总管等人真在山上，敌暗我明的情况下，白天上去极容易让人发现，趁着夜色行动是最好的。当下找了个隐秘的山洞，裴旻将毛驴拴好，给它喂了些草料，又将葫芦灌满了酒，朝着乌云山顶进发。

因了这一带流传着很多传说，且死了许多人，变成了人们口中所说的“鬼域”，平时没人敢到这儿来，故草木茂盛，大树参天，没有可通行的山路，即便是大白天走进来，也是极难行走的，到了晚上，几乎举步维艰。不消多时，两人身上的衣服便被枝叶挂破，好在是冬天，衣服穿得多，不然的话，便要体无完肤了。

及至后半夜，尚未爬到山腰，裴旻有些急了，跃上一棵大树，站到树顶，借着月光往前望，奈何这一带都是原始森林，除了树叶外，什么也看不到，沮丧地下了树。倒是武月娘在下面发现了片被树枝挂下来的衣袂，说道：“你料得没错，傅大总管确实没死，到山上来了。莫要着急，我们走不快，他们也快不了。”

裴旻取下酒葫芦，一阵牛饮，压抑下浮躁之气，继又往上爬。直到次日凌晨，才算越过山腰，将近乌云仙顶了。从这儿望上去，只见山顶云烟缭绕，雾霭蒸腾，树木在白色的雾气里若隐若现，把雾气也衬托出些许的绿意，端的宛如仙境。

看到这样的景色，昨夜的辛苦一扫而光，两人也知道傅大总管他们定在不远处，相视一笑，吸了口早上清新而凛冽的空气，一鼓作气继又往上。

抵达山顶的时候，太阳已挂得很高了，雾气也淡了许多，举目一看，在山顶居然还有一条巨大的山沟，如龙一般蜿蜒逶迤伸向远处，望不到尽头。山沟里面遒劲的树根高高凸起，几乎充斥了整条山沟，其间点缀了许多白色的小花，只铜板大小，白瓣黄蕊，在风中摇曳，十分可爱，同时亦在这高山之巅勾成了一副近乎奇幻的景色。

武月娘见之心喜，欲要俯身去摘。裴旻急去阻止：“越美的花越是可能有毒，沾不得。”

武月娘抬起头看了他一眼，见他的眼神之中似乎还隐含着其他意思，眼珠子一转，会过意来，他说的越美的花越是可能有毒，是否在暗暗揶揄于我？想到此处，气打心起，伸出手指熟练地在裴旻的大腿上掐了一把，痛得裴旻直翻白眼，却又不敢大叫，“嘶嘶”倒吸着气，压低着声音道：“你这老娘儿们越发狠毒了，老子怕你中毒，莫非也关心错了吗？”

在这种地方，武月娘没心思跟他争辩，径往山沟下走。裴旻叹息一声，跟将上去。

越往下走，山沟越发开阔，山石嶙峋，亦开始有了些积水，在湿泥处明显有傅大总管等人留下的脚印。看着周围如此复杂的环境，再看地面上的脚印，武月娘不觉停下脚步，回头问裴旻道：“你看这些脚印，整齐有序，说明他们行走之时，丝毫没有犹豫，你说他们凭什么如此自信，不怕走错了方向？”

裴旻先前没有想过这个问题，被问得愣了一下，低头想了想，眼睛一亮：“莫非有图纸指引？”

“怪就怪在这里。”武月娘道：“这个地方连当地人都不敢上来，他们哪来的图纸？”

裴旻也觉得奇怪：“现在想多了也没用，快些跟上去才是。”武月娘也想不明白，便又继续往前走。

忽然，山林中传来一阵哀号，那声音十分凄惨，像是突然遭遇了变故。裴旻身法极快，迅速地跃上一棵树，往前一看，身体不由得一震。武月娘看着他的脸色，情知不对劲儿，也跃上树去。

第十六章

死循环

从裴旻和武月娘所在的方位望下去，山沟的尽头居然是一个湖，那湖虽然不是很大，但由于位于山巅，所汇聚的乃是山林之泉水，清澈无比，蓝幽幽的水映着山色，越发翠绿。湖水之右侧是一道瀑布，水声哗哗，顺着峻峭的岩壁飞流直下，在瀑布的中间，还有一棵悬于石壁的树，树枝斜插在瀑布之外。再往底下看，瀑布的下面，是一座巨大的山谷，谷地上不见石头，俱是绿草和不知名的野花，由于那里寒风吹不着，再加上土地湿润，长得郁郁葱葱，十分繁盛。

单是看这景色，端的是神仙一般的地方，让人赏心悦目，可看到山谷里的人时，委实教人触目惊心。秦明法的十多个手下，估计是走在最前面探路之人，此时像疯了一样脱光了衣服，边在地上打滚，边使劲儿用手指抓着皮肤，抓得血肉模糊了，兀自解不了奇痒，恨不得把皮肉都抓下来，附近悦目的花草上沾满了鲜血。

忽然，有一人奋力往前跑，在他的前面有一汪潭水，乃是瀑布之水形成的，也不知究竟有多深，纵身便往潭水里跳。“啪”的一声，水花四溅，那人尚未来得及在水里挣扎，便见得水里一声大响，水面上露出一只鳄鱼，其体型较大，嘴一张便将刚才那人咬入嘴中，只咬了几下，便吞入腹中。

武月娘见此情景，娇躯一颤，脸色也变了。谷地里余人皆慌，都用布将口鼻蒙上，且往后退，以防不测。然在谷地里打滚的那些人，估计是承受不了巨大的痛苦，不退反进，纷纷往潭水方向跑过去，对他们来说，似乎只有死亡才是真正的解脱。

武月娘看不下去了，跳下树来，是什么样的痛苦，竟让他们争先恐后地往鳄鱼嘴里送？

鲜血在潭水里漫延开来，血腥味吸引了更多的鳄鱼出来，一只只张着大嘴，等着那些人跑过来送到嘴里。如此诡异惊悚的场面，连裴旻见了，亦不觉心惊肉跳。然而傅大总管依然命令剩余的人往前走，他大声呼喝着，大有种不达目的誓不罢休的意思。

裴旻眉头一蹙，心想：该是谷地中的花草有毒，能使人奇痒无比。明知是死亡之谷，却还义无反顾地往前，看来那第二计划对他们十分重要。思忖间目光一抬，朝着他们前进的方向看过去，那是个坳口，由于形状弯曲，即便是裴旻居高临下，也望不见里面的情形。

“怎么样了？”武月娘站在树底下问。

“他们又开始往谷地行进。”裴旻道：“我们也须早做准备，不然的话，也会成为鳄鱼的食物。”

武月娘想起刚才的场景，依然觉得毛骨悚然：“你有什么办法吗？”

裴旻再次抬头望向傅大总管等人，只见又有四人在地上打滚，只一会儿，同前面那些人一样，将衣服扒光了使劲儿往身上抓，及至抓得血肉模糊时，又往潭水跑去，成为鳄鱼的腹中之物。

秦明法此番共带了三十余人，在这个山谷里一下子折损了二十来人，不由得心里发虚，当其余十来人退下来时，也没去呵斥，眼神只往傅大总管身上瞟。

此时，金效邦开口了：“傅大总管，这么下去，唯死而已，依我看不只是那些花草有毒，只怕经年累月之下，这些花草枯了再发，不断反复，连地面的沼泽也染了毒性，泥水漫入脚下，便能让人中毒。不如花些时间砍些树木来，临时拾座桥，好歹可保性命无忧。”

傅大总管权衡了下，虽说如此做费时，但能保得大家性命，也是值当的，当下同意了这个方案。金效邦领命，号召大伙儿去砍树。

裴旻跃下树来，笑道：“我俩不用担心过不去了，他们在砍树搭桥，估计需要些时候，我们趁机休息下，吃些东西。”武月娘闻言，也大是高兴，取了干粮出来，席地而坐，分而食之。

直至是日午后，傅大总管才算是搭了座简陋的桥出来，晃晃悠悠地踏过去。裴旻躺在树干上伸了个懒腰：“他们总算是把桥搭好了，我们也下去吧。”

到了谷地，傅大总管等人早已进入坳口里去了，裴旻二人便踏木而行，顺利地抵达坳口。裴旻贴着石壁往里窥探了下，见没人，朝武月娘使了个眼色，往里走去。

进入里面时，空间一下子就狭窄起来，只容两人并肩勉强通过，地面上又都是乱石和枯枝，行走很是困难。为免脚下发出声响，不让前面的人察觉，只得放慢了速度。

通过这道狭长的山体走廊，前面豁然开朗，出现了一块较大的山坪，其正面则是一座突兀孤立的山峰，笔直地插入云霄，十分壮观。在那孤峰下，有一个山洞，虽为草木遮挡了，然仔细看的话，还是能够看得出来。

傅大总管往怀里一探，取出张羊皮纸，抖展开来，与眼前的景物仔细对照。

武月娘见状，心想：果然有图纸指引！那羊皮图纸很是古朴，不像是新制的，应是有些年月了，从这边望过去，距离太远，看不真切，只是隐隐觉得那是幅地图。

傅大总管看了会儿，道：“就是这里，走！”依然由秦明法及其十余名手下带路，朝那山洞走过去。

看到这一幕的时候，无论是裴旻还是武月娘，心里都无比震惊。目前已有一队人马在夜郎古城探险，假设在夜郎寻找神龙令是第一计划的话，难不成这第二计划指的是另外一个宝物？可是江湖上并没传闻，除了神龙令之外，还有一件足以左右天下的宝物啊！除非是他们已经证实，神龙令并没有在夜郎，而是在乌云山仙顶！

脑子里冒出这个念头的时候，两个人着实被自己的想法吓着了，倘若真是如此，在夜郎的那些人都将徒劳无功。

可是这里面还有个问题，傅大总管派去夜郎的人与李颇黎等人在一起，他是如何提前得知神龙令没在夜郎的？

李颇黎等人在武神庙休息了一晚，情绪已然慢慢平复下来。尽管有了经验，沿着老路重新走一遍，势必还会遇到危险。城内那些尸体有些早已化作白骨，有些则尚未腐烂，说明前面来的那批人，也跟他们一样，重复走了几趟，或许女娲宫出现的那个人就是这么疯的。

然而，从另一个角度看，这一切又似乎是合情合理的。神龙令乃天下至宝，可颠倒乾坤，如果能轻轻松松得到，那才是咄咄怪事。越是困难，越能够说明，神龙令就在女娲宫无疑。

临行时，裴小小想到要再重头去那地方走一遍，一则已没任何兴趣了，二则想想都觉得害怕，便可怜兮兮地看着李颇黎道："真的还要去啊！"

李颇黎早就无意让她冒险，趁机道："小师妹，你还是不要去了，下山去联络师父，有他老人家在你身边，师兄就无须为你担心了。"见裴小小没反对，又回身过来劝李白，让他也不要再去冒险了。

没想到李白很执拗："从小就与你分散，阿爹未能尽到父亲的责任，此番重逢实在是老天开眼，如今阿爹一刻也不想与你分开。"说话间，看了眼众人，又小声对李颇黎道，"这些人都带了任务而来，各怀鬼胎，到了关键时刻，哪个也不会帮你，阿爹不放心。"

听到这番话，李颇黎心头一阵感动，天下的老父亲啊，都是这般的牵挂孩子，即便是他自己已老了，手脚不便了，也希望能用尽他最后一分力，护佑他的孩子。李颇黎暗叹一声，事实上他也舍不得与父亲分开，再者也不忍心拂了他的好意，所谓"打仗亲兄弟，上阵父子兵"，诚如他所说，是老天让他们重逢了，既是天意，那就顺应天意，让他们父子再一起去冒一回险吧。

主意打定，又交代裴小小路上切要小心，莫要贪玩使性子。

裴小小笑道："你婆婆妈妈的倒像是我娘！"

李颇黎笑笑，送她出门，好在她武功不弱，等闲人绝奈何不了她，送了一程后，便与之分别。

裴小小走了几步，似想到了什么，回身叫住李颇黎，道："外面美貌的姑娘多，莫让人勾了魂去。"

李颇黎笑骂道："你这小丫头片子，脑子都在胡想些什么！"嘴上虽作如此说，但他心里明白，裴小小指的是肖如梅。

回到武神庙时，大家都已准备完毕。李颇黎便拾起自己的包袱，问肖如梅道："肖姑娘今日觉得如何？"

"好多了。"肖如梅向他嫣然一笑，没了裴小小在场，她觉得再面对李颇黎时自然多了，"多谢李少侠关心。"

一行六人，迎着朝阳再次向夜郎古城出发，由于已走过一回，也没必要依赖李骆谷带路，杜啸林急着想要赶到女娲宫去，一人当先而行，走得甚急。大家的心里也是如此，便一直跟着他，遇上难行的路时，李颇黎便去扶肖如梅一把，如此走走停停，除了在犬熊那里，与它们周旋了一番，但由于知道了怎么走，便有惊无险地过去了。及至羊脂白玉棺、八卦九方阵等极为危险之地，都小心翼翼地避了开去，也没遇上大的危险。然即便如此，也走了四五天，方才抵达女娲宫门口。

再次回到这里，看着巍峨堂皇的女娲宫，大家的心里又沉重了起来。里面有三道暗门，中间那道走过了，不出意外的话，神龙令必在那两道暗门之内，可究竟在哪道门内，却是谁也吃不准。

山上又窸窸窣窣地响了起来，大家都知道定然是那疯子又来了。果然，没一会儿，那人从山里跳出来，远远地指着众人嘻嘻笑道："一群傻子，又来了。"

这次杜啸林学聪明了，拿出干粮后对他说道："不要害怕，我们不是坏人，不会伤害你的。"说话间从那阴冷的脸上挤出一抹笑容，把手伸出去，示意他过来拿吃的。

那人显然还是有些警惕，只是在山上太久了，估计是吃着野果草叶方才活下来的，食物对他的诱惑委实太大，便慢慢地走过来，快速地伸手拿过食物，狼吞虎咽。

“还想吃吗？”杜啸林看他吃完，故意引诱他。

那人点头。杜啸林便又拿出食物来，道：“前两天我问了个问题，你却害怕我会杀你，转身就跑了，你现在是否还认为我会杀你吗？”

那人看了眼杜啸林，见他脸上虽带着丝笑，但总觉得阴恻恻的，依然令他心慌：“你……不像好人。”

杜啸林一听，脸上那一抹笑意立马就没了。

肖如梅见那人又要跑，道：“你看我像坏人吗？”

那人转头看向她，见她肤色白皙，面若海棠般的大方秀丽，脸上带着一抹笑，阳光下犹如鲜花盛开，欣心悦目，“嘻嘻”一笑：“你好漂亮！”

肖如梅温婉一笑，从包袱里取出个馒头，托在白嫩的手心里：“来，这个给你。”

那人连忙走过来，并无一丝警惕之心，果然是女人更容易让人觉得好亲近。肖如梅见他过来拿，把手一收，娇声道：“不过我也有个问题想要问你。”

那人看着她道：“是什么？”

肖如梅问道：“你是如何来到这里的，没有同伴吗？”

那人盯着肖如梅手心的馒头，道：“有同伴，很多很多同伴。”

肖如梅见引诱成功，信心大增，又问道：“他们怎么样了，在哪儿？”

那人抬起头，目光带着抹惊恐，想来是触动了他不堪回首的记忆：“死了，都死了，都死了……”

“别害怕，我不会伤害你，而且有我们在，你会很安全。”肖如梅怕他再次逃走，耐心地劝解道，“告诉我，你为何会来这里，又为何不离开？”

“走不出去了。”那人转过头，看了眼女娲宫，又回头看着肖如梅，眼睛里的恐惧之意越来越重，“你们也走不出去的。”

肖如梅笑着摇摇头，尽量表现得亲切一些：“我们走出去过一次，只不过又回来了。”

“嘻嘻，傻子，走出去了怎么可能还会回来？你们根本就没有出去过。”那人指着肖如梅道，“原来你也是傻子。”

肖如梅一愣，几乎与此同时，大家的心里都被那疯子的话震动了。是啊，走出去了如何还会再回到这地狱一般的地方，也许他们真的没有真正出去过。那么这个疯子为何出不去，为何会一直留在这里，难道他的脑海里，连那三道暗门的记忆都抹去了吗？

这是说不通的。一个正常人不可能瞬间疯掉，必须是有一个过程的，在这个过程中，他肯定尝试过从暗门走出去，可是为何他却留下来了呢？难道……大家都不敢往下想。

那人趁着大家愣神的时候，一把从肖如梅的手里抢过馒头，往山上飞奔。

大家的心一下子跌落到了低谷，如果说另外两道门的后面真是死路的话，还要不要再去涉险？

“这是我们的宿命。”奎尼看了眼大家，说道：“被委派至此，目的就是要拿到神龙令，如果知难而退，我们背后的主人，只怕会龙颜大怒，决计不会有好下场，在这里坚持至少还有希望。如果非要死，我倒是宁愿死在这里，全了忠义之名，更不会累及亲人。”

“此话在理。”杜啸林道，“那还他娘的等什么，走吧！”

杜啸林率先走入殿内，往左右两侧看了看，回头朝跟着进来的众人道：“走哪一边？”

李颇黎道：“既然一切都是未知的，商量了也没用，痛快点儿走吧！”说话间，往右侧的暗门走过去。李白看着他的举动，脸色异常沉重，似乎想要说什么，然而这时候说什么都是徒然，既然是命，那就勇敢地接受命运的安排罢了。

李颇黎走到门边，用力一推，一声闷响后，门被推开，同样是一道狭仄的山洞，与先前走过的那道门户并无区别。李颇黎没有马上进去，回头朝大家看了一眼，征求他们的意见，是否要入此门。

杜啸林往里探望了下，显然有些失望，看这个山洞与此前那个几乎一样，不像是藏神龙令的所在，也不待其他人表态，便转身要去推左侧的那道暗门。

“杜统领且慢。”李骆谷叫住了他，脸色并不好看，“你有没有想过我们这一路走过来所经历之事？”

杜啸林不明所以：“我们所经历之事，与我要去开这道门有何关系？”

李骆谷道：“在白玉羊脂那里，何以死了那么多人？乃是起了贪念，这才着了道儿，李少侠不过是多看了一眼，险些走火入魔。到了八角宫殿，突生阴魔，所谓阴魔，从心而起，才会生出那么多幻觉，甚至于本教葛青辉之死，若非起了争执，何以触发天地七煞阵？”

奎尼闻言，眉头一扬，倒不是想起了葛青辉之仇，在他们之前来的那批人，虽说也遇上了巨蛇，但并没有触发天地七煞阵，这说明它是可以避免的。从这个角度来说，李骆谷说得没有错，如果他们少些贪婪和争执，有些灾难的确是能躲过去的。

可是在杜啸林看来，越是在这种时候，疑心就越重，鬼知道你是不是不想让我率先得到神龙令呢？他冷冷一笑：“你什么意思？”

李骆谷手指着李颇黎的方向，说道：“那道门刚刚被我们打开，在我们尚未走到尽头，去开启出口的那道门之前，如果再去开另一道门，可能会触发机关，夜郎皇城的机关设计者，十分能琢磨人性的弱点，莫要被他算计了。”

谁在算计谁呢？杜啸林看着李骆谷，根本不相信李骆谷是在为他的生死安危考虑，在神龙令的巨大诱惑面前，没有人可以做到高尚，当私欲和利益占据人心的时候，足以使人丧心病狂的，都到了这时候，你又何必假惺惺的以关心的名义算计呢？杜啸林回过头，朝左侧的那道门走去。

“站住！”奎尼倏地喝了一声，纵身跃将过去，圣火杖扬起道黑蒙蒙的光，往杜啸林当头罩落。

“现在就开始争了吗？”杜啸林知道早晚得有一次生死对决，也不退缩，举刀迎上去。

“让他去！”肖如梅突然喊了一声，眼睛恶狠狠地瞪着杜啸林。这些日子以来，她觉得越来越讨厌这个人了，在他眼里没有人是清白的，似乎全都是坏人，只有他才是神圣而威严的执法者。殊不知在无形中已天怒人怨，这样的人不但代表不了正义，反而若魔鬼一般教人恐惧和厌恶。

“当”的一声大响，火星在殿内四溅。奎尼回头看了眼肖如梅，自打武月娘传来消息说，有一股不明力量派人混入了他们当中后，他俩就已基本解除了对彼此的怀疑，再者本来就对她有些好感，所以她的意见他还是听得进去的。退回来时，转念一想，如果杜啸林进去之后，真的触动了机关，不免殃及池鱼，不想跟着他去的，皆退出宫殿去，静观其变，倒也真是个法子。思忖间，往众人看了一眼，最后将目光落在李骆谷身上。

李骆谷明白他的意见，转身随奎尼走了出去。李白朝李颇黎使了个眼色。李颇黎看了眼杜啸林，稍微迟疑了一下，与李白、肖如梅一道也走了出去。如此一来，殿内只剩下杜啸林一个人了。

当大殿内安静下来，饶是杜啸林以冷静沉着著称，内心也不由得翻涌起来。没错，他想立功，想要把神龙令拿回去献给李亨，助他平定叛乱，继而平定天下，那么他便是大唐王朝的功臣。为主效力，报效国家，这是每一个习武之人的理想，可是这里的每个人都是抱着这个理想来的，谁都想将神龙令占为己有，为何谁都退出去了，让他去冒险呢？万一推开了那道暗门，真的触发了机关，没有援手，他必死无疑，那么毫无疑问，他是这群人之中最傻的那个人。

这一系列的心理活动瞬间袭上杜啸林的心头，他改变主意了，身子一转，摇摇晃晃地走到殿门边，朝着众人道：“我改变主意了，听你们的。”

李骆谷道：“杜统领，会否触发机关，只是我的猜测，也有可能什么事都不会发生，到时可莫要怨我。”

杜啸林主意已定，与其冒大险孤行，不若与大家一同分担风险，摇头道：“不会。”

“那我们还是按原计划，一道门一道门地走。”李骆谷看向大家，“在进去之前，须有一人留下，以便走到尽头一无所获时再折返回来，有人开门，如此的话可以免去从老王山再走一趟之苦。”

众人称是，当下推选李白留下，他与李颇黎是父子，没有直接的利益冲突，乃是最好的人选。商议已定，李骆谷又领了大家入内，往右侧暗门走过去。

这通道几乎与先前所走的山洞一模一样，黑暗而狭窄，须低头而行，走到尽头时，什么也没发生，亦是什么也没发现，杜啸林挤上去，狠狠一推前面的石门，门一推就开，清新的空气透进来，外面是翠绿的山林，果然是个出口。

“娘的！果然又是个陷阱，幸好……”杜啸林骂了一句，本是想说幸好我们留了李白在女娲宫，可以从原路回去，哪料到话尚没说出口，突地教人踢了一脚，由于不曾防备，跌跌撞撞地出了洞，转身时，只见奎尼阴沉着，正狠狠地看着他，不由得怒从心起，大喝一声：“狗东西，竟敢算计老子！”挥刀杀过来。

奎尼既把他踢出去了，便已算计好了在石门关闭之前的应对之法，并没去接招儿，只把身子一低，圣火杖攻其下盘。杜啸林不得不退，待要再次扑上来时，石门开始自动关闭。杜啸林大急，厉喝一声，和身扑来，欲要在石门闭合之前挤进来。奎尼哪里能给他机会，出手如电，圣火杖化作一道黑影，同时往对方上中下三路击出。杜啸林一心想要挤进来，可越心急，越是难以招架奎尼的招式，胸口吃了一记，禁不住倒退了两步，而此时石门“轰”的一声关闭。

洞外隐隐传来杜啸林的骂声，而洞内则静得使人压抑，仿佛石门关闭的同时，亦隔绝了空气，教人透不过气来。

从利益的角度来说，奎尼的做法无可厚非，少一个对手便多一分希望，谁也不想让神龙令落入他人之手。然而，人心毕竟是肉长的，当那讨厌烦至极的杜啸林真正消失的时候，心里难免会有一丝的内疚，毕竟大家都是历经了九死一生一路走过来的，谁也没有权力在最后的时刻，将他一脚踢出局，如此做未免太残酷。可是奎尼在剔除了杜啸林的同时，实际上也给其他人多了一分机会，这种时候如果有人替杜啸林喊冤，反倒是有些假仁假义之嫌了。因此谁也没有说话，默默地转身往回走，沉闷的山洞内充满了尴尬的气息。

李白把门打开，看到少了一人时，微微愣了一下，抬头看了眼大家的脸色，就明白了是怎么回事，因此没问。大家不约而同地看向左侧那道暗门，如果此前猜得没错的话，神龙令必在那里面，激动亢奋的同时，内心也隐隐地传来一丝担忧。一旦神龙令出现，这些所谓的同舟共济的伙伴，会将彼此视若死敌，残忍地厮杀。

奎尼率先走上去，手一伸，刚要去推门，突听得外面传来一丝细小的声响，未及回神，只听有人道："嘻嘻，傻子，一群傻子！"转头看时，正是那个疯子。

奎尼浓眉一动，突地动身扑将出去，以迅雷不及掩耳之势，抓住那人的衣领，厉声道："谁派你来的？"他说这句话的时候，脸上布满了杀气。

神龙令就在眼前，真正揭晓谜底的时刻到了，这时候他们中间的内鬼究竟是谁，便显得尤为重要。奎尼见这疯子虽是一脸恐惧，却丝毫没有想说话的意思，怒火中烧，扬手一杖敲在那人脑袋上。他那圣火杖极硬，且下手也不轻，这一敲之下，那人脑袋上便被敲出血来，痛得"哇哇"直叫。

肖如梅有些看不下去，说到底他也是受害者，现已落到这步田地，何苦再伤害于他，叫道："你想做什么？"

"你说呢？"奎尼转过头，面向肖如梅时，依然是一脸的杀气，"生死面前，岂容得马虎？"此话的另一层意思是，面对生死，连自己的性命都悬于一线，还讲什么怜悯呢？如果你非要同情的话，何不退出这次行动，给彼此多一条活路？

肖如梅一时语塞，她想不出什么话去回应，憋红着脸站在那里。

"还不说吗？"奎尼扬手又要打，那人害怕至极，道："傅……傅大总管！"

听到傅大总管这个人名时，奎尼才确信武月娘传来的消息是正确的，果然是有一股不明势力参与了进来，但是令他吃惊的是，那股势力居然比他们提前三个月便派人来了此地！这个疯子没有逃出去，那么在他的同伴中，有没有人逃出去，逃出去的人是否已拿到了神龙令？

一连串的问题一下子在奎尼的心头冒出来，把两眼一瞪，又喝道："傅大总管又是替谁办事的？"

“王爷……”

“哪个王爷？”

那人想了许久，费力地回忆着，最终却摇了摇头。奎尼认为他是抵死不肯说，“啪”的一杖落在那人的脖子上，那人往前踉跄两步，“哇”的一声吐了口血出来。

李颇黎怕闹出人命来，走上去道：“他已经疯了，能想起来的事情有限，也是在情由之中，不妨再问些其他事情。”

奎尼忍下一口气，又问道：“神龙令还在这里吗？要是不说，本教主就结束了你的性命！”

“傻子，一群傻子！”那人把头摇得若拨浪鼓似的，“没有神龙令，从来都没有神龙令……”

此话一落，着实把众人都吓坏了，他们目不转睛地看着那人，似乎想要从他的神色里看出，这句话有几分可信。可是此人既然能说出傅大总管来，说明他的话是可信的，而且一个疯子也编不出高明的谎言来骗他们。最为重要的是，他们连走了两道暗门，确实是一无所获，难道神龙令只是个传说，或者说是心怀不轨者，为了吸引世人的注意力编造出来的谎言？

越往下想越是心寒，奎尼狠狠地踢了那人一脚，转头朝众人道：“不管怎样，最后一道门我们都该去闯一闯！”

大家看奎尼的样子，已接近疯狂的边缘，他会变成第二个疯子吗？

“走吧。”李骆谷多少也有些丧气，经历了这么多辛苦，神龙令真的不存在吗？

其余人的心情也是一样的，从先前的激动和亢奋一下子跌至低谷，因了落差太大，谁也无法在短时间内消化，但是谁也不想放弃最后一个希望，都跟着要李骆谷走过去。

及至门前，奎尼突回头道：“要不要留下一个人？”

李骆谷想了一想，然后摇了摇头，如果说这是最后的希望，留下个人在此，又有何用呢？奎尼也没反对，用力一推门，那暗门应声而开，所有人的目光都随着门被打开而焦急地往里看过去，当看到门内情景时，不由得都愣住了。

门里面与前面两个暗道没有区别，同样的黑暗而狭窄，当门内略带着股暖湿的霉味涌上来时，大家都有种被愚弄的感觉，同时一股怒火打心底而起，是谁精心策划了这起骗局，愚弄了他们？从三个月前至今，死了那么多人，竟然只是为了来赴一场本就没有希望的死亡之约！

奎尼狠狠地踢了几脚石门，面呈猪肝色，李骆谷忙不迭上去劝阻："教主莫急，且静下心来，走完最后一道暗门再说。"

与此同时，大家都平复了下心情，不管怎样，路还是要往前走的，过了不久，由李骆谷带路，李颇黎断后，依次往里走。

没有悬念，没有新的发现，这一段路与前面走过的两个山洞一模一样，走到底的时候，大家的心情低落到了极点，喘息声越来越重。然而越是在这样的氛围下，越容易让人崩溃，带着各自主人的期望而来，经历了九死一生，而且像傻子一样，一路相互猜疑、打杀，在一模一样的山洞里来来回回走了三趟，到头来竟是一场空，面对如此结果，哪个都无法接受。

傻子，一群傻子！那个疯子的声音再次在耳边响起，奎尼率先"嘿嘿"笑将起来，接着李颇黎也跟着笑，无奈苦涩的笑声充满了整个山洞，原来他们真的是一群傻子。

肖如梅低声啜泣起来，她的伤势未愈，还会时不时地传来痛楚，可所受的伤竟是那么不值得。李白和李骆谷只低头叹息。

"走吧。"李白低声道，"先出去再说。"

奎尼把门推开，率先走了出去，其余人陆陆续续地走出山洞，不多久，背后的暗门轰然关闭，不知为何，听到关门声时，丝毫没有因了活着离开那危险之地而感到庆幸，反而有一种被踢出局的挫败和颓丧感。

奎尼使劲儿朝着一棵大树击打，直至精疲力竭时，方才停下手来，回头问大家道："现在怎么办，散伙吗？"

"我想我们需要理一理，为何牵动了各方势力的消息，会是假的？"李白一屁股坐倒在地上，抬头望向大家，"这是一个阴谋，还是我们错过了什么？"

“错过了什么？”李骆谷讶然地看着李白，“女娲宫位于后宫宫殿的末位，那是整个后宫最重要、最神圣的地方，再往后就是太监、宫女的居所。如果真有神龙令，不放在女娲宫，莫非会把如此重要之物，放在太监、宫女的房里吗？”

李白道：“就算是阴谋，我们也应该理一理，为何会出现这样的一个弥天大谎，它会对当今天下会产生怎样的影响。”

李颇黎的剑眉动了一动，道：“从目前我们已知的消息来看，先是有幽冥教污蔑李亨，说他已经得到了神龙令，这显然是唯恐天下不乱之举，与目前我们得到的结果是相对应的，可以说得通。但是，后来又有消息说，那傅大总管也派了人参与了我们这起行动，傅大总管代表那股不明势力，如果说想要在暗中搅动天下的是那股不明势力，那么这绝不是阴谋，不然他们不会也派人来徒走这一场。”

“李少侠分析得在理。”奎尼冷静下来后，说道，“那么就有两种可能，一是大家都被夜郎王骗了，天下本就不存在神龙令；二是我们忽略了，神龙令可能还在女娲宫里。”

李骆谷沉吟了会儿，忽问道：“大家还记得半年前长安惊现金龙的事情吗？”

大家闻言，神色间都是一愣，是啊，怎么把这茬儿忘了呢？如果说那是天象，说明上天有意让世人知道神龙令确实存在于世，如果……

“如果那是人为的，乃是用幻术制造出来的假象，那又说明什么？”肖如梅柳眉一扬，她在夜郎古城里显然被幻术吓怕了，在李骆谷说到长安金龙事件的时候，很快就联想到了幻术上面去，“还有我们在老王山的时候，就看到一个巨人飘浮起云雾之中，显然是有人想要刻意引起我们的注意，目的何在？”

李颇黎吃惊地看着肖如梅：“肖姑娘认为这是个阴谋？”

肖如梅道：“不然的话，还能做何解释？”

奎尼道：“如果是阴谋，动机何在？”肖如梅语塞，她只不过是有此想法罢了，却说不出个所以然来。

李颇黎转首朝李骆谷道：“你方才提出长安金龙事件，是想说明什么？”

李骆谷道：“你们或身处官场，或游走江湖，对这一类的事情不会过于在意，然我不同，我是专门从事这方面事情的。据我所知，夜郎皇城的神龙令是真的，尽管只是传说，几百年来谁也不知道神龙令究竟是何物，但既然一代一代流传了下来，就不可能是子虚乌有之事，更不可能是当代人制造出来的一个弥天大谎。或许……”

“或许在走出来之前，就应该在那座巨大的女娲像上面，好生查看一下。”话落间，只见从林子里走出一人来，四十开外，精壮剽悍，戴一顶黑色幞头，腰佩大刀，正是例竟门统领杜啸林。他被奎尼一脚踢出石门后，并没走开，而是摸到了最后一道暗门的出口，守在附近，只等他们出来。

杜啸林走出树林，看了眼奎尼，眼里虽有恨意，但值此关键时刻，暂无心去理会私人恩怨，说道：“被你们踢出局后，我一直蹲在树林里冥想，长安现金龙事件，应该是有人使的幻术，目的是要让我们知道，神龙令就在这个方位。至于为何要向天下人告知此消息，我想有两个原因：一是想要得到神令龙难如登天，凭一方之力，难以完成，索性就昭告天下，让各方势力派高手前来，这也就可以解释了里面为何有那么多死人，那股不明势力为何也会派人前来的原因；其二，神龙令是存在的，但已经不在夜郎皇城了，三个月前，那股不明势力就把神龙令拿了出去。”

李颇黎大惊道：“他们已经拿到手了，为何还要昭告天下，且派了人来与我们一起走这一趟？”

杜啸林冷冷一笑：“他们不知道神龙令怎么用。”

肖如梅依然不解：“他们不知道神龙令怎么用，与吸引我们来夜郎有何关系？”

杜啸林道：“他们需要时间琢磨神龙令，需要一遍一遍地实验，然而神龙令存在于世，早已不是什么秘密了。而且你们也别忘了，在三个月前，有人暗中调了金孝昌等一批金吾卫出来，此事一旦查起来，早晚真相大白。在这样的情况下，为了防人起疑，怎么办？最好的办法就是把所有人目光都引向夜郎，把这天下搅成一潭浑水，如此才能腾出大把的时间和空间，去研究神龙令。”

听杜啸林讲完，大家回忆了下前前后后的事情，果然千丝万缕都能够联系到一块儿去。李骆谷道：“那么杜统领认为，是神龙令还在夜郎的可能性大，还是已经被人拿走了的可能性大？”

杜啸林浓如刀的眉头一蹙：“眼下我们得知的消息太少，委实难以下定论。好在梅花卫和神剑帮已经在调查傅大总管了，这事早晚会有结果。但是在下认为，在此之前，我们也不能干等着，得再去一趟女娲宫，把那里的角角落落再好生查寻一遍，免得等结果出来时，留下遗憾。”

例竟门高手的推理能力，果然名不虚传，这一番分析说得众人心悦诚服，亦重拾了大家的信心。来来回回在那三道暗门里走了三遍后，他们尝到了失落和失去希望的滋味，现在只要还存有一丝的希望，再苦再累再危险，也要去夜郎城再闯一遍。

每个人都是因了希望才活着，苦不可怕，可怕的是没了希望。

“那就先回武神庙休息一晚，待明日重新出发。”李骆谷作为此行的向导，身份虽不高，但他的话却能够起决定性作用。大家依言起身，上山走向武神庙。

临行时，杜啸林转首朝奎尼道：“还要把我踢出局吗？”

奎尼阴沉着脸，没有直接回答，冷冷地从他身边走了过去。杜啸林望着他的身影，嘴角一撇，笑了一下。也许他不回答便是最好的回答了，他们之间是暂时的战友，但在内心深处，却一直视如死敌，在他尚有可用之处时，暂时是安全的。

第十七章

弑　父

从那个不起眼儿的山洞入内，没走多久，眼前豁然开朗，其外部虽不起眼儿，里面竟别有洞天。

这是一个巨大的溶洞，大到一眼望去望不到边际。溶洞的中间是一座湖，湖水清澈，雾气蒸腾，且刚入此洞，便能感受到一股温热之气，应是缘于此湖之水出自地下温泉之故。因了这座湖的滋润，溶洞内爬满了藤蔓，密密麻麻地缠绕着，岩壁上看不到岩石，全是绿意盎然的叶子，倒像是位清雅之人，刻意装扮出来的，以天然之植物装饰洞壁，让人看上去十分的赏心悦目。

湖岸两边各有条路，虽不宽，只容一人通行，却俨然是幽径，路面上长着奇花异草，那花朵很小，只小指头般大，然颜色各异，黄的、紫的、红的异彩纷呈，那样的路只能是用来观赏的，哪个忍心落脚。

湖心有一块凸起的巨大的石台，已看不清其本来的样子了，表面上覆盖了层厚厚的绿油油的青苔，且由于未遭遇人为破坏，像一块绿毯一样，惹人喜爱。石台上长了棵大树，看其样子应有几百年的树龄了，树干遒劲，三四人合抱，枝繁叶茂，若伞一般立于石台之上。

这般的景象是奇幻的，若仙境一般，人间稀有，大家看到眼前的景色时，神思为之怡然。

傅大总管似乎无心欣赏眼前的风景，又从怀里掏出那张羊皮图纸来，仔细地与眼前的景物对照了下，转首朝秦明法道："就是此地，下去看看。"

秦明法领命，吩咐两人下水。当中两人脱了衣服，旁边的人则在他俩腰际系了根绳索，以便必要时将他们拉上来。秦明法交代他俩务必小心，那两人拱手应是，转身时纵身一跃，跳入湖水里，身子在浪花中只一晃，很快潜入水里去了。看来他们早有准备，在随行人员之中安排了潜水高手。然而看到这一幕的时候，裴旻和武月娘却是越发看不明白了，他们所谓的第二计划究竟是什么，要去水里实施？

武月娘往那边看了会儿，朝裴旻打手势，意思是说他们会不会在找什么东西？

裴旻做冷笑状，用表情回应于她，鬼都知道他们在找东西！然而冷笑过后，他心头浮起一个大大的疑问：是何东西要往水里去取？

心念未已，传来一阵"哗哗"水响，再往前看时，岸边的人已纷纷亮出兵器，而水中浪头大起，显然是有什么东西正从水底下冲出来。

"快拉！"秦明法疾喊一声，岸上早已有人用力拉绳索，然而不拉还罢了，一拉之力，拉绳之人的脸色为之一变。

秦明法见他们脸色不对，喝道："怎么了？"

"很沉。"有人回答了一句。

秦明法听了这句话，心里一沉，伸手用力一拉，果然沉得很，人在水里不可能这般沉，刚才下去的两人莫非……

尚未待秦明法往下想，"轰"的一声大响，水花四溅，从水里跃起两团黑影，与此同时，绳索陡然一松，拉绳的人险些往后栽倒。

从裴旻的这个角度看过去，只见得从水中跃起来的那两团黑影，张着血盆大嘴，绳索兀自留在它们的嘴里，显然方才下去的两人，已被它们吞下。定睛一看，竟然是两只硕大的鳄鱼，其褐色的凹凸不平的身体，与岩石无异，跃到半空中，又是"轰"的一声，落入水中，涌起两股大浪，嘴巴闭合时，锋利的牙齿瞬息把绳索咬断，昂着头虎视眈眈地看着岸边的人。

看着那两只硕大的鳄鱼，以及被咬断了的绳索，饶是傅大总管沉着冷静，心头亦不免突突直跳，瞪着眼看着水面，脸色煞白。但是他很快冷静了下来，并且发出了指令："再下去。"下这道命令时，声音并不大，低低的，却生硬无比，不容置疑。

面对昂着头凶猛的鳄鱼，秦明法只是微微迟疑了一下，朝旁边的人使了个眼色，这时候又有两人脱了衣服准备下水，只不过与此同时，秦明法和金效邦也做好了战斗的准备，就在那两人跃下水里去的时候，秦、金两人陡然大喝一声，身子腾空而起，两道刀光同时往水面削落。

无论是金效邦还是秦明法，都堪称是当今江湖一等一的高手，他俩一出手，慢说是两只鳄鱼，等闲之辈都休想从刀口逃生。可惜的是他们低估了这个温水湖，就在他俩的刀劈向那两只鳄鱼的时候，水面上突地冲起数道巨浪，"哗哗"的水声不绝，四五道黑影伴随着白花花的浪花，从水底下冲出来，张开大嘴就往金效邦、秦明法两人咬过来。

那两人身子尚在半空，无从借力，亦是无法腾挪，饿极了的鳄鱼在水下潜伏已久，蓄势而发，速度何等之快，未及那两人反应过来，便已被扑到。千钧一发时，傅大总管、萧无名、孟幽兰同时出手，这三人的身法快若电闪，在半空中与鳄鱼相遇，"砰、砰、砰"一阵响，将几只鳄鱼踢回了水里去。孟幽兰戴着独门武器铁手套，准确无误地抓住一只鳄鱼的上下颚，用力一撕，竟生生地将它的嘴撕了开去，血花四溅。

这时候，金效邦、秦明法的刀光已落，从那两只鳄鱼的嘴里捅进去，手臂一用力，往侧边一划，鳄鱼的一侧身子便开了道口子，血冒出来的时候，那两只鳄鱼痛得在水里直打滚，不消多时，就没了动静。两人趁着鳄鱼的尸体尚未沉下去，在其身上一点，身子再次纵跃而起，半空中目光一扫，尚有四只鳄鱼浮在水里，似乎是在等上面的人落下来，趁机吞噬。

"金老庄主，一人负责两只，可不许与在下争抢啊！"秦明法的话头刚落，便往其中一只鳄鱼的身体落去。金效邦虽是上了年纪，可身法却丝毫未比秦明法慢，几乎与他同时各自落在其中一只鳄鱼的身上，未待鳄鱼做出反应，右臂一扬，两片匹练也似的刀光朝着旁边鳄鱼挥落。动物毕竟只是动物，再怎么凶猛，其动作和反应能力无法跟高手相提并论，尚未反击，就已丧了性命。此时，脚下的两只鳄鱼明显是怕了，头一低，想要往水底下潜。秦明法、金效邦在它们身上借势一个纵身，跃起身子的同时，双手握刀，刀尖朝下，借助人体落下去的重力，狠狠地刺落。

"噗、噗"两声轻响，鳄鱼虽说是皮糙肉厚，也挡不住他俩的那一刀，刀身直接贯穿身子，只挣扎了一下，便一命呜呼。

这一番变故，说起来烦琐，实则只在眨眼之间，及至金效邦、秦明法落在岸边，与傅大总管等人站到一起时，连裴旻、武月娘这样的高手都看得目瞪口呆。那些鳄鱼若水中恐龙，何其凶猛，然而在傅大总管冷冰冰的命令下，他们都将生死置之度外，竟以超出常人想象的速度和身手，将食人鳄尽数击毙！

绳索有了动静，岸上的人连忙往上拉，这回拉得很从容，那两人爬上岸，向傅大总管禀报道："水底下有道石门，打不开。"

"应该会有机关可供操作。"傅大总管朝秦明法道，"你亲自下去一趟。"

秦明法未作犹豫，马上脱了衣服，将绳索系在腰间，下水去了。

水底下很清澈，尽管被鳄鱼的血污染了些，依然能看得清清楚楚。秦明法憋着一口气，划动着双手往下潜，由于溶洞内的光线不足，再往下时，视野就不太清晰了，只能凭着感觉走。

以秦明法的修为，即便是往再深的水底下游走，也不是什么难事。只是此湖的水特殊，乃是由地下温泉构成，越往下水温越热，本来就憋着气，到了下面时，一则水里的压力增大，二则受水温影响，胸闷的感觉愈来愈盛，为了节省时间，只得加快速度。

好在过后不久，手便触摸到了一道石壁，从他下潜的方位以及游行的距离来判断，这道石壁应该是与湖心的那座石台相连的，凑近去看，还能看到延伸至水底下的树根。

胸口越来越闷，秦明法知道待不了多久，开始沿着石壁找那石门，奈何到了这里，已无光线，只能把头贴着石壁一点儿一点儿辨认。亏的是石门距他所处的方位不远，很快就找到了，用手沿着石门摸了一下，这道石门与门框相齐，很是平整，试推了一下，纹丝不动，只能静下心来找机栝。可惜的是，沿着门摸了一遍，并没摸到机关，此时胸口闷得发慌，已然憋不住气了，把脚在石壁上一弹，借着这股力量，迅速地往水面上冲。

傅大总管见他浮出水面，问道："如何了？"

秦明法抹了把水："没找到机关，待我下去再找。"呼吸了几口气，正要往水里扎，一阵"轰轰"的大响从溶洞外传来。

听到这声音时，不光傅大总管等人吃惊，在外面窥视的裴旻、武月娘因了离洞口近，声音就在他们身后不远处，只觉得随着那"轰轰"之声响起，整个山洞都在摇晃，更是震撼。急转身去看，只见洞外面有两道黑影在晃，体型很大，但一来洞口有许多遮挡物；二来那两个东西并没站在洞口正面，看不真切。这时候傅大总管等人已转身往洞口走来，裴旻和武月娘不得不先行摸出来，及至洞口边缘时，抬头往上一看，吃惊不小。

那是两只巨大的黑猩猩，有两人多高，若巨人一般，手里挥着两棵树，正使劲儿地往洞口砸，岩洞周围的石头禁不住他们敲打，纷纷往下落，看样子是要把洞口封了。裴旻低喝了声"走"，身子一晃，溜了出去。亏的是黑猩猩体型高大，从它们脚边经过时，虽被发现了，一时间不及回身攻击，趁机溜了出来。那两只大猩猩知道里面还有人，一心想要把洞口封住，无心去理会裴、武二人，继续砸洞口。

裴、武两人出了洞后，迅速地往一块巨石后面藏好身子，这时再探出头去看那边的情形，由于隔了段距离，能看得清全貌了，那场面越发的震惊。两只大猩猩通体黑色，站在那里与洞顶相齐，手里所拿的树干有碗口样粗，敲一记山洞上面的岩石便震得一震，扑簌簌往下落，有些石头落在它们的头上，也不觉得痛，兀自往死里敲。

是什么让它们花这般大力非要把山洞封了？裴旻的这个念头浮上来时，只听得武月娘道 ："猩猩是有灵性的，它们一定是世世代代守护于此，生下来就开始接受父母辈传达的使命，不让人类觑觎山里的东西。”

裴旻点点头，接受了武月娘的说法。此时，傅大总管等人陆续从里面跑出来，黑猩猩见人都出来了，未能将他们封死在里面，怒火中烧，狂啸一声，山川为之震动，手臂一挥，“呼、呼”两声大响，两棵树若狂风扫落叶似的，荡起一道劲风，往那些人扫过来。

傅大总管等人武功颇高，一躲躲过去了，可秦明法带来的那些手下，身手却没那么灵活，“砰砰”几声响，经树干一拍，若拍苍蝇一样被拍飞。

傅大总管见那两只黑猩猩巨大，也着实心惊，它们力大无穷，若是硬碰硬的话，唯死而已，思忖间，长袖一抖，阳光下精光闪了两下，在黑猩猩身上一闪而没。裴旻吃过傅大总管那毒针的亏，见之内心不由得一震。

黑猩猩皮糙肉厚，毒针入体，只是觉得被针扎了一下，微微一疼，一时毒性尚未发作，兀自舞着手里的树，往前面的人攻击。其余人知道傅大总管那毒针的厉害，只利用轻功，与之游斗，毒素入体后，越是剧烈运动，发作得越快，待它们毒发时再下手不迟。

不出多久，毒针发挥了作用，黑猩猩的步伐开始摇晃不定，它们似乎知道自己着了道儿，狂啸着展开猛攻，欲图在自己倒下之前，将眼前的人制伏了。

山坪前，笔直入云的孤峰下，人与猩猩之间的战争进入了最后最激烈的时刻，狂啸声不绝，树干击在岩壁时，岩石松动，“哗啦啦”倒塌。它们虽是畜生，却有着绝对的忠诚，为了不辱使命，决意战斗到生命的最后一刻，丝毫没有退意。然而那毒针连裴旻都消受不了，更慢说是猩猩了，没多久，只听它们凄厉的哀嚎一声，轰然倒下，尽管已经用尽了力气，身体不能再动弹，眼睛兀自睁得大大的，目光里充满了敌意。

看到这一幕，裴旻和武月娘虽说见惯了杀戮，可面对黑猩猩的倒下，不知为何，心下凄恻，因为人类的贪婪，忠诚的猩猩为了使命，付出了生命。

“走，再进去。”傅大总管从奄奄一息的黑猩猩身边走过，偏头看了它们一眼，大步往山洞里面走。站在不同的角度，实际上傅大总管等人与黑猩猩一样，也是为了使命，本质上没有区别，因了如此，这世间从来都不乏战争。

傅大总管等人入了洞内后，裴旻、武月娘从岩石后面出来，走到黑猩猩身边时，武月娘蹲下身子，看着弥留的黑猩猩，幽幽一叹："自古忠诚辈，不该路遗骨，放心走吧，待此间事了，我会把你们安葬于此，让你们永远守护在这片土地上。"

黑猩猩似乎听懂了，低低地叫了一声，溘然长逝。裴旻叹息道："人啊，与这些动物无异，有时候他娘的还没它们来得可爱。"

再次走入山洞的时候，秦明法又已下水去了，其余人则忧心忡忡地等在岸边。过了不少时候，秦明法再次浮出水面，傅大总管紧张地问道："找到机关了吗？"

秦明法点了点头，随即脸上露出一抹胜利的微笑："找到了！"

众人闻言，眼睛为之一亮，孟幽兰忙问道："有吗？"

"有！"秦明法肯定地回答了一声。听到这个字时，众人都松了口气，傅大总管仰首一笑，"总算是功夫不负有心人，这么长时间以来，我们为它烦恼，为它焦虑，辗转千里，披星戴月，不断地奔波，终于让我们找着了！既已找到，便不急于一时一刻，你先上来休息一下。"

裴旻转头看了眼武月娘，眼里满是疑惑。武月娘的脸上同样带着疑问，他们如此大费周章，所找的到底为何物？

李亨终于到渭水畔了。由于战事不太顺利，再加上天气寒冷，唐军士气低迷，听闻李亨莅临军营，顿时兴奋起来。

李辅国、郭子仪集结三军，让将士们都一睹皇上，以激励士气。李亨也不管长途劳顿，迎着寒风登上点将台，目扫三军，提了口气，亢声道："将士们，朕听说这边战事不利，渡不过河去，就日夜兼程，从山南东道赶过来，披星戴月辗转千里，就想看一眼叛军如何厉害，竟能挡我大唐将士的征程。适才朕去渭水畔看了一眼，不过乌合之众耳，凭天险固守罢了，何惧之有。朕告诉你们，天道昭昭，正气浩然，这世上从来邪不压正，区区叛军，莫非我大唐将士，堂堂正义之师，还怕了他不成？”

这话一落，三军顿时红了眼，皇上不远千里而来，亲临前线，我等乃大唐之雄师，三军一出，天下侧目，区区叛军怕他何来，就在李亨的话落时，军中传来一阵山呼海啸般的声音：“不怕，不怕！”

李亨耳闻山呼海啸声，看着将士们被激起来的士气，心下甚慰，同时，他自己的心亦激动起来，这天下是大唐的天下，哪个要是敢出来作乱，妄图夺取土地，兴风作浪，每抢一寸土地，都要教他付出血的代价。

“朕今日既然来了，便与将士们同进共退。朕宣誓，不杀安禄山，誓不还师！”

“不杀安禄山，誓不还师！”

从点将台下来，回了大营后，李亨详细向李辅国和郭子仪询问了战场形势，得知敌军趋于浮躁，安禄山眼盲了后，脾气暴躁，动辄打骂，军心不稳，眼下之所以久攻不克，乃是因为近日渭水河水大涨，于三军作战不利所致。

李亨闻罢，目光一转，看向高适。高适则手捏灰白的胡须，望着门外，若有所思，似乎并没在意堂内的议论。李辅国轻咳了一声，提醒高适，高适这才回过神来，脸上则是一如既往的自信，说道：“陛下，此战宜以静制动，急不得。”

李亨问道：“何出此言？”

高适道：“臣以为，叛军内部不稳，拖着他只会让他们更为浮躁，此为其一；其二，臣观天象，年末前后，必有大寒天气，届时大雪封山，渭水估计也会冰封，到时候我军轻装涉冰过去，应不成问题。”

李亨大喜：“果若如此，天助我大唐也！”

等了十余日，年末时，果然天降大寒，天地间寒风肆虐。又越一日，乃是大年三十夜，天降瑞雪，且越下越大，纷纷扬扬地飘将下来，及至当夜凌晨时，天地间已是白茫茫一片，银装素裹。李亨看着茫茫四野，大大地舒了口气：“好一场雪啊！”

高适微哂道：“陛下，再等两日，渭水的冰该结实了，我军就可轻松过河去了。”

李亨点点头，张开嘴大大地吐了口气：“打败了叛军，收复了失地，朕就可以给父皇一个交代了。”

高适看得出，他的内心其实一直不安。这种不安倒不是因了擅自登基，抢了李隆基的皇位，而是天下人不承认他建立起来的政权。正是因为如此，才会有除了安禄山之外，还有人对大唐江山虎视眈眈，既然你可以篡位自立，其他人何以不可呢？

“陛下。”高适看了眼李亨，真诚地道，“在臣眼里，当今天下，只有你才配得起我大唐之主，除杨国忠、剪除杨氏势力，平安禄山，定我大唐江山，单是凭这两样功绩，便无人可与陛下相比较。而且当初你本来就是太子，国家不稳，奸佞乱国，太子于乱世中力挽狂澜，拯救国家，何错之有啊！打胜了这一仗后，我们就重回长安，把太上皇接回来，到时候天下就该闭嘴了。倘若还有哪个不服，敢起兵造反，就是与天下为敌，不管是谁，当与安禄山叛军一般，举皇师，犁其庭扫其闾，无须顾虑。”

“先生。”李亨听罢这番话，心安了许多，眼里含着抹感激之色，这一路走来，高适与他同甘共苦，是臣下，更是知己，若是没有高适，他想都不敢想能走到这一步，“多谢一路相随。”

高适抚须而笑，对一位书生而言，能够跟着明主，指点江山，最是可慰平生，他更应该感谢李亨。

“天下多少书生啊……”高适迎着风雪喟然一叹，不知为何眼里竟浮出李白的身影来，他才高八斗，当世无匹，却故意装作一副孤傲自负的样子，让人觉得他浑身是刺，其实这不过是他的一种伪装，以傲然之姿态来鄙视这世间的一切不公。实际上他比任何人都希望天下为公，进而侍奉明主，展毕生之抱负。“陛下该知道书生有书生之情怀，这种情怀是纯粹的、热烈的、矢志不渝的，很多人耗尽一生，无非是想跟着明主，运筹帷幄，建功立业，而多少人却求之而不得，所以说区区在下是幸运的，要谢也是我谢陛下。”

李亨哈哈一笑：“那么我们便继续携手共进，再开创他一个盛世大唐！”

两日后，千里冰封，从军营这边望过去，渭水已白茫茫一片，被冰雪封住。李辅国笑道："这下好了，天公作美，何愁叛军不败！陛下，请下旨吧，臣这就带兵杀过去。"

高适道："不急。"

李辅国不解地道："为何，我们等的不就是这天赐的良机吗？"

高适如此这般交代了一番。李辅国闻言，眼睛一亮："妙也！"当下让郭子仪去军中安排。

是日，唐军军营之中吵吵嚷嚷，嘈杂声不绝，消息传到安禄山营里，安禄山大笑，唐军多日未有动静，只怕是李亨亲临，也未能想出良策。眼下天寒地冻，唐军耐不住苦寒，开始闹起来了。

这也难怪，渭水两岸两军对垒许久，唐军未建寸功，徒然在这冰天雪地里受苦，换谁都难免有怨气。听到此消息，安禄山放心了，唐军攻不过来，军中又生了乱子，不出两日，必撤军。

是晚，高适与李亨端坐于中军大营，中间生了堆火，火上煨着酒，营中暖气融融，君臣两人饮着酒。没一会儿，有士兵来报，说是三军已准备完毕，李司马问何时出兵。

高适悠悠然地举杯饮尽杯中酒，转首道："再等。"

李亨最是喜欢高适这一副气定神闲的自信的模样，每当他这般神情时，事必成，当下举起杯，道："干了此杯，预祝我军凯旋。"

高适也不客气，道："臣预祝陛下平定叛军！"李亨哈哈一笑，与高适一道饮了杯中酒。

及至午夜，天气越发冷，高适已喝得有几分醉意了，摇摇晃晃地起身，走到营帐边，手一撩，撩起门帘，一股寒风扑面而来，直吹得他打了个大大的寒战，浑身一抖，当下长长地吸了口气，大声道："积雪与天迥，屯军连塞愁。谁知此行迈，不为觅封侯。传令，三军出营，扫胡虏！"

"得令！"帐外的士兵一拱手，急步跑去。不消多时，铁蹄踏雪声渐起，很快汇作一股若雷鸣般的声响，于呜咽的北风相融，战前的肃杀在这个冬夜弥漫。

高适回身，又摇摇晃晃地走回到座位前，席地盘坐，端起酒喝了："陛下且宽心，天亮前必有捷报。"李亨自然是相信他的，君臣继又喝酒。

厮杀声陡然响起，兵器交击声随之大作，没一会儿，汇作一股惊天动地的响动，山川之外，不停地传来震撼人心的回响。这是一曲大唐的绝唱，在李亨的耳里听来，此一曲后，将抚平多变的江山，换来一轮东升的旭日，再现天下承平之盛唐。听着这声音，高适莫名地兴奋，脸上越发红润，于是不停地喝酒，似乎只有酒方能消解此刻的激动。

凌晨时，高适大醉，很久没有如此醉过了，实在是大快人心，门帘一掀，风雨随之卷将进来，一名士兵疾步入内。李亨亦有几分醉意了，看到那士兵时，手不由得捏紧了酒杯。

“禀陛下，我军渡过渭水，叛军败，安禄山率军逃遁。”

“好！”李亨激动得站起来。

“快，送陛下过河去。”高适对这个消息丝毫不觉意外，却很激动，嘶声吼道，“入长安，主天下！”说话间，他跌跌撞撞地站起来，李亨见状，亲自去扶，高适笑道：“教陛下见笑了！”

君臣俩出了营帐，是时，东方已现光明，晨曦下，天地间的雪似乎越发显得白了，高适让李亨上马。李亨怕他醉酒坐不了马，吩咐士兵去拉辆马车来，让高适坐。

高适道：“战场上岂有坐马车的道理！陛下放心，臣坐得了马！”身子一晃，在身边的一匹马上趴了下，抬腿踩上马蹬，一用力，半边身子上了马背，待要抬腿跨将上去时，马蹬上的脚一滑，摔了下来，落在雪地上。

李亨大惊，急令士兵查看。高适索性躺在雪地上，畅怀大笑：“醉卧沙场君莫笑，且容老夫狂一回，狂一回！”李亨十分理解他此时的心情，若非是君王的身份，他也恨不得倒在雪地上，放肆一回。

过了渭水，三军欢呼着皇上的到来。此刻，在将士们的眼里，他就是圣主，没有他御驾亲临，就不会有这一战的胜利，待李亨在军前下了马落地时，他们不约而同地跪下，山呼万岁。李亨看到这一幕，不由得激动起来，手一拱，半鞠了一躬：“将士们，辛苦了！”

郭子仪问道：“陛下，是否乘胜追击，率军入长安？”

李亨几乎没做任何考虑：“入长安！”这一刻他期待已久，该是到了证明给天下看的时候了，入主长安，重掌天下，还百姓一个长安盛世。

三军未作休整，再次踏上征程，杀向长安。

至德二载正月初五，长安城的年味依旧很浓，家家户户尚挂着红灯笼，对联也是鲜红的，空气里似乎还残留着爆竹的余味。大明宫里却是另一番截然不同的景象，迷漫着凄云惨雾，随着唐军逐渐逼近长安的战报一个个传来，宫里的气氛便越发紧张。

“说吧，接下来怎么办？”安禄山尽管什么也看不见了，但他的那双眼睛似乎依然有洞穿人心思的魔力，看着眼前的众臣，把他们盯得胆战心惊。怎么办？他们首先想到的并非是御敌之策，而是安禄山的心思，他是想战还是想退呢？

安禄山的暴躁是出了名的，特别是在这种时候，如果拂了他的意，说不定就不得好死了，因此一时没人敢说话。

越是如此，安禄山越是愤怒：月月用俸禄供着你们，真到了用人之时，居然没一人敢站出来，那么要尔等何用呢？

“都他娘的吓傻了吗？区区一场败仗，就把我大燕朝所有文臣武将吓傻了吗？”安禄山怫然作色，陡然喝道：“来人！”

门外禁卫得令而来，安禄山道：“把行军司马给老子拖下去斩了，传首三军。”

禁卫低喝一声，把人拖了下去。殿内沉闷得令人窒息，即便如此，也没人敢大声喘气。

“知道该如何做了吗？”安禄山沉声道，“城在人在，城破人亡，哪个要是敢退一步，老子先斩了他，滚，滚下去准备作战！”

夜渐渐深了，可是睡不着的人依然睡不着。

安庆绪正要出宫去，严庄忽然拉住了他。安庆绪回头时，只见这位书生的脸色十分难看，阴沉得如同这时的天气一样，铅云密布。

“你觉得长安之战，能胜吗？”严庄冷冷地问了一句。

安庆绪知道他的意思，城在人在，城破人亡，如果到时候守不住，大家都得死在这里，与其拼尽一切做无谓的牺牲，不若另谋出路。可是，一来安禄山不可能妥协，二来真要是在这种情况下发动叛乱，未免太不人道了。

“你觉得没有一丝胜算吗？”安庆绪习惯性做出一副糊涂的样子装傻，“陛下尚有与敌军死战的决心，你我自该殚精竭虑，为主分忧，即便是马革裹尸，与长安城共存亡，也是应当的。”

“是吗？”严庄嘴角掠过一抹冷笑，“殿下有此决心，陛下之幸，百姓之幸也，我朝上下士气如此，或可一战。”话音一落，转身就走。

安庆绪见他果然要走，急又叫住了他。严庄十分清楚他的性格，往往是遇事当断不断，属于想当婊子又想立牌坊之辈，优柔寡断。严庄听得其出声，脸上露出一抹阴恻恻的笑意，转过身去，故意问道：“殿下还有何事？”

安庆绪的性格固然优柔寡断，可他不笨，知道严庄是在逼他，从中足以看出，此人的功利心是极强的，在当下是个可利用之人，于是说道：“去李猪儿处，今晚行事。”

严庄听他说今晚行事，倒是十分意外：“今晚？”要知道兹事体大，即便是行事成功，他们需要做足各项准备工作，以免朝中出乱子。

“在唐军攻城之前，我们需要撤出长安。”安庆绪下定决心后，思维便变得敏捷起来，事实上这套方案在他脑海里盘旋已久了，“长安乃李唐皇室都城，权力之中心，他们会不惜代价拿下此城，与其在此跟唐军死磕，消耗兵力，倒不如退一步，保存实力，给自己个喘息的机会。”

严庄眼睛一亮，显然此计正合他意：“退向何处？”

“邺城（今河北省邯郸市临漳）。”

严庄笑了，唐军在北方的兵力相对较弱，而邺城距离东都洛阳不过两三日脚程，可谓是退可守进可守，实乃理想之地。

“看来殿下决心已定了。”

“我不想死。”安庆绪冷笑道，“相信你也是吧？”

严庄自然也不想死，可是对一个存有野心和抱负之人来说，比死更可怕的便是跟着一个没有远见，且暴戾不听劝诫，而又无法控制的主子。安庆绪不同，他虽然有优柔寡断的一面，在大事的决断上难以定夺，但他是可以控制的。严庄看了眼安庆绪，微微一哂，跟着走了出去。

李猪儿同严庄的心思一样，也很害怕，丝毫没有安全感，仿佛头上悬了把刀，随时都有可能砍下来。为此，他天天盼着安庆绪能来找他，告诉他动手夺位。在见到安庆绪和严庄走进来的时候，李猪儿的眼睛不由得一亮，好像他们将要去干的不是杀人的事，倒更像是能去哪儿发财了。

李猪儿瞟了眼安庆绪的神色，当确定他们要去干的事情时，他大大地松了口气，嘴角不由自主地浮上抹笑意。尽管他极力地想要掩饰，不让安庆绪看出来，毕竟要去杀的是人家的父亲，可不知为何，他怎么也无法控制住激动和兴奋的心情。是的，政治就像是一场豪赌，他把毕生的赌注都放在了安庆绪身上，赌赢了，从此后不就衣食无忧了吗？

三人出发了，由严庄去替换宫里的守卫，换成可信任的自己人，以防不测，李猪儿去调遣内侍人员，同样换成心腹之人，安庆绪则去暗调一支忠于自己的军队，护卫宫外，以便到时候控制朝中的大臣，安排完毕后，于二更时分在安禄山的寝宫外会合。

李猪儿跟平时一样，服侍了安禄山睡下，此时的安禄山谁也不信任，唯独相信李猪儿，躺下后翻手摸了下放在枕头底下的刀，道："李猪儿，晚上你哪儿都不用去，就守在朕的身边。"

李猪儿愣了一下："莫非陛下晚些时候还有事吩咐吗？"

安禄山摇摇头："没有，只是有些不安。"

李猪儿笑道："陛下乃九五之尊，何来不安！"

"你却是不知。"安禄山道，"眼下是大燕的关键时刻，外面的唐军想打进来，里面的人却是人心不安，各怀鬼胎。朕的眼睛虽然瞎了，看不见他们，但依然能够猜得透他们的心思。你留在这儿，替朕把着门，朕方心安。"

李猪儿也非是残忍凶恶之徒，只不过为了自个儿的性命，这才起了歹念，听了安禄山的这番肺腑之言，不免心下感慨，即便是贵若帝王又何如，亦是命若浮萍，生死不由己，当下说道："我去安排下底下的人，便来陪陛下。"

将近二更时分，按照约定，安庆绪、严庄陆续到了寝宫外，心情或少或多都有些激动。望着寝宫，安庆绪又迟疑起来，没敢再往前踏进一步，灯笼照着他高大健壮的身子，投射在地上的影子似乎在微微发抖。

是啊，里面住着他的父亲，要是抛开皇权、利益，抛开世俗的一切纷争，他就是他的父亲，一个给了他生命以及今日地位的人，从这个角度来说，他是幸运的，比普天下绝大多数吃着苦挨着穷的孩子都幸运。可人心如深渊，欲壑难填，得到的越多，想要的就会更多。父亲给了他王爷的身份，让他享有无上的尊贵和财富，而他却想要杀了那个给了他一切的父亲！

越往下想，安庆绪的心里便越不安，从某种程度上说，他不是优柔寡断，而是心中尚存着些人性之善，尚未泯灭天良。

严庄走到他身边，冷冷地道："都到了这时候，殿下还在犹豫吗？"

安庆绪长长地吸了口气，自嘲地笑了笑："换作你，你不犹豫吗？"

严庄一怔，没有回答他的问题，只等他下一步的行动。此时，只听寝宫内传来安禄山的声音："门外是哪个在说话？"原来到了此时，安禄山并没入眠。

安庆绪吓得浑身一哆嗦，刚要回话，只听里面的李猪儿道："容我去看一眼。"没一会儿，门一开，李猪儿从里面出来，朝他们眨了眨眼，意思是说一切准备妥当，见安庆绪兀自没有动，便朝里喊道："陛下，殿下安庆绪求见。"

"这么晚了何事见朕？"安禄山粗大的声音从里面传来，"让他进来。"

这下安庆绪没了退路，只得硬着头皮进去，严庄跟在其后，随之入内。及至安禄山床前，两人跪下请安。

安禄山显然有些不耐烦："何事，快说。"

安庆绪期期艾艾地道："回禀父皇，唐军已到了十里之外，最晚后日便能到城下，儿臣寝食难安，这才来找父皇商议。"

"商议？有什么好商议的？"安禄山大怒道，"不去动员守城将士倒也罢了，你自己却先怕了起来，老子要你何用？"

安庆绪听着这语气，吓得冷汗直冒。安禄山眼盲之后，嗅觉和感觉极灵，忽问道："还有谁在？"

严庄忙答道："臣严庄。"说话间，向李猪儿使了个眼色。李猪儿会意，蹑手蹑脚地走到一个隐秘处，将藏在那里的一柄钢刀取了出来。

"没想到啊！"安禄山痛叹一声，"你也跟着夤夜而来，莫非你也怕了吗？"

严庄的眼睛随着李猪儿往前移动，嘴里有口无心地道："非是怕了，乃是不安。"

安禄山听了这话，叹息一声，丝毫没有感觉到李猪儿提刀走近。

"若说是不安，却也难免。不过，我大燕朝的天下本来就是从人家手里抢过来的，再与人家打一场，又有何妨？大不了打败了，再把抢来的还回去，推倒了重来，咱们可以东山再起。但是，这只是最坏的打算，在尚未耗尽最后一分力气之前，咱们说什么也不能先怯懦，得有跟唐军殊死一战的决心。说不定攻城不利，唐军先胆怯了呢？那么咱们就掌握了主动权，离此战的胜利便不远了。好了，朕言尽于此，滚吧，好好地下去备战。"

"臣领命！"安庆绪、严庄起身。此时，李猪儿已到了安禄山床畔，边提着刀边道："陛下，已过二更天了，龙体重要，安心睡吧。"

说到"安心睡吧"时，倏地手臂一动，钢刀由上而下，直插入安禄山腹部。要说这阉人平时看起来也不怎么凶狠，真正行起凶来，端的了不得，钢刀入腹时，安禄山剧痛下，大喝一声，要翻身起来抵抗。李猪儿一咬牙，手臂一沉，刀身又入肉几分，同时将安禄山重新又压倒在了床上。

安禄山奇胖无比，这一刀估计未伤及要害，又是一声大喝："伤我者，我亲人也！"声音中充满了悲愤，翻身去摸枕头下的刀，李猪儿看得分明，怎会给他这个机会，钢刀用力地往下一拉，安禄山顿被开膛剖腹，肠子和鲜血流了一地，痛叫两声，一命呜呼。

"还等着作甚，收拾一下！"严庄见成功了，心里如放下了块巨石，为了以防万一，须将现场收拾干净了，朝着安庆绪喊了一声。

安庆绪浑身一抖，那神色如同失去了父亲的孩子，有恐慌也有悲哀，然而一切都已无法挽回，同时心里也升起了股希望。从此以后，他就是大燕王朝的皇帝，再也不用过这种战战兢兢的日子了！当下走上去，与李猪儿、严庄一起动手，把满地的血污都收拾了，再用被褥裹了安禄山的尸体，塞至床下。

“接下来如何行事？”安庆绪转头朝严庄问。

严庄看着他的样子，内心一阵欢喜，他需要的正是这样的主子，行事犹豫，没有主见，从此后大燕朝是真的要易了主了。

“等天亮。”严庄阴沉沉地说了一句，语气坚硬，更像是在命令。

外面的守卫及小太监实际上早就听到了异响，但他们都是李猪儿、严庄的心腹，故虽然寝宫内惨叫声阵阵，血腥味冲天，却没一人进去查看。可怜一代枭雄，便如此丧了性命。

三更后，安庆绪向群臣发出消息，陛下因病不治，龙驭上宾。天刚微亮，接到消息的群臣便都到了大明宫集合，大家议论纷纷，吵吵嚷嚷，有为当前局势担忧的，这种时候陛下突然龙驭宾天，群龙无首，该怎生抵御来势汹汹的唐军？也有猜疑的，陛下不过是患有毒疮罢了，何以突然驾崩？然猜疑归猜疑，看到大殿外杀气腾腾的禁卫时，哪个也不敢真正站出来公然质疑。

接下来，由严庄装模作样地劝安庆绪继位，安庆绪则佯装推辞，说先皇驾崩，尸骨未寒，如此急着登基，是为大不孝。严庄义正词严地道：“先皇宾天，大丧在身，本不应行继位之礼，乱了法度。然当前唐军正向我扑来，形势万分危急，国家兴亡荣辱不过朝夕之事，大燕岂能无君啊，臣等恳请殿下，念在先皇开创基业不易，以及大燕万千生民福祉的分儿上，承继大统，助我大燕度此劫难！”

安庆绪目光一扫，往群臣身上落去。此时，有一部分人跟着严庄请求他登基，而另有一部分人似乎在迟疑着，这一切来得太突然了，还无法让他们接受。严庄瞟了眼左右，脸上的阴森之色越发浓郁，霍然一声喝：“诸位迟疑着不劝进，莫非是想眼看着我大燕生乱吗？”这一句话落时，那一部分人的脸色都变了，想要眼看着大燕生乱，换句话说就是在盼着唐军入城，此乃叛国之行径，哪个担得起？急忙跟着跪下，一起劝安庆绪继承大统。

安庆绪见状，大大地松了口气，心想：严庄果真厉害，一句话就让满朝文武俯首称臣！

如此按照不成文的礼仪，在群臣一而再，再而三地劝进下，安庆绪这才勉强应允，登基为帝，改年号为载初，下旨于当日撤出长安。

安庆绪的匆忙撤离，最大程度保证了大明宫的完整性，几乎没有遭到任何破坏。这可能也是安庆绪在这座城里最大的遗憾，象征着权力的皇城，眨眼间便要拱手予人了，甚至连最后留恋的时间都没有，就匆匆离开了。及至城外，他扶着安禄山的灵柩，默默地在心中默念，总有一天我还会打回来的！

“我们会回来的。”严庄像是看透了他的心思，在他身边说了一句。

安庆绪看了他一眼：“你当真有此把握？”

“只要我们有心，有什么事是办不成的？”严庄眼里精光一闪，道：“再者说，神龙令至今未现世，这天下谁来主宰，尚是未知之数。”提及神龙令时，安庆绪的眼里也是一亮，是啊，当神龙令真正现世时，再一较高下吧！

一去一来，同年，李亨入主长安，两者自然是不同的心境，重新夺回京师的李亨，踏上长安城这片土地的时候，全身的热血不由得沸腾起来。这是他从小长大的地方，是他的故乡，更是他为之迷恋的地方，它象征了权力，代表了威严，它见证了大唐的兴起，是世界的中心，自高祖皇帝以来，它从未旁落，却因了他父亲的疏忽，一度为叛军占有，此为大唐之耻也！

可是，他今天又将它夺回来了，向天下人证明了他的能力，从今往后，他就要主宰这座城池，主宰这个天下，该没人出来反对了吧？

踏入大明宫，踏入这座庄严神圣的皇宫禁苑时，李亨的鼻子突然一酸，激动得想要哭一场。就是在这个宫殿里，他经历了起起伏伏，和如噩梦般的日子，甚至险些丧命。今后，不会了，再也不会有了，在这座皇城内，在这个国家，他是唯一一位至高无上之人，哪个敢来触犯虎威？

次日一早，天刚亮，李亨便在宣政殿朝见群臣，听着众臣山呼万岁的声音，他的身子忍不住激动得颤抖起来，只有站到了这个地方，他才成了真正的天下之主！

下了朝后，与高适商议太上皇之事。高适道："宜尽快把太上皇迎回长安，越快越好。"

李亨点点头，他明白高适的弦外之音，接太上皇只是个形式，拿到他的禅让诏书，以及大唐的玉玺，他的位置才会合法化。因即日下旨，遣大臣去成都迎回李隆基。

一切似乎都渐渐回到正轨了，然而，李亨可能怎么也料不到，一股更大的风暴已然形成，并最终在长安爆发。

第十八章

神龙令现世

休息了会儿，秦明法再次下水，这次又带了两个帮手，每人背后均背了捆绳索。

在秦明法的带领下，由于是轻车熟路，三人很快抵达目的地，幽暗的光线下，依稀可见石台下的一处岩壁上，有一道洞开的门户，因里面实在太黑，倒更像是一个黑洞，黑幽幽的阴森可怖。

秦明法向那两人招了下手，身体在水里一动，率先游入门户里面去了。里面不可辨物，自然更加难以分辨究竟有多大，手在水里摸了会儿，摸到一只箱子，放下绳索，快速地在箱子上面绑好。其余两人如法炮制，各自摸到一只箱子时，捆好了后跟着秦明法游出洞来，并迅速地浮上水面，将绳子的另一头抛向岸边的人。

岸边的人抓住那三根绳子，傅大总管道："不着急，一根一根地拉上来。"

金效邦称好，手臂一用力，居然只拉动了几分，笑道："傅大总管，好沉啊！"

傅大总管哈哈一笑，过去帮忙，与金效邦一同用力，一点儿一点儿将绳索往岸上收。

溶洞外的裴旻和武月娘目不转睛地看着他们的举动，心中之疑惑愈来愈盛，水底下藏的究竟是什么东西？

不消多时，一条绳索将收到尽头，水底下的东西也渐渐露出了真容，竟然是只黑乎乎的箱子，拉上岸边，与地面相触碰时，有金属之音，应是铜制的。那铜箱约有三尺宽、两尺来长，正面拉环处，上了把锁，锈迹斑斑，孟幽兰用铁手套轻轻一扣，锁应声而断。

金效邦显然有些迫不及待，但在动手开箱时，想到傅大总管也在旁边，适时止住，抬头问道："打开吗？"

傅大总管因已找到要找之物，心情极好，并不在意金效邦的鲁莽，微哂道："无妨，你直管打开。"

金效邦应声"好"，用力一拉，箱盖被打开。众人的目光不约而同地往箱内聚齐。箱内装了满满一箱的东西，由于积了层厚厚的淤泥，看不清是什么。手指轻轻一拨，箱内的东西露出了金黄色的一角。

孟幽兰喜得险些惊叫出来："是黄金！"

傅大总管抬手捏着颌下的那缕稀松发黄的胡须，说："再拉！"

不一会儿，另两根绳子亦陆续被拉上来，也是铜箱，箱内俱是黄金。

"恭喜傅大总管，大功告成！"金效邦忍不住激动，拱手道贺。

傅大总管那清癯的脸上也浮上抹笑意，只是此人沉稳，并没表现得过于激动，过了会儿，向秦明法道："下面还有多少箱子？"

秦明法道："太黑看不真切，应还有不少。"

"再下去。"傅大总管压低声音，又下了命令，"今日要把箱子全部捞上来。"

秦明法应是，带着两名帮手再次入手，裴旻和武月娘则彻底看呆了。

捞上来的居然是全是黄金，而且还不止三箱，下面还有很多！看来乌云山仙顶的传说并非捏造，而是真的。然而，让裴旻和武月娘震惊的并非是那传说的真假，真正的问题在于，连当地人都只把它当作传说，傅大总管等人千里迢迢而来，如何能准确地找到宝藏所在？他们手中的地图究竟是什么，从何处得来的？如此重要的藏宝图，如此巨大的一笔宝藏，何以在江湖上从未有过传言？

裴旻越想越不对劲儿，拉了武月娘一把，出了山洞来，在外面找了个隐身之处，蹲下来后说道："你在江湖上可有听说过藏宝图或宝藏之事？"

"没有。"武月娘摇头道，"不过这些年我一直隐居，闭门不出，没有听说江湖上的传闻也是正常的。"

"你隐居了，可老子没有啊！"裴旻瞪着眼道，"而且老子的弟子常行走江湖，从未听说过有一张藏宝图和宝藏的事。"

听了此话，武月娘明白了他的意思，如此巨大的一笔宝藏，如此重要的一张藏宝图，无论如何江湖上都会有消息流出来，神剑帮作为江湖上的一个大门派，连如此重要的消息都不曾有过耳闻，岂非咄咄怪事吗？

"难道……"武月娘被自己的想法吓了一跳，连脸色都白了，"那……那张藏宝图与神龙令有关？"

"什么？"裴旻也吓了一跳，不可思议地看着武月娘的脸，显然他还无法接受这样的现实，而且从目前的情况来看，几乎是不大可能的。如果说傅大总管手里的藏宝图与神龙令有关，或者说就是传说中的神龙令，他们为什么还会派人过去夜郎，跟着李颇黎等人掺一脚，那不是脱了裤子放屁——多此一举吗？然而，再仔细一想，似乎也联系得起来，夜郎那边传来消息说，在那里看到了许多尸体，有金吾卫的，也有江湖中人，这说明早有人去过。既然有人捷足先登，那么便有得手的可能性。

如果这个设想是真的，那就太可怕了，同时也引出了许多无法解释的问题，既已得到，何以又要派人过去，又为何要让孟幽兰出手，污蔑李亨过河拆桥，把脏水往李亨身上泼？最关键的是，长安的金龙现身事件，不管是天象还是有人刻意指引，都是有意把世人的目光引向神龙令，这是什么道理？凡此种种，无一不是在告诉世人，神龙令是存在于世的，以常理推论，几乎没有人会这么做，除非是……

"他娘的！"裴旻拍了下大腿，"如果那张藏宝图就是神龙令，他们在江湖上的种种手段，极有可能是有意吸引世人的目光，以便他们腾出时间来参透藏宝图。”

武月娘道：“那么他们派人去夜郎，混迹于我们的人之中，又是为何？”

“制造阻碍，让他们晚些时候得知神龙令已失的真相。”裴旻蹙着眉想了一想，抬起头来时，脸色惨白如纸：“还有，当神龙令的真相揭开时，那个内鬼会不会杀人灭口？”

“你是说去夜郎寻宝，本身就是一个死亡之局？”武月娘倒吸了口凉气，眼前倏地浮现出肖如梅的身影来，“那他们岂非必死疑！”

“那边的事鞭长莫及，我们是无法帮到他们了，是生是死，只能看他们自己的造化。”裴旻很快冷静下来，“但是这边的事，我们必须得管。”

武月娘的心头怦怦直跳：“怎么管？”

裴旻想了一想，道：“你下山去，将此消息传给李隆基，让他尽快派兵过来，拦下这笔宝藏。”

“你呢？”

“老子得在这儿盯着。”裴旻眼珠子一转，看着她道，“莫非你舍不得离开老子？”

武月娘脸上倏地一热：“都什么时候了，你还有心思开玩笑？”

“快去！”裴旻道，“老子会随时给你消息。”武月娘应声好，转身走了。裴旻从隐秘处出来，又悄悄地潜入山洞去偷窥。

这时候，他们已捞了十余只箱子上来，除了黄金外，还有翡翠、珍珠、珊瑚、夜明珠、玉器等各色珍贵的宝贝，而秦明法却依然带着人在下面找箱子，显然宝藏远不止捞上来的这些，看得裴旻直咋舌，这真是一笔富可敌国的宝藏啊！若非出自神秘的夜郎，还能是哪个留下来的？想到此处，不禁为李颇黎和裴小小担心起来，如果前往夜郎真是一个死局，他们还能回得来吗？

第三次回到女娲宫的时候，大家的热情、好奇、激动之情早已被消耗殆尽，他们不再兴奋，也无迫不及待地要去里面一探究竟的冲动，可能更多的是失望，甚至是让人愚弄后的愤怒。回到此地，不过是想要求证一下，神龙令到底是否存在。

现在所有的地方都找遍了，唯一剩下的就是那尊女娲像。神龙令真的会藏在里面吗？每个人心里都打了个问号。

杜啸林对未知事物的探索欲永远要比别人强，又是第一个走入殿内，仰首看向几与穹顶相齐的女娲像。她体态丰腴、慈眉善目，目光微微下垂，像是在俯瞰站在她身前的众生，宝相庄严。整座人像乃用巨石雕刻，浑然天成，几乎看不到拼接的痕迹。

她太完美了，完美得找不出任何瑕疵，换句话说，神龙令在这尊石像里面的可能性微乎其微。杜啸林脚下一用力，纵跃而起，落在女娲像肩上，在周围看了看，没发现异常，又往下扫视，石像的前胸和后背均无可疑之处，不由得越发心灰意懒。

这时，只听奎尼在下面喊了一声："快来看！"

杜啸林神色一振，急跃下去。

在石像臀部略往左的地方，在一道不规则的褶皱，乃是雕刻者为了突出石像所穿霓裳的飘逸感，所设计的衣服的褶子，这种褶子在女娲像身上有很多，唯独臀部这一块有些异样，仔细看的话，能看到沿着褶子的纹路，有一条极为细小的缝隙，弯弯曲曲地形成了一个拳头大小的不规则图案。

李骆谷精神大振，摸出把匕首来，刀尖沿着缝隙周围转了一圈，然后轻轻一撬，那不规则的图案竟然被撬了下来。

大家见状，心头顿时紧张起来，原来这女娲像内部果有乾坤！

李骆谷把那图案取了下来，那上面露出了一个孔，很浅，中间有一截凸出的石梢，而在石梢的周围则有一圈明显的缝隙，明眼人都能看得出来，这是一个机关，打开机关后，里面定然是藏了东西的。

看到如此一个装置时，大家的心里皆若明镜似的，假若神龙令真的存在，那么定藏在这个孔内无疑，现在的问题是如何打开它。李骆谷又拔又摁，石梢纹丝未动，又用手指捏着它使劲儿扭，亦无法扭动它。杜啸林用同样的方法试了一遍，徒劳无功。

"奇怪！"奎尼盯了石梢儿会儿，朝李骆谷道："莫非需要用特殊的工具打开吗？”

李颇黎闻言，忽然想到了什么，朝李白道：“阿爹，你把在武神庙捡到的那东西拿出来。”

李白会意，从包袱里取出那个类似女性阴户状的东西，交到李颇黎手里。李颇黎定睛一看，只见这东西的中间果然有个小孔，跟那石梢是配对的，便对准了方位将那东西插入石梢，五指一用力，往右慢慢转动，只听得孔内发出轻微的“咔嚓”声。李颇黎只觉有股力量往外弹，手劲儿便顺势一收，里面有一截长方形的石条弹了出来，李颇黎将它取出来，低头往里一看，里面有只长方形的黄色锦盒，刚要伸手去拿，蓦然被人推了一把，跌倒在地。事起突然，旁边的肖如梅惊叫了一声。

原来，杜啸林早就做好了争抢的准备，看到李颇黎伸手，便知道里面肯定有东西，推开李颇黎，伸手往里一探，将那长方形的黄色锦盒拿到了手里，刚要把它打开，耳边陡起“呼”的一声响，劲风飒然，未及回神，眼前黑影一闪，手里的锦盒被挑飞。

杜啸林眼神一瞟，见是奎尼，此时哪有心思跟他去缠斗，身子一动，去抓锦盒。却在此时，眼前娇小的身影一闪，身法极快，纤纤玉手一抄，将锦盒抄在了手里。

杜啸林看是肖如梅，心头大怒，厉喝一声，手里的刀劈头盖脸地向对方砍落。肖如梅没敢去硬接，只一闪避了开去，“锵”的一声，长剑出鞘，剑身化作数道寒星，往杜啸林身上撒落，直指其要害。

这一席动作一气呵成，毫不拖泥带水，着实把旁边的李颇黎等人看得呆了，她不是受伤了吗？连行动都不便，何以这时忽然身轻如燕了？事实上，肖如梅受伤不假，只是一则所受之伤没那么重，二则这些天以来也恢复得差不多了，区区伤势对一个习武之人来说，完全不碍事，她之所以装出一副重伤未愈的样子，就是为了在这一刻出其不意，拿到神龙令。

肖如梅的举动，不光让李颇黎等人大感意外，与之交手的杜啸林更为震惊，看来这里的人每个人都不单纯，即便是这般看上去像个不经世事的小姑娘，也会为了神龙令使出浑身解数。

奎尼停止了动作，在一旁静静地观战。当前的场景，相信每个人都已想过无数遍，既然注定了要发生，那就打吧，谁会成为活到最后的那个人，听由老天安排！

杜啸林怒啸一声，扬起大片刀光，刀身矫健如龙，呼啸而出。肖如梅的剑法以轻灵为主，自然无法抵挡，欲往后退时，杜啸林吃准了她的弱点，没有给她这个机会，虎啸一声，连人带刀和身扑上去。

“叮”的一声脆的声响，兵器急促地交击之下，火星四溅，肖如梅娇哼一声，脚下踉跄，同时，手里的锦盒一时拿捏不住，脱手飞出。杜啸林觑了个真切，要去夺锦盒。肖如梅估计被逼急了，银牙一咬，左腿往后一点，身子前倾，一剑朝杜啸林削了出去。杜啸林大吃一惊，伸出去的手忙不迭收了回来，“当”的一声，锦盒落地，摔作两半。

大家的目光不约而同地往地上看去，锦盒是空的！

女娲宫里的气氛一下子就变了，杀伐之气不再存在，换之的是失望、失落以及愤怒。辛辛苦苦的一路过关斩将闯过来，原来早已注定了是一场徒劳无益的行动。

“是谁？”杜啸林红着脸朝着众人目扫一遍。是谁在愚弄他们？他的目光从每个人的脸上扫过，忽然“哈哈”一声怒笑，现在他明白了，原来所谓的内鬼或是第九个人，是指引他们来此徒劳走一遭的引路人，可是他如此做的目的何在呢？“为何要如此做？为何啊！”

“谁是内鬼？”奎尼的情绪同样激动，神龙令失踪，说明早已让人拿走，而知道真相的人，只有那个内鬼。“自己站出来吧！”

杜啸林的目光一落，落向李白，他依然最是怀疑李白。当他和肖如梅、奎尼争抢空盒时，他并没有动手，而那女性阴户状的东西，正是李白在武神庙拾到的，果然有如此之巧吗？在场的所有人之中，只有李白是没有具体身份之人，种种迹象证明，只有他最有可能是内鬼。

可他真是吗？杜啸林在面对疑惑之时，往往会通过已掌握的线索抽丝剥茧进行分析，没错，所有的线索都表明，李白的嫌疑最大，但是同时，他也是最不可能成为内鬼之人，他的性格，他对朝中高官的藐视，以及他独立于世的风骨，也都表明，他是最不像内鬼的人。

杜啸林不知道外面的世界已经发生了天翻地覆的变化，如果他现在获知安庆绪已弑父而登基，又会做何感想？

“还在怀疑我父亲吗？”李颇黎看到杜啸林的目光时，心头火气大盛，摇摇晃晃地走上去，一脸的不屑，“莫要用尔等这种世俗功利的眼光看他人，这世上的人分很多种，有些人为名为利，追逐一生，有些人则视功名利禄若粪土。告诉你，我父子二人，尚未将功与名放在眼里，更不会充当他人的棋子，到这种地方来做内鬼。”

肖如梅妙目一瞟，看向李颇黎，只见他剑眉朗目，眼神之中跟他父亲一样，透着股放荡不羁的光芒，浑身上下散发出来的是对万千世事的不屑，他说的应该是真的，杜啸林之所以怀疑，乃是用世俗功利的目光去看待他们了。

“先出去再说吧。”杜啸林忽然叹息一声。

奎尼道：“出去了之后呢，分道扬镳吗？如果不查出内鬼，我们就无法知道神龙令的真相，回去之后，怕是无法跟上面交代吧？”

“这是个死局，你没发现吗？”杜啸林的眼里闪过一抹寒光，“从一开始我们就在相互猜忌，可是猜出结果来了吗？现在，神龙令不知所踪，大家所有的心思就会放在内鬼身上，如此一来，后果是什么？”

李白道：“会使猜疑心更甚，直至全部死在这里，这可能是内鬼最终的目的。”

“没错。”杜啸林看了眼李白，眼神之中微微透着股意外，没想到他能说出这样的话来。“这就是内鬼的终极目标。”

李骆谷皱了皱眉头：“那我们究竟该如何是好？”

“先出去。”杜啸林固执己见，“待在这里不但查不出内鬼，还有可能会发生不可预测的危险。”

“那就先出去吧。”李骆谷微微一叹，作为此行的向导，面对当下之境遇，他也是十分的失落，低着头默默地往右侧的一道暗门走去。众人也没有更好的办法，只得跟着先出去了再说。

如果说前两次回武神庙，至少还带有一丝希望的话，那么此番回来，则是深深的绝望，神龙令究竟存不存在？它只是一个传说，还是早已让人取走了？如果是让人取走了，捷足先登的是谁？所有的疑问都需要从那个内鬼身上解开。

那么这个一直潜藏在他们中间的内鬼到底是谁？

走入武神庙的时候，大家隐隐感觉到，这里的氛围有些怪异，究竟哪里怪，却又说不上来。杜啸林看了眼大家，说道：“第九个人一直隐藏在我们周围，如影随形，无处不在，但他像个影子，我们对他无可奈何，所以只能从内鬼身上下手。只有揪出了内鬼，所有的谜团才会逐渐解开，为了彼此的安全和利益，在内鬼没有现身之前，大家都不得离开，不知诸位有何异议？”

“我没有异议。”奎尼抛开成见，第一个站出来支持杜啸林。空走了这一趟，如果不查出个所以然来，回去了也无法跟人交代，倒不如把大家绑在一块儿，说不定能看出端倪。

李颇黎冷冷一笑：“那么要怎么才能揪出内鬼呢？”说完这句话的时候，他突觉脑子一阵晕眩，出于习武之人的本能，情知是有人在暗中作祟，急运用内力抵抗，却还是晚了一步，“内鬼……”话音未了，两眼一黑，人事不省。

过了春节后，四川的天气依然阴冷，李隆基穿了身厚厚的棉袄，坐在院子的太阳底下，手里捏了根树枝，在地下胡乱地划着，泥土上的划痕交错纵横，杂乱不堪。高力士安静地站在旁边，微眯着眼，似乎在享受着此刻阳光的温暖，懒洋洋的，没有说话。

“这盘棋啊，越来越乱，越来越让人看不透了。”李隆基皱着眉头，喟然道，“究竟谁是执棋子之人，下一步会如何走呢？”

高力士把那老眼昏花的眼睛睁了睁，看了眼地下李隆基胡乱画的划痕：“现在的形势渐已明朗，夜郎那边有内鬼，外面又有傅大总管等一班人在活动，不管谁是执棋人，很快就会原形毕露了。”

李隆基冷冷一笑：“只怕等到执棋人现身时，这天也要翻了。好在号称‘大唐三绝’之一的裴旻没让我失望，没想到在四川还有藏有如此大的一笔宝藏。嘿嘿，只要我还活着，不能让天给人翻了。”

大唐三绝，乃是指李白的诗、张旭的草书和裴旻的剑。裴旻在无意中发现了傅大总管等人去寻宝的线索，并把此消息在第一时间通过梅花卫传了过来，无疑是立了大功。高力士瞟了眼李隆基，忽说道：“大家有没有想到，那批宝藏其实就是神龙令？”

“想过，但又不敢想。”李隆基说道，“三月前就有人去了夜郎。如果说神龙令已失，那批宝藏无疑就是神龙令所指引的东西了，其数量如此之大，的确足以搅动天下，颠倒乾坤了。如果仔细去想，越想越令人感到恐惧，他们既然已经拿到了神龙令，还要吸引我们去夜郎，意欲何为啊？”

高力士自然能想到，吸引众人的目光，是为了他们能腾出时间去找宝藏，可眼下这仅仅只是猜测而已，背后是否还隐藏着更大的阴谋，谁也说不准。越是摸不透看不穿，便越是教人害怕，高力士幽幽的一声叹息：“但愿陈玄礼此番出去，能带来好消息，破解所有的谜团。”

裴小小从夜郎出来后，一边发出消息，联络裴旻，一边往西北方向而行。没想到裴旻没联系上，倒是把神剑帮的同门师兄弟招来了。

原来，裴旻和武月娘在去乌云仙顶的时候，为免发生不测，向各自的弟子发了消息，让他们赶来支援。神剑帮接到消息后，派出袁志雄、刘宏亮、路海涛等二十五人，沿着裴旻所提供的线索，往四川而来。

裴小小见到这些师兄弟，宛如见了亲人一般，高兴雀跃。那袁志雄对裴小小有些意思，急走上来道：“小师妹，缘何只你一个人，李师弟呢？”

裴小小便将夜郎的情况说了一遍。袁志雄一心想要讨好裴小小，道：“李师弟行事太不小心了，如何能让你一个人来呢，万一出了什么事，怎生是好？”

裴小小对袁志雄毫无好感。他是当地富商子弟，虽说到了神剑帮后，也能刻苦勤练武功，但终究是沾了些富家子弟的习性，眼高于顶，等闲不把人放在眼里，特别是像李颀黎那种身份背景的人，更是瞧不上。裴小小出身于武学名门之后，性格开朗，又打小受裴旻影响，对那些世俗的成见十分反感，自然更加不会有嫌贫爱富之心，故而她很是讨厌袁志雄，只觉得他浑身上下都透着股俗气，与李颇黎身上的那股洒脱劲儿比较起来，他简直无可取之处。刚见了面，便听他说李颇黎的坏话，心里老大不高兴，小嘴一嘟，道："你知道个什么？师兄是为了我的安全着想，这才让我先行出来找我爹。"

路海涛知道她向着李颇黎，没必要惹不快，笑道："小师妹说得是啊，李师弟是老实人，岂能有坏心思。不过此番出来，我等乃是接到了师父的命令，去乌云顶接应，与小师妹正好一路。"

裴小小听得裴旻也在四川，便将刚才的不快忘了："当真吗？那太好了！"由此，神剑帮一行二十余人，往巫山的乌云顶方向而去。

在距离巫山二十余里之外，有一个去处，唤作将军峡，两侧青山夹峙，峭壁千仞，猿猴亦难攀得上去。中间只有一条两丈来宽的通道，由于通道狭长，顶部又有崖壁上生长的树木遮蔽，阳光难以照得进去，入得通道内，便黑了下来，且寒气森森，此等地方，慢说是有将军镇守，即便是一群乌合之群，也能教千军万马望而却步。

裴小小一行人行到此处时，正是当日的午后，由于他们按照裴旻的命令，为防人起疑，节外生枝，并没走寻常路，而是跋山涉水，专拣隐秘的山路走。到了将军峡附近时，果然让他们发现了异常。

从裴小小等人所站的山头望过去，只见在将军峡上面的一侧悬崖上，埋伏着一支军队，因是藏于山石丛林之中，具体兵力无法得知，但至少是在千人以上，个个持枪带刀，神色肃然，杀气腾腾，处于临战状态。

路海涛惊道："原来将军峡果然有将军镇守啊！"

裴小小给了他个白眼："这几天你吃的是猪食吗？这拨人出现在此，定然与我爹有关，他们要么是敌人，要么是友军，不然我爹叫我们来此作甚，游玩吗？"

实际上裴小小不过说了通废话，出现这么支军队，无非敌友两种情况，但袁志雄一心想哄她开心，马上接话道："小师妹说得对，这些人的出现，肯定跟师父有关，我们便在此静观其变。"

"那边还有人！"刘宏亮忽然手一指，指向峡谷下面的一处凹地，同样埋伏了一批人，约有百人之众，奇怪的全都是女人。那里处于峡谷外围，适合狙击，倘若有人从峡谷内跑出来，便会落于她们的手里，故从部署上来判断，理应与悬崖上的士兵是一伙的。

“这倒是有趣了！”袁志雄“唰”的一声，打开手里的那柄精致的描金折扇，摇晃起来。他出身于富商之家，肤色白皙，模样也算得上俊秀，边摇着扇子，边谈笑风生，倒是十分符合他的气质：“看来即将从峡谷那头经过之人，来头不小，竟让这帮人如此兴师动众。”

路海涛道：“如果他们要对付的是师父，可如何是好？”

袁志雄拿扇子敲了下他的头：“这还用问吗？自然是不顾一切冲下去，保护师父了！”

裴小小打小就是在这些师兄弟的讨好之中长大的，早已习惯了，不过听到他们这般为裴旻的安危着想，心里也是高兴的，笑道：“袁师兄说得对！”

不多时，行来一支马队，从山头上望将下去看得分明，只见二十来辆马车，均载着满车的柴火，徐徐而来。每辆车均有一前一后两人护着，皆是山上的农夫打扮，看情形应是在山上砍了柴后，运出山去卖的。

可奇怪的是，区区二十来车柴火，值得如此劳师动众，动用军队在此埋伏吗？

马队很快进入了峡谷，他们应该是对这一带的环境比较熟悉，几乎没作任何犹豫，一辆一辆地跟着入内，正在此时，陡起一阵龙吟虎啸般的大喝之声，发声者中气十足，发的是丹田之气，声震山川，可见是个高手。

大喝之声落下时，青山绿水之间，突出现一道黑色的人影，捷若健猿，在丛林石岩上纵跃腾飞，如履平地，没一会儿，就已到了峡谷附近。

这时候，崖上的士兵亦打起了精神，前排的士兵则潜行至崖边，估计是想将准备好的山石往下掷。再看峡谷外围的那些女人，个个都捏紧了手里的剑，蓄势待战。

一股杀气随着那支马队进入峡谷，而在青山绿水间陡然升起，并且笼罩在了峡谷上空！

第十九章

龙虎会长安

随着大喝声响起，马队里的人也慌了。他们知道要出事，便想要往后退，撤出峡谷。谷口黑影一闪，那人在转瞬间竟已到了谷口外，脚刚沾地，手中的剑鞘往地下轻轻一点，其动作虽做得轻巧，然他而身上的一股气势，却足以震慑所有人。谷内的风拂起他灰色的衣袂，灰白的胡须迎风而动，大有一夫当关，万夫莫开的气势。

“轰、轰、轰”一阵响，崖顶的石头滚落下来，谷中的人见状，皆往外跑。谷口那人右脚一抬，“嗒”的一声，踢在斜点于地面上的剑鞘，同时右手一动，剑身脱鞘而出，只一舞，剑光大盛，两丈来宽的谷口如数被剑光笼罩，密不透风，漫说是人，连只苍蝇都难逃其剑气之下。

“游龙剑法！”谷内不知是谁骇叫了一声，当中一名书生模样的人纵身掠起，手一扬，几道寒光自手心打出，触及剑光时，“叮、叮、叮”几声脆响，一闪而没。

“你这毒针还想再伤老子吗？”谷口外使剑之人正是裴旻。其剑法在江湖上独一无二，因此也被誉为“大唐三绝”之一，平时不轻易动剑，往往只以剑鞘应付，然其剑一旦出鞘，必是石破天惊，即便是傅大总管的毒针，也无法伤其分毫。其余人想要往外面冲过去时，只见裴旻又是一声喝，剑光大起大落，绕天匝地，犹若怒龙，上下腾跃，很多人尚未接近，就已被击飞，惨叫声四起。

前面有个剑法卓绝之人守住了谷口，后面则是不断往下落的石头，马队死伤剧增，一时人仰马翻。然而，这还不是最可怕的，激战中，蓦然喝声四起，从谷口那端突然冒出一支两三百人的军队，呐喊着往那边冲过去。

“往前走！”见此阵仗，连傅大总管也不禁大骇，情知已被包围，便只有突围，才有可能把这二十来车宝藏带出去。马队不再往裴旻方向拼杀，冒着滚石往另一端跑。

悬崖上的石头掷完后，换了弓箭手上去，分作几批轮番射击，谷内矢箭如雨，奔跑中的马队不断有人倒下，驱车的人少了，慌乱之中不能顾及许多，只得把部分马车抛下，继续往前跑。

“是我爹！”裴小小兴奋地叫了一声，娇躯如燕，轻轻一拧，往山下掠去。其余也不敢怠慢，急忙跟上。

傅大总管等人冲出峡谷通道的时候，死伤过半，带出来的马车亦不过半数而已，大笔财宝丢失，自然令人不快，好在逃出来了。傅大总管也算是想得开之人，人逃出来了比什么都好，招呼大家快走。然而，刚出谷口，陡闻得一声娇喝，不远处冲出百余人，全都是女子，正是由武月娘所率领的梅花卫精英。

傅大总管看着这阵仗，清癯的脸不由得露出一抹冷笑，原来他们来此寻宝早已不是什么秘密，将军峡业已是龙潭虎穴。在唐军以及神帮剑、梅花卫众高手的围攻下，活着逃出去的概率极小。既然逃不出去，那就只有死了，用尽最后一分力，战死于此，他们要守护的不只是宝藏，还有秘密。

“准备好了吗？”傅大总管转首朝大伙儿看了一眼。金效邦看到傅大总管决绝的表情时，便已经知道要怎么做了，参加任何一种颠覆性的变革，往往只有两条路——生与死，在世俗的眼里看来，便是成王败寇，牺牲是难免的，如果说注定了要让他们为此付出生命，何惜赴死啊！

“准备好了！”金效邦大喊一声。萧无名、秦法明、孟幽兰等人虽没有说话，却均是一副慨然赴死的样子，面对敌人的围杀，全然不惧。

武月娘看到他们的样子时，不由得愣了一下。她一直以为，他们是一群为了利益奔波忙碌之辈，不惜以身涉险，给他们背后所谓的主公效力，也无非是为了功名利禄罢了。但在这一瞬间，她觉得她错了，他们同样也是有理想和信仰的，他们跟随大唐的某位王爷，目的也是为了建立一个天下长安的盛唐。

意识到这一点的时候，武月娘对他们的厌恶之感全然消除，围上去时，朝傅大总管喊道：“投降吧，你们逃不出去了。若是诚心归降，我保证你们不会遭受屈辱。”

归降后不教他们受到屈辱，只怕是对敌人最大的尊重了。然而对傅大总管等人来说，也许归降本身就是最大的屈辱，是他们万万不能承受的，当下大喝一声，朝着武月娘等人杀了过去。

此时，裴小小、袁志雄等人也到了。裴旻朝武月娘喊道：“喂，老娘儿们，比比是哪个教出来的徒儿厉害，敢吗？”

武月娘却没心思跟他赌斗，领着弟子迎战。裴旻见她居然对自己一副爱理不理的样子，教他在徒儿们面前大是尴尬，又道：“不敢了吗？倒也好，早知道你们都是些花拳绣腿，回去后都不用练功了，嫁予我的徒儿们，从此后走针穿线，相夫教子，学学炒菜，岂不甚好！”

袁志雄等人早已习惯了他们师父的这一套，哈哈大笑跟着起哄。袁志雄更是来劲，喊道：“兄弟们，此一战后，这些姑娘任意挑！”

武月娘不禁皱了皱眉：“果然是什么样的人教出什么样的东西，一群流氓！”梅花卫门下的姑娘们个个柳眉倒竖，恨不得上去把那群流氓揍一顿，奈何强敌当前，只得暂时忍下了。

一场压倒性的绝杀开始了，傅大总管这边不过只剩下十来人，而另一厢，光是梅花卫便有百数之众，那支两三百人的军队已将他们团团围住，再加上神剑帮的高手，仅是眼前的阵势，就能置他们于死地。然而，山崖上还有支上千人的军队，正往下扑来，绝无逃出生天的道理。

战不多时，秦明法手底下的人全部阵亡，金效邦、萧无名、孟幽兰等人也不同程度的受了伤，败局已定，再无打下去的必要。武月娘再次喊道："念你等忠心为主，都是好汉，投降了吧！"

傅大总管仰首一笑，是他大意了，千算万算没有算到此行居然被人跟踪了，行动失败，宝藏不得保住，失信于主公，唯一死得以谢罪。脚尖往地上一挑，挑起柄刀来，抓在手里，翻身倒刺，插入自己的心脏，清癯的脸因了剧痛而涨得通红。

"傅某此生，孤傲自负，以为可凭一己之力，助主公定天下，可惜啊，过于自负，功败垂成，愧对主公，更无颜面立于世。"言语间，双膝一跪，向东磕头，头触地时，气绝而亡。孟幽兰、金效邦、萧无名、秦明法等人，俱皆向东而拜，自刎谢世。

胜利的一方，看到他们以这等决绝的方式辞世，毫无喜悦，无论他们为谁效力，都令人敬重。

裴旻吩咐陈玄礼把他们埋了。陈玄礼摇头叹息："可惜了，没能从他们身上得到更多的消息。"

把那二十来车的宝藏重新整理好后，一行人浩浩荡荡地朝成都出发。途中，裴小小向裴旻说了夜郎那边的情况。裴旻听完，心头一沉，原来除了内鬼之外，还存在第九个人。眼下傅大总管等人虽亡，可那内鬼和第九个人尚在，他们不只威胁着李颇黎等人的性命，同样也威胁着大唐江山。

一路无话，只说到了成都后，李隆基看到那些宝藏后，直是目瞪口呆，眼下虽说夜郎那边尚未传来确切的消息，但基本可以确认，神龙令就是藏宝图，而传言神龙令能颠倒乾坤，搅动天下，就是因为这批宝藏。

所有的谜团似乎都解开了，但似乎有更大的谜团袭将过来，谁是他们的主公，去了夜郎的内鬼又会是谁？这些谜若不解开，依然犹如头上悬了把刀，随时可能生变。

是日晚上，李隆基为犒劳裴旻等人，在宫里大摆宴席，专门招待他们。裴旻见有酒喝，高兴得不得了，无须李隆基劝酒，自斟自饮，杯至酒干，直如喝水一般。

辛苦了这么久，大家的心里都暂时松了口气，连武月娘都禁不住劝，喝得烂醉如泥。裴旻爬过去，到了武月娘身边，拉着说话。武月娘生平从未如此醉过，舌头大得连话都说不出来，只是傻笑。裴旻指着她直乐："你……你这老娘儿们，竟……也有这般失态的时候！"

次日中午，裴旻从宿醉中醒来，又去找武月娘，武月娘却早已起床了，只是头尚有些发晕，坐在房内休息。

裴旻走入房去，问道："可好些了吗？"

"要你管！"武月娘乜斜了他一眼，"你来作甚？"

裴旻苦笑摇头。

武月娘见他的样子，不由得问道："怎么了？"

裴旻道："莫非你忘了昨晚对老子说过的话了吗，今日又用这副不冷不热的嘴脸对老子？"

武月娘几乎想不起昨晚的任何事情了，因又问道："我昨晚对你说了什么？"

裴旻道："昨晚你抱着老子，头只往老子的怀里钻，说咱们一辈子这样可好。"

武月娘闻言，脸上顿时就红了，竖眉道："休胡说，我怎么可能对你说那样的话！"

裴旻自然是胡说的，但他料准了武月娘昨夜人事不知，便编得跟真的一样，见武月娘不信，瞪大了眼道："当时老子也不敢相信啊，想你这老娘儿们何等贞烈，怎么突然自动投怀送抱了呢？于是老子就问你，为何要跟老子好？"

武月娘虽然不太相信自己会变得那么厚颜无耻，但酒性乱性的事却也是听说过的，因又忍不住问道："我说了什么？"

裴旻一本正经地道："你跟老子说，起初你也不喜欢老子，又臭又不正经，但是人啊，经不起动感情，一旦对某个人动了感情，对方的坏也变成了好，对方的臭脾气，竟也变成了他的可爱之处，总之他所有的缺点都变成了优点。"

武月娘为自己说出的话感到无比恶心，但看裴旻的样子，又不像是编出来的，半信半疑地道："你如此夸自己，不觉得恶心吗？"

“老子倒是不觉恶心。”裴旻装作腼腆地挠挠那一头乱发，道，“只是有些不适应，从来没有人如此夸过老子，昨晚才真正认识到，原来老子竟是如此优秀的一个男人！”

“你滚！”武月娘有些受不了，即便那真是她酒后说的话，也无法接受，“酒后说的话，断然当不得真！”

“嗨，你这老娘儿们，怎么说翻脸就翻脸？”裴旻一脸的委屈，“你的意思是昨晚说的话，全都当个屁放掉了？”

面对裴旻的咄咄逼人之势，武月娘不知如何是好，若是顺着他的话说，当个屁放了，委实说不出口，若是承认了那些话，岂非等于向他表明了她心里有他吗？正自左右为难，门外有人传话：“陛下口谕，传裴旻、武月娘见驾。”

裴旻气愤地道：“你不认也罢，看老子如何去李老儿面前参你一本！”

及至见到李隆基，裴旻也不问传他何事，说道：“李老儿，议事之前，须将老子的事情解决了，予老子个公道。这老娘儿们昨晚撩拨了老子一夜，说喜欢老子，要跟老子过一辈子，如何劝也不听，直往老子的怀里钻。当时老子勉为其难答应了，可她倒好，今天早上翻脸不认账。你说此般行为，是否欺骗了老子的感情？”

这样的事情，被他当众说出来，武月娘恨不得寻个地缝钻进去，站在殿内，满脸通红，却又不知往哪儿躲，手足无措。

李隆基知道裴旻的性情，情知武月娘是让他给算计了，却也不道破，只哈哈一笑：“你俩的事情轮不到我来断，自行解决便是。召你们过来，乃是有要事商议。刚接到三个消息：一是李亨已入长安，接受群臣朝拜，并以皇帝身份昭告天下，我大唐之乱即将结束，他将带着天下百姓，走入平安盛世；二是安禄山之子安庆绪弑父在邺城登基；三是李亨差了大臣入川，要接我回长安。”

“哦？”裴旻闻言，眼睛一亮，“是巧合吗？”

高力士看了他一眼，道：“你的意思是，傅大总管的主公有可能是安庆绪？”

“老子也只是猜测。”裴旻道，“安庆绪是个怎样的货色，我们心里都清楚，如果没有神龙令，他哪来的这个胆子？”

“裴大侠所言不无道理。”李隆基道，“然兹事体大，容不得臆断，须等夜郎那边传来确切的消息，方可下定论。”

裴旻道：“李亨入主长安已为事实，你打算如何做？”

李隆基灰白的眉头一拢，他显然对这事十分揪心。原以为退出长安，只是权宜之计，早晚是要回去的，哪曾想李亨到了北方后，擅自登基，遥尊他为太上皇。他恨过，甚至想通过李璘等几个儿子，让李亨下台。可随着李亨在北方的势力和号召力逐渐增强，他又渐渐地灰心了，毕竟是老了，且这天下早晚是李亨的，让他早一步君临天下又何妨？然而如今不一样了，另一股势力率先拿到了神龙令，阴差阳错，这笔能搅动天下的宝藏落入了他的手里，他就有足够的实力再回长安，既如此的话，他又为何要让李亨接他入长安，去做那连自由都有可能被限制的太上皇呢？

“我想回长安，但不是让人接回去，做那连自由都有可能被限制的太上皇。”李隆基生硬地道，“所以当务之急，必须要查清楚是谁先我们一步拿到了神龙令。”

裴旻深以为然，因为这个人可能是安庆绪，也有可能是李亨，或者是任何一位王爷，倘若不查清楚，即便重回了长安，大唐天下依然岌岌可危。眼前唯一有希望揭开这秘密的，就是去了夜郎的那些人，看他们能否成功地揪出内鬼。

可是他们真能揪出内鬼吗？

“那是个死局。”裴旻忧心忡忡地道，“是一趟有去无回的死亡之旅。”

李隆基点头道：“如果神龙令就是那批宝藏的话，那么夜郎之行的确是一趟有去无回的死亡之旅。昨日我已派了陈玄礼赶过去，沿路打探，谁要是从夜郎活着出来，那么此人必是内鬼无疑。”

裴旻兀自放心不下，叹道：“但愿果如陛下所料。”

李颀黎等人再次醒过来的时候，发现身在一个幽暗、潮湿的房子里，周围都是石墙，正面则是一道厚厚的木栅栏，栅门外上了把铁锁，这里是牢狱！

再看自己身上，手脚都上了锁链，且锁链的另一端是固定在石墙上的，绝无机会挣脱。

大家发现身在牢狱时，无比震惊。记得在老王山武神庙时，突觉一阵头晕目眩，然后便什么都不知道了，其后究竟发生了什么？当他们彼此看了一眼，俱吃了一惊，这里只有李白、李颇黎、肖如梅、李骆谷和奎尼几人，并未见杜啸林，是不是杜啸林在武神庙作祟，然后将他们秘密送入了例竟门？

原来，杜啸林在女娲宫被奎尼一脚踢出暗道的时候，就用长安密语联络外面的人，让他们在武神庙布置，用迷药迷倒众人。他当时想的是，无论神龙令会否现身，都必须把内鬼揪出来。此乃他的精明之处，也是一个职业的侦察人员，所具备的最基础的素养，只不过大家都没想到罢了。

当他们意识到自己有可能被关在例竟门，心里不由得传来阵阵寒意。且不说例竟门乃是地狱一般的地方，单论杜啸林对他们的成见，就足以将他们逼死于此！

进入长安后，杜啸林就去见了李亨，向他报告了在夜郎发生的所有细节。李亨听完之后，脸色无比沉重，道："前日从四川传来消息，太上皇抢了傅大总管寻来的一笔宝藏，数额巨大。你知道这意味着什么吗？"

杜啸林心思细腻，精于算计，马上道："陛下是怀疑梅花卫的肖如梅有可能是内鬼？"

李亨没有直接承认此话，只说道："你想想，将所有人的目光都引向夜郎，这是何等周密的计划，其最终的目的就是为了掩人耳目，那么再如法炮制，制造一起宝藏被劫，傅大总管等被杀的假戏，又有何难呢？如此一来，他们就可以再次掩人耳目，把众人的目光吸引到别处去，此一前一后两种手法，是否有相似之处？"

杜啸林闻言，不禁大为佩服李亨的推理能力，点头道："陛下英明！"

"当然，这并不代表其他人就没有嫌疑了。"李亨道，"诚如你所言，李白从表面上看来，没有任务背景，恰恰最有可能是内鬼。眼下安庆绪刚刚登基，他依仗的是什么？或许就是神龙令。目前的形势对我方不利，查出内鬼，刻不容缓。”

杜啸林也感到责任重大，领旨出宫，直奔例竟门。

“醒了。”杜啸林进入例竟门牢狱时，见他们已醒，便朝大家笑了笑，命人开了牢门，施施然走进去。他知道揪出内鬼刻不容缓，但落实到具体的事情上，却丝毫马虎不得，须内紧外松。在众人面前走了一圈，悠悠然道：“大家在夜郎的那段日子，也算得上是同甘共苦，患难与共，虽说我等各为其主，难成朋友，但毕竟还是有些情谊在的，来了例竟门内，自然有别于一般的囚犯，今日我便是来找你们聊聊天儿的。”

“各位可能不知，我们在夜郎的时候，外面已发生了天翻地覆的变化。不妨告诉大家，我们如今脚下所踏的乃是长安的土地，陛下已然入主长安。”杜啸林目光一转，朝奎尼道：“送给摩教主一坏一好两条消息，坏消息是你家主公安禄山于正月初五龙驭宾天，好消息是安禄山之子安庆绪弑父后，于邺城登基，改年号载初。”

看着无比震惊的奎尼，杜啸林嘴角一撇，冷笑道：“不知摩教主听了这两条消息后，有何感想，是喜是悲？”

奎尼浓眉一动，沉声问道：“此话何意？”

“何意？”杜啸林“嘿嘿”一声笑，他此时放松至极，例竟门是他的地盘，在这里他就是王，想让哪个死时，那么此人决计不可能活着出去。眼前这些人的生死捏在他手里，他有足够的自信，在短时间内查出内鬼。“那安庆绪是何许人，大家都心知肚明，慢说是干这么大的事，即便是件普通的小事让他拿主意，也得犹豫半天，你说他是从哪儿借来的胆子，敢弑父登基？”

奎尼冷笑道：“你怀疑我是内鬼？”

杜啸林认真地点了点头：“还记得女娲宫外出现的那个疯子吗？问他是受何人所差遣时，他虽没说出人名，却说了‘王爷’二字，提到想要造反的王爷，自然就不能排除安庆绪了。”

奎尼道：“你们李家的王爷只怕嫌疑更大吧？”

“当然。”杜啸并不否认，“傅大总管曾抓了陛下，要胁迫他写禅让诏书，说到禅让，自然只能是禅让给合法的皇室继承人，所以……”

杜啸林话头一顿，转头看向李白：“你究竟是效忠于哪位王爷呢？”

“有酒吗？”李白没有回答，却跟他讨酒喝。

杜啸林吩咐人去取酒，不消多时，便有两坛酒放到了李白跟前。李白席地坐下，撕开酒封，仰首一阵牛饮，只一会儿，一坛酒便见底儿了。

“好酒量！”杜啸林不由得喝了声彩。

李白抹了把嘴，说道：“在夜郎的时候，老夫的酒虫满身爬，无比难受。今日虽是在牢里，但只要有酒喝，比之哪儿都要逍遥自在。”

杜啸林看着他又问道：“你效忠于哪位王爷？”

李白撕开又一坛酒的酒封，又是一阵豪饮：“我已经回答你了，只要有酒喝，在哪儿都逍遥自在。我不甘于受束缚，对金钱、权力又视之若粪土，你说如我这般的人物，能够效忠谁，谁又敢用我呢？”

杜啸林笑笑，他似乎并不着急逼他们，转了个身，面向肖如梅：“肖姑娘，按道理说，你最不可能是内鬼，在此之前，梅花卫传来了大量的消息，给我们判断内鬼提供了线索，但与此同时，也让我们方寸大乱，怀疑谁都有可能是内鬼，于是我们相互猜疑，甚至大打出手，你的目的是什么呢？”

肖如梅本不就讨厌此人，此时看着他一副成竹在胸、大权在握的样子，更是厌恶：“看来你今日真是来找我们聊天儿的，把大家都怀疑了个遍，以显示你此时拥有的绝对的权力吗？”

杜啸林没去在意她的揶揄，兀自道：“在下也给肖姑娘透露个消息，在我们入长安之前，太上皇在裴旻、武月娘的配合下，成功劫获了傅大总管寻来的一笔宝藏。”

在场众人听到此消息时，都无比震惊，此事太容易让人产生联想了。先是有消息说，傅大总管派了人混迹于他们中间，毫无疑问，此人必是内鬼无疑，后来他们在夜郎一无所获，神龙令早已让取走，如今也可以证实，取走神龙令的必是傅大总管无疑。那么那批宝藏意味了什么？是不是说，神龙令就是张藏宝图，而那批宝藏才是真正能够主宰天下的东西？

如果事情真是这样，而宝藏最终又落在了李隆基的手里，便不由得不让人怀疑，傅大总管背后的主公就是太上皇了。如此一来，梅花卫的肖如梅、神剑帮的李颇黎自然也难逃内鬼的嫌疑。

李颇黎看了眼肖如梅，忍不住笑道："肖姑娘，真没想到，我俩竟是一伙的。"

杜啸林道："你俩是一伙的，还用得着怀疑吗？在夜郎城的时候，就属你对肖如姑最为照顾。"

李颇黎点头承认："杜统领怀疑得没错。"他不想否认对肖如梅产生了情愫。

肖如梅幽幽地看了他一眼，然后对杜啸林冷笑道："没想到你连太上皇都敢怀疑。"

"有何不敢呢？"杜啸林笑笑。

肖如梅愣了一下，而后在心中幽幽一叹：是啊，在权力面前，即便是父与子，照样也能斗得你死我活。

李骆谷奇怪地看着杜啸林，道："杜统领把大家都怀疑了一遍，似乎去了夜郎的人，谁都是内鬼，想说明什么？"

"你是最不可能是内鬼的。"杜啸林转身朝李骆谷道，"即便摩教主是内鬼，你也有可能是被蒙在鼓里的。当初在马嵬驿的时候，是我把你抓了，硬逼着你去的夜郎，所以你没有动机。"

"能被杜统领信任，在下受宠若惊。"李骆谷道，"不过杜啸林也莫要忘了，在下是拜火教的人，即便是杜统领没抓在下去，在下也会跟着教主去夜郎的。"

杜啸林好奇地看着他："莫非你定是要往内鬼这边凑吗？"

李骆谷叹道："教主遭疑被冤，属下岂能独善其身啊！"

"你倒是忠心可嘉。"杜啸林赞扬了他一句，朝众人道，"不过请诸位放心，此等人人受疑的局面很快就会改变，你们也很快就能出去。"

李颇黎好奇地问道："莫非杜统领已大概知道谁是内鬼了吗？"

"李少侠忒高看我了，我虽执掌例竟门，却也非神判。"杜啸林道，"不过笨人有笨人的方法。我已放出风去，说是到夜郎历险之人，悉数被抓，关在长安例竟门。大家可知如此一来，会收到怎样的效果吗？哪股势力最着急，你们之中对应的人，便是内鬼无疑。”

众人闻言，深以为然，大是佩服杜啸林的查案手段。对李家王朝而言，内鬼的存在，无疑是最大的隐患，而潜藏在暗中的那股势力，一旦被揪出来，暴露于众目睽睽之下，便会成为众矢之的，无法再从容布局，所以与内鬼对应的那股势力，听到此消息后，必然有所动作。

“我们就等着看好戏吧。如今的消息传递很快，相信十天内，这台好戏就会上演，到时候我还在此地，与大家一同欣赏。”杜啸林向他们拱拱手，走出牢房去。

杜啸林的背影消失在牢房后，这里便沉默了下来，静得落针可闻。大家彼此看着，却谁也没有说话，内鬼的身份，关系到暗中那股势力行动之成败，他肯定不会轻易暴露自己，与其做无谓的猜测，倒不如十天后直接看结果。

这十天来，杜啸林再也没有出现过，没有来提审，也没有拷问，这样的事情在例竟门是罕见的，想来杜啸林对自己搭台将要上演的这场戏颇有信心。

到了第十天，奎尼忽说道：“事到如今，谁是内鬼，我已经不再好奇了，神龙令已不复存在，其暗藏的宝藏业已让人取走，对于我来说，谁是内鬼都能够接受，并且是可以理解的。大家都各为其主，都在为各自的主人尽心竭力，谁也不是魔鬼，相反，我们彼此都是有梦想的人。”

肖如梅听了此话，不由得多看了他几眼，没想到从夜郎城出来后，他的心态会发生如此大的变化。

李颇黎笑道：“这话倒是对的。”李白则叹息一声，没有说话。

李颇黎好奇地问道：“阿爹所叹为何？”

“结束了。”李白抬头看了大家一眼，道，“对我们来说，已经结束了，剩下的尽人事听天命便是。”

“结束了吗？”随着这一声话落，杜啸林大步走来，在牢门前一站，脸上带有一丝笑意，似乎心情甚好，看来对揪出内鬼一事已有成竹在胸。

大家看到他的脸色，心头莫名地一阵紧张，真正揭晓的时刻到了，在场人当中，似乎谁都像内鬼，却又似乎谁都不像，那么究竟会是谁呢？

杜啸林弯腰低头从牢门而入，跟大家一起席地坐下，目光炯炯："如今长安城内已是龙潭虎穴，各方面的人应该都到了，我们也在长安城的各条街巷安插了监视人员，并且放出了消息去，内鬼将于今晚在大理寺受审。"

受审就意味着真相随时都会被审出来，内鬼的幕后主人自然会着急，越是着急就越会急着救人，而杜啸林搭这台戏，真正想要找的并非内鬼，而是来营救内鬼的那股势力，只要把他们找出来了，内鬼自然而然也就无从隐身。此等换个角度抓鬼的计谋，可谓是绝妙至极。

杜啸林似乎也十分得意，说完了他的布置后，扫了面前的众人一眼，嘴角一撇，露出抹浅笑："说心里话，我真的十分好奇，你们当中到底谁是内鬼，是谁究竟有如此大的能耐，与我等朝夕相处，却能不着痕迹，任由我们怎么猜，都猜不到是谁。"

李颇黎冷笑道："杜统领既已成竹在胸，也就无须去猜了，等着他现身就是。"

杜啸林摇摇头："如果我是内鬼，就会在这时候站出来。"

李颇黎好奇地道："为何？"

"众所周知，只要进了例竟门，神仙也没办法把人救出去。"杜啸林道，"明知自己逃不出去的情况下，不应该再让同伙来送死。"

李颇黎看了大家一眼，没再说话，显然他认可了杜啸林之言。

"报！"门外出现了一名士卫，"神剑帮帮主裴旻、梅花卫宗主武月娘二人，由明德门入，沿朱雀大街一路往北而行。"

杜啸林挥挥手，士兵迅速退下，身法相当敏捷，从中也不难看出，整个长安城的密探已行动起来，一切可疑人员的行动，都在杜啸林的掌控之中，真正的较量开始了。

"没想到先入长安城的，是两位的师父。"杜啸林朝肖如梅和李颇黎两人看了一眼，"从明德门入，沿朱雀大街往北，入朱雀门，乃皇城所在，可直通大理寺，那一带有八个区域，东西向一条大街贯穿皇城，南北向则是三条主街区，乃尚书省、御史台等本朝重要机构所在，而从例竟门把你等押往大理寺，则要经过东西向的大街，两位的师父一路往北朝朱雀门走，看来意图颇为明确。”

杜啸林如数家珍般地说着长安城内的街道情况，并由此推断出裴旻、武月娘的意图，端的让在场之人震惊不已，看来例竟门统领真是名不虚传！

“两位不想说些什么吗？”杜啸林眼里寒光一闪，望着李、肖两人道，“莫非真想看着他们死在长安？”

李颇黎摇了摇头，然后微哂着看向杜啸林：“在下很佩服杜统领的推断能力，不过也想奉劝你一句，莫要过于自信了，一个人太盲目自信，往往会被假象蒙蔽。我师父得知我被关在例竟门，来长安设法救我出去，有何不妥吗？”他说完这番话后，背往墙上一靠，一副骑驴看唱本——走着瞧的样子。

杜啸林边听着他说话，边目不转睛地盯着他的神色变化。到现在为止，他的神情依然轻松，甚至表现出一种浑然不在乎的样子，这不像是装出来的。无论是恩师还是同伙，当他们的性命处于危险的境地时，谁都不能故作轻松，因此基本可以断定，李颇黎不是内鬼。

“此乃人之常情，自无不妥。”杜啸林目光一转，看向肖如梅，“肖姑娘呢，可有担心？”

肖如梅看不惯他那副小人得志的样子，索性把眼一闭，不与他说话。

过不多久，又有士卫来报，并拿了张画像过来，敢情是不明确来者是谁，因此将来者的面貌记录。杜啸林接过画像瞟了一眼，然后将纸送往大家眼前，道：“诸位可知这是哪位高人？”

“乃我大燕著名的武将史朝义。”奎尼一眼便认出了那人，且毫不隐瞒地说了出来。

“看来也是位大人物，而且是为了摩教主而来。”杜啸林道，“教主有何话要说吗？”

“我不是内鬼。”奎尼道，“所以史朝义即便入了长安，也不会有危险的吧？”

“只要与我们要抓的内鬼无关，自然是不会有生命危险的。”杜啸林道，“我大唐倘若连这点儿胸襟都没有，何以御天下。”

“如此便好。”奎尼说了一句话后，也学着李颇黎的样子，把身子往后面的墙上一靠，闭目休息。

不多时，又有一名士卫来报，同样拿了幅画像，杜啸林接过一看，脸色顿时就变了，好像纸上所画，乃是来自阴间的索命厉鬼。

大家看着他的脸色，都不觉好奇，是什么样的人物能让堂堂例竟门统领这般害怕？李骆谷情不自禁地问道：“是谁？”

杜啸林将纸往大家的面前一摊，众人定睛一看，齐齐色变。

第二十章

原来你才是鬼

纸上所画的人大家都认识，但是估计想破了脑袋都不会想到，他会出现在长安城，此人正是在女娲宫外出现的那个疯子。

疯子本身并不可怕，可怕的是，这个时候他突然出现在长安，意味着什么？

也许只能说明一个问题，他就是困扰了大家许久，一直潜藏在暗处却又无处不在的第九个人！

“哈哈……”杜啸林仰天一阵大笑，很多时候，越是玄乎的谜，揭开其谜底后越会觉得简单，简单到他曾多次出现在你面前，只是当时没有想到罢了。“竟然是他！”他仰首笑着，笑容里带着丝苦涩，仿佛自己被愚弄了。

“统领，抓吗？”旁边的士卫等着他的回复。

杜啸林摆摆手：“继续监视，莫惊扰他。”

待士卫出去后，杜啸林转目看向大家：“这台戏真是越来越精彩了，你们觉得他是为谁而来？”

李骆谷尴尬地笑了笑：“连杜统领都尚未猜得出来，我等如何会知道。”

“我敢断定他不可能是一个人，任凭他功夫再高，想要只身一人在长安城把人救出去，比登天还难。”杜啸林的目光从大家的脸上扫过，留意着他们的表情变化，“我会很快查出他的同党，并抽丝剥茧推断出他幕后的主人，第九个人的身份一旦查明，内鬼也就无处可遁。”

此话一落，牢内便静了下来，空气显得压抑。杜啸林说得很明白，内鬼已藏不住了，最晚今天日落前，身份必然曝光，与其把同伙的性命搭进来，不若主动现身。

没有人说话，那内鬼似乎还在坚持，他是在等奇迹出现吗？

“现身吧。”杜啸林站起来，傲然立于众人面前，“现在站出来，我敬你是条汉子，会给你个痛快，并且除了第九个人外，绝不伤及无辜。若是被我查出来，莫怪我心狠手辣，一个也不放过。”

牢门外再次传来声音，到了关键时刻，每次外面有动静时，都会让大家的心提起来。

一名士卫入内，禀道：“杜统领，第九个人走入兰陵坊福来客栈，史朝义也落脚在那间客栈。两者未有接触，不曾说话，但有一次两人擦肩而过时，第九个人的手像是无意地在史朝义的手上碰了一下。”

“抓史朝义，要快！”杜啸林蓦地沉声道，“用长安密语通知福来客栈的人，马上动手！”士卫风一样地跑了出去，边跑边传令，须臾，外面便传出一阵笛音。

奎尼的身子微微一震：“抓他作甚？”

杜啸林道：“直觉告诉我，史朝义有问题。”

奎尼冷笑一声，本想说有问题的是第九个人，关史朝义何事。但他很快意识到这里面是真有问题的，第九个人为何要装作无意识地去碰一下史朝义的手，他们在传递什么信息？想到此处，他看了眼李骆谷，似乎在征询他的意见。然而，这时候他发现李骆谷的脸色也十分可怕，白得像纸，面无人色。

“李骆谷！”奎尼忍不住喊了一声，显然他被李骆谷的样子吓倒了。

杜啸林霍地转身，朝他看过去，两眼一眯，从眼缝里射出道精芒。

“是我。”李骆谷说出这两个字的时候，眼神里充满了恐惧，目光一抬，看向杜啸林，“我是内鬼。”

杜啸林闻言，再一次被眼前发生的事震惊了，那神色就像是知道疯子是第九个人时一样，愣了一愣后，仰首大笑。他曾以为李骆谷最不可能是内鬼，可这世间之人啊，形同鬼魅，不可以常情揣测。

听到李骆谷说他自己是内鬼时，其余人也同样觉得不可思议，他是夜郎城内探险的向导，没有他的指引，大家会更加危险，若非他一次次地带大伙儿脱险，可能死的就不只是葛青辉一人了，他怎么可能会是内鬼？特别是奎尼，他几乎不敢相信这是事实，如果说李骆谷是内鬼，那他算什么？从头至尾，他都不知内情，安禄山当初派他去夜郎做什么，为何派他去了却不告知他内情，是不信任他吗？

“你他娘的在胡说什么？”奎尼红着脸朝李骆谷大声吼，“身为拜火教教主，陛下身边的大臣，我都不知道陛下曾派人去了夜郎，并得到了神龙令。他如何会相信你，让你去夜郎做内应？你想害我，你他娘的想害我是不是？死在夜郎城内的金吾卫旗主金孝昌是我大燕朝可以调得动的吗？”

杜啸林又席地坐下，既然内鬼已现身，那么就好好地听他讲出所有的内幕吧。

李骆谷问道：“还记得陛下派你去夜郎时，对你说了什么吗？”

奎尼道：“他说你是安插在李唐皇室的内应，让我去找你。”

李骆谷道：“其实在李唐王室的内应不止我一人，金吾卫统领金孝昌也是。陛下不告诉你实情，非是不相信教主，而是为了保护教主。三个月前的夜郎寻宝行动，只能秘密进行，参与之人也必须是不在大燕任职的隐秘人员，唯如此，方可做到绝对保密。”

“倒也是，事实证明，那次的行动，把所有人都骗过去了。”杜啸林问道，“我奇怪的是，你早不现身晚不现身，为何在第九个人露出破绽，我下令去抓史朝义时方才站出来？”

“我不想害教主，整件事都与他无关。”李骆谷看了眼奎尼，“史朝义一旦败露，背后的主使者乃我大燕，便不是什么秘密了，我再藏着不啻掩耳盗铃，与其把教主一同搭进去，倒不如主动现身，只望杜统领能放教主出去，莫牵累无辜。”

听着这话，奎尼的心里五味杂陈，他知道自己不是内鬼，故一直留意着其他人的一举一动，以为自己是个局外人，只需作壁上观，等着内鬼现身便是。哪里料到自己也是局内人，只不过是个什么也不知情的局内人罢了！

杜啸林问道：“莫非你知道史朝义和那第九个人接头的内容？”

“他们是来杀我的。”李骆谷苦笑道，“让一个人保守秘密最好的方法就是让他死。”

门外士卫进来，说是史朝义已抓捕，由于行动及时，搜出了未及焚毁的一张纸条，杜啸林拿过来一看，上面只写了两字：灭口。

从这张纸的内容可以看出，第九个人是想利用史朝义在大燕朝将军的身份，入例竟门探望被抓的拜火教人员，在牢中伺机下手。此行动方案自然是可行的，无论是裴旻、武月娘还是史朝义，他们都有权探监，也完全有机会下手。但这里面有问题，为何是第九个人在长安城内联络史朝义，他们事先没有商量好行动方案吗？

“第九个人到底是谁。”杜啸林把那张纸条扔了，回头问李骆谷。

李骆谷道 ：“他叫尤三念，与我一样，非是大燕朝里的人，除了我之外，谁也没见过他。”

杜啸林又问：“也包括安禄山吗？”

李骆谷点头：“是的。”

杜啸林闻言，这才解了心中的疑问，至此，他基本相信李骆谷就是内鬼了，吩咐士卫去抓捕第九个人后，又问道：“死在夜郎城内的，都是幽冥教的人？”

“不全是。”李骆谷道，“三个月前，我们去夜郎城时，除了金吾卫之外，其实都是傅大总管的人。”

杜啸林冷笑道：“金吾卫的人去夜郎，没有易装改扮，是有意为之吧？”

李骆谷承认自己是内鬼后，神情已松懈下来，也笑了一声，道：“这一点相信大家都看出来了，那次去夜郎是绝对保密的，而且拿到了神龙令后，也不能让人看出是谁取走的。”

杜啸林道：“安禄山断无此计谋，如此周密的安排，应是那位傅大总管的手笔吧？”

“没错。”李骆谷道，“傅大总管之计谋神鬼莫测，真假难测，端的是奇人。”

“确实是奇人。”杜啸林也不禁赞叹道，“他居然能在长安城弄出条金龙，且劫持陛下，逼他写禅让诏书，如此大的手笔，只是为了混淆视听，迷人耳目，其想象力之丰富，设计之奇诡，亘古罕见。可惜啊，棋差一着，被裴旻和武月娘两位高手盯上，功败垂成。”

李骆谷摇头叹息。杜啸林沉吟会儿，终于问出了他一直耿耿于怀的问题：“在夜郎城那些吓唬人的幻术，是你的伎俩吗？”

“你应该搜过我的包袱了吧？”李骆谷道，“里面有个白色的瓷瓶，装的便是幻药，用沉香、朱砂、檀香及曼陀罗花粉配置而成，只要打开瓶塞，药味外露，便能使人产生幻觉，这时候第九个人就会施展幻术，让你们看到心中害怕的景象。”

“多谢坦诚。”杜啸林道，“还有什么要交代的吗？”

李骆谷转头看了眼奎尼：“放了教主，虽死无憾。”

杜啸林遗憾地摇摇头：“我敬佩你的忠心，但安氏叛军起兵乱唐，且又掀起如此大的风波，即便是我答应了，陛下也不会同意，恕我难以满足你的要求了。”

李骆谷转身面向奎尼，磕头跪拜：“属下无能，累及教主，若有来生，做牛做马以偿今世之罪。”

“起来吧。”奎尼走过去扶起他，捏着他的手道，“你没有罪，而是我大燕的英雄，为我大燕的崛起，你不辞劳苦，甚至付出生命，我为拜火教有你这样的下属而骄傲。一同赴死也好，黄泉路上好有个伴，来世再做生死兄弟！”

“教主且莫如此说，属下有罪，有罪啊……”李骆谷喊着喊着，声泪俱下。

旁边的其余人见状，不免唏嘘。肖如梅毕竟是女流之辈，见不得这等生死离别之场景，鼻子一酸，亦落下泪来。说到底他们曾经同甘共苦，即便政见不同，可在一起待了这么长时间，终归是有感情的。如果说枭雄之间的争斗，是为了至高无上的权力的话，那么他们则是为了信仰和理想，此事本身就值得人去尊重的。

当天傍晚，李颀黎、李白、肖如梅等人从例竟门出来，李骆谷、奎尼则被押去了大理寺。

夕阳西下，这一日长安的落日血红一片，城内的屋舍在落日的映衬下亦变得金黄。

好美！历经了生死，当那些惊心动魄地日子成为往事，眼前的一景一物，都变得分外妖娆。

李颀黎、肖如梅从例竟门出来后，说要去与裴旻会合，李白则说在长安有位故人，急需一见，让他们先走，稍后会合。李颀黎知道他的性子，平时就行踪不定，便与他道别。

两个年轻人第一次以轻松的心情行走在长安街头，都觉夜郎城所经历之事，如梦如幻。

“肖姑娘日后有何打算？”李颀黎看了一眼，问道。

肖如梅道：“回梅花卫，听从宗主吩咐。”

“莫非姑娘没有为自己想过吗？”

肖如梅知道他指的是什么，脸上一热，放低了声音：“没有。”显然说这话的时候，连她自己都没有几分底气。

李颀黎看着她红彤彤的脸，心头一荡：“若是有人要带着你，行走江湖，姑娘可愿意？”

肖如梅一直跟着武月娘隐居，何曾遇到过这般赤裸裸的表白，羞得手足无措，因不知怎生答话，加快脚步，径往前走。李颀黎见她害羞，哈哈一笑，跟了上去。

是晚，杜啸林入宫向李亨汇报了内鬼的案子；李亨倒是觉得，内鬼是安庆绪的人，更让他容易接受些，批复了杜啸林呈上来的奏章，将奎尼、李骆谷、尤三念三人斩于市。

夜郎之事算是过去了，可此事尚未真正了结。现在最让李亨担心的是两件事：一是那批宝藏在李隆基手里，他会怎么利用？二是永王李璘挥师北上，兵锋直指邺城的安庆绪，大有欲一举灭了叛军之势头。这两件事无论哪一件，对李亨来说皆非利好的消息。

虽然说他们之间是父与子、兄与弟的血肉至亲，可一旦与政治挂上钩，就没那么简单了。李璘真是在为他灭叛军吗？只怕未必。如果这一战李璘胜了，大唐旧朝的声望便会提高，李隆基手握一笔巨大的宝藏，会否招兵买马，号召天下兵马，来与他一争高下？

李辅国道："陛下无须过于担心，静观其变就是。"

旁边的高适看了眼李亨，道："此事怕是不能静观其变。"

李辅国"哦"了一声，问道："高先生有何高见？"

高适抚须道："其一，当今之大唐，唯陛下为正宗，永王未经许可，率江南之兵马，随意北上，于私是目无尊长，于公则无法无天；其二，不可不防永王是项庄舞剑，意在沛公。"

此落一落，着实把李亨吓了一跳，他和李璘的感情深厚，从没敢往这方面去想，然而经高适说起，尽管内心兀自不想承认，但涉及国家安全，却也不得不心生警惕。要知道李璘被李隆基封为四道节度使，江陵郡大都督，统领江南大部分兵马，其势力不可小觑，如果他真的突然掉转兵锋，直指长安，仓促间只怕真的招架不了。当下问道："依先生之见，朕当如何行事妥当？"

"以防范叛军南下为名，派兵出东都（洛阳），驻扎于黄河以北。"高适道，"如此既能牵制永王，又不会使永王过于难堪。"

此计甚合李亨之意，因又道："先生可愿往？"

高适知道李亨很是信任于他，特别是在对待李璘的问题上，须谨慎小心从事，容不得半点儿鲁莽之举，这才点他为将，前往东都。从这个角度而言，乃是作为臣子之荣幸，高适躬身道："臣愿往！"

李亨笑道："如此辛苦先生了。"于是封他为淮南节度使，特许在危急之时，可便宜行事。

次日，李亨给高适饯行，并亲自送至长安城外，回宫时，已是当日下午未时，太阳已然偏西。入宫后，内侍说裴旻、武月娘已等候多时了，李亨这才想起今日早上下旨召见了他们，便又赶去相见。

武月娘虽不曾在真正在宫里当过差，但对宫中礼仪很是熟稔，见到李亨，躬身揖礼。裴旻则手提酒葫芦，笑吟吟地杵着，浑然不施礼。李亨只装作没看见，道："两位请坐。"两人在殿内的小桌前跪坐下，一时谁也没有说话，武月娘不免有些紧张。她虽只认李隆基为大唐的君王，在没有被李隆基承认前，李亨充其量也只是个太子罢了。然而这个太子实在不一般，不仅提前登了位，且击败叛军，入主长安，在气势上压人一头，偏安于一隅的李隆基反倒是落了下风，面对这样的人，她作为李隆基的忠臣，自然不免心慌；裴旻本就是个目空一切之辈，面对李隆基也敢喊他作李老儿，如李亨这般的小辈自然更不会放在眼里，坐在一边，只管喝酒。

沉默了会儿，李亨开口道："父皇可好？"

武月娘回答道："太上皇身体健朗，无恙。"

李亨眉头一垂，沉吟片刻，说道："现已查明，父皇得到的那批宝藏，正是神龙令所潜藏的秘密，亏得是两位发现及时，才未落入安庆绪叛军手中，此举于我大唐而言，可谓是劳苦功高啊！"

武月娘正要谦逊两句，却听得裴旻陡然哈哈一笑："陛下是要犒赏还是惩罚我俩，直说就是。"

"惩罚？"李亨明知故问，"此话却是从何说起？"

裴旻道："各方势力对神龙令都势在必得，我俩误打误撞，劫获了那笔宝藏，拱手给了太上皇，陛下莫非真的甘心情愿吗？"

李亨尴尬地笑了一笑，顺着他的话头问道："那么太上皇是何意思？"

"太上皇是何意思老子如何会知道？"裴旻道，"自安禄山叛乱以来，烽火四起，百姓苦不堪言，陛下毅然北上，抵御叛军，今已初见成效，大唐之乱将定，接下来会否再生内乱，就要看陛下的意思了。"

李亨叹息一声，起身走过来，至裴旻身前站定，而后席地坐下："两位都是绝世之高人，我的心思，想必两位早已一清二楚，因而无须拐弯抹角，彼此都敞开心扉，聊一聊可好？"

看着当今的皇帝面对面地跟他们相对而坐，而无上下尊卑之别，着实是大出了裴、武二人的意料之外，心想：这李亨倒是谦和得紧啊！

人与人之间，站在不同的方位和角度，所看到和想到的都会不同，当李亨跟他们平起平坐面对面的时候，他们便陡然感觉到，李亨其实也极为不易。北边叛乱未靖，南边又有太上皇牵制着，还有各个王爷虎视眈眈，特别是握有兵权的李璘之辈，如果无法左右他们，那便如悬在头上的一把刀，时时都得提防着落下来。

裴旻看了他一眼，“咕噜噜”喝了几口酒，道：“陛下只管说。”

李亨道：“两位可还记得，吾弟李璘曾欲绑我入川一事？若非两位出手援助，我今日便不能站在大明宫里了。他是我从小一手带大的，名为兄弟，实如父子。那次南下，我想劝他收手，即便不能为我所用，也希望他能回父皇身边去。说心里话，我是有私心的，他所掌之兵力越众，便越让我感到不安。倘若真有一日，兄弟间以死相搏，让我情何以堪。”

裴旻点点头：“老子理解你的心思，古往今来众多帝王中，你算是宅心仁厚的。但是，如果李璘不退兵呢，你当如何？”

“这正是今日要与两位说的。”李亨道，“两位有所不知，昨日我接到消息，李璘现已挥师北上，至黄河南岸了。”

武月娘闻言，着实大吃了一惊：“为何？”

李亨道：“以除贼为名。”

武月娘吃惊地看了眼裴旻，显然她也看出来了。北方毕竟是李亨主导的，即便李璘要平定安庆绪，也该事先跟李亨打招呼，或是双方配合，联合除贼才是。这般擅自用兵，其动机的确令人担忧。更为关键的是，李璘此举是太上皇的意思吗？至少从眼下的情形来看，就算不是太上皇的意思，只怕他亦是默许了。如果真是这样，一场血雨腥风恐是在所难免。

裴旻也禁不住变了脸色：“不知陛下有何打算？”

李亨长长地叹息一声：“我不想动兵，但也不得不防。”

裴旻闻言，也是长长地一声叹息，看来这权力和财富端的害人匪浅，本来李亨驱叛军、入长安之举，足以使李隆基死心，如此一来，百姓便不会再受战乱之苦。现在倒好，有了那批宝藏，反而长了李隆基的野心。

从内心上讲，他是理解李隆基的，可你一家一姓争天下，百姓何辜啊？

一阵细碎的脚步声响起，没一会儿，内侍出现在门口："启禀陛下，杜统领求见。"

李亨转过头去，外面天已落幕，杜啸林在此时出现，看来是长安城的魑魅魍魉又出来活动了。

"传他进来。"

须臾，杜啸林急步而至，见裴旻、武月娘在侧，微愣了一下。

李亨道："说吧。"

杜啸林遵命，道："拜火教主奎尼、内鬼李骆谷以及第九个人尤三念于今日下午斩首。此后臣故意没有清理刑场，让人暗中监视了起来。刚才臣得知消息，三具尸体已让人悄悄收走了。"

斩首后有人收尸，本是平常事，然而那三人身份特殊，谁敢在长安城内替安庆绪的人收尸？

裴旻显然也听出了异样，问道："你故意不清理刑场，用意何在？"

杜啸林道："此案虽结，但我心中一直存有疑惑，想试一试是否真如我所想。"

李亨问道："有何疑惑？"

"陛下应该还记得傅大总管逼你写禅让诏书一事吧？"杜啸林浓眉一扬，"臣十分佩服傅大总管的计谋，神鬼难测，可是再奇诡无比的计策，都是有迹可遁的。如果说傅大总管逼迫陛下写禅让诏书，只是为了迷惑他人，转移众人的注意力，有些牵强。因为在此之前，他们做了大量的事情，已成功转移了所有人的注意力，没必要冒大险多此一举。"

杜啸林的逻辑思维端的是非一般人可比，虽说案子已结，在大量的证据面前，他不便提出什么，却在刑场暗暗地做了手脚，来印证自己的怀疑，真不愧是例竟门的一把好手。

李亨前后想了一想，问道："你是觉得内鬼另有其人？"

杜啸林道："正是。"

武月娘不禁说道："安禄山的人不是都被斩首了吗？难不成去夜郎的那批人里面，还有安禄山的人？"

“宗主可能会错意了。”杜啸林解释道，“我的意思是，三个月前真正拿到神龙令的不是安禄山，乃另有其人。”

李亨的心头莫名紧张了起来，如果当初拿到神龙令的不是安禄山，那么就只有他的父亲或是兄弟了，“可有查到是何人收了尸体？”

“尚在跟踪，臣以为很快就会有消息传来。”杜啸林道，“臣之所以提前进宫禀奏，乃是觉得兹事体大，万一收尸者真是臣所猜测的那位，非同小可，须请陛下当面定夺。”

李亨起身走到他面前：“你觉得会是谁？”

杜啸林看了眼裴旻，答道：“李白。”

裴旻闻言拍岸而起，眼里精光乱闪，那酒渣鼻在情绪激动下越发红得透亮，“你娘的，此话是何意思，给老子说个明白！”

杜啸林知道他是谁，此人曾是太上皇身边的红人，被誉之为“大唐三绝”之一。但在真相面前，不管对方是谁，他都会理直气壮地与之对质：“如果收尸人是李白，只能说明我们杀错了人，内鬼不是李骆谷，而是李白。”

裴旻怒笑一声，脸上的杀气陡浓：“你如此说，可有证据？”

“没有。”杜啸林坦然道，“在下方才说了，乃是对傅大总管逼迫陛下写禅让诏书一事存有疑惑，如果证实李白是内鬼，他应该是某位王爷的人。”

听到这里，李亨禁不住脸色大变，油然联想到李璘突然挥师北上一事，这是他最难以接受的：“那么李骆谷承认他自己是内鬼，又作何解释。”

杜啸林谨慎地道：“假设李白是内鬼，第九个人的出现，和李骆谷的主动承认，是想掩护真正的内鬼。”

殿内之人闻言，不由得均倒吸了口凉气，如果事情真是这样的话，那么去夜郎的那批人中，不止一个内鬼，第九个人的主动现身，其实是一道死命令，用他们的死来救出李白。

长安城外，密林之内，一个孤独的苍老的背影，匍匐在三座新坟之前，低声抽泣。

李颇黎手提长剑，慢慢地向那人走近，剑身沾着血，当看清楚那个背影时，周身一震，停下了脚步。

与此同时，从林子里冲出十来人，抽得刀剑在手，向李颇黎逼近。跪在坟前那人听得动静，转过头来，见是李颇黎，嘶哑着声音道："退下。"

那些人没有说话，若鬼魅般地又潜入林子里面去了。

"是你……"李颇黎颤抖着声音道。

"是我……"李白艰难地支起身子，看他的样子，显然在此跪了有些时候了。

"自昨日你离开后，一直未曾出现，我恐你出事，找遍了整个长安城。直至傍晚，在刑场发现了异常，这才跟了过来。"李颇黎看着他的父亲，简直无法相信自在洒脱，视功名利禄若粪土的父亲，竟然会是那个真正的内鬼，他骗了所有人，包括他失散多年的儿子。"若非是我杀了跟踪之人，你决计出不了长安，为何要如此做？"

李白回头看了眼新坟："他们为救我甘愿赴死。我若连他们的尸骨都能弃之不顾，无以为人。"

李颇黎看了眼新坟，冷冷一笑，只觉从心里蹿出股寒意。小时候他也曾恨过父亲，恨他为何抛弃他和母亲，独自远游？后来渐渐长大，在性情上多少有些随父，喜欢自在洒脱的生活，便逐渐对父亲多了些理解，可今天，他却彻彻底底的伤透了他的心。原来你为了所谓的自由和理想，可以抛弃甚至欺骗任何人，在你的心里"情"之一字，究竟值几何？

看着眼前这位即陌生又熟悉的亲人，李颇黎莫名地想哭，这一刻他才真正觉得他是个孤儿，仰首哈哈笑起来，笑声在幽黑的树林里传递开去，倍是凄凉。

"原来你是安禄山的人！"

李白道："我是永王李璘的人，李骆谷、尤三念也是。在尤三念现身，并刻意跟史朝义接触时，李骆谷便做好了牺牲的准备。"

"李璘？"李颇黎吃惊地念了遍这个名字，神色间似乎没那么紧张了，好在不是叛军。"那股不知名的势力是李璘，傅大总管是李璘的人？"

李白点头："天宝十四年十一月初九，安禄山反，天宝十五年正月初一，他在洛阳登基，天下大乱，中原横溃，生灵涂炭。而太上皇依然宠信杨国忠，与杨玉环享宫中之安乐，却对叛军束手无策。严风吹霜海草凋，筋干精坚胡马骄，贪图安乐，老而无能。我对李隆基彻底失望了，南下逃难时，幸奉永王诏，入其幕府。”

原来如此！原来李亨不是第一个出来抵御叛军、欲登基为帝的，李璘的行动比李亨更早，只不过一个在明处，一个在暗地里偷偷地使劲儿。从这个角度来看，李璘似乎也没有错，天下大乱，中原横溃，生灵涂炭，他挺身而出，就算是有些私心，也是合情合理的。而李白怀有一腔热情，以及一份赤忱的爱国之心，在尚未有人出来去为大唐的未来考虑时，他入永王幕府，要平定天下，给老百姓一个安宁，何错之有呢？

李颇黎明白了：“此番的神龙令事件便是你策划的？”

李白再次点头，尽管这些都是军中机密，但他不想再欺骗儿子了：“三个月前，傅大总管率一众武林高手，在夜郎拿到了神龙令，那是一份汉朝地图，当时我们也不知道是藏宝图，研究多日，茫无头绪。而那时随着太上皇撤出长安，当今皇上在灵武登基，局势越来越混乱时，各方势力本着宁可信其有，不可信其无的心思，开始纷纷打起了神龙令的主意。为了在我们破解地图之前，不让人知道神龙令已失，也为了不引起他人的注意，一方面傅大总管等人边实地勘察，边制造混乱；另一方面由我亲赴夜郎，配合李骆谷、尤三念混入寻宝队伍之中，尽量延缓他们知道真相。一切都在计划之中，只是你的出现，是我万万没有想到的。看着你冒险，为此受伤，我时时提心吊胆，心如刀割，曾几次想提醒你，终究没有说出口。也许对于他人来说，那仅只次历险罢了，而于我而言，则是一次心灵上的巨大的折磨。”说出这些话后，他的眼眶湿润了，唏嘘不已。

李颇黎想起来了，在九龙金棺那里时，他和奎尼险些死在金棺下的暗室里，脱险后李白抱着他痛哭，那是掩藏不住的真情的流露。如今再回头去想时，他理解他当时的心情了，不只是心疼，还有深深的内疚。想到自己在父亲的心里尚占有较重的位置，他竟如孩童般的释怀了，至少让他相信父亲是爱他的，只是尚无法理解，为何如此危险的任务，李璘会选了他去？

“为何是你？”

“只有我最不会使人起疑。”

李颇黎微微一愣，是啊，所以他成功了，骗过了所有的人，且从例竟门全身而退。“至今你还坚信李璘能平定天下，成为大唐之主吗？”

“我一直都坚信不已。”李白灰白的眉毛一动，眼里闪出抹亮光，“当太上皇难以兼顾天下，朝内外局势紧张时，只有永王在早早布局，在李家皇室的那些人之中，唯永王最有远见。”

“可是阿爹啊，眼下李亨已登基，你跟李璘，那就是叛乱，与安禄山无异。”

“休胡说！”李白呵斥了一声，“李亨的皇位并没被太上皇承认，永王不是叛，是争。”

李颇黎顾不上惹怒父亲，辩道：“是争，却也是不忠。太上皇尚在，李璘不顾天下安危，去争那皇位，便是不忠。”

“我儿啊，何为忠？”李白叹息一声，道：“所谓忠，乃是指效忠国家，而非是坐在帝位上的人；何为正义？正义并非以哪个为代表，苍茫大地，芸芸众生，哪个也代表不了正义，正义是指天下苍生，只有他们好好地活着，安居乐业，方为人间正道。”

听到这样一番言论，委实让李颇黎吃了一惊，原来忠心和正义可以如此理解。他尚年轻，人生阅历不多，觉得父亲是正确的，却又隐隐觉得哪里不对。莫非为了正义，便能打着“天下苍生”的名义使山河变色、兵燹四起吗？转念又想，乱象已生，若非以乱制乱，更有何良策乎？

“阿爹要走了。”李白道，“但愿你我父子重逢时，战乱已平，天下已安！”

李白转身，走得很坚决，也许是他不想辜负那些为此而牺牲的人，抑或不想放弃拯救天下的理想，那消瘦苍老的身影很快消失在林子里，李颇黎怔怔地站着，望着那个背影消失，心中兀自一片茫然。

尾声

血腥的盛唐

永王正月东出师，
天子遥分龙虎旗。
楼船一举风波静，
江汉翻为雁鹜池。

此一首诗出自李白之手，乃是《永王东巡歌十一首》的其中之一，诗歌大气磅礴，气势如虹，诚不愧是出自大唐浪漫主义诗人之妙笔。

至德二载二月，李璘北上讨贼之师，陡然掉转兵锋，指向李亨，一场在太上皇李隆基默许下的内战开始了。

从此时李唐王朝的局势来看，李璘是属于无可争议的叛乱，其性质虽与安禄山起兵略有区别，在当局者眼里，却也相差无几了。所谓时势，成王败寇而已，一旦李璘的突袭失败，就算李隆基也得被迫承认李亨的地位，将李璘列作叛逆者。

说穿了，这场父子与、兄与弟的战争，不过是争权夺利、相互利用罢了。李隆基想要利用李璘的能力，而李璘则欲通过这次机会，取代其兄李亨的位置。

按照李隆基的最初设想，李亨北有安庆绪，投鼠忌器，施展不开手脚，在李璘的强攻下，这场仗不会持续很久。但他无疑错估了形势，无论他承不承认，李亨俨然已是大唐无可争议的帝王，从上到下都认可了他。相反，李隆基用奸相、宠杨贵妃，不顾天下安危撤出长安，已失人心，古人云“得人心者得天下”，诚然不虚。

激战月余，李璘非但未立寸功，反而节节败退，损兵折将。面对如此局势，无论是李璘还是李白，是断然无法接受的，苦心孤诣、厉兵秣马许久，为的就是这场决战。现在虽说那笔宝藏没在手中，但只要太上皇支持，同样可以为其所用，因此，仗着后方有用之不尽的钱粮支持，尽管没打胜仗，且战且退，但依然边战边扩充兵马，战火一度从北方漫延至南方，一时南北各地，遍地烽烟。

李颇黎跟着裴旻、武月娘、肖如梅等人一路由北向南，目睹了这场兵燹的过程，兵锋所向，恍如灾难，民不聊生。裴旻不禁大骂李隆基，骂他是个不得好死的固执老儿，明明昏聩糊涂，不堪执掌这大大的江山，偏生紧握着权力不放，要让天下百姓死绝了方才甘心不成？

骂完之后，又将这些话原原本本地通过长安密语传递给李隆基，希望能骂醒他，趁早放下权力，还天下一个太平。长安密语的传译人员，自然不敢将如此大不敬的话传递过去，替换了用词，婉转地表了裴旻之意。

望着战争过后如同地狱般的战场，望着遭遇苦难的百姓流离失所，无数的难民携妻带子，离家别里，往远方躲避战争，李颇黎的内心同样承受着战火的煎熬。习武者的最高理想是为国为民，救天下生民于水火，然而面对眼前的这场战争，他迷茫了，谁代表了正义，哪方又是邪恶的？

他父亲曾与他说，所谓正义，便是天下黎民，只有让他们好好地活着，安居乐业，方为人间正道。可实际的情况是，谁都打着为天下黎民的旗号，似乎谁都代表了正义，最终受苦的却是他们心心念念想要去保护的百姓。

莫非阿爹错了吗？李颇黎紧紧地蹙着剑眉，苦苦地思索着这个问题。

肖如梅走到他身边，问道：“你怎么了？”

“我父亲错了吗？”

“他没错。”裴旻接过肖如梅的话头，“李璘最初的想法也没有错。李隆基宠爱杨贵妃，甚至爱屋及乌，盲信杨国忠，致使朝野大乱。在那样的情况下，总得有人跳出来挑起救国救民的是重担。李璘几个月前就开始筹备，何错之有？李亨也没有，他在马嵬驿诛奸相、杀杨贵妃，并北上抵御叛军，实在是大勇之举。只是他们都陷得太深了，政治的泥潭一旦陷入进去，便无法自拔。你那阿爹也是如此，这个时候他能退出来吗？退出来后即便是换回了一条命，究竟是奸是忠？也许谁也无法说得清楚，所以他没有回头路了，只能硬着头皮走到底。”

武月娘不由问道：“那是谁错了？”

“是你效忠的李老儿错了！”裴旻瞪着她道，“老了不中用了，处理不好国事也就罢了，还他娘的好色，爱美人不爱江山，你看看现在，大好的江山都成什么样子了？千疮百孔，民不聊生！”

武月娘知道祸根在谁身上，但就是不允许有人这般的数落太上皇的不是，怒斥道：“不许你对太上皇不敬！”

“你说老子对他不敬？”裴旻“嘿嘿”一声冷笑，“告诉你老娘儿们，老子骂他那还算是轻的！”

武月娘看着他愤怒的脸，惊道：“你还待怎样？”

裴旻耸耸肩：“到了成都你就知道，老子会怎生对付李老儿。”

武月娘瞟了眼肖如梅，道：“记住了，那老浑蛋是个疯子，他教出来的徒儿，也正常不了，以后休跟他亲近。”

肖如梅往李颀黎瞟了一眼，没有说话，心里却不甚认同。在她的眼里，李颀黎比任何男人都要优秀。

李颀黎方寸大乱，自无心去想儿女私情，只在一边冥思。

裴旻冷笑道：“我神剑帮乃名门大派，老子教出来的徒儿，天下的姑娘都挤破了头要给老子当徒媳妇儿，少了你家一个，老子倒是清静了些，当感谢你才是。”

武月娘被他气得两眼翻白，偏论嘴皮子上的功夫，难及裴旻之万一，只得再次告诫肖如梅，万莫自贬身份，凑上门去。他俩一天到晚吵个没完，波及下一辈，肖如梅只有徒叹奈何的份儿。

及至成都，当天晚上裴旻便入了宫去，不由分说，将李隆基和高力士两个老儿抓了出来，禁卫来挡，裴旻喝道："哪个敢挡老子试试？"

武月娘见他当真敢这般放肆，冲上去拦在他面前，喝道："你到底想作甚？"

裴旻红着脸道："老子要让这老儿亲眼去看看，他的江山、他的子民如今怎样了！"

李隆基并非昏庸至极的帝王，他也曾是一代明君，开创了开元盛世的大好局面，眼下的形势亦非是他想要的。他苦叹一声，阻止了武月娘和禁卫，叫人去准备了三辆马车，在金吾卫统领陈玄礼的护送下，随裴旻去民间察看。

当看到他一手治理起来的盛世，如今疮痍弥目，百姓更是苦不堪言时，李隆基哭了。是的，他创立了开元盛世，却也将自己这一生最得意的手笔亲手毁了。他大唐已非几十年前的大唐，更不是他的祖先交给他的那个盛世。他站在一个渺无人烟的村庄里，突地跪在泥泞地里，面向苍天，大呼道："我有罪啊，一时之糊涂，换来个人间地狱，李三郎愧对列祖列宗！"言语间，"咚、咚、咚"地不断向着苍天磕头。

高力士不忍，急走上去扶他起来："大家，切保重龙体。"

裴旻道："该是你出手制止这场战火的时候了。"

李隆基起身，当他再次抬起头来的时候，似乎在瞬间苍老了很多很多，眼神中没有光芒，那苍白的松弛的皮肤，在寒风里看起来像极了老树的树皮，满是折皱，毫无生气。是啊，不管现实如此残酷，他都必须接受这样一个现实：属于他的时代已经过去了，他辉煌过，爱过也错过，该是到了放手的时候了。

"传旨。"李隆基干瘪的嘴唇一启，嘶哑声音着说道，"贬李璘为庶民，回川请罪。"

听到这道旨意的时候，在场人等无不惊讶，谁都知道李璘如今的兵权是李隆基亲自授予的，他如今的行动，也是李隆基默许的，只是时局逼人，他终究成了一枚弃子。此乃李隆基的无奈之举，但想要保护大唐这盘大棋的完整性，也是他必须走的一步。

“大家……”高力士毕竟也是心善之辈，他不反对将李璘召回，可一下子把他贬作庶民，未免残酷了些。

“去，传旨。”李隆基催促了一声，但眼神并不犀利，甚至蕴含了几分痛苦。高力士见到他这般神色，似乎明白了他的用意，贬他、召回，其实是为了保护他！

李璘接到这道圣旨的时候笑了，笑得很苍凉，也很悲愤，时局弄人，他被无情地抛弃了，而且抛弃他的还是曾经支持他、给他兵权的父亲。在这样的环境下，亲情也是脆弱的，什么血浓于水，骨肉相连，在这种时候都不适用，人类在特定的环境下，或许比之禽兽还要残忍一些。他回不去了，回去之后，他若是跟着李隆基回长安，李亨待他还会若以前一样吗？更大的可能性是，最终会在满朝文武的建议下，将他送上断头台。

如果只有死路一条的话，那就抗争到底吧，权当是给自己一个交代，给拥护他的人一个交代，给已经为此而牺牲的人一个交代！

李白毕竟上了岁数，也是当了父亲之人，看出来了李隆基的意思，但他没说，因为他知道即便是说了，李璘还是无法接受，一位有野心和雄心的王爷，一夜之间被贬作庶民，哪个接受得了？索性就跟着李璘拼他一回，一辈子行将到头，一腔热血尚未抒发，死了也不瞑目，争他这一回便是。

李亨也能体会到李隆基的意思，贬李璘作庶民，召他入川，便能免他一死，是个皆大欢喜的结果，李亨自然是愿意的。可几天后，他却接到了李璘拼死抵抗的消息。

“陛下……”李辅国走上来，原是想让他拿主意，究竟是杀还是留。李亨方寸大乱，只摆了摆手，叫他退下。

亲生兄弟，且又是他一手带大的兄弟，是杀是留岂是瞬间能下决定的？

阿弟啊！李亨在心中默默地大喊，无论是父皇还是我，都想给你条活路，可你为何不从呢？都说皇权之争夺是残酷无情、六亲不认的，可你不一样。你身患残疾，宫中人人都对你另眼相看，甚至其他的兄弟都欺负你，笑话你，我不忍心你生活在阴影里，便将你接过来，在我身边生活。我从小看着你长大，看着你越来越自信，文韬武略丝毫不输于其他兄弟，作为兄长，打心里为你感到高兴。可你现在怎能如此呢？不念兄弟之情、抚育之恩，定要与兄长分出个你死我活，为何，究竟是为何啊！

战报一道道传来，李亨接到的最后一道战报是，李璘转入江西，在鄱阳与唐军对峙。

罢了！李亨大叹一声，既然已无可挽回，兄弟情分恐已尽，与其犹豫不决，徒增伤亡，不如顺应形势，让前线的将士放手一战吧。因提笔写道：璘叛，杀之。

放下御笔，正要叫李辅国入内，传旨下去，却见李辅国未宣而入，面有异样。

李亨见状，心头微微一震，目不转睛地看着李辅国，只待他开口。

“陛下……”李辅国揖手，艰难地道，“永王已亡。”

李亨心头大震，霍地起身，连说话的声音也变了：“如何……死的？”

李辅国道：“永王与我军战于江西大庾岭，战败而退，江西采访使皇甫侁率军追击，永王死于乱箭之下。”

李亨闻言，只觉脑子里嗡嗡作响，虽然他下了决心要将他诛之，可当他的死讯真正传来时，依然无法接受，他小时候的身影，以及与他玩耍时快乐的时光，倏地一下子在眼前一幕幕地浮现。当这些画面顽固地冲击他的内心时，他只觉胸口窒息，眼泪如同决堤的洪水，在眼眶泛滥。尽管他想要在李辅国的面前极力地控制自己，不曾想越是控制，越是不能自已，居然“呜呜”地哭出声来。然而在哭出来的那一刻，不知为何，他的心头仿佛放松了，像掉了块石头，再无先前之紧张和担心。

也许这就是人性，它是矛盾的，抑或这就是人生，永远不可能如想象中的那般圆满，总会有缺陷和遗憾。李璘战死，这场兵祸便算是结束了，大唐之乱至此终结，从此后谁也无法撼动李亨的皇位，也没有谁能够阻挡他带着大唐臣民，开创盛世，他终成了大唐王朝真正的主宰。

“皇甫侁不拘而杀我阿弟，是何道理，哪个给他的权力？”李亨蓦地暴喝一声，尽管他内心松了口气，为他自己能成为大唐真正的帝王而暗自庆幸，但这并不妨碍他为失去亲人而悲痛，“押皇甫侁等一干将领入京。”

“是。”李辅国几乎没说任何多余的话，便退出去下旨了。这就是政治，最高的统治者必须是善良的，亲兄弟被杀，岂能不痛乎？因了这善良，便必须有人为此当恶人，并作为替死鬼来成全皇帝的那份善良。

皇甫侁及其身边的一干将领入京后，俱打入大牢。几日后大理寺宣判，皇甫侁革职为民，永不录用，其副将薛寔等人，死罪。

此后，李亨并无追责李璘，相反，追封其子李僙为余姚王，李侦为莒国公，李偲为郧国公，李伶、李仪皆为国子祭酒，处置了皇甫侁、薛寔等人之后，再对李璘的一干子嗣予以封赏，李亨大唐仁君的形象便算是立起来了。

李璘死后，李白等一干主要谋臣被捕，同样押赴京师治罪。李颇黎听到此消息后，再也无法冷静，纵上一匹快马，要去把李白救出来。多年的离别，骨肉分离，他再也无法承受与父亲分开的苦痛和思念了，即便是死，也要与父亲死在一块儿。

“李少侠！”肖如梅看着他绝尘而去，心急如焚，此一去定是凶多吉少，徒伤一条性命而已。武月娘见裴旻无动于衷，不由得也急了，“你这老浑蛋是喝酒把脑子喝坏了不成？明知凭他一人之力，不可能把人救出来，还眼睁睁地看着他去送死？”

“让他去，是成全他。”裴旻灰白的眉头一蹙，幽幽地叹了口气，“他与他父亲分别十余年，无一日不在想念。这些年来，他虽未在父亲身边，却也时常听到一些父亲的消息，不知是天生的，还是后期之影响，性格上越来越像他父亲，洒脱自在，视功名、金钱若粪土。让他去吧，其实他心里清楚，不可能将他父亲救出来，然而即便随父入狱，身陷囹圄，也比在外面担心想念来得强。”

肖如梅、武月娘闻言，目瞪口呆。然而仔细一想，也是可以理解的，父亲在哪儿，哪儿就是家。

隔了会儿，武月娘问道：“李白洒脱吗？”

“在当今之大唐，再无比他洒脱之人。”裴旻肯定地道，“只是他啊，是个十足的书生，胸怀报国之情怀，只是时运不济，造化弄人啊！”

这一年，李白五十七岁，入狱。李颇黎亦遂了心愿，与父一同关押。次年出狱，流放夜郎。兜兜转转走了一圈，又回到了历险之地，似乎一切都回到了原点。然而，人生终归是没有回头路的，他的生命行将耗尽，一生之报国理想，随着年华老去，终成毕生之遗憾。

是日，父子俩重游旧地，又来到了武神庙，看着这里熟悉的情景，回想到此前历险的一幕幕，李颇黎苦笑一声，叹道："命运端的是捉弄人，当初来此寻神龙令时，哪个能想到那本来就是个局，注定了是一场空，也许这就是命运吧，从来没有回头的路。"

李白取出酒壶一阵豪饮，而后"哈哈"一声大笑，笑声在空荡荡的山谷里回荡，连回音都带着抹凄怆："儿啊，阿爹这一生一事无成，本想在遇到你后，给你些补偿，以弥补我心里的愧疚，哪里能想到反而害了你。阿爹有罪，阿爹对不起你啊！"

看到李白苍老的脸上，流下两行泪水，李颇黎心中一阵疼惜，转身一把抱住他的父亲，哽咽着道："儿不后悔，此生能陪阿爹终老，是儿的福分。"

李白听到此话，放声痛哭，父子俩就这样在武神庙前相拥而泣。所有的恩怨都已结束，那就让它随着山风吹散。从此以后，一切归于平静，回归到生活的本质，与大唐所有的老百姓一样，安安心心地过日子吧！

几乎在李白入狱的同时，李隆基回到了长安，入住兴庆宫，不问世事。

乾元二年，安庆绪为部将史思明所杀，安史之乱至此终，大唐王朝走上了属于李亨的时代。